奋斗者

STRIVER

侯沧海商路笔记

小桥老树 —— 著

民主与建设出版社

图书在版编目（CIP）数据

奋斗者：侯沧海商路笔记 / 小桥老树著. —— 北京：
民主与建设出版社，2017.10
ISBN 978-7-5139-1675-2

Ⅰ.①奋… Ⅱ.①小… Ⅲ.①长篇小说 – 中国 – 当代
Ⅳ.①I247.5

中国版本图书馆CIP数据核字(2017)第190539号

奋斗者：侯沧海商路笔记
FENDOU ZHE　HOU CANGHAI SHANGLU BIJI

出 版 人　许久文
著　　者　小桥老树
出 品 人　一　航
出版统筹　刘东灵　康天毅
责任编辑　王　越
特约编辑　康天毅
营销编辑　刘雅薇
封面设计　金　山
出版发行　民主与建设出版社有限责任公司
电　　话　（010）59417747　59419778
社　　址　北京市海淀区西三环中路10号望海楼E座7层
邮　　编　100142
印　　刷　三河市宏图印务有限公司
版　　次　2017年10月第1版　2017年10月第1次印刷
开　　本　700mm×980mm　1/16
印　　张　20.25
字　　数　321千字
书　　号　ISBN 978-7-5139-1675-2
定　　价　45.00元

注：如有印、装质量问题，请与出版社联系。

目　录

楔子

山南省第二届杰出企业家颁奖盛典即将开始。

杰出企业家评选是山南电视台精心打造的经典品牌，被誉为山南经济发展风向标。活动四年举办一次，于颁奖年的 9 月 9 日举行颁奖盛典，将有五名企业家获得"山南杰出企业家"称号。

贵宾休息室，电视正在播放颁奖盛典文娱节目。一对情侣歌手正在纵情歌唱，歌声悠扬，情意绵绵。

挂着胸牌的女工作人员进入房间，礼貌地道："侯先生，化妆师马上过来。"

侯沧海道："不必麻烦化妆师，我妻子就是最好的化妆师。"

女工作人员微笑道："侯先生极有可能登上领奖台领奖，台上灯光强，用专业化妆师更好。"

张小兰从化妆间走了出来，道："还是我来吧，沧海从不化妆，除非由我当化妆师。"

侯沧海是名震山南的青年企业家，在业界风评极佳。女工作人员退出房门后，低头看了看自己高耸的胸和细细的腰，扼腕叹息："侯沧海长得帅，有气质，还这么有钱，张小兰凭什么嫁给他，老天爷太不公平！"

化妆间里，张小兰站在丈夫身后，凝视镜中人。她抱着他那颗拥有非凡智慧的脑袋，将脸贴在粗硬的头发上。

"啊，你有白发了！"

"多少根？"

"只有一根，我帮你剪掉。"

"不用，留着吧。有了白发，谈判时更有分量。世上总有偏见，偏见是愚蠢的表现，可以为我们所用。"

张小兰的眼光又移到他脖子上。侯沧海脖子左侧有一道伤疤，五厘米长，颜色比正常皮肤略红。这个伤疤是刀伤，当时只要再深一点，自己就将永远失去丈夫。想到这一点，张小兰不寒而栗。人生有太多偶然性，一家人能走到现在是多么幸运。她极温柔地抚摸着这条致命伤痕，神情肃然。

张小兰相貌与《大话西游》中的紫霞仙子有七八分相似。侯沧海一直记得当时还在读大学的妻子在山坡上被土狗追赶的画面，当时觉得搞笑，此时回忆起来，温馨满满。

化妆完毕，侯沧海穿上西服。他拉了拉领带，道："我最讨厌穿成这样，和绑上绳索没有区别。"

张小兰一袭蓝色丝绒连衣裙，低调中透着华贵。她轻挽丈夫胳膊，夸道："你是个衣服架子，穿正装很有范儿。"

侯沧海道："我喜欢厂里的工作服，那才是我的战服。"

夫妻从贵宾室来到颁奖现场，候选人皆在大堂第一排，直系家属在第二排。二十位候选企业家大多是中年人，发福和谢顶是其基本特征。侯沧海长期坚持锻炼，身形挺拔，是候选人中的异类。

颁奖盛典进入最重磅开奖环节。

第三轮时，省内老资格企业家拿起红色信封，拆开，念道："获得山南省第二届杰出企业家称号的是——沧海集团董事长侯沧海。"

全场掌声雷动，所有人的目光转向侯沧海。侯沧海站起身，对着所有人微微弯腰，脸上有淡淡笑容，笑容中甚至还有几分羞涩。观察力敏锐的《山南日报》记者捕捉到了那转瞬即逝的羞涩表情，用镜头将其定格。

脑袋硕大的马文昌阴沉着脸，犹豫良久，走了过来，道："祝贺你，沧海。私人恩怨归私人恩怨，生意归生意。希望我们能和解，强强联手，肯定能横扫山南。"

面对着这位曾经将自己打下深渊的竞争对手，侯沧海双手环抱，没有握手的意思，冷冷地道："有些人永远不能成为朋友，你就是其中一个。"

主席台上，大屏幕上正在播放短片：沧海集团成为全省首家单品销售额过三百亿元的企业。这是技术为王的胜利……科研投入要多少投多少，没有限额……四年时间，研发资金的投入占到全年净利润的近 60%。

随后出现侯沧海的自述：我曾经失败得很惨，能够绝地反击，在于我坚信自己一定能够成功……我是技术狂人，在产品上有强烈的令人苦恼的完美症。在这里感谢所有伙伴们，容忍我一次又一次挑剔。

坐在第二排的张小兰想起这些年两人一起走过的不平凡日子，潸然泪下。

山南省杰出企业家颁奖盛典收视率很高。秦阳市一处安静小区，熊小梅关掉灯光，拉上窗帘，在黑暗中独对电视。当侯沧海走上主席台时，她犹如被火车迎面撞上，身体变成无数碎片，脑袋一片空白。

侯沧海在主席台上做了简短演讲。走下主席台后，他径直走到第二排，坐在妻子张小兰身边。

颁奖盛典继续，侯沧海一直紧握妻子的手。他的思维如袅袅轻烟，从肉体脱离出来，在空中穿梭，离开了喧嚣会场，又从通风口钻了出去。

当思维从漫长通风口飘出时，时间回到了 1999 年。

第一章　毛脚女婿上门

1999 年 5 月 13 日，星期六，山南省。

一辆长途客车正在翻越巴岳山。

盘山公路从坚硬山体中开凿出来，一侧是花岗岩石壁，另一侧是深不见底的山谷。熊小梅将头埋在男友侯沧海怀里，如鸵鸟一般。

客车开出巴岳山以后，沿着一条弯曲狭窄的滨江公路行驶。熊小梅睁开眼睛，从车窗朝外望，宽阔大江似乎就在脚下，又紧张起来。

"没事，敢开这条线的都是老司机。"侯沧海右手紧握女友的手，另一只手悄悄放在女友腰间。

5 月初，气温已经升至二十六七摄氏度。熊小梅身穿连衣裙，连衣裙腰间有一条拉链。这条拉链被拉开了两三厘米，侯沧海左手手指从这两三厘米乘虚而入。虽然只是手指与腰间肌肤小范围亲密接触，仍然让身体里翻腾荷尔蒙的热恋男女乐此不疲。

两人坐在客车尾部，随着车辆上下左右抖动，很快就摩擦出不可抑制的火花。熊小梅看着前排乘客，吓得够呛，隔着衣服抓住侯沧海的手。男友手掌如有魔力一般，发出滚烫热量。她咬紧牙齿，身体深处颤抖起来。

良久，侯沧海面带微笑坐直身体。熊小梅大羞，伸手猛掐侯沧海胳膊，掐了几下，她低声道："侯子，你这个坏蛋，我爱你，永远爱你。"

长途客车驶过沿江路段，即将进城。

熊小梅和侯沧海都在江州师范学院读书，即将毕业。她想起家里糟糕状况以及爸爸的暴脾气，心里发紧，道："没有经过爸妈同意把你带回家，我爸肯定会暴跳如雷。你见势不对，赶紧跑路。"

侯沧海开玩笑道："如果在未来老泰山面前当狗熊，没有一点儿英雄气概，会影响形象。"

熊小梅道："我爸是钳工，力气大，你不跑，会被打得满地找牙。"

侯沧海道："那不一定，我是练散打的，打架水平一流。为了不影响与老泰山的关系，我会低下高贵的头，不还手，跑路。"

客车到达秦阳客车站，熊小梅愈发紧张。侯沧海鼓劲道："伸头是一刀，缩头也是一刀，我们必须要过这一关，躲不掉。"

走进国营铁江厂时，熊小梅更加忐忑不安。铁江厂萧条破败，院子里长满杂草，窗户玻璃近半破碎，没有机器轰鸣，没有忙碌工人。

走过一车间和二车间，沿着一条坑洼水泥路走了不到两百米就进入工厂家属区。家属区是连片青砖房，分布在水泥路两旁。布局整齐，陈旧破败。

走进家属区后，不断有人与熊小梅打招呼。侯沧海身高一米八二，长期练习散打，身形挺拔。他迎着众人眼光，收腹挺胸，弄得和语文课本里的白杨树一样矫健。

来到标有"七幢"的楼前，熊小梅道："我家在四楼。厂区家属院是80年代修的，每一层只有一个共用卫生间，条件不好。"

侯沧海道："我也是厂里面长大的，能理解。"

这些年，山南省国营企业多数不景气。熊家被前些年国营企业大破产、大下岗弄怕了，明确要求女儿不能找外地男友，不能找厂里男友。侯沧海恰好属于外地人，也属于厂里人，自然让熊家不喜。

走到四楼，迎面遇到一个中年妇女。熊小梅主动招呼了一声"温阿姨"。温阿姨满脸愁容，声音绵软无力："二妹，你爸妈回老家看你外公去了，明天才回来。"她低着头，弯着腰，慢慢朝楼下走。

侯沧海和熊小梅鼓足勇气来到秦阳，充满了与父母面对面"刺刀见红"的决心，谁知刺刀刺在空气上，使不上劲。有遗憾，但是更多的是轻松和兴奋。

进了家门，侯沧海搂紧女友细腰，道："我的人生理想就是在你的闺房做爱，极具成就感啊。"谈恋爱两年时间，两人早就品尝禁果，深深体验到男欢女爱的欢娱，对做爱这件伟大事情充满了不断重复的乐趣。

熊小梅犹豫道："在寝室做爱怪怪的。我先洗澡，你也要洗。"

这幢老式楼房没有专门的卫生间，熊恒远充分发挥钳工精神，在厨房里安装了简易浴室。洗澡时，把折叠的铁板拉起来遮住天然气灶，构建出一个极为狭窄却功能齐全的浴室。

洗完澡，侯沧海雄赳赳地走进心仪很久的熊小梅的闺房。

闺房贴着两位当红女星，有《倩女幽魂》里的小倩，还有女扮男装十分英俊帅气的东方不败。侯沧海指了指墙上的当红女星，道："聂小倩和东方不败看着我们做爱，这滋味很酸爽啊。"

"她们看着我们那个，有点难为情。"熊小梅穿了一件宽松睡衣，衣襟略为散开，每当电风扇转过来时，玉白色山峰若隐若现，弄得侯沧海鼻血差点流了出来。

侯沧海低声道："换一种体位，你就看不到她们。"

"讨厌。"熊小梅又伸手掐男友胳膊。

两人即将达到天人合一境界时，门外传来钥匙开锁声。开锁声音比孙悟空的定身术还要厉害，顿时让两人呆若木鸡。

两分钟前，提着药袋的温阿姨弯着腰，出现在楼梯口，对归来的熊恒远和杨中芳说了一句"二妹和男朋友回来了"，又低头朝家里走去。她原本是一个活泼女人，如今工厂长期亏损，发不起工资，老公得了癌症，没有钱去医院，只能在家里吊盐水，说得直白一点就是苟延残喘，等待死亡。她被生活重担压垮了，对外界事情失去了兴趣，见到老邻居，依着惯性打了招呼。

"二妹和男朋友回来了"和"房门被反锁"，这两件事情拼接在一起，熊恒远和杨中芳都明白这意味着什么。熊恒远举着拳头猛砸房门。木门发出咔嚓声，声音难听刺耳。熊恒远后退一步，用力猛踹木门。木门恰好打开，他一脚踢空，失去重心，摔了一个狗吃屎。

衣冠不整的熊小梅猛推男友，道："快跑，回学校再说。"

从地上爬起来的熊恒远顺手抓起放在桌上的擀面杖，朝闯入自己家庭的男人打去。

国营铁江厂这些年一直处于亏损状态，距离破产只有一步之遥。往日勤劳的工人们无所事事，在树荫下聚在一起或打牌，或下棋，或摆龙门阵。他们看到一个年轻男子飞叉叉地从身边跑过，后面是手持擀面杖紧追不舍的熊恒远。

熊恒远跑不过侯沧海，眼见年轻男人越跑越远，停了下来，跳着脚骂道："狗日的，你再敢来，老子打断你的腿。"

熊恒远后面则是跑得气喘吁吁的杨中芳。杨中芳双手撑在大腿上，喘着粗气，道："回家，你还嫌不够丢人现眼！"

"下次看到那个娃儿，老子打死他。"熊恒远重重地将擀面杖敲在身边一棵树上。这是五十年代建厂时种下的老树，根深叶茂，树干粗壮，对于擀面杖的击打无动于衷，叶子都没有掉下一片。擀面杖受到老树反击，脱手而出，飞得老远。

两人沉默地走了一会，杨中芳想起女儿衣衫不整的样子，道："二妹跟那个娃儿肯定那个了。那个娃儿也是大学生，既然二妹喜欢，我们就捏着鼻子认了，否则我女儿不能和喜欢的人耍朋友谈恋爱，不晓得好难过。"

熊恒远道："你的心太软了。上个月二妹回家讲了那个娃儿的事情，我就表了态，不得行。就算那个了，还是不得行。他们两人都是读的师范学院，出来要当老师。到时一个在秦阳，一个在江州，两地分居来回跑要多花钱，不是个牌。那个娃儿爸爸妈妈在世安机械厂，世安厂和铁江厂是难兄难弟，铁江厂熬不过今年就要破产，世安厂情况好点，最多还能熬两年，也是死的多活的少。我们不是图大富大贵的人家，至少要是一个过得去不受拖累的家庭。"

"老熊，拿擀面杖打毛脚女婿？"以前同车间的工友站在树荫下抽烟，打趣道。

"屁个女婿，你龟儿子爬开。"熊恒远毫不客气地回击道。

熊恒远和抽烟的工友都是技师，技术顶呱呱。现在工厂基本歇业，他们由勤劳工人变成无所事事的闲人，有点儿热闹事，就围在一起看稀奇。

在工厂和家属区交界处，提着侯沧海小包的熊小梅被父母堵住了。

分文皆无的侯沧海沮丧地坐在铁江厂大门外。

原本的风流旖旎场景猛然间就变成了狗急跳墙，他多次听熊小梅说起自己父亲是暴脾气，今天总算领教了。他想起熊恒远二话不说就举起擀面杖的悍勇，眼前的天空出现一个大写的"服"字。

时间一点一点过去，到吃晚饭时间，侯沧海肚子饿得咕咕乱叫，眼睛里冒出无数个旋转的大白馒头。晚霞在天边消失以后，他下定决心再探虎穴。

工厂走下坡路，保卫懈怠，形同虚设。侯沧海长驱直入，来到家属区。他在七幢家属楼转了两圈后，准确定位了熊小梅寝室窗户。

老式家属楼外面有一根生铁下水管道。侯沧海如猿猴一样顺着生铁管道爬了上去。他抱住生铁管道侧耳细听，没有听到熊小梅寝室有异常动静，便将手搭在窗台上，轻巧地从水管跃到窗台下。

他刚刚把头探向房间，就与胡须汉子熊恒远面面相觑，大眼对小眼。

熊小梅寝室里坐着四个人，熊小梅、熊小琴姐妹坐在床上，杨中芳坐在窗前椅子上，熊恒远站在窗前。熊家聚集所有力量，苦口婆心地劝说熊小梅。当侯沧海爬铁管时，家庭谈话陷入僵局，屋里一时没有声音。

侯沧海反应最快，趁着熊恒远还没有发作时，朝里屋喊了一声："熊小梅，我先回学校了。我爱你，这一辈子，我都不会辜负你。"

这是公然挑衅，是可忍孰不可忍，熊恒远顺手抓起一本杂志，朝窗外砸过去。侯沧海动作如灵猫，转眼间从下水管滑到地面，朝着工厂大门溜去。

熊恒远提着擀面杖又要出门找侯沧海算账，这一次被杨中芳死死拉住。夫妻两人在客厅里较劲，吵闹起来。

熊小琴是被杨中芳叫过来当说客的。她原本对父亲的偏激言行颇不以为然，见到准妹夫居然从下水道爬上来，贼头贼脑伸出头，终于没有忍住，扑哧笑了起来，道："二妹，你这位男朋友很有趣啊。"

熊小梅叫苦不迭："他的包在我这里。他现在身无分文，没有钱买票，没有钱吃饭。"

熊小琴想起在窗台外露出的亮晶晶眼睛，道："我那位妹夫胆子大，脑子快，没有钱也能想办法。"

过了一小会儿，侯沧海的脑袋又出现在窗口上，喊道："我的包。"

熊小梅正要弯腰将抽屉里的小包递给侯沧海，熊恒远拿着一把扫帚从客厅冲了过来，吓得侯沧海赶紧逃跑。侯沧海三番五次来骚扰家庭，将熊恒远气得吹胡子。他怒火上头，爬上桌子准备从窗口滑下去。三个女人抓手的抓手，抱腿的抱腿，搂腰的搂腰，将其死死限制在桌前。

厂区外，侯沧海漫无目的地在街道上乱逛。他有小小沮丧，更让人烦恼的是即将到来的分配。

根据 1997 年国家教委发布的《普通高等学校毕业生就业工作暂行规定》，1998 年首批并轨改革后招收的大学生毕业进入社会，除少数定向招生、民族生在国家规定范围内就业外，绝大多数毕业生实现自主就业。江州师院毕业生们根据分配政策总结道："没有关系的统一分配到乡村学校，有关系的自主择业。"

侯、熊两人清醒地认识到双方家庭所在工厂几乎都陷入"破产"境地，两边父母皆是泥菩萨过河自身难保，要想将两人分到一起是不可能完成的任务。这一次侯沧海到秦阳拜见未来老泰山，是两人慎重商量的结果，目的是向家长表达就算分居两地也要在一起的决心。

决心没有表达出来，侯沧海还被暴脾气的熊恒远拿着擀面杖追打了大半个厂区，这个结局令人啼笑皆非。

"咕、咕、咕"，侯沧海肚子不停发出抗议，特别是经过餐馆之时，抗议之声变得更大。

在忍无可忍之际，独在异乡为异客的侯沧海做出了扒火车回江州的决定。侯沧海成长于江州世安机械厂，80 年代，世安机械厂生意红火，家长们为了计件工资拼命干活赚钱，没有时间管教子女。一帮工厂小孩缺乏家长管束，在暑假聚集在一起，做出过许多胡作非为的事情，比如，一帮半大小子经常扒火车旅行，与售票员斗智斗勇，乐此不疲。

秦阳火车站的站内结构与多年前没有发生太大变化。侯沧海大摇大摆地推开秦阳火车站一道毫不起眼的木门，轻车熟路地转了几个弯，沿着工作人员通道进入火车站。在站内等到晚上十一点钟，一辆慢车停靠在站台。

混上慢车，侯沧海靠在两节车厢的连接处。伴随着火车咣当声，他的饥饿感越来越强。身边一个光头小伙子拿着馒头用力啃，从留在馒头上的牙齿印来看，肯定是有嚼劲的老窖馒头。

流了无数口水以后，侯沧海拍了拍光头小伙子的胳膊，道："哥们，饿了一整天，给我一块儿。"光头小伙子斜着眼睛问道："没钱买？"侯沧海道："一毛钱都没有。"光头小伙子乐了，道："居然还有比我穷的。"他扯了半边馒头给侯沧海，道，"做什么的？"

"待业，找工作。"侯沧海摸出口袋里瘪瘪的烟盒，递了一支给光头小伙子，道，"抽杆破烟，最后两支了。"

车行半个多小时，即将到达一个城郊小站。这个小站主要以货运为主，服务周边厂矿，只有慢车才停靠。就要到站时，十几个青壮小伙子同时提刀出现，堵住列车两头。一人持着近三十厘米长的砍刀在空中挥舞，道："我们要钱不要命，把钱全部拿出来。"

车匪路霸是铁路线上的顽疾，屡禁不止，侯沧海以前遇到过零星车匪，但是没有遇到过如此嚣张的情况。

光头小伙子抽了一把长刀，两眼放出恶狠狠的凶光。

十几个拿刀青壮开始依次搜身，有一个大汉心有不甘，动作稍慢，屁股就被捅了一刀。见血以后，所有乘客都在长刀下放弃了抵抗，乖乖地把钱包、手表、首饰拿了出来。一名大汉来到侯沧海面前，威逼着拿钱。侯沧海非常镇静，摊了摊手，道："我是打烂仗的，混票上的火车。"光头小伙子过来帮腔道："这人穷得很，刚才还找我要馒头吃。"持刀大汉很鄙视地对侯沧海道："你这人好吃懒做，白长这么大的个子，以后多赚点钱，别当穷光蛋，老婆都找不到。"

侯沧海被劫匪教训一番，哭笑不得。

车至小站，拿刀青壮迅速下车，消失在城郊小站。

被洗劫一空的乘客们有的哭有的闹有的骂，两个乘警过来时，被愤怒的旅客们吐了一脸唾沫。火车启动不久，从区城方向来了大批警车，闪着警灯，响着警笛。

对于侯沧海来说，这次严重的抢劫事件反而是一件好事，他由逃票者演变成受害乘客。来到江州以后，被抢车厢的乘客全部下了火车。

先是被带到站内，发放了饮料和餐盒。侯沧海吃着火车盒饭，喝着饮料，觉得盒饭才是人世间真正美味。

然后有大批警察过来做笔录，然后分别安置。凡是到江州的乘客统一由大巴车送到市中心，每人发五十块钱路费。

侯沧海在江州体育馆下车时，天刚蒙蒙亮。他本来是混车票的，没有料到不仅白吃白喝还白拿钱，临行前对铁路方面的陪送人员深表感谢。

星期天晚上，侯沧海在学校操场见到了熊小梅。

操场没有灯光，借助操场外的路灯光线才能看见人影。这种接近黑暗的环境正适合青年男女相亲相爱，每一个适合藏身的地点都有一对青年男女拥抱在一起。

侯沧海和熊小梅来到经常约会的单杠旁边小平台。小平台位于三米高石保坎顶端，不好爬，但是爬上去不容易被发现，正是约会的极好地点。

两人经常爬这个石保坎，轻车熟路地来到小平台顶端。侯沧海紧抱女友，不停亲吻，抽空讲了混进火车站的经历。听到在火车上遇到车匪路霸，熊小梅紧张得不行，道："你下次别逞强，多来几次，我准会被吓出心脏病。"侯沧海道："我把包落在家里，得出一条重要经验，鸡蛋不能装进一个篮了里，否则容易出事。"

他们拥抱在一起，皮肤与皮肤摩擦，将身体距离变成负数。

几支手电筒的光束出现在操场边上，这是学校巡逻队。

巡逻队出现频率并不高，主要目的是增加威慑力，免得情侣们在激情时做出过于出格的事情。电筒灯光逼迫下，无数情侣如被水淹的蚂蚁一样，从各自躲藏的黑暗角落里走出来，或并行，或搂腰，或牵手，在操场散步。

电筒灯光从操场口逐渐来到操场深处。

熊小梅咬牙承受着侯沧海强有力的冲击，不让自己发出声音。在如此紧迫情况下，她再次感受到了在长途客车上体验到的激情，身体仿佛悬停在空中，从天空上俯视正在经历激情的身体。

几个老师站在单杠下面，几支手电光纵横交错射向黑暗夜空，多次扫过三米高的石保坎。

熊小梅吓得脸色发白，向石保坎靠山体的部分缩过去，不让手电光扫到自己。侯沧海低声道："在下面用手电照射，绝对不能看清楚上面，有视线死角。"熊小梅用手掌捂住侯沧海嘴巴，不准他说话。侯沧海脸上全是笑意，促狭地亲吻捂嘴的手心。

终于，手电筒走向远处。

任何人的生活都有阴和阳两面，阴和阳两个矛盾对立面合在一起这才构成生活。侯沧海和熊小梅浑然天成的校园生活同样如此，他们在享受性爱和青春之时，也被前途和命运深深折磨。

大学毕业季，校园内流传着"×××分到某个好单位"的传言，这些传言极大地刺激了所有毕业生的神经。

侯沧海正在散打队训练，母亲周永利出现场边。

看着生机勃勃、壮壮实实的儿子，周永利猛然间有些心酸，觉得当父母的没有本事，让儿子到现在都没有落实工作。她没有将愧疚表现出来，而是埋怨道："分配没有搞定，你还有心思打拳。"

侯沧海道："我发了四十封求职信，参加了三场面试，一无所获。难道没有搞定工作，我就成天双泪挂腮边，你儿子还没有这么脆弱吧。是金子总有发光的地方，你儿子这么优秀，肯定会有好工作。"

周永利开启了唐僧模式，道："你这人总是正做不做——豆腐拌醋。在高考关键时刻，你瞒着大人天天晚上读棋谱，读棋谱又不能保送进大学，结果怎么样，周水平成绩不如你，考上了政法大学。你平时成绩比他好，只考上江州师范学院。小周已经明确到市检察院，你还要到处去求人。"她其实还想说一说梁勇，梁勇成绩远不如侯沧海，高考没有上专科线，结果读了江州师范自费本科。按照周永利理解，自费本科和统招本科还是天差地别的，谁知梁勇在一个月前已经在江州建行信贷科上班，自家儿子这个正牌本科生还在四处联系工作。

每次听到母亲唠叨时，侯沧海特别理解那一只被戴上了金箍的猴子，任你心比天高，在唐僧式唠叨下都得崩溃。

侯沧海道："妈，你不会专程来给我念咒语吧？"

周永利道："我和你爸从参加工作以来一直在厂里上班，认识的全部是工人老大哥。工人老大哥说起来光荣，其实没有什么用。现在工人老大哥比起农民兄弟都不如，农民兄弟好歹还有一块地，工人老大哥破产以后上无片瓦遮身下无立锥之地。"

侯沧海忍耐不住，道："妈，说重点。"

周永利道："工厂以前那些专心搞技术的都是木槌子，技术学得好，留在第一线。那些不钻研技术专门溜须拍马的家伙都成了领导，比如梁勇他爸，论技术，你爸甩他五条街，现在他成了销售副厂长，你爸还在车间第一线。人比人得死，货比货得丢。"

周永利嘴皮子十分利索，用语丰富，是侯家最有名的话匣子，只要家里有周永利，永远都能听到叽里呱啦的说话声音。侯沧海脑子里浮现唐僧在半空中喋喋不休的画面，道："拜托，老妈，说重点。"

周永利道："你周叔，就是你爸的第一个徒弟。他有一个亲戚在市里当领导。他答应从中穿针引线，如果能安排进政府机关，最理想。"

侯沧海道："能不能把熊小梅一起考虑？"

周永利不停摇头，道："能解决你的问题，我和你爸都使出了吃奶力气，熊小梅的分配我们确实扛不动。等你有本事，自己办调动。"

侯沧海知道提起熊小梅的事情确实是给父母出了一道难题，就搭着母亲的肩膀，道："我已经成年了，这事原本应该由我自己解决，还要由你们出面，这是当儿子的不行，不是父母不行。"

周永利欣慰地道："江州是一个传统农业社会，找工作还得讲究关系，这是没有法子的事情。你本身有资格分到政府机关，不违法不违纪。如果能够成功分到政府机关，不蒸馒头蒸口气，你要好好工作，争取出人头地，不要让我的孙子吃二遍苦受两茬子罪。还有，今天既然到学校，我想见一见熊小梅。"

侯沧海道："妈，我先把话说清楚，谈恋爱是我的事情，让你见面是给你的面子。老妈不准说三道四，不准甩脸子。"

女生楼，侯沧海站在楼下扯着脖子喊道："202 熊小梅，有人找。"喊了几遍之后，三个女生出现在熊小梅后面，望着以扯嗓子喊人而闻名全女生楼的侯沧海。

　　侯沧海站在底楼，朝楼上众女生做飞吻。除了熊小梅以外，所有女生都回以热情飞吻。陈华感叹道："熊小梅读大学很划算，找了一个这么帅气的男朋友，就算不成，也值了。"听到后面一句话，李沫立刻批评其是"乌鸦嘴"。陈华朝着楼下"呸呸"两声，道："刚才口误，我收回。"陈华是寝室四个女生中最为丰满的，趴在栏杆前，栏杆把胸部挤得更加隆起，露出一大片雪白。

　　"什么事啊，又在外面大喊，寝室同学都要笑话我。"熊小梅下了楼，埋怨道。

　　侯沧海道："我妈在操场，要见你。"

　　熊小梅吓了一跳，道："你怎么不早说！一定要见面？"得到肯定回答后，她急切地道，"今天脸色不好，头发乱七八糟。你等一会，我去化妆，换一件衣服。"

　　同寝室女生知道侯沧海妈妈来了，顿时来了精神，你一言我一语帮助熊小梅做形象设计。熊小梅换了新衣服，化了淡妆，穿上皮鞋，在三位女生目光注视下来到楼下。陈华大喊道："小梅，买一份糕点，别空手。"

　　操场，周永利带着挑剔打量着熊小梅。这个女子身材瘦高，配得上一米八二的儿子。

　　熊小梅怯怯的，心里如有一万只野鹿在乱撞。她将糕点袋子递过去，道："阿姨好，这是学校出的小薄饼，挺好吃的。"

　　周永利吃了一口小薄饼，道："是挺好吃。侯子，你到学校这么久，从来没有想到给我买点东西，还是小梅想得周到。"

　　聊了几句，周永利直奔主题，问道："小梅啊，这次分配什么情况？"

　　提起分配，熊小梅顿时心情黯然，道："我爸妈都是工厂工人，没有什么关系。如果学校没有更好的分配推荐，我只能回秦阳，秦阳规定我们这种师范院校必须先到乡镇学校，我不想到乡镇，估计要回厂子弟校。"

　　周永利本身就在厂里工作，对子弟校情况熟悉得如自己手掌，道："子弟校是依附在厂里，厂里不景气，子弟校也不怎么样，随时要下岗，工资也低。"她见熊小梅低头不语，安慰道："其实也无所谓，现在是新时代了，条条路都通罗马。只要你们两人真心在一起，我们家不会反对。但是，你们必须要考虑两地分居的困难，分居不是一年两年，是很多年。困难很多，一定要有心理准备。谈恋爱最关键是两人真心喜欢对方，就算条件一时不行，还可以共同奋斗嘛。"

听到周永利鼓励的话，熊小梅眼泪水落了下来。相较于自己的父母，周永利通情达理，这是分配和家庭诸多难题中的唯一值得庆贺之事。

跟着母亲回到世安厂，侯沧海闷闷不乐，对母亲道："如今很多人都在自谋职业。熊小梅有固定工作，我们不至于饿死，我正好可以闯天下。"

这正是周永利夫妻俩最担心的事情。在无数次深夜讨论时，侯援朝强调一定要采取哄、骗、劝及亲情牌等招术，否则儿子真有可能为了女朋友不要工作。作为老一辈人，在单位里活了一辈子，国营单位的正式工作对于他们来说是天大的事情。

周永利见儿子出现了想辞职的不好苗头，劝道："不管你有多么大的想法，饭要一口一口吃，路要一步一步走，就算以后闯天下，也不影响先找一份工作，到时候随时可以辞职。找工作很难，辞职容易，真要辞职，没有谁能拦住你。你是聪明人，应该懂得什么东西拿到手里才稳当的道理。更何况，你这次有可能分到政府工作，凭你的能力肯定会当官，到时将熊小梅调过来也就不是难事。退一万步说，就算要辞职，也得看你和熊小梅谁的工作更好。我不是干涉你的选择，当妈妈的有权利提出建议。"

世事洞明皆学问，人情练达即文章。周永利最疼爱儿子，也最了解儿子，知道如何说服这个犟拐拐。果然，母亲说出这一番话，侯沧海没有再提出明确反对意见。

上午没事，侯沧海睡到九点钟，起床后到厂里茶馆看老工人下棋。这些老工人都是下野棋，将象棋砸得砰砰作响，水平不敢恭维。他看了一会便觉索然无味，在厂里胡乱闲逛。厂还是那个厂，随着时代变化，厂区似乎发生某种程度的空间扭曲，变得和以前不太一样。

逛到上午十一点，回到家，狭窄客厅里，父亲侯援朝正在和一位头发花白的中年人在一起喝酒。

侯援朝道："快叫周叔。"

周安全笑道："不能叫周叔，我是你爸的徒弟，你应该叫我大师兄。"

侯沧海望着大师兄满头白发道："还是叫周叔算了。"

周永利从厨房探出头，道："你们两人乱讲，叫舅舅。"

有求于人必下于人的道理，侯沧海还是知道的，何况还是热情帮助自己的人，于是叫了一声舅舅。

周永利在厨房里利索地做着午餐。厨房传来高压锅喷气声、锅与铲的对决声、热油和食材厮打声，空中散发着墨鱼炖鸡汤的浓烈香味，其间穿插着郫县豆瓣炒肉丝的辣香。

一样样美食摆上桌，侯援朝道："侯子，给你舅敬酒。"

周安全接过酒杯，长长地喝了一口，道："我表弟说，《公务员法》实施以后，逢进必须要考。现在还有分配政策，只要我表弟点头，就能机关当干部，旱涝保收。凭着沧海的机灵劲儿，弄一官半职不在话下。"

周永利将一大盆墨鱼炖鸡汤端到桌上后，给自己倒了一杯酒，道："安全，我们两人碰一杯，下午办了事情，晚上我们好好再喝一顿。"

吃过午饭时，趁着周安全到福利社给表弟打电话的空隙，侯援朝和周永利到卧室做准备。侯沧海有事进屋，恰好看到父母凑在一起数钱。绿油油的百元大钞摆在桌上，仿佛变成一把把绿色小刀，深深地刺进了侯沧海心窝。

侯援朝不愿意儿子看到阴暗的事情，道："你出去等一会。"

周永利阻止道："儿子长大了，应该让他知道社会上的办事规则。"

侯援朝道："以前办事讲究老关系，现在不仅要有老关系，还得送礼。我和你妈准备了烟酒，还有一个红包。"

侯沧海追问了一句："送了礼，就能分配到政府机关？"

侯援朝道："如果对方收了烟酒，那不一定。如果收了烟酒和红包，事情就靠谱了。对方是大领导，肯定看不起这点小钱，全靠了你舅的面子。"

那个领导是经常在电视里亮相的，相貌堂堂，不怒而威。侯沧海无法想象这么大的领导会收自己家的这些绿色钞票，是的，完全无法想象这件事。

家里本来就没有多少钱，夫妻两人很容易就将这些大钞数清楚，郑重地装进信封里。

周安全在福利社打完电话后，回到家中。由于市领导下午有事，见面安排在晚上，三人为了消磨时光，聚在一起用扑克牌玩拱猪。

七点半，四人前往市领导家里。月黑风高原本是杀人夜，现在是用来掩藏送礼人行踪。走了二十来分钟，来到一个高档小区。

　　周安全上楼与表弟见面，侯援朝、周永利和侯沧海一家三人在中庭花园等待。周安全如送灯塔的王小二，进入门洞就没有了消息。半个小时，一个小时，时间慢得如裹小脚老太婆的走路速度。

　　"你们找谁？"一名穿着保安制服的男人拿着强光手电走了过来，有意无意朝来人脸上照。

　　侯沧海有点发火，道："不要照脸。"

　　保安见来者牛高马大，脸带凶相，退后一步，道："你们找谁？"

　　周永利怕爱惹事的儿子与保安起冲突，就站在他们之间，道："我们来串门，等一会儿就上去。"

　　这个小区住了不少非富即贵的人，保安经常见到相似情况，转身离开，拉长声音哼着小曲，道："又是一个送礼的，为儿为女为哪般啊。"

　　保安所哼小曲弄得侯沧海特别尴尬，恨不得上前踢他几脚。

　　保安走后不久，下起雨来。江州六月天，雨水充沛，每一场雨后就能带走酷热，深受江州人喜爱。今天侯沧海格外反感这场雨，他们三人原本可以在中庭花园等待，现在为了避雨只能站在楼门洞。楼门洞不断有人进出，看三人表情带着轻视。

　　时间如低档电影里故意卖弄的慢镜头，每一刻都是尿点，让人无法忍受。

　　侯沧海觉得每分钟都在受折磨，拉了拉母亲手臂，朝门洞外走了几步。周永利跟了出来，道："儿子，什么事？"侯沧海道："我肯定不能和熊小梅分到一起，与其求人还不如自己出去闯。看着你们为了我遭这罪，我受不了。"周永利给了儿子一个白眼，道："进了社会，大风大浪多得很，这算什么事！"

　　晚十点半，周安全终于出现，道："师父，师母，刚才有外人，不方便。现在我们三人上去，沧海在下面等。"

　　不用到楼上面对市领导，这让侯沧海一阵轻松，随即又心生忐忑，不知事情到底办得如何。事情办得成，进机关，事情办不成，就由市教委自由分配，多半会被分到乡镇中学教书。从这个角度来说，今晚决定侯沧海的命运。

　　同时，侯沧海又深深地替父母感到难过。父亲是极为要强的人，总是把"人不求人一般高"挂在嘴上，如今为给儿子找到好工作，抹下脸皮，拿起存款，弯腰，软膝盖，跟着徒弟去求一个陌生人。

十来分钟以后，父母和周安全出现在中庭，父亲提在手上的烟酒仍然还在。

周安全神情沮丧，道："事情没有办成，没有想到自家兄弟还要讲原则，真是人一阔就变脸。"

侯沧海笑容僵硬，道："谢谢舅舅。"

没有办成事，周安全内疚得紧。走出小区门口，他拦了一辆出租车，硬塞了二十块钱给出租车司机，让周家人先走。

车上，一家三口没有说话。

下了车，侯沧海把母亲拉到一边，道："事情办得怎么样，大领导没有收钱？"

周永利摇了摇头，脸色沉重地递过一张纸，道："大领导眼界高，哪里看得起这些小钱，连烟酒都不肯收。他说市政府今年要招考一部分本市户口的优秀大学生充实到基层岗位，让我们自己去报名，参加考试。按我的理解，这就是拒绝吧。"

侯沧海接过那一份招收大学生充实基层岗位的通知，借着路灯看了一遍，道："不管怎么样，总算给我一个机会，我要去试一试。"

此时距离考试只有五天时间，侯沧海拿出拼命三郎的劲头，抛弃了所有娱乐，甚至和熊小梅见面之时都在记知识点。在复习时他多次感慨："如果当初高考时有这个劲头，肯定能考上北大清华。"

五天后，侯沧海参加了江州市招录基层干部考试。考试后第三天，成绩公布，侯沧海总分排到全市第二名。

看到成绩后，侯沧海随即想到毕业后面临两地分居的状态，闷闷不乐，连面试都提不起任何劲，甚至想要为了爱情放弃面试。

周永利对于儿子情绪掌握得十分准确，为此深有担忧。第二天早上天不亮就坐了厂车进城，直奔江州师范学院。她准备打一个时间差，比儿子更早与熊小梅见面。

男朋友离开学校回家参加考试，虽然时间很短，熊小梅还是有度日如年之感。一方面，是对两地分居的恐惧；另一方面，也焦心自己工作，自己的命运其实已经注定，十有八九是回子弟校。子弟校奄奄一息，是秦阳最不好的学校。

吃过早饭，她刚准备去上课，忽然上来一个中年妇女，站在门口。

熊小梅看清楚来人，大吃一惊。周永利笑道："小梅，你有时间吗，我想和你谈一谈。"

听到这一句话，熊小梅脸色顿时煞白，一颗心孤立无援地被吊在了半空中。电影里男主角妈妈总是棒打鸳鸯。熊小梅喜欢看电影，脑子里自然而然想起了被无数人演绎过的情节。她默默地跟在周永利身后，不知不觉进入电影情境之中。

来到楼下书报亭外，周永利直奔主题，讲了自己的忧虑，道："小梅，我想请你帮个忙。"

熊小梅一颗心冰凉冰凉，以为下一句话就是让两人分手，眼泪差一点落了下来。

周永利道："沧海重感情，他当前最担心就是两地分居，有可能放弃这次千载难逢的机遇。你们两人谈恋爱，我们家里支持，两个真心相爱的人在一起，这就是最大幸福。"

这是一句温暖的话，犹如阳光从重重雾霾中杀出无数个孔，空中变出千万根光柱，绚丽无比。熊小梅憋了半天的眼泪终于流了出来。

周永利递了一张纸巾过去，道："你们两人极有可能会暂时两地分居，两地分居折磨人，我们这一代人普遍经历过。说实在话，凭着沧海的机灵劲，只要下定决心，到政府机关工作肯定能够发展起来。等到他发展起来以后，解决两地分居问题就易如反掌。"

她又递去纸巾，道："擦擦眼泪，别哭红了眼睛。我有一个请求，希望你配合阿姨，劝沧海先接受这一份辛苦考来的工作。安稳下来后，再根据实际情况进行调整。如果不要工作，刚毕业到社会上能做啥。在外面漂泊，生活会变得动荡，到时候要发生什么事情，真说不清楚。为了小家庭稳定，必须先要把工作拿下。"

对于熊小梅来说，只要不是分手，其他事情都能够接受。熊小梅道："阿姨，放心，我一定让沧海接受安排。我们是师范院校，能分到政府机关，这确实是千载难逢的机会。"

中午吃饭时，侯沧海在第一食堂等到了熊小梅。

经历过早上的情感震荡后，熊小梅恨不得扑进男友怀里痛哭。她控制着情绪，与侯沧海一起走到食堂外面。

食堂外面十来个架子车，里面装有热腾腾的饭菜。这是学校教职员工家属们搞的流动摊点，校方睁一只眼闭一只眼，每次开会都规劝大家不要让家属们在校内当小贩，实则没有取缔行为。侯沧海来到一家味道对胃口的摊点前，叫了一声"师母"，买了一份红烧肉，倒了一半到熊小梅碗中。

两人端着饭碗走到足球场，找了阴凉处，坐在石梯子上边吃边聊。

咬着厚实醇香的红烧肉块，侯沧海恶狠狠地大口吃饭。风卷残云地消灭碗中饭菜，他感慨地道："前几天找工作充满了屈辱感。从八点直到十点半，我们一家三口站在小区花园等着领导接见。我爸要强，从来没有为了自己的事情求过人，为了我的工作，低声下气地求人，想到这些，我胸口被一股气塞住了。凭什么，有些人就身居高位，我们就得求人办事。我不要工作，自己创业。"

熊小梅暗叹阿姨的先见之明，道："你应该去。考进政府机关说不定就是成功事业的开始。如果不适应，以后拍屁股走人就行了。"

"政府机关是我的事业吗？"在江州师范学院这四年，侯沧海最喜欢象棋、散打和恋爱，没有考虑事业问题。

熊小梅道："你得收起玩心，想想正事。你们班上的陈文军，优秀学生会干部，学校推荐他到了江州市机关，是市级机关，不是基层。虽然你觉得他心思很重，为人不纯粹，可是他凭着自己努力，解决了工作问题，值得我们学习。"

陈文军和侯沧海是同班同学，关系还行。两人的人生观和世界观完全不一样。陈文军进校就主动找到辅导员，要求当学生干部，为班集体贡献力量。这些年主动要求进步的学生已经不多了，辅导员很是高兴，立刻让他当了班长。陈文军进入学校官方培养体系，加入学生会，入党。这次被推荐到党政机关，顺理成章，水到渠成。

侯沧海瞧不上陈文军一天到晚在跟辅导员屁股后面，经常讽刺其为系里忠实走狗。在毕业分配之机，他突然发现，陈文军并不傻，傻的是自己。

　　解决了侯沧海的工作，接下来重点是解决熊小梅的工作问题。熊小梅精心设计了简历，打印成精美册子，不停地投给任何有可能接收自己的单位，有政府，有企业，还有教育机构。这些简历如小石头抛进大海，被波涛吞没，没有一点涟漪。

　　除了投简介以外，熊小梅还参加了无数场招聘会，招聘会比较可恶的是总有"工作两年"等设定条件，将刚毕业的大学生挡在门外。

　　每次走出人山人海的招聘会场，熊小梅步履沉重地走在街道上，侯沧海跟在身后。

　　"我不甘心！高中苦读，终于考上大学，结果大学毕业又回到厂里，奋斗七年，绕到了起点。刚进校时，陈华总说学得好不如生得好，我不以为然，现在终于相信了。如果我有个好爸妈，哪里还用得着这样四处奔波。"

　　侯沧海明知道安慰无用，还得安慰。

　　回到学校，在女生楼前分手时，熊小梅沉默地回到寝室。

　　"招聘会怎么样？你为了爱情，一心想要留在江州，老天应该受感动吧。"闺密陈华见熊小梅神情低落，不再开玩笑，"上午杜老师来过，让你抽时间到办公室去一趟，有事找你。"

　　"什么事？"

　　"杜老师没有说原因。"陈华叹息一声，"你好歹还留在秦阳，江州是省内第二大城市，秦阳是第三大城市，转来转去，都是全省前三甲。我家在小县城，全省排名在三十位以后，我宁愿不要工作，也不回小县城。"

陈华和熊小梅是202寝室有名的两朵鲜花，这些年引无数俊男折腰。陈华在大二谈过一次恋爱，是体育系帅哥。在大三分手，从此一直没有谈恋爱。

下午上完第一节课，熊小梅来到辅导员杜老师办公室。

杜老师一个人在办公室，招呼熊小梅坐在沙发上，还热情地倒了一杯水。

"分配有着落没有？"杜老师为人厉害，一张嘴如刀锋一般利，所有学生都畏其三分。今天态度亲切，很反常。

熊小梅道："今天到人才市场参加招聘会，高不成低不就，没有合适的。"

杜老师拍了拍熊小梅手背，道："人生关键就是几步，考大学算是一步，找工作是一步，谈恋爱是另一步，走对了，步步高。转换思维，天宽地阔。"

熊小梅没有理解这是什么意思。

杜老师继续深入道："小梅是我们系里最优秀的女生，完全有留校资格。校总务处冷处长的儿子是我们学校大四的，他对你很有好感，想和你交往。冷处长是总务处长，总务处长在学校有地位，搞一个留校指标容易得很。"她从抽屉里拿出了一张名片，递给熊小梅，道，"你考虑一下，这是一个改变命运的机会。留在大学工作，以后读研、考博，条件都很好。"

直到此时，熊小梅才惊讶地发现杜老师是在为自己介绍男朋友。她把名片放在桌上，道："杜老师，我有男朋友了。"

杜老师微笑道："有男友也没有关系，没有结婚都是自由的，你慎重考虑此事。"

熊小梅和侯沧海好得蜜里调油，如何能够接受另一个异性，特别还是用这种方式。她正要拒绝时，办公室门被推开，一个小胖子将头探了进来。

杜老师道："冷小兵来了，快进来吧。"

熊小梅对冷小兵的名字没有一点印象，进来的小胖子倒是见过面。在学校舞厅跳舞之时，还和这个小胖子跳过一曲。她发现这个小胖子跳舞时总是有意无意缩小身体距离，便拒绝了其再次邀请。今天，小胖子穿上西裤、白衫衣，打上领带，衣冠整齐。比较可惜的是小胖子鼻子里有一撮鼻毛顽强地伸出来，非常刺眼，干净利索地破坏了整体形象。

"小梅，你好，我是冷小兵，美术系的。"冷小兵肚子微微往外凸，这种形象在中年人里面比较常见，在学生中则很少见到。他的声音嘶哑，是个破嗓子。

熊小梅站了起来，态度坚决地道："杜老师，我走了。"

杜老师将熊小梅送到了门口，道："冷小兵是忠厚人，家庭条件很不错，你可以考虑，不要急于做决定。"

熊小梅道："我已经有了男朋友，不会考虑冷小兵。"

在办公室，熊小梅被突发情况弄得有些发懵，回到宿舍渐渐回过味来，十分惊讶平时一身正气的杜老师怎么会做这种"红娘"，她反复想着这个问题："杜老师肯定知道我在谈恋爱，百分之一百知道，既然知道，为什么还要装着不知道，介绍那种歪瓜裂枣给我？"

陈华回来，她迫不及待地讲了此事。

陈华同意熊小梅的判断，道："杜老师应该知道你在谈恋爱，有一次她到我们寝室没有见到你，直接说又和中文系的大个子谈恋爱去了。"她又冷静地分析道："杜老师肯定对冷小兵爸爸有所求，才会当说客。她负责介绍，成不成是你的事情。"

两人正聊着，寝室外响起了一个男声："请问，熊小梅在不在？"女生寝室素来被阿姨守得如铁桶一样，特别是在夏天，极少有男子上来。这个男子能进来，很反常。

熊小梅紧张地道："那个人，你说我不在。"

陈华对敢于大胆通过官方渠道追求女生的男人感到有兴趣，走到门口就见到一个小胖子，小胖子正好迎着阳光，整个人看上去油光水滑，如刚出笼的肉包子。

"你找谁？"陈华微微扬着头，很高傲。

冷小兵最喜欢在校内欣赏美女，长期执着于此，对校内出色美女都有印象。陈华相貌出众，身材火爆，早就进入其视线。他没有想到陈华和熊小梅住一个寝室，结结巴巴地道："熊小梅在不在？"

陈华道："不在。"

冷小兵拿出一封信，道："麻烦你转交熊小梅，谢谢了。"

陈华接过信，转身进屋，顺手将寝室门关上。冷小兵站在门口略有二三十秒，这才离开，离开时，脑子里又浮现起陈华高傲的脸，暗道："什么世道啊，美女太多，男人不够用。"

这封信写得很直接，赤裸裸，放出了"如果同意谈恋爱就留校"的大招。这个大招非常有力，把看到信件内容的侯沧海气得直踢大树。

"妈的，这是什么人，挖墙脚挖到我的头上，真是老鼠别左轮——起了打猫心肠，必须要迎头痛击。"这是侯沧海看罢来信后的直接反应。

熊小梅将信件撕掉，嘲笑小胖子心思猥琐，是一个奇葩。

侯沧海琢磨着如何痛揍这个敢在太岁头上动土的家伙。他是说干就干的性格，立刻找到来自美术系的散打队队友，先摸冷小兵底细。

队友得知此事，鄙视道："这正是冷小兵的做事风格。冷小兵仗着他爸爸的关系，在系里牛哄哄的，极为让人讨厌。"

侯沧海想起其撬墙脚的恶劣行为，不由得恶从胆边生，道："冷小兵是个人渣，老子今天要为民除害，专打人渣。我在哪里弄他最合适？"

队友道："冷小兵喜欢跳舞。他曾经吹嘘过，进学校舞厅如履平地，一分钱都不会花。要想收拾他，最好的地方就是舞厅外面。"

晚上恰好在音乐系小舞厅里有一场舞会。侯沧海找借口没有与熊小梅约会，直奔音乐系小舞厅。小舞厅美女多，门票贵，在这里跳舞的都是条件相对好一些的学生和校内校外社会人。

冷小兵最喜欢在小舞厅跳舞，一场没有落下。

今天他将详细分析利弊的求爱信送到了熊小梅寝室。凭着他从父亲那里得到的对社会的认识，熊小梅这个工人子弟很大可能会选择自己。至于中文系的大个子在学校可以牛逼，离开学校后屁都不是。

有了这份自信，冷小兵很相信自己的判断。意外的是在202寝室看到了另一个让自己心仪的女子，这个女子与熊小梅相比起来更加妖娆。在前往音乐系舞厅的那段林荫道上，冷小兵幻想着将熊小梅和陈华一起搞到手的幸福时光。

"可惜，我是讲道德的，不会脚踏两条船，否则就真可以享受齐人之福了。如果，她们实在要一起爬上我的床，那我也不能违背女方意愿，要做出自我牺牲，勉强笑纳吧。"正在自我陶醉之时，冷小兵被一道身影拦住了去路。

在黑暗中，冷小兵看不清来者是谁，向左移动一步，准备从侧面绕过黑影。

冷小兵移动，黑影也移动。

冷小兵借着路灯光认出来者正是熊小梅的大个子男朋友，道："让开。"

侯沧海道："冷小兵，你撒泡尿照照自己，癞蛤蟆想吃天鹅肉。"

说实话，冷小兵体力不佳，最怕野蛮人，如果侯沧海二话不说就动手，他必然吃亏。如今侯沧海开始讲道理，他根本不怕，挺了挺胸膛，道："从法律上来讲，你和熊小梅没有任何关系。你和熊小梅，我和熊小梅，关系是平等的，凭什么你能追求熊小梅，我就不能。"

在侯沧海心目中，自己站在冷小兵面前义正词严地斥责他时，冷小兵必然会在自己正义之光下变得特别矮小。侯沧海没有料到冷小兵不仅没有狼狈，反而挺起胸膛侃侃而谈，说的话似乎还有几分道理。

侯沧海克制住愤怒，道："熊小梅不愿意，明白吗？"

冷小兵反驳道："熊小梅是否愿意，不是由你来说，而是熊小梅亲口告诉我。我重申一遍，你和熊小梅，我和熊小梅，关系是平等的，除非是有婚姻。我们都是学生，没有婚姻，因此我们都有追求熊小梅的权利。"

这是典型诡辩。

侯沧海和熊小梅正在热恋之中，好得蜜里调油，如胶似漆。而熊小梅和冷小兵根本没有任何交集，绝非什么狗屁等距离关系。

讲道理是越讲越扯不清，侯沧海准备动手了。在动手时，他脑袋变得格外清醒，目光锐利。他一个毫无预兆的鞭腿，狠狠抽在冷小兵小腿上。

冷小兵是个没有体力的小胖子，无法抵挡这下异常凶猛的打击，如肉口袋一般倒在地上，大声惨叫起来。侯沧海动手以后便不再客气，俯身又打了一拳。这一拳若是打得实在，冷小兵面部肯定会严重受伤，说不定会惹麻烦。因此，拳头即将打在脸上之时，侯沧海变拳为掌，结结实实地抽在冷小兵脸颊上。

冷小兵只觉得被一根木棒抽过，脑袋晕乎乎的，如一辆破烂自行车在脑子里晃荡，发出极不和谐的响声。

打倒冷小兵后，侯沧海一点都不兴奋，心情复杂地回到女生楼下，大吼道："202，熊小梅，有人找。"

一身长裙的熊小梅很快出现在走道上，对着黑暗的楼下挥了挥手。

在报刊亭下，熊小梅得知冷小兵被男友揍了一顿，紧张地道："冷小兵爸爸是当官的，打了他，肯定要惹大麻烦，会不会影响分配？"

"这是他先来挑衅，活该挨打。再说，我出拳时收了力，不会打出问题。"

侯沧海想到冷小兵的背景，又道，"如果真有谁找你询问这件事情，你就一口咬定不知道，不管什么情况，你都咬定不知道我做过什么事。你确实也没有看见我打人，不用撒谎，撒谎容易穿帮，记忆就从我们这一刻相见开始。"

两人在操场边散步，熄灯时才各回寝室。

侯沧海刚进寝室就被两个汉子拦住。两个汉子是保卫处干部，专程来处理冷小兵被打之事。侯沧海有足够心理准备，跟着两个汉子来到保卫处。面对保卫处干部，他不慌不忙，不卑不亢，坚持没有打人。

在保卫处折腾了一个多小时，保卫处梁处长和冷小兵爸爸在保卫处楼上见面。

冷小兵爸爸道："怎么样，能把侯沧海扣了吧。冷小兵被打成脑震荡，现在还在呕吐。"

梁处长道："侯沧海是老手，死硬分子，坚决不承认打过冷小兵。"

冷小兵爸爸急眼道："老梁，我这些年很支持保卫处工作吧，你们要办什么事，我一次折扣都没有打过。如今我娃儿在学校被人殴打，你们不能袖手旁观，要依纪依法处理。"

梁处长下楼后，拍响桌子，给侯沧海戴了手铐，吼道："你不要死猪不怕开水烫，痛快承认了，学校会酌情处理。"这是其伎俩，只要承认打人，就算是个死硬分子，也得由着保卫处拿捏。

侯沧海不为所动，道："没做就是没做，就算给我戴上手铐，我还是这一句话。留置只有二十四小时，到时还得放我回去。放我出去，我就要去找学校党委书记、校长告状，你们凭着一面之词，将无辜学生关押二十四小时。"

"你敢威胁我？"

"不是威胁，是我的权利。你把手从我鼻子前面拿开，有理讲理，不要这么凶狠地对待学生，你们是学校保卫处，是保卫我们的，不是欺负我们的。"侯沧海忽然发现自己和母亲有几分相似，到了恶劣环境，语言丰富起来，说起话来一套一套的。

保卫处长扬起手臂，准备扇人。他的手臂在空中扬了扬，又收了回来，道："你不要耍小聪明，学校到处都有监控，你的所有行为都有录像。"

最初侯沧海吓了一跳，随即想到若真有录像，保卫处的人就不会和自己啰唆了。他平静地道："有监控，请拿出来，我们一起看。"

梁处长以前在地方派出所工作过，若是以前，早就抡起拳头。调到学校保卫处后，他吸取教训，将臭脾气收了起来。他转身出门，又上楼，找到冷小兵爸爸道："侯沧海真是厕所里的石头又臭又硬，不承认错误，要想其他办法。"

　　熊小梅与侯沧海分手以后回到寝室，压根不知道男友在保卫处关了一个晚上。早上吃过早饭，拿着书，来到教学楼。

　　杜老师叫住熊小梅，脸色难看，道："侯沧海昨天晚上殴打了冷小兵，冷小兵脑震荡，住进医院。你知道侯沧海为什么打人吗？"

　　熊小梅想起男友"不说假话"的交代，道："我昨天和侯沧海在一起，但是确实不知道杜老师说的事情。"

　　杜老师威胁道："侯沧海被学校保卫处拘留了。校方对打人的事情很重视，按照以前惯例，肯定要开除侯沧海。侯沧海即将毕业，面临分配，被开除以后，前途就毁了。"

　　校方传递的压力让熊小梅觉得窒息，愣了神，道："真会开除吗？"

　　"肯定会。"杜老师点了点头。

　　"杜老师，有什么办法？"熊小梅声音里开始带着哭腔。

　　杜老师沉默了一会儿，道："这要看当事人冷小兵是什么态度，他不追究，事态没有这么严重。他坚持追究，只能开除。冷小兵在校医院三楼七号房。"说了这句话，杜老师转身就走，走路时高跟鞋打在水泥地面上，发出刺耳声音。

　　熊小梅是第一次面对如此复杂的局面，回到寝室以后就躲在床上默默哭泣。闺密陈华最先发现异样，赶紧陪在她身边安慰。

　　"侯沧海考到政府机关工作，如果被开除，他就完了。"熊小梅这时将男友叮嘱忘在脑后，脑里只是想着杜老师所言。

　　"这事要和侯沧海商量，问清楚再说。"陈华不是当事人，冷静得多。

　　两人来到男生楼，得知侯沧海晚上被保卫处带走，一直没有回来。熊小梅慌了神，想起侯沧海被关在保卫处的悲惨模样，直抹眼泪。

　　两个女孩又来到校保卫处。

　　校保卫处梁处长正在喝茶，见到两个漂亮女学生进门，猜到与侯沧海有关。他冷眼瞧着两个女生，心道："难怪冷小兵会争风吃醋，他娘的，这两个年轻女孩子当真漂亮。"

熊小梅在校园内素来没有将保卫处看在眼里，相较学生处等部门，保卫处在学生眼里是一个冷衙门。此时男朋友被关在里面，冷衙门就散发出不比寻常的威严，眼前的胖干部变得格外强大。

"你们是大学生，难道不知道规定吗？侯沧海殴打同学事件性质恶劣，必须处理。"梁处长讲这话时非常严肃。

杜老师和保卫处的人说法一致，让熊小梅失了分寸。离开保卫处时，她眼泪唰唰往下流。此时，陈华终于下定了决心，道："我到医院去探探虚实。知己知彼，百战不殆。"

医院三楼七室，冷小兵正在看电视。他原本以为进来的女子是熊小梅，没有料到来者是性感又漂亮的陈华。他连忙理了理衣服，热情地道："你怎么来了？快，请坐。"

陈华盯着冷小兵，道："你不是被打成脑震荡了，怎么活蹦乱跳的！我有话和你谈。"

二十四小时以后，侯沧海走出了校保卫处。他的判断基本准确，冷小兵肯定没有什么大事，只要自己不承认打人，校保卫处拿自己没有办法。

侯沧海在保卫处该睡觉就睡觉，该吃饭就吃饭，神经大条得让保卫处经验丰富的几位同志都觉得此子不凡。走出保卫处，他自由地行走在校园里，在阳光照耀下直奔小面馆。

保卫处的饭食难吃到极点，馒头硬邦邦，一碗汤水没有一点儿油星。侯沧海狼吞虎咽吃下一大碗杂酱面，这才定下神。

熊小梅听到招呼声以后立刻飞奔下楼，如果不是来往同学多，肯定如小鸟一样扑进侯沧海怀里。

"你终于出来了。"熊小梅说起这话，鼻子开始发酸。

侯沧海警惕地道："谁来找过你？"

熊小梅道："杜老师找过我，说是保卫处拘留了你，学校要开除。这一次全靠陈华，她代表我到医院去找了冷小兵，双方达成谅解。等会我们找个馆子，请陈华吃饭。"

侯沧海道："陈华代表你，到医院给冷小兵赔礼道歉了？"

熊小梅道："陈华不是道歉，只是看望了冷小兵。冷小兵说既然我不愿意，他肯定不会再来找我。"

侯沧海脑中闪过陈华，又闪过冷小兵，总觉得事情有点怪，怪在什么地方，一时又想不明白。

6 月 30 日，这是一个让很多毕业生都留下忧愁的夜晚。熊小梅和陈华在寝室聚餐以后，独自在校园漫步。

"你在和冷小兵谈恋爱？"得知陈华留校以后，熊小梅敏感地意识到了发生了什么事情，直截了当问起此事。

陈华穿了一身白色连衣裙，嘴唇涂有口红，散发一种素雅的性感。她沉默地望着黑暗校园，道："我不想回县城。在小县城里，只有进了政府机关才有一点点小机会。可是进了机关又如何，还是在小县城，我不想奋斗多年，从终点又回到起点。"

熊小梅激动地道："难道为了工作就放弃爱情？冷小兵用这种手段来谈恋爱，人品不好，我不能眼睁睁地看你跳火坑。"

陈华神情平静，道："这是我的选择，与冷小兵没有关系。冷小兵是我的跳板，留校以后肯定要和他分手。从这个角度来说，我利用了他。"

熊小梅道："当初你替我到医院去看冷小兵，是有意的。"

陈华没有否定这个说法，很深沉也很尖刻地道："是的，正是如此。这是一个现实社会，大家都不能免俗，杜老师为什么帮着介绍对象，原因很简单，她老公做生意，有求于冷小兵爸爸，无法拒绝冷小兵父亲提出的要求。我最初看不起杜老师，现在想起来，大家都是可怜虫，不过是利用和被利用的关系而已。"

任何事情都有代价，陈华获得留校资格就必然要付出代价，熊小梅最初很愤怒，然后慢慢悲哀起来。

陈华叹了口气，道："我的傻小梅，这个时候还相信爱情？我反正不相信。当然，你和侯沧海谈恋爱的时候没有功利色彩，纯粹是两人相爱。"

"我们以后两地分居，天各一方，不知何年何月能解决。"熊小梅想起破破烂烂的子弟校，叹了一口气。

陈华看了看手表，道："我要到冷小兵家里去，你去和沧海约会吧，这是大学最后一天，你要过得美好一些，要给自己留下一个美好回忆。"

熊小梅用力与陈华拥抱在一起。熊小梅喃喃地道："你要机灵一点，找机会摆脱他。既然是利用，不要把自己彻底陷进去。"

熊小梅站在绿树成荫的校园小道，望着陈华的背影心里百味陈杂。一阵风起，陈华的长裙随风摇曳，散发悲凉之美。

独自在往常约会的报刊亭等了半个多小时，侯沧海如约而至，满身酒气。在前往操场途中，熊小梅神情郁郁地将头靠在男友肩膀，道："陈华埋葬了爱情，与冷小兵谈恋爱了。"

"我早就觉得不对劲，原来如此。"

"你不要瞧不起陈华，她也是没有法子。"

"哼，用这种方法来找女友，冷小兵就是龌龊的人。陈华终究有一天会为自己的选择后悔。她用这种方法达到目的肯定要付出人生代价，我们不能这样做。"侯沧海打心眼里瞧不起依仗父亲势力的冷小兵，也不能完全理解陈华的选择。他挽住女友细腰，道："从今天起，我要洗心革面，不贪玩，天天做正事。两年时间，我要凭本事把你调到江州。"

男友的甜言蜜语总是治愈伤痛的良药，熊小梅在石保坎上仰望深邃夜空，细细体会男友在身体里强烈冲刺，感觉身体慢慢悬浮在空中，每个细胞都发出欢畅的浅唱低吟。

这是分手之夜，操场处处充满离情别意，无数情侣在离校前争分夺秒地进行最后欢爱，给大学青春一个圆满结局。与女友分手以后，在短时间做了两次运动的侯沧海拖着疲惫的脚步回到寝室。寝室里充斥着酒味，室友杨兵趴在床上，将头伸到床外哇哇大吐。

"杨兵和女朋友协议到期，明天按协议正式分手，从此天各一方，无牵无挂。大醉一场，以示纪念。"全何云光着上身，肋骨如钢琴黑白键。

侯沧海道："既然签了恋爱协议，就有心理准备，真要分手，何必要死要活，喝这么多酒。"

"说起容易，做起来难。"全何云向窗外弹出一个烟头，仰天长叹，"问世间情是何物，直教人生死相许。"

这是全何云式抒情方法，弄得侯沧海起了一身鸡皮疙瘩，道："全何云，闭嘴，最听不惯你发骚。"

全何云道："为什么听不惯，我说的是实话。生命中不能承受之轻，我们不能媚俗，也不能为了反媚俗连正常情感也不能抒发，这是另一种媚俗。"

全何云越是说得正经，侯沧海越是起鸡皮疙瘩。起了两层鸡皮疙瘩以后，他直接塞了一支烟到全何云嘴巴里，这才堵住抒情之嘴。

胖子刘楚鬼鬼祟祟地走进寝室，提了一个大桶。他进屋后将房门关掉，然后将大桶放在桌上。桶里收集了许多饭盒、杯子和墨水瓶。胖子刘楚将这些"武器"倒在桌子上，又溜出房门，继续寻找武器。他又提了一桶武器回来时，熄灯音乐响起。

熄灯音乐就是号令，所有同学聚集在窗口，江州师范学院一年一度的大狂欢即将开始。

无数撕碎的书本从天而降，化作满天飞雪。无数饭盒在空中挣扎，倾吐着四年来的怨气，砸在地面上砰砰作响。极短时间之内，地上就铺了一层残物。若是没有楼上众学生拼命嘶吼，会给人一种乱世逃亡之感。

校方对这种事情早有预料，保卫处同志和老师们深入学校，做着无谓的劝解，或者准确地说是起着灭火器的作用，防止事态扩大。

今年反应最激烈的是女生寝室，一大串鞭炮从楼里扔下来。鞭炮在半空爆炸，火光绚丽，响声刺耳。

男生们的激情被鞭炮点燃，几个激动的男生将板凳和椅子扔出窗外，发出震天轰响。这个行动超出了狂欢范畴，立刻引来保卫处关注。保卫处锁定了扔板凳和椅子的寝室，拿着大电筒上楼劝阻。

杨兵在狂欢中又吐了一次，吐完之后，想起貌美如花的女友从此要投入其他男人的怀抱，心情激荡，悲痛难言，翻身而起。全何云等人在快乐地将杂物扔出窗外，没有注意到杨兵痛苦绝望的表情。杨兵站在距离窗子不足一米远的桌子上，朝窗外跳了出去。

侯沧海扔完两个墨水瓶，无意中回头，恰好看到杨兵站在桌面屈身下蹲，动作极似短跑的起跑姿势。侯沧海叫了一声："杨兵，不要。"话音未落，杨兵如一只大青蛙一般朝窗外蹦了出去。

侯沧海眼疾手快，跳起来双手去抓这只大青蛙。大青蛙跳得很坚定，身体已经离开了窗子。

侯沧海搂住大青蛙左腿。下坠之力巨大，差点将侯沧海也拖出了窗口。他蹲下身，将身体死死靠住墙壁，这才没有被带出窗外。

杨兵跳出窗子之后被侯沧海抱住小腿，整张脸重重地撞在了墙上，鼻血哗哗直往外涌。鼻血来得凶猛，糊住眼睛。

全何云、刘楚急忙奔到窗外，抓裤脚、抱小腿，将杨兵从窗外拖了回来。

侯沧海骑在杨兵身上，抡起手掌，"啪、啪、啪"就是一顿耳光大餐。全何云是寝室里最温柔的男人，见侯沧海打得狠，怕出事，双手抱住侯沧海胳膊，道："不要打了，再打要出事。"

侯沧海又扇了杨兵一个耳光，这才停手，道："找根绳子来，绑起来，酒醒以后，再放开。"

由于事发突然，再加上整个学生楼处于黑暗之中，没有人注意到刚刚差点经历一场惨剧。侯沧海寝室的狂欢因为杨兵跳窗而戛然而止，三人撕了被单，绑住杨兵。他们坐在绑得如猪蹄一般的杨兵身边，点燃香烟，聊着青春话语。

全何云得知梦中情人陈华居然为了留校委身于冷小兵，再次仰天长叹："这个世界没有比女神坠落更让人痛苦的事情。杨兵，我的女神都变成乌鸡了，你有什么想不开的！"他吸了一口烟，吟道，"问世间情是何物，直教任生死相许。天南地北双飞客，老翅几回寒暑。欢乐趣，离别苦，就中更有痴儿女。君应有语，渺万里层云，千山暮雪，只影向谁去。"

刘楚起了一身鸡皮疙瘩，打断道："老全，打住，说人话，好白菜被猪拱了，让你很不服气，是不是？"

全何云道："读了四年大学，刘楚还是不解风情。问世间情是何物，直教生死相许，这句话说得多好。"

侯沧海听得也起了一层鸡皮疙瘩，骂道："滚！"

被绑在床上的杨兵也骂："滚！"

听到杨兵骂人，三人围了过来，侯沧海道："想通没有？"杨兵被打成了猪头，脸肿了一圈，鼻子结着血痂，道："生死边缘走了一遭，想通了。"全何云道："为什么跳楼？"杨兵道："一时想不开，我再也不会了。把我解开，我要小便。"

侯沧海恶狠狠地道："不解，明天早上再说。"

"我真的要小便，等会要尿裤子。"杨兵苦着脸道，"我真想通了，我不会再做傻事了。以前没有料到和女朋友分手会这样难受，真的很难受，当时心灰意冷。现在我都死过一回，大彻大悟了。我没有说假话，你以后和熊小梅分手的时候，自然知道我的感受。"

"你这个乌鸦嘴，我怎么可能和熊小梅分手！"侯沧海骂了一句，蹲在杨兵身后，解开绳子。找了一个还没有丢下楼的盆子，让杨兵对着盆子方便。

"拜托，你们不要围观，尿不出来。"

"谁稀罕看你，我只是想看一看在生死边缘走了一遭，你会不会变成硬汉。"全何云光着上身，露出一身排骨，叉着腰，站在杨兵身旁。

杨兵哀求道："你们站在旁边，我真的尿不出来。"

三人这才退后两步。杨兵酝酿半天，终于方便出来。

四人情绪已经从整个毕业狂欢中脱离出来，围坐在一起谈未来，淡淡忧伤如林中雾，悄然升起。

整幢楼的狂欢浪潮演变成男生楼和对面女生楼歌曲大对唱，双方极度兴奋，男生唱《真心英雄》，女生就唱《月亮代表我的心》，男生唱《朋友》，女生就唱《月亮代表我的心》，男生唱《亲亲我的宝贝》，女生就唱《月亮代表我的心》，唱到后来，双方合在一起集体合唱《月亮代表我的心》。

不知不觉，天亮。起床广播响起时，四人将牌丢下，准备到面馆吃最后一次分手面。杨兵来到窗口，将头伸出去看了地面上乱七八糟的垃圾，双腿软得不行。他退后几步，坐在床上，道："我太傻了，昨天没有你们几个，我就玩儿完了。"

侯沧海道："过了这个坎，你这辈子肯定火得一塌糊涂。"

四人要了最顶级的杂酱豌豆面，沉默地吃着。一辆辆大巴车正在朝广场开来，离校同学拖着行李，默然而行。

杨兵看见了合约到期的前女友。前女友站在汽车旁，拖着拉杆箱，穿着熟悉的牛仔短裤，隔着无数人望向面馆。两人神情复杂，有爱有恨，但是遵守了约定，没有在开车前靠近。

十点，大客车启动，"朋友一生一起走，那些日子不再有"的歌声在校园内回荡。

杨兵假装勇敢，上车时，"哇"的一声哭了出来。哭声具有极强的传染性，众多女生潸然泪下。

侯沧海跟随女友熊小梅前往秦阳。

两人准备看一看铁江厂子弟校，这是熊小梅将要工作的地方。铁江厂兴旺之时，厂子弟校在全市学校排名不低，进入90年代，铁江厂是王小二过年——一年不如一年，子弟校教学水平在全市已经排不上号了。学校教学楼被称为官帽楼，主楼五层，两侧附楼四层，状若官帽。教学楼主体颜色是灰色，柱子是红色，和国营企业的气质完全相符。

两人走进教学楼，寻找熊小梅曾经就读过的教室。来到五楼，走进一间标有"初三"的教室，黑板上方挂着一面五星红旗，红旗两边写有"团结、紧张、严肃、活泼"的褪色标语。侯沧海本是工厂子弟，走进教室便产生了时空穿越之感。

子弟校状况不容乐观，让熊小梅心有悲凉。偶尔她会想起室友陈华。陈华若不是与冷小兵谈恋爱，肯定会被分到全省排名靠后的小县城，小县城和江州师范学校确实是一个地下一个天上，难怪她会为之心动。

在子弟校转了一圈后，侯沧海住进旅馆。旅馆一间单人房间每天三十块钱，对于两个刚刚走出大学校园的穷学生来说着实不便宜。为了能够获得"性福"，这笔钱是刚性开支。

走进单间，侯沧海和熊小梅关紧房门。

做爱前先要洗澡，两人站在镜前，通过镜子注视对方。镜子里的对方更具观赏性，有一种海妖般的魔力。侯沧海和熊小梅将沐浴液挤在手掌里，帮助对方清洗。烈火渐渐燃烧，噼啪之声在狭小空间里疯狂奔驰，又被墙壁碰得头破血流。

下午三点，熊小梅离开旅馆，回家。

侯沧海站在窗台看着女友背影。等到背影消失，他赶紧拿出钱包，清点钞票。钱包是女友送的生日礼物，不是皮质钱包，是女孩子喜欢的布钱包，便宜，充满温馨。为了应付毕业，父母额外给的现金损失殆尽，钱包里面只剩下三十七块钱。要想在秦阳陪伴女友，必须要有来钱的办法，侯沧海已经有了基本思路——到茶馆赌棋赢钱。

侯沧海极喜下棋，高考前学业最紧张时，还经常关在屋里悄悄读谱读到三更半夜。父母以为儿子在认真学习，走路轻手轻脚，还在半夜煮鸡蛋犒劳。侯沧海知道在高考前读棋谱很不靠谱，可是棋谱读上瘾，经常情不自禁。

高考前读棋谱的后果很严重，原本成绩优秀的他只考上省内普通本科，没有考上重点本科。高考是独木桥，谁也不敢保证一定能考上，侯沧海考上了普通本科，比世安厂多数子弟都强。因此其父母只是觉得没有上重点很遗憾，没有过多责怪儿子。他们压根没有想到儿子没有考上重点本科的原因是晚上经常偷读棋谱。

侯沧海在旅馆附近转悠，很快找到一个目标茶馆，茶馆里有人下棋，其中有一局棋围了七八个闲人。旁观几分钟，他知道自己来对了地方。很快，他选择一个屡屡获胜的大眼镜作为对手。

双方摆好棋子，也不客套，立刻开始较量。

第一回合：大眼镜执棋先行，架上中炮，侯沧海应以屏风马。

第四回合：大眼镜冲起中兵。此手直攻中路，勇猛有余，失之冒进。侯沧海立即飞炮过河封车，限制对方盘头马。

第九回合：大眼镜冲了五步兵，亏先。

侯沧海原本以为大眼镜棋力高超，下到这个时候知道大眼镜对布局没有研究，更喜欢凭借中局格斗决定胜负。其实这种下法开局就吃亏，在高手面前根本没有什么机会。

此局实在谈不上精彩，大眼镜开局吃亏太多，必无幸理。那一帮看棋者都知道大眼镜是高手，以为新来年轻人必然会输钱，是一个送钱傻瓜。侯沧海收住棋力，几次可以结束战局时都忍住没有下手。他故意采取守势，而且守得很是辛苦，最后拼到双方兵力损失殆尽，才用双兵逼宫获得胜利。

这一局，赢了二十块钱。

由于双方纠缠得太久，大家都认为侯沧海侥幸获胜，强烈鼓动大眼镜再战一局。这一局侯沧海开局就占上风，然后开始进攻，几次杀着都故意放弃，终局时又搞成险胜。

大眼镜下得十分郁闷，对方是个小年轻，棋力明明一般，自己却总是赢不了。他归结于昨夜搞了女人，害得手气太潮。

第三局，侯沧海险胜。

三局之后，侯沧海暂时收兵，离开了这家茶馆，去寻找下一家能下棋的茶馆。半个小时后，他锁定了新的目标茶馆，又连赢三局。

至此，侯沧海在秦阳开启了象棋和性爱之旅。

在进入秦阳茶馆象棋界之前，他经济窘迫，住的是小旅馆。在秦阳各大茶馆反复扫荡之后，他以战养战，住进宾馆。钱来得容易，花起来也就不心疼。

每天早上，他在宾馆里等着以晨跑为幌子的熊小梅过来约会。上午在宾馆约会以后，中午吃碗面条，或者来一碗豆花饭，然后轮换到三个象棋爱好者聚集的茶馆收割现金。时间长了，秦阳茶馆象棋届回过神来，眼前这个小年轻棋力不凡。

第十四天，秦阳象棋协会的高手被本地象棋爱好者请到茶馆，与外来者决战。

这是侯沧海第一次遇到势均力敌的对手。

最初侯沧海准备示弱，遇到真正高手后，不服输的劲头被激发出来，发出全部火力与号称秦阳第一高手决战。两人花了四个小时下了三局，侯沧海以二比一取得胜利。这一次胜利让大家认识到侯沧海的真正实力，也就意味着侯沧海基本丧失了在秦阳收割现金的可能性。

下棋结束后，侯沧海独自在宾馆里面长叹："小不忍则乱大谋，赢了一局大棋，失去了重要财源。"

从这天起，他只能坐着公共汽车到秦阳下属几个区下棋，总算没有让钱袋枯竭。

　　1999 年 9 月份，侯沧海成为江州市江阳区黑河镇政府一名干部。

　　熊小梅分到铁江厂子弟校。上班不久，天上居然真会掉下馅饼，铁江厂子弟校移交给地方，和重点中学秦阳二中合并，熊小梅成为秦阳二中正式老师，其人生发生了奇异转变。

　　秦阳二中是重点学校，凡是老师要调进秦阳二中必须分管副市长点头同意。这一次调整得益于宏观政策，按照国家对企业子弟学校划归地方统一管理的要求，秦阳市政府直接将铁江厂子弟校所有教师和学生都移交给秦阳二中。如此调整引起了地方教育界广泛非议，但是有效地缓解了铁江厂工人对系列改革的抵触情绪，被当成了成功的典型经验刊载到省委研究室简报。

　　最高兴的莫过于熊恒远和杨中芳。得知子弟校调整方案后，熊恒远特意切了卤肉，提了白酒，痛痛快快地醉了一回。

　　凡事有利必有弊，侯沧海得到这个消息很是牙痛。从政治正确的角度来说，必须要庆祝这一次天降之喜。但是从小家庭角度来说，如果熊小梅在半死不活的子弟校工作，熊家同意熊小梅调到江州可能性会很高。此时熊小梅调入秦阳二中，所有人的期望值必然上升，熊小梅要调动，则要考虑与秦阳二中规模、效益和等级相当的学校。

　　侯沧海是刚刚参加工作的菜鸟，尽管在极短时间获得了黑河镇党委书记杨定和的认可，可是要办理这种级别的调动还是超出其能力。

　　自从调到秦阳二中，熊小梅立刻变成了抢手货，不仅同事们给她介绍对象，铁江厂老邻居也纷纷给她介绍对象。为了此事，熊小梅和父母屡屡发生冲突。每次冲突以后，熊恒远和杨中芳都为女儿错失良缘而长吁短叹。

元旦，星期五，侯沧海请了假，提前来到秦阳，在秦阳二中门口与熊小梅会合，再次准备回家摊牌。

毕业到如今已经过了四个月时间，这让好得如胶似漆的恋人尝到了两地分居的巨大压力。见面之后，两人有相聚时的欣喜，还有着短暂相聚后必然要分手的失望和忧伤。初见面时，两人稍显隔阂，神情不自然，客客气气。挽着手行走一段，陌生感才渐渐烟消云散。

熊小梅推开门房门，站在其身后的侯沧海立刻感受到房内逼人冷气。这是比零摄氏度的气温还要逼人的冷气，冷气制造者正是熊恒远和杨中芳。夫妻俩满脸是被迫面对不想见之人的愤怒和无奈。他们坐在沙发上，不朝门外看一眼，盯着不停闪动的电视机屏幕。电视画面如一只妖怪，从眼睛钻入，从耳朵钻出，没有在脑中停留，更没有留下任何印象。

"爸，妈。"熊小梅打了一个招呼，满肚子话被冻住，堵在喉咙里，无法说出来。

"我和熊小梅是真心相爱，准备结婚，请熊叔和杨阿姨成全。"踏进熊家后，侯沧海有一种豁出去的心态，开门就捅"刺刀"。

熊小梅紧张得一颗心都要从胸腔迸将出来，脑中浮现出父亲暴起打人的画面。从小到大，父亲无数次从沙发上跳起来打人，多数时间打姐姐熊小琴，少数时间打自己。她对父亲感情复杂，有疏远，有亲情，有怨恨，有痛惜。

杨中芳紧紧拉住丈夫胳膊，道："小侯，现在时兴自由恋爱，当父母的管不了你们。当父母的又不能不管，你说是不是？"

"是的。"侯沧海坐在单人沙发上。

杨中芳继续道："熊小琴嫁到外地，如果二妹又嫁到外地，我们老两口怎么办？生了病谁来照顾？我们要求不高，如果你能来到秦阳工作，我们就没有意见。"

这个招术并非由他们夫妻原创，而是熊小琴出的主意。如今杨中芳采用了大女儿建议，将难题踢到侯沧海这边。

侯沧海道："在熊叔和杨阿姨面前，我不想说假话。我们家是工人家庭，没有宽厚的社会背景和人脉，我近期调动到秦阳基本上不可能。"

熊恒远火气腾腾地升了起来，道："我给你讲清楚，熊小梅肯定不会到江州。你要是能调到秦阳，那就没有话说，欢迎进家门。如果不能调到秦阳，我们绝不会答应。"

侯沧海道："如果现在到秦阳，我只能辞职。"

杨中芳紧紧拉住想要站起来的熊恒远，道："辞了职，你没有工作，难道让二妹养你？我们家的条件很简单，你调到秦阳，我们立刻同意。否则，我们不同意。"

这是一个无解的扣，让侯沧海很是头痛。他继续努力，道："熊叔，杨阿姨，当前最稳妥的解决方案是将小梅调到江州城里学校，市重点只有两所，难度太高，我保证至少将小梅调到区重点。你们退休后可以到江州。"

杨中芳道："我们这一代人讲究落叶归根，投靠到女儿家，亲戚朋友怎么看我们？"

熊恒远用手指着侯沧海，道："我给你说清楚，二妹哪里都不去，就嫁在秦阳。"

在熊家谈了一个小时，无法达成共识。

熊小梅对父亲暴怒之前的征兆太熟悉，发现父亲已经到了发火边缘后，赶紧拉着男友离开家。

熊家的要求其实不高，就是想让小女儿跟在身边，过上安稳生活。老两口最不能理解和原谅的是：秦阳四百多万人口，条件好的年轻男人满街都是，为什么熊小梅非得找个江州人，置父母于不顾？

对于侯沧海和熊小梅来说，他们是另一种观点：两人真心相爱，就算暂时有困难，难道不能克服？为什么要提出苛刻条件？

两人步行回到宾馆房间，熊小梅想起父母提出的难以完成的简单要求，泪水婆娑。侯沧海轻抚女友后背，道："你不要只看到悲伤的一面，事情正在朝着好方向发展，至少可以谈判结婚这件事，这就是巨大的飞跃和进步。干脆一不做二不休，明天将户口本悄悄取出来，先去结婚登记，生米煮成熟饭，他们就只能承认。"

熊小梅抹掉眼泪水，道："这样也行？"

"我有一个发小以前就是偷户口本结婚的，当初也是因为两地分居，他的爸妈坚决反对。偷出户口本结婚以后，他们也就默认了。"

提起户口本，熊小梅颇为懊恼。当初思考不周，害得现在相当被动。大学毕业之时，每个人都有一个户口迁移证。迁移证上指定的迁入地或是原籍，或是工作单位。熊小梅工作单位是铁江厂子弟校，办户口时，她没有思考，直接将户口回到父母户口所在地。如今要结婚，才发现户口是个大麻烦。

次日上午，熊小梅一直等着父母离家。谁知，平时总是一起买菜的父母改变了行为模式，杨中芳一个人提着篮子出去买菜，熊恒远一直坐在客厅看电视。

随后几天时间，熊小梅一直在等待获取户口本的时机，终于有一天，父母同时离开家。她站在窗台边瞧着父母背影消失在工厂，立刻来到里屋，拉开立柜小抽屉。在她的印象中，户口本等重要证件都放在立柜小抽屉里，平时没有上锁。

她拉开小抽屉，翻了好几遍，没有找到户口本。

她接着搜遍了家里所有可以放户口本的地方，一无所获，唯一可能藏户口本的地方就是母亲珍爱的一口皮箱，这是外婆送给母亲的结婚礼物，几十年来一直放在床下。熊小梅将皮箱拖了出来，放在卧室中间。她望着带着大锁的皮箱发愁，狗咬乌龟，找不到地方下口。最后，她决定明天找借口到车间去借母亲的房门钥匙，这样就可以拿到皮箱钥匙。

父亲和母亲下班以后，很快发现了破绽。

熊恒远黑着脸推开熊小梅卧室，道："你在我房里翻什么？"

熊小梅道："我没有翻。"

杨中芳站在门口道："小抽屉每样东西都有顺序，绝对不会错，不是你翻，就是小偷。里面的钱没有丢，只能是你翻了。你是不是想找户口本？"

熊恒远闷声道："我们又不傻，难道不会把户口本藏起来？我告诉你，侯沧海没有调到秦阳，结婚没有门。"

熊小梅和侯沧海悄悄拿户口本结婚的努力被轻松击败。

侯沧海在电话里得知女友没有拿到户口本，心中有一股失望的怒火在燃烧。他走出镇政府办公室，在院子里走来走去，心里充满挫折感。平心而论，他参加工作只有半年时间，就获得党委书记杨定和赏识，成为党政办第一笔杆子，还被任命为镇团委副书记，应该来说很不错。但是他资历浅，职务低，办理跨市调动是不可能完成的任务。

"我要辞职！"侯沧海在院子里如驴子一样转圈，胸中升起了强烈念头。

一辆小车开进院子，党委书记杨定和从车上走下来。车灯扫进院子时，他瞧见了站在院子里的侯沧海，招呼道："小侯，寒冬腊月，你一个人站在院子做什么？”

侯沧海迅速调整情绪，笑道：“刚才在办公室看工作总结，脑袋看晕了，出来透透气。”

杨定和体形偏胖，为人和气，并不把党委书记的架子摆在脸上，乐呵呵地道：“你工作有半年时间了吧，半年时间就要写全镇的工作总结，要求有点高啊。人都是有潜力的，压一压担子，潜力就出来了。等今年把这个总结写出来，明年就轻松了。年轻人好好干，前途肯定会很光明。”

受到领导鼓励，侯沧海还是挺高兴，道：“今年写镇党委工作总结确实难度高，要把所有部门总结消化掉。请杨书记放心，再难也要啃下来。”

杨定和很欣赏侯沧海乐观积极的工作态度，道：“在宿舍楼七楼还有一套房子，以前是计生办库房，现在计生服务中心单独修了房子，库房空了出来。明天你把房间收拾出来，搬到里面住。你的工资低，在外面租房子不是个事。”

年轻同事大多租住在黑河镇上，杨定和如此安排充分表达了欣赏之意。侯沧海没有假模假样推辞，赶紧表示感谢。

“听说你象棋水平不错？”

“还行吧，江州师院象棋冠军。”

“改天我要请张书记吃饭。张书记是象棋高手，在江阳区没有对手，独孤求败啊。你陪张书记多下几局，让张书记过过瘾。”

张强书记是江州市下属江阳区区委书记，很有威信，是让侯沧海举头仰望的人物。如今有机会与区委书记下棋，让侯沧海暗自激动起来。他如今受到女友家庭的强大压力，强大压力变成了向上的动力。有了动力，他比同时期分到黑河镇的大学生表现得更加积极。因为表现得更加积极，立刻让他在其他大学生中脱颖而出，获得了比同时期其他大学生更多机会。

杨定和离开前叮嘱道：“你既然是江州师院象棋冠军，水平肯定不低。与张书记下象棋时要懂得起，明白吗？”

侯沧海笑道：“杨书记放心。张书记是老同志，与老同志下棋，我会有分寸。”

杨定和道：“你现在进入社会了，要理解社会的复杂性。张书记如果看重黑河，政策稍稍倾斜，黑河镇十来万人民就可以受益。这是公事，不能带有私人情绪。明白吗？”

侯沧海道：“杨书记，我会以大局为重。”

隔了一个星期，星期五，黑河镇党委书记杨定和宴请区委书记张强。侯沧海需要作陪，无法到秦阳与女友相会。

"丁零零——"办公楼响起下班铃声。这个铃声与以前子弟校老式下课铃声一模一样，尖锐、刺耳，能有效刺激耳膜。铃声结束后，侯沧海在走道上等着杨定和书记下班。

身体肥胖的杨定和前列腺有毛病，每次方便都滴滴答答尿不净，还经常尿湿裤子，这让他格外烦恼。侯沧海在卫生间外面等了一会，杨定和才从卫生间走出来，鞋面上有隐约水滴。侯沧海知道其隐疾，自告奋勇地道："杨书记，你晚上少喝点，我顶上。"他取了纸巾，递到杨定和手前。

杨定和接过纸巾，擦了手，交代道："今天张书记和鲍常委都要来，我是月母子遇到老情人——宁伤身体也不能伤感情。人在江湖身不由己，这顿酒喝完，以后少喝点。"

小车从黑河镇出发，十来分钟就开进市区，来到铁梅山庄。山庄老板曾经在政府机关工作过，1992年下海经商，折腾几年后，开了这一家铁梅山庄。铁梅山庄环境幽雅，是闹中取静的好地方，张强书记很喜欢此处。

侯沧海提前预订了有大块落地窗的一号房。一号房位于植被丰富的小山坡，透过落地窗能近距离观察原生态茂密植被和草丛中的小动物，又因为玻璃阻隔不被蚊虫骚扰。

等了二十来分钟，外面传来说话声，侯沧海赶紧跟随杨定和出门。区委书记张强、鲍大有常委和区委办副主任詹军已经走进一号房小院，张强背着手，听鲍大有在耳朵边说事，詹军左手提着一个黑色手包，右手端着不锈钢茶杯。

杨定和上前几步，肥胖身体微微弯曲，与区委书记张强握手。

三位来者衣着各有特色，年龄最长的张强身穿中式棉服，自由随意。鲍大有约四十六七岁，穿了一件灰色羊绒大衣。詹军依然如上班一样穿衬衣打领带，套了两件套毛衣，中规中矩。

按照江州市委组织部规则，处级领导到了五十五岁就要由领导职务改为非领导职务，俗称"改非"。张强担任两届区委书记，根深叶茂，德高望重，一呼百应。但是，铁打营盘流水兵，明年他就到了"改非"年龄。近期传闻满天飞，一天三变，有说张强要到市人大工作，也有说到市政协，还要一种说法是张强在江阳区成绩斐然，有可能成为市级领导。

侯沧海是黑河镇党政办工作人员，距离区委书记位置相当遥远，不管传言如何变化都和他没有关系，于是将传言当成笑话。

当张强伸出手时，心情激动的侯沧海跨上一步，双手紧握区委书记温暖大手，真诚地道："张书记好。"

张强远比会场和电视上要平和，握手之后，问道："小侯，听说你下棋水平不错，今天我们痛痛快快杀几盘，你不能放水，大家凭本事，真刀真枪干。"张强被评为江阳区象棋第一人，纵横驰骋，未尝有对手。每次棋瘾发作难忍时，总觉得好对手难求。偶尔遇到一个好手，就觉得如六月喝了冰水一样舒畅。

最初得知要和威严的区委书记张强下棋，侯沧海心有忐忑。见面后发现生活中的区委书记很是本色，没有端架子，这才放下心来。他将棋盘摆好，抱拳道："张书记，我的水平不高，请多指教。"

区委常委、区委办主任鲍大有笑道："小侯别客气，下棋时要全力以赴，给张书记增加点障碍，只要张书记赢得不太轻松，你的水平就算不错。"

侯沧海道："我全力以赴，争取让张书记多消耗点脑细胞。"

张强哈哈大笑道："小侯不错，有点意思。"在他的经验中，这种没有职务的小年轻见到自己必然手足无措，拘谨异常，这个叫侯沧海的小伙子言谈举止有礼貌，神情落落大方，是个有趣的年轻人。

棋局摆开，鲍大有安排道："詹军，点菜。"

詹军接受任务后就要朝外走，杨定和急忙道："詹主任，何劳你这位大主任费神，小侯已经安排好了。"

詹军还是出了门，去查看侯沧海点的饭菜是否合张、鲍两位领导的胃口。作为区委办副主任，他一直小心翼翼，总是担心某个地方做得不好，让领导心生芥蒂，影响前程。

在查看菜谱时，他暗道："侯沧海这人在政府机关混还嫩得很，居然大模大样坐着下棋，让鲍常委站在一边，以后怎么死的都不知道。"

侯沧海在落座时也想到这个问题。但是棋盘是方的，他坐在张强对面才能下棋，只能让鲍大有常委站在一边。他在坐下前，给鲍大有搬来张椅子。鲍大有笑道："你别管我，站着看棋才过瘾。"

张强和侯沧海都是高手，摆开战局后，头三步走得很快，象棋打在棋盘上啪啪作响。鲍大有和杨定和站在张强身后，为书记加油鼓劲。他们知道张强最讨厌下棋时旁人支招，只看棋，不说话，当真君子。

侯沧海知道张书记棋力不凡，开局时采用一位象棋特级大师手法，以增加张强的新奇感。象棋中的车四通八达，威力无穷，一般下法总是先要"亮头"，以便迅速出车。侯沧海开棋后走出车一平三，把威力巨大的车放在三路马与三路兵二重阻碍之后，结成怪阵。

张强下棋极有天赋，却是野路子，对棋谱没有研究，自然不知道这是特级大师的独有手法。当他看到侯沧海走出"车一平三"后，拿棋的手在半空中稍有停顿，随即将棋子响亮地扣在棋盘上，道："这着新鲜啊，很少有人用，不知道效果怎么样？"下了几步，他评价道："效果一般嘛。"

侯沧海不敢说这是特级大师的手法，装作郁闷地道："这是我研究了很久的招术，以为很厉害。"

张强指点道："实践是检验真理的唯一标准，这句话很灵，任何新招都只有经过检验才知道是否真厉害。"

"张书记说的是辩证法，我要回去好好领悟。"侯沧海不停点头。十几步之后，他突发神威，棋风凌厉，杀得张强狼狈不堪。站在背后的杨定和不停对侯沧海眨眼睛，希望他手下留情。侯沧海心中有数，对杨定和的提醒视而不见，继续调兵遣将追杀区委书记。到了关键时刻，他故意卖了个破绽，让张强慢慢扳回局面。

詹军提着茶壶，来回给在座诸人添茶倒水，殷勤得很。他偶尔将眼光扫向侯沧海，目光如弹球，触碰到侯沧海以后又迅速从其身上弹走。倒完茶水，他暗哼一声："侯沧海扯虎皮做大旗，一个黑河镇普通干部要让我这个区委办副主任倒茶，真他妈的不懂事。"腹诽之余，他也羡慕侯沧海能够在张强面前轻松自如。自己虽然一直在领导身边工作，还真不敢跟张强开玩笑，想潇洒一些都办不到。

詹军和侯沧海除了同在江阳区工作以外，还有一段历史渊源。

两人是世安厂子弟学校校友。在计划经济时代，世安厂厂区里学校、医院、电影院等生活设施一应俱全，子弟校教育水平明显比周边学校要高，甚至可以和江州一中比肩。子弟校原则上只为世安厂子弟服务，有原则就意味着有特例，为了和地方搞好关系，也接收了少量地方关系户子女。

世安厂要照顾地方关系，子弟校学生则没有这个责任。根红苗正的工厂子弟瞧不起这些地方子弟，对农村学生有一个不友好称呼——农民娃儿，"农民娃儿"的衣着、口音都会被工厂子弟嘲笑。

詹军是当地青树村村支书的儿子，在子弟校读初中，比侯沧海高两级。

他在读世安厂子弟校时曾经就受到过工厂子弟的侮辱。

有一个叫李从俊的农村子弟，相貌英俊，和工厂女学生谈恋爱，受到众多工厂子弟敌视，女学生的哥哥更是视之为辱，约上侯沧海、周水平、吴建军、梁勇等少年人，揍了李从俊一顿。

詹军和李从俊是同村同社，关系很不错。李从俊挨揍时，詹军恰好在场。

从那一天起，詹军对世安厂以及世安厂子弟产生了难以磨灭的仇恨。他成绩不错，初中毕业后考上了江州师范中专学校，教了一年书后调到了区教育局，再调到区委办，在今年当上了副主任，仕途相当顺利。

此时，张强—杨定和—侯沧海是一条线上的人，这让詹军将所有情感隐藏起来，与侯沧海见面亲热得紧，经常聊子弟校往事。

象棋第一局下了四十来分钟，苦战之后，张强险胜。

险中求胜，张强欢喜得紧，指着侯沧海大笑道："小侯水平不错，确实消耗了我的脑细胞。你再下几年，我应付起来就费力了。"

鲍大有笑道："虽说奇正相变，可是奇兵毕竟难以战胜堂堂正正之师，小侯要赢张书记，还得多学几年。"

侯沧海擦了擦额头汗水，道："张书记是江阳第一高手，我这点水平还差得远，今天已经用了吃奶的力气。"

杨定和喜笑颜开地道："等会好好敬张书记一杯酒，拜个老师。"

张强抚了抚渐渐隆起的肚子，道："不能拜师，我好不容易找个对手，弄成徒弟就没有了趣味。"他吩咐杨定和道，"以后我想下棋了，你就将侯沧海喊起。但是不能太频繁啊，太频繁了影响年轻人谈恋爱。"

张强对侯沧海如此态度，詹军顿时心生嫉妒。

棋局结束，侯沧海立刻回归黑河镇政府普通干部本位，接过詹军手中茶壶，道："有劳詹主任倒茶，诚惶诚恐啊。"

詹军顺势将茶壶递了过去，淡淡地道："我们都是为领导服务，谁倒茶都一样。"

铁梅山庄的菜很有特色，俗称茶菜。菜里伴有江州毛峰，以茶入菜，既雅又香。酒是梅花泡制，酒色微黄，梅香扑鼻。詹军知道张强和鲍大有都喜欢吃张氏腊肉排骨，特意到黑河总店买了四斤。饭局开始，喝梅花酒，吃茶菜，啃腊排骨，大家连呼过瘾。

酒足饭饱，张强与侯沧海又摆开战场。这一局侯沧海再次变阵，他将头炮摆好以后，几步后又主动卸掉中炮。象棋布局中，头炮摆好后，除了打出去或者为了防守，一般很少自己卸掉，更没有必要在毫无危险的情况下主动卸掉。

张强最初以为对手走了一步废棋，仔细考虑却发现这手废棋让自己的马处于不利位置，他想了一会，调整了马的位置。

一番龙争虎斗，张强再次险胜，夸道："小侯怪招迭出，真是后生可畏。你是哪个学校毕业的，文笔怎么样？"

听到这句话，在一旁的詹军脸色数变。工作以来，他一直在近距离观察张强，知道张强这句问话中大有深意，说明侯沧海通过两盘棋进入了区委书记法眼，嫉妒心狂起。

杨定和不失时机地道："小侯是江州师范学院毕业的，文笔不错，在市区各部门发了不少通讯稿。"

在区委办分管信息工作的詹军立刻下定决心：以后一定不能再用侯沧海送过来的任何信息，屏蔽他的材料。

詹军是一只老虎，天然地想要维护领地，尽管侯沧海地位还很低，可是已经有了侵略自己领地的苗头，他必须要将这个苗头踩在泥泞里。

十点钟，聚会方散。

铁梅山庄的小坝子里停了三辆车，张强道："老杨，你坐我的车，陪我说说话。"

区委来了两辆车，杨定和坐上了张强书记的车，詹军自然就上了鲍大有的车。上车后，他递过去一盒苹果醋，道："老大，苹果醋解酒，今天您喝得不少。"鲍大有喝着苹果醋，头靠在椅背上，沉默不语。

独自回到家中的侯沧海分析了今天与区委书记张强见面的整个过程，在日记本里写道："没有料到，我还有演戏天分。今天留给张强的印象肯定不错，爽朗、大方又有才华，这就是我的形象设计。"

通过下棋与区委书记张强有了直接接触，让侯沧海幸福感爆棚，心情激动。如果有一天能成为区委书记心腹，调熊小梅到江阳是小菜一碟，甚至将熊小梅由教师编制变成行政编制都不算难事。

他再次想起熊小梅父母。这一对老工人是以国企营业工人的视角来看待社会，从最底层往上看，自然是万事困难，他们想要保持当前所获得的一点点优势，不敢稍稍有所改变。但是，换一个新视角，站在社会更高层面来分析问题，这对工人老夫妻的人生坚持就变得目光短浅，十分可笑。

侯沧海很想将今天的事情与远在秦阳的女朋友分享，可惜熊小梅没有手机和传呼机，家里也没有电话，只能靠写信保持联系。信纸能够长时间保存浪漫色彩，毕竟有延时性，难以表达此时此刻的心情。

他回到寝室后，写了一封信，在结尾表达了心愿："现在传呼机价格很便宜，我们争取配一个传呼机，这样好联系。另外，春节将至，我想给张强书记拜年，可是又觉得两人地位差距太大，贸然而去，说不定会误事。亲爱的小梅，你要相信我，我会在最短时间内在江阳区获得地位，一定会将我们的事情办好，请你相信我，给我两年时间，你的沧海一定能成为能乘风破浪的好沧海，沧海横流，方显英雄本色！你可以将我的情况给杨阿姨说一说，让她转话给熊叔，尽最大努力寻求他们的支持。"

写完信以后，他取出信封和邮票，细心地将信封封上，贴上邮票。

完成这个有象征性的动作以后，侯沧海激动的心情这才慢慢平息下来。

他躺在床上，脑中浮现起到黑河镇报到的情景：

侯沧海一门心思要尽快将熊小梅调至江州，作为镇政府普通干部很难实现这个目标。要实现这个目标，必须迅速在单位获得地位，而最容易受到领导关注的好单位自然就是领导身边岗位或者组织人事等管事部门。

这个想法来源于陈文军，侯沧海接受以后，立刻进行实践。

作为没有任何关系的新员工，要独自完成这个目标难度极大。侯沧海发挥了主观能动性，没有提前报到，而是借着工作报到之机，有意识地多次前往镇政府大楼，在机关大楼走上走下，仔细观察，将整幢楼结构和功能弄得一清二楚。

如何不被分到一般业务部门，而直接成为领导身边人，真是一件难事，初入社会的侯沧海并没有头绪。

第二天，碰运气的侯沧海又来到行政楼，到二楼党政办询问一件完全可以不询问的小事。他刚刚走到二楼时，听到一个胖子正在发出怒吼，道："标语！为什么在大门口不挂一幅欢迎市领导的标语？没有标语，就是对领导不尊重。一点点小事情没有交代，你们就办不好。"

挂在底楼的相片已经泄露了镇政府领导组成情况，眼前的胖子正是最大的一条鱼——镇党委书记杨定和。侯沧海一直在寻找打入领导身边的机会，听到杨定和怒吼就如鲨鱼闻到血腥，竖起耳朵，睁大眼睛，扑向这渺无踪迹的机会。

一个双手戴着袖笼子的中年眼镜畏畏缩缩地解释道："领导还有半个小时就要来了，现在制作标语来不及了。挂在外面的两幅标语太大，不能挂在大门口。"

杨定和根本不听解释，批评道："办法总比困难多，找红纸，手写标语。"

中年眼镜为难地道："杨主任请假了，没有人能写毛笔字。"

听到这里，侯沧海眼前一亮，在心里欢呼："这真是踏破铁蹄无觅处，机会得来全不费功夫。"他不管不顾地挺着胸大踏步地来到杨定和面前，道："杨书记，我能写毛笔字，让我试一试。"

杨定和脸带疑问，道："你是谁？"

"我是新分来的大学生，正准备来办报到手续。"侯沧海拿出派遣证递到杨定和手里，"我是江州师范学院中文系毕业的，毛笔字写得还可以，可以写标语，不会让杨书记失望。如果写得孬了，杨书记不满意，我就把纸一卷，灰溜溜走掉。"

杨定和被逗乐了，道："好吧，你试一试。"

等待中年眼镜男裁纸时，侯沧海主动向杨定和介绍自己，还将随身携带的各种获奖证书全部摆了出来。这些证书都是江州师院颁发的，在杨定和眼里没有太大价值，唯独一个江州师范学校运动会象棋冠军的证书让他心中一动。

看到校艺术节书法比赛第一名的获奖证书以后，杨定和对来者的书法水平也不再怀疑。事实证明江州师院的书法比赛第一名不是假货，侯沧海写的标语不是呆板的印刷体，而是很有味道的书法体魏碑。

写完魏碑标语，侯沧海见杨定和挺高兴，抓紧机会推销自己，道："杨书记，我想毛遂自荐，可不可以？"杨定和很有兴致地道："说吧。"侯沧海道："不知我有没有机会到办公室给领导服务？"杨定和没有明确表态，态度和蔼地道："让我考虑考虑。"

这是一次成功的自我推销，没有任何关系的侯沧海居然在报到后顺利地分到了党政办公室。侯沧海以新人调入党政办公室后，很多人都在推测他的背景，最后有人居然信誓旦旦地将侯沧海和一位市领导联系在一起。

今天，侯沧海陪着区委书记张强下过象棋以后，他醒过味来。自己能很轻松地调到镇政府党政办公来工作，不完全是书法水平高，更和长得帅没有半点关系，而是江州师范学校运动会象棋冠军的证书让杨定和产生浓厚兴趣。杨定和敏锐地意识到这项技能会赢得区委书记张强的青睐，事实也证明了这个判断。

进入党政办公室是侯沧海自己争取来的机会。从正式调入办公室那一天起，他就穿上了西服。西服具有进入仕途的象征意义，虽然第一件西服质量不高，是一件大众西服，却依然是一件西服。穿上西服后，西服演变成一根根绳索，将他性格中的自由不羁天性牢牢锁住。

星期一上班后，侯沧海将早就准备好的通讯打印出来，向杨定和报告以后，前往区委办，准备交给分管信息的区委办副主任詹军。詹军以前只是世安厂子弟校一个借读的农村子弟，被世安厂子弟们瞧不起，现在成为区委办副主任，在江阳区算是一个人物了。

侯沧海准备发扬曾经同校的这层关系，为自己再搭上一条向上阶梯。这是他第一次到区委办单独接触詹军。

来到区委办，找到詹军。

当侯沧海将通讯稿子递过来之时，詹军放下手中的笔，推了推眼镜，道："报信息吗？直接送到信息科就行了，他们审过以后，自然会送到我这里来，你不要越级报送，坏规矩。"

詹军一副公事公办的冷淡表情，让侯沧海套近乎的想法落空。他很郁闷地走出詹军办公室，将通讯稿交给信息科。

"我有点不知天高地厚，以为和区委书记下了一次棋，就成为圈子里的人，其实在詹军眼里，我啥都不是。"在詹军面前碰了一鼻子灰，侯沧海原本隐隐兴奋的心情渐渐平静下来。

侯沧海想起了关于詹军的传闻：在 60 年代末，有一个大干部就躲在青树村，受到过詹姓族人庇护。这个大干部官复原职后，对青树村多有关照。青树村子弟就近到质量好的世安厂子弟校读书，就是这位大领导协调的。

"詹军这么快就当上了区委办副主任，肯定与那位大领导有关系。"侯沧海做出这个推断以后，心理稍稍平衡一些。

在区委办碰了钉子，侯沧海心情郁闷地在街道上行走一段，眼见着要吃午饭，便找了公用电话给同学陈文军打电话。

陈文军初到市委办，是不起眼的小角色，正在勤奋地爬格子。他接到电话后，道："中午没有时间，晚上找地方聚。我等会跟陈华打电话，让她一起出来。"

侯沧海道："你和陈华有联系？"

陈文军看到罗主任身影出现在门口，换了另一种口气，道："好了，就这样，按照要求办吧。"

侯沧海和陈文军有过默契，知道突然换口吻必然有异常情况，便挂了电话。几分钟后，陈文军又打了过来，道："陈华在校宣传部，负责新闻稿，我们有业务往来。"

下班以后，侯沧海正在等公交车，准备前往聚餐点。单位小车嘎的一声停在身前，司机陈汉杰向他招手。侯沧海凑在车窗前，道："有事？"陈汉杰道："老板吃饭去了，我要去接他。你要去哪里，送你过去。"

乘坐小车来到约定餐馆，侯沧海透过车窗看到曲线优美的陈华。

陈华挎着小坤包，站在餐馆门口。时值寒冬，她穿着红色羽绒服，仍然没有遮住傲人身材。

侯沧海下了车，与陈汉杰挥手告别。陈汉杰在车内打量陈华几眼，按了按喇叭，开车离开。

陈华笑吟吟地道："不错嘛，现在有小车接送了。"

侯沧海道："我们领导的车，蹭车而已。"

大学时代，侯沧海与陈华偶尔有接触，接触之时必然有熊小梅在场。这次是第一次没有熊小梅在场的聚会。两人上楼，进了小包间。

陈文军已经到达。他打开空调，泡了一壶茶，让进门的两人进屋就感到春天般温暖。

陈文军侯沧海常年练习散打，高大挺拔。陈文军比侯沧海略矮一些，模样清秀，散发着书卷气。陈华将脱下的羽绒服挂在衣架上，坐下来后，品着茶，看着类型不一样的两个帅男，想起小胖子冷小兵。

想起冷小兵，头脑中第一个印象是伸出鼻孔的鼻毛；第二个印象是开始隆起的肚子，这两个形象都让她感到反胃；第三则是失败的性能力。

陈华脱下羽绒服外套以后，傲然挺立的部位就将毛衣撑了起来，效果绝对超过撑起毛衣的模特衣架，极度吸人眼球。侯沧海暗自为陈华鸣不平："冷小兵长得猥琐，为人猥琐，找个老婆如花似玉，这是个什么社会！"

陈文军给两人倒上了红酒，道："我先声明，上次我们来吃饭，这瓶酒没有喝完，存在这里的，所以不是满瓶。但是，酒绝对是好酒，原装进口。"

"现在红酒都自称原装进口，全国人都在喝原装进口，国外肯定供应不上。"陈华端着红酒杯，轻轻摇晃。

侯沧海一口就将红酒喝掉，叹息道："我在黑河天天喝裸装的江州白。同是江州师范学院毕业的，凭什么你们喝红酒，我喝江州白，不公平啊。"

陈文军道："那我们经常聚会，请你喝红酒。"

陈华喝了红酒，雪白脸颊上有了红晕，变得如桃花般娇艳。

陈文军端起酒，又和大家碰了碰，道："我们来自江州师院，以后大家多走动，有什么需要帮助的互相说一声。"

侯沧海不得不承认，跳出学校来看陈文军，与在学校时又不相同，他的一举一动确实有了市级大机关风范。自己与他相比，更草根，更草莽。他将红酒一口喝下，道："我正有需要帮助的地方，黑河镇的信息，今年必须要再发一条在市委办《信息摘选》，我能不能将熊小梅调到江州，全靠陈文军了。"

市委办《信息摘选》要送给每一位市领导，很有分量。陈文军恰好在市委办负责编撰这份简报，对于侯沧海来说，陈文军的位置重要得非比寻常。

陈文军道："没有问题，只要区委办将黑河镇的信息送上来，我肯定可以初编进去，最后能不能采用就看领导了。"

侯沧海想起詹军眼镜后闪烁的眼光，直言道："区委办很麻烦啊，詹军看我不顺眼。能不能越过区委办，直接送到你哪里？"

"我们有规定，只能从各区送过来的稿件中选择来稿。"陈文军看了一眼陈华，又道，"现在说起来太空洞，以后遇到具体事情，再商量。"

三人喝着红酒，分享大学毕业以来的遭遇以及心得体会。他们以前在大学没有关系，是新型同学关系，互相帮助，团结才有力量。

周五，侯沧海下班以后坐上公共汽车，来到江州汽车总站。客车七点半准时发车，到达秦阳时接近九点钟。

长途客车站，一家灯光昏暗的小店正在播放歌曲：

后来我总算学会了如何去爱

可惜你早已远去消失在人海

后来终于在眼泪中明白

有些人一旦错过就不在

栀子花白花瓣落在我蓝色百褶裙上

爱你你轻声说

我低下头闻见一阵芬芳

那个永恒的夜晚

……

熊小梅站在街灯下听这首歌时，再次被深深感动了。

九点十七分，长途客车到站。铁皮怪兽吐出一个个面目不清的妖怪，终于，属于熊小梅的妖怪出现在眼前。

"给你的礼物。"妖怪带着兴奋劲儿，将一个包装盒子送到了熊小梅心中。

熊小梅拆开了盒子，拿出一台曾经无比想要拥有的汉显传呼机。侯沧海高兴地道："现在汉显传呼机卖得好便宜，摩托罗拉汉显机以前要两三千元一个，对于我们来说可望不可及，现在三百块钱就可以买一个。以后我们联系就方便了。"

拿着男友送的汉显传呼机，熊小梅没有兴奋感。

手机可以发短信，代替了汉显传呼机的最主要功能。汉显传呼机价格直线下降，不再是奢侈品，变成鸡肋商品。同事家境好，经常在办公室炫耀手机，顺便鄙视仍在用传呼机的人。熊小梅拿着汉显传呼机，想起了同事鄙视的话语。她很快意识到这种想法极不应该，赶紧将情绪调转到正确轨道上，道："这台传呼机多少钱？"

"传呼机不值钱了，加上服务费也就五百五十块钱。现在更流行的是摩托罗拉和诺基亚手机。"侯沧海兴致勃勃地道，"我多写通讯稿件，奖金积累起来可以买手机。你别小瞧通讯稿，如果被区委办、组织部、宣传部等部门选入简报，有五十元奖金，单位还有双倍奖金，也就是被采用一条就有一百五十元。我上个月被选中了五条，得了七百五十元。下个月继续发扬光大，就可以买手机了。"

熊小梅道："通讯稿奖金这么高？"

侯沧海一脸痛苦状，道："你以为写稿子容易？全区这么多单位，每月能上榜的也就十来条。我爱财心切，拼命写，加上水平不错，上榜率才这么高，全区第一。我给你讲一条经验，凡是注重宣传的领导多半会得到更多提拔机会。不注重宣传，说明领导进取力明显减弱，不能算混日子，至少是保守了。杨书记最重视宣传，采取重赏之下必有有猛夫的做法。"

两人有接近半个月没有见面，在冷风中遇到后依然产生了疏离感。挽着胳膊走了近一里路，接近常住宾馆之时，疏离感才彻底消散。

"你认识了区委书记，调动应该好办吧。"熊小梅将头依着男友的肩膀。

"既然区委书记喜欢下棋，这就有机会。我以后还要寻找各种机会和区委书记下棋，直到和他成为真朋友。"如果没有到区委办与詹军见面，侯沧海还抱有这种幻想。在区委办被詹军冷处理以后，他清醒过来：自己只是普通黑河镇机关干部，还真不能向下过棋的区委书记提任何要求。

侯沧海没有气馁，也没有向熊小梅讲透真相，只是提出了努力方向。

虽然有了好想法，也有切入点，可是要改变与区委书记的关系并不容易。首先，区委书记工作繁忙，没有太多休闲娱乐时间；其次，想和区委书记下棋的人挺多，很多人都在苦练棋艺，以便有机会陪区委书记下棋；更关键是侯沧海距离区委书记的位置实在太远，只能通过杨定和联系区委书记，没有主动权，必须被动等待。

侯沧海唯一优势在于高超棋艺。棋艺需要长期磨砺，非短期可以速成。所以，现在学棋的官员没有办法真正进入区委书记视线，能让区委书记下得过瘾的人还真是只有黑河镇侯沧海。

从2000年年初开始，侯沧海陪着张强这个棋迷大领导下过四局棋。

每次下棋之前，侯沧海都会根据张强的下棋特点进行精心设计，要让老同志从下棋中获得快感和成就感。

每次下棋后，张强都对侯沧海多了一分好感。

第四局是在一个周日晚上，下完这局棋以后，张强非常过瘾，心情愉快，主动询问了侯沧海的家庭情况，得知侯沧海女朋友在秦阳，道："让詹军给教委打招呼，将小侯女朋友调到江阳中学。"

江阳中学是区重点，能调到江阳中学，不会太掉价。侯沧海强抑激动，双手合十，道："谢谢张书记，谢谢张书记。"

张强挥了挥手，道："这是小事。最近这一段时间，小侯在区委简报上发了不少文章，写得不错。"

听到张强说这句话，杨定和听出了区委书记的弦外之意。

与区委书记分手后，侯沧海里给熊小梅打了传呼。等了半个小时，接到回音。

听闻好消息，熊小梅声音提高了八度，道："真的，调到哪里？"

"百分之一百的真，调到江阳中学，区里最好的学校。"

"太好了。这一年我真的过够了。老公，谢谢你的努力，让我们能够苦尽甘来。"

熊小梅兴奋声音顺着电话线直接亲吻到了侯沧海脸上，这让他很是骄傲和自豪，胸口挺得高高的，道："我是男人，这些事当然应该由我来做。你可以给你爸妈谈一谈此事，让他们有个思想准备。"

打完电话，熊小梅回到家中。她见到父亲冷脸，话到嘴边又咽了回去，决定等到办好调动手续以后，再向父母摊牌。

星期一早上，侯沧海将文件夹送到杨定和案头。正准备离开办公室，迎面遇上春风满面的杨定和。

杨定和用门后挂着的毛巾擦了手，道："小侯，又有好事了。"

侯沧海没来由一阵狂跳，道："什么好事？"

杨定和道："张强书记有意将你调到区委办工作，征求你的意见。周日那盘棋后，张书记表扬你简报写得不错，其实话中有话，只是你没有听出来。"

侯沧海再次压抑激动心情，用平静语气道："从我个人来说，到区委办工作当然是好事，我愿意去。我到了黑河镇工作以来，得到杨书记大力栽培，说走就走，心里过意不去。"

杨定和呵呵笑道："树挪死，人挪活，我不是气量狭窄的人，总想把部下握在手里。既然张书记想要你去，这种机会怎么能错过。以后到了领导身边，黑河的事情要多多关照啊。"

接踵而至的好消息让侯沧海沉浸在巨大的幸福之中。下午下班之后，他陪着杨定和和财政局同志喝了一顿大酒，然后罕见地要了单位的小车回到世安厂，带着醉意给客厅里的母亲讲了两个能改变命运的好消息。

儿子与准媳妇两地分居一直是梗在周永利心头的一根刺，如今这根刺终于要拔除了，她当即跑进寝室用力摇丈夫。

侯援朝睁开眼睛，道："地震了？"

周永利道："儿子刚回来。区委张书记同意调熊小梅到江阳中学，还要调儿子到区委办。"

侯援朝利索地翻身坐起，道："一把手亲自安排，那肯定没有问题。老太婆，今天有好事，给我一支烟抽。"

周永利打开衣柜，从隐蔽处找来一包烟，道："抽一支啊，抽多了要咳嗽。"

侯援朝如变魔术一般拿出火机，点燃香烟，美美地抽了一口。周永利用手扇着空中袅袅上升的烟雾，咳嗽两声，道："我经常吸二手烟，以后得肺癌，你要付全部责任。"

侯援朝道："我天天抽烟，要得肺癌肯定是我得，你是家里顶梁柱，一定长命百岁。"

周永利朝空中"呸、呸"两声，道："别说不吉利的话。我去给儿子弄酸汤，他喝得不少。"

周永利做的酸汤在老六号大院远近闻名，有些老邻居喝醉后常常过来讨一碗。酸汤用的酸菜早就备好放在坛子里，抓出来扔在锅里就行，诀窍是要用猪油，有大骨汤和鸡汤当然更好。

酸汤入口，侯沧海每个毛孔都舒坦起来，酒气仿佛顺着张开的毛孔呼呼往外冒，在身体外面形成一层酒精薄雾。

前些年侯家过得颇为艰难，世安厂效益不断滑破，工资不涨反降，更别提那把悬在头上的下岗铡刀。熬过了最艰难岁月，儿子大学毕业参加工作，女儿即将毕业，工厂效益好转，周永利经常皱着的眉毛终于舒展开来，笑容重新回到脸上。

儿子睡着后，她还坐在床前舍不得走。直到儿子开始打鼾，她才依依不舍地离开儿子房间。儿子睡觉时神情憨憨的，如二十多年前的小婴儿，让她百看不厌。

　　早上七点钟起床，侯沧海站在卫生间镜子前，用冷酷神情看着镜中人，握紧拳头放在胸口，道："爸妈老了，我是家里顶梁柱，要把家庭撑起来。"

　　火车跑得快，全靠车头带，这是所有三线人都熟悉的一句话，侯沧海自然也不例外。他进入社会不久，敏锐地发现侯家和熊家的长辈已经失去了闯劲，要将两个家庭带出困难境地只能靠自己。这种感悟从分配开始，到了办女友调动时感觉更加强烈。

　　吃过早饭，侯沧海跳上公共汽车，前往黑河镇。想着即将到来的新生活，他浑身充满干劲。

　　此时，区委常委会议室，决定许多人命运的会议正在召开。

　　镇党委书记杨定和在上班时间没有出现在办公室，接近十一点才现身。

　　杨定和将侯沧海叫到办公室，神情严肃地道："我到区委开了会。市委组织传达市委常委会决定，区委班子发生了变动，张书记调到市政协经济委员会。新书记没有到位时，所有人事全部冻结，包括事业单位人员调动。"他又补充了一句，"你也别太担心，鲍主任这次得到重任，如今是分管组织的区委副书记。以前张强书记的安排他都清楚，应该影响不大。"

　　"上次见到张书记，他一点没有透露消息。"侯沧海脑袋有些发懵。

　　杨定和脸色罕见地难看，叹息一声："这次市委常委会研究人事很突然，事前没有听到一点消息，我估计张书记也不知道。你别急，就算张书记离开了，我还在黑河镇。只是，熊小梅调江阳中学暂时有些困难。如果你们真想要团聚，可以把熊小梅先调到黑河中学。如果愿意调到黑河中学，我出面联系区教育局。等调到黑河中学以后，慢慢朝城里调动，曲线救国嘛。"

侯沧海实事求是地道："熊小梅在秦阳二中工作，二中在秦阳排名全市前三。黑河中学是农村学校，不对等。熊小梅爸爸妈妈都在国营企业工作，他们满脑子计划经济老思维，不会认同这种调动。"

杨定和道："这样啊，那就耐心等一段时间。"

这是一盆从天而降的冰水，冻住了改变命运的调动。侯沧海欲哭无泪，坐在办公室发愣。办公楼空空荡荡，一阵风来，吹起几张废纸，在半空中飘来飘去。

呆坐办公室，直到日落，侯沧海终于拿起了沉重无比的电话，讲出令人无比沮丧的消息。熊小梅如被踩了尾巴的猫，跳了起来，道："为什么？凭什么？这种事情别开玩笑，到底是不是真的？"

侯沧海语音低沉："没有开玩笑。刚刚得到了准确消息，杨书记亲口告诉我的。"

好消息在肚子里面还没有完全消化，紧接着就是坏信息，这让熊小梅一颗心直往下沉，沉啊沉，沉到了沟底，摔成无数碎片。她用力捏着电话，半天说不出话。

侯沧海听到女友急促呼吸声，赶紧安慰道："以前的区委常委、区委办主任鲍大有升成了副书记，鲍大有是张书记心腹，张书记答应的事，肯定不会变。等到新班子到位以后，应该可以接着办理调动。"

男友的劝解声如子弹一般从话筒里射了出来，在耳朵边发出嗖嗖响声，就是不能进入耳朵。过了好一会儿，尖利噪声才消失，熊小梅用苦涩声音道："为什么刚刚听到好消息转眼就变成坏消息，为什么我们的命运总是操在别人手里？"

侯沧海道："不仅仅是我们，所有人的命运都握在别人手里。"

熊小梅哀伤地道："我好想有经济自由，有了经济自由，至少多了选择权。我想辞职做生意，否则永远不得自由。"

侯沧海最怕熊小梅在远方独自生闷气。每当出现这种情况，他便觉得一颗心被百里之外的绳子揪住，动弹不得，无能为力，就如被一根金属条困住的孙悟空。

挂断电话后，熊小梅仍然没有从悲伤中解脱出来。

寒假将至，熊小梅早就盼望着到江州与男友团聚。得知调动被冻结后，她情绪低沉，前往江州的强烈愿意猛然间消失了。

放寒假后，熊小梅来到黑河镇，与男友住在一起，情绪才恢复正常。

一个多月后，杨定和提拔侯沧海为党政办副主任。这是黑河镇在1993年自从撤区并乡建镇以来最年轻的党政办副主任。党政办原主任老杨出任工会主席，办公室工作实际上是由侯沧海主持。

党政办主任以及副主任原则上连绿豆官都算不上。但是，在黑河镇政府里，党政办副主任进入了二级班子，算是一个人物了。

侯沧海升官之时，新任区委书记李永强走马上任。

区委书记李永强是正处级领导干部，以前曾经担任过市委组织部副部长。如今担任全市经济最强的江阳区区委书记，志得意满，信心百倍。

新书记砍出的第一板斧是城乡环境卫生综合整治。

各部门对第一板斧相当重视。分管副区长管志牵头，成立了城乡环境卫生综合整治片区评分组。城郊组由城关镇、黑河镇等靠近城郊的七个乡镇组成，由区委督查室、区政府督查室、人大和政协两个工委、环保、市政、规划、建设等部门组织专家进行现场打分，每一组前三名重奖，后面名次不奖不罚，成绩排名要报给区委区政府领导。

拿到这个通知，侯沧海就开始摇头。虽然工作时间不长，但是他已经对各类现场评比颇为头痛了。各类评比考核不仅要产生大量接待费用，还要消耗很多精力。

镇长刘奋斗接到通知后，将侯沧海叫到书记办公室，研究此事。

侯沧海坐在旁边沙发上，拿出笔记本，准备记录。

"现在讲的不要记在本子上。"刘奋斗给侯沧海打了招呼后，又道，"新书记上任，大家都希望留下好印象，不希望排名垫底。有的镇街已经开始活动，分别给考评组参加人员打招呼做工作，请客吃饭送红包。我建议分头行动，杨书记协调区委办和区政府办，我去找市政、规划和环保的关系户，建设口由林锋去，他平时长期跟建设口接触。"

杨定和无奈地叹息道："现在的风气啊，做正事不行，搞歪门小道一个比一个行。"

刘奋斗道："关系户太多，吃吃喝喝麻烦，我们直接送红包，简单，直接，算起来还便宜一些。行不行，书记来定。"

杨定和想了一会，下了决心，道："黑河镇最近的环卫整治工作有目共睹，明显比周边几家要强，我不信会被排到最后一名，第一名我们不要去争，保持个中游水平就差不多了。镇里成立环境整治检查组，王主席挂帅，每天到各个点督促，绝对不能掉链子。"

刘奋斗道："此一时彼一时，现在风气不比以前，老实做事不一定讨到好。"

杨定和当了多年黑河镇党委书记，胸中自有一股傲气和自信，道："不去勾兑，第一名肯定拿不到。但是，凭着黑河实实在在的工作，保持中游还是没有问题。"

书记下了决心，定下调子，镇长刘奋斗不再多说，离开办公室去安排具体工作。

准备工作有条不紊地推进，三天后，考评组来到。

考评组成员每人拿了一个文件夹，文件夹有一个检查表，列了很多检查项目，发现有一项未达标，就在检查项目后面画勾。侯沧海陪同考评组到点上检查时，利用身高优势，偷偷看了好几个考评组成员画勾的情况。尽管黑河镇做工作算得非常认真，可是毕竟是农村和城郊结合部，真要严格按表画勾，问题也很多。

比如路边沟无积水这一条，检查点的路边沟有很多地方没有硬化，难免会有积水。一般情况下只要积水不严重，长度不超过三米就算过关。考评组严格按标准来套，只要有积水，那怕积水长度在一米之内，也标明有积水。

再比如"农户住宅周边卫生进行清理，彻底整治私搭乱建、粪土乱堆、畜禽散养"这一条，尺度可以放得宽，也可以收紧。

半个月后，考评组结果正式出笼，让杨定和意想不到的事情发生了，黑河镇居然真成为倒数第一名。

这些年来，黑河镇长期承包各种先进，就算偶尔没有得到先进，也绝对不会掉入末流。多年来的成绩让杨定和产生了一种自信和错觉。今天这种倒数第一名的名次完全破天荒。拿到这个结果，一向沉稳的杨定和终于发了火，用力拍了桌子。

侯沧海参加工作以来，长期跟在杨定和身边，在他的印象中，杨定和总是一副泰山崩于前而不慌张的神情，这是他第一次看到杨定和发火。发火从某种意义上是失态，失态代表着对形势把握出现偏差。

失态归失态，考评组代表的是区委区政府，出来的结果就算实质上不公平，从程序上却是公平的。杨定和明知道考评结果没有反映实际情况，也没有任何理由推翻考评组的结论。他想起当前自己不明朗的前程，心情灰暗起来。

侯沧海作为办公室副主任，明显感到了微妙变化，以前黑河镇在重要场合发言的次数很多，写发言稿是一件苦差，这一段时间发言稿数量至少降了一半。作为办公室副主任，少写发言稿自然是高兴的事情，作为深深融入了黑河镇的机关干部，他对于黑河这颗璀璨之星慢慢黯淡感到心忧，想要为黑河镇做些什么，无奈人微言轻，心有余而力不足。

在办公室翻阅文件时，侯沧海看到了市委下发的简报，猛地拍了脑袋，自语道："我太傻了，明明有现成渠道不知道使用。既然区委办觉得黑河环卫做得不好，我就让市委办出简报来表扬。"

所谓士为知己者死，侯沧海来到了黑河镇以后，受到杨定和书记颇多照顾，如今杨定和书记遇上这种倒霉事情，侯沧海感觉有一种义不容辞职的责任。

下班以后，侯沧海、陈文军和陈华在小火锅馆见面。陈华这次穿了一件淡黄色小西服套装，腰肢纤细，前凸后翘，将傲人身材显露无遗。

在火锅香味和淡淡白雾中，三个初出校门的年轻人品味美食，互诉工作以来的喜怒哀乐。侯沧海讲了发生在黑河的事情，直接提出想法，道："我想在市委这边发一篇简报，从另一个角度给黑河镇正名，能否行得通？"

陈文军道："要上市委简报很难，必须是典型事例，有推广和参考价值。你们搞个卫生要想上简报，难度太大。"

侯沧海道："从创卫角度来讲，江州市今年创卫，江阳区是重点区，这应该是一个亮点。简报不走区委办渠道，走江州学院渠道。"

陈文军沉吟道："创卫角度倒也行，但是由江州学院转过来，靠不上边。"

侯沧海道："黑河这次大扫除范围很宽，把江州师范学院后墙的陈年老垃圾全部运走了。地盘是属于黑河镇，但是直接影响的是江州师范学院。我们搞综合整治的时候，江州师范校报特意采访过。"

陈华道："我有印象，上周发过这篇文章。"

陈文军望了陈华一眼，道："点子不错。但是我还得声明，最后能不能用还得主任说了算。"

侯沧海举起酒杯，道："谋事在人，成事在天，实在发不了，也没有办法。"

喝了几杯酒，陈文军道："你为什么和詹军关系搞得这样僵，我和他接触挺多，这人很谦虚，能力不错。"

侯沧海道："一言难尽，我想和他搞好关系，可是尿不到一壶。"

陈华接口道"你是在市委办，位置不一样。媚上而傲下，这是人的劣根性。"

陈文军眼睛有意无意总是落在陈华脸上，听到此语，举杯道："陈华看问题很深刻，为了这个深刻干一杯。"喝了酒，他又对侯沧海道，"李永强的秘书叫邓强，以前我很关照他，抽时间我叫他出来吃个饭，沧海来参加。"

陈文军要加班，聚会结束后，匆匆回办公室。

侯沧海和陈华各自喝了两瓶啤酒，站在市委大楼外面看着陈文军办公室亮起灯光，与出现在窗口的陈文军挥手告别。

"时间还早，我想走回去。"陈华喝了啤酒以后，脸色绯红，艳若桃花，在路灯下更增添了朦胧之美，格外迷人。

华灯初上，灯光射透树叶，在街道上留下许多移动的豹纹斑点。侯沧海平视前方陆续亮起来的路灯，道："我陪你走回去，你进学院，我正好可以坐公交车，三站就回黑河政府。"

街道上行人渐多，有许多饮料摊子摆在路边。摊子外面挂着满天星，满天星闪烁，将饮料摊子罩在光影之后。在一个咖啡馆前，侯沧海随口道："喝一杯咖啡。"陈华道："好啊，喝一杯。"

侯沧海只是随口邀请，没有料到陈华答应得十分爽快，便进了咖啡馆。

自从进入大学开始，侯沧海基本上没有和除了熊小梅以外的女生在一起单独活动，今天与熊小梅闺密单独喝咖啡，这种感觉很奇怪。另一方面，也看得出陈华对回江州学院有一种潜意识抵触，总是找各种理由推迟回学院。

侯沧海对陈华有深深同情。任何一个正处于青春年华的女孩子都希望有一个"白马王子"，为了分配到好单位，陈华被迫放弃了"白马王子"梦，非常现实地找了一个能安排工作的家庭，理想很丰满，现实很骨感，用在这里十分恰当。

"你和小梅怎么办？"昏暗灯光下，陈华脸上有淡淡忧伤。

"我们运气不好，如果张强书记晚调走，我和她的调动都办成了，在节骨眼上，张强走了，我们的调动被无限期搁置。算了，不说这件事，再说我就变成了祥林嫂了。"侯沧海自嘲道，"我现在天天都要上新浪网，这个网站看新闻最快。新浪创始人是1967年出生的人，比我大不了几岁。我们算是同龄人，他创办的新浪就要在美国上市，我还在为两地分居苦恼，为赚几百块钱通讯员稿费沾沾自喜。真是货比货得丢，人比人得死，想起来令人憋气。真想什么都不管，辞职去江湖闯一闯。"

与熊小梅在一起的时候，两人更关注现实问题。而与陈华关系不一样，过于关注现实问题反而不太妥当，侯沧海在这种情况下能谈一些脱离现实的事。

"互联网是新兴行业，创始人当然年轻。我们读的是内地三流大学，接触不了与互联网有关的最新科技，天然比别人差一些。但是，条条大路通罗马，只要坚持，肯定能成功。不管你信不信这一点，我是信的。"陈华目光在侯沧海脸上略为停留，接着说，"以前读大学的时候，你天天下象棋和打拳，在我们寝室眼里就是一个长不大的少年，都觉得你和小梅大学毕业肯定会分手。没有想到你工作以后迅速成熟了，和以前比完全变成另一人。小梅比我有福气。"

侯沧海道："和陈文军相比，我在大学的时候确实贪玩，是个没有长醒的小孩子。陈文军在大一加入学生会时，我还嘲笑过他。结果他抢先一步，分到了市委，我落后一步，就成为田坎干部。"

一首老歌在咖啡馆隐约飘荡，歌声传达出90年代初期的气息：

······

我被青春撞了一下腰

笑得春风跟着用力摇

······

在这首歌风靡大街小巷时，陈华刚刚进入青春期，还多次在学校舞台表演这首歌。进入新千年后，新歌越来越多，这首歌已经很久没有出现。陈华听得五味陈杂，思绪又回到了90年代初期的小县城里。

在90年代初期，侯沧海生活在世安厂里，也曾经听过这首歌。他静静地听着，等到这首歌结束，问道："你家里还有兄弟姐妹吗？"

"还有一个弟弟，到了考大学年龄，成绩一般，能考上江州学院就算不错了。如果我弟弟没有考到江州学院，我就跳槽，跳到政府机关，或者考研。"这句话明显透露出陈华的真正心思：一直在寻找时机与冷小兵断绝关系。

三人聊天之时一直小心翼翼地回避冷小兵。毕业分配是陈华心中一道深不见底的伤疤，大家都在保护这道伤疤，如果揭开，就会露出血淋淋的伤口。

喝过咖啡，聊到九点半钟，侯沧海把陈华送到了学院大门口，这才离开。

陈华低头独自行走在熟悉的学院大道上，正准备回单身寝室。从一株大型鸭脚木后面闪出小胖子冷小兵，冷小兵满身酒气，道："陈华，你和谁吃饭去了？"陈华停下脚步，道："我和谁吃饭，是我的自由，你管得着吗？"

冷小兵这一段时间憋了一肚子气，今天借酒发起疯来，道："你忘恩负义，不靠我们家，你能留在学院？留在学院就老老实实待在家里，不要在外面逗猫惹狗。我刚才看到了，你和那个杂种侯沧海在一起，你老实交代，是不是和他有一腿。"

"放屁，我没有你这么心理阴暗。"

陈华在学院分有一间教师单身宿舍，她坚持住在宿舍，不住进冷家。她不愿意和喝了酒的冷小兵争吵，转身就要回宿舍。

"不要走，跟我说清楚，是不是和侯沧海有一腿。"冷小兵跟在陈华后面，伸手去拉陈华胳膊。

这一段时间，冷小兵和陈华一直在进行冷战。今天喝完酒，坐车回学院，恰好看到陈华和侯沧海并排走在街上。看到这一幕，冷小兵嫉妒心大起，恨得牙痒痒。若不是当时车上有领导，再加上侯沧海打架凶狠，他就要跳下车捉奸。

"放开，你太卑鄙了。"陈华用力甩开冷小兵胳膊。

冷小兵上前一步，又抓住陈华的胳膊，两人就在昏暗的鸭脚木后面撕扯起来。冷小兵本身并不以武力见长，更喜欢动脑筋耍心眼，与陈华拉扯厮打过程中，没有占到多大便宜。两人都是有身份的人，不愿意惊动其他人，就在茂密的鸭脚木后面咬着牙齿狠劲厮打。厮打中，冷小兵被陈华用皮鞋踢到小腿骨上，痛得忍不住抱着小腿直跳。

陈华转身要逃跑，被冷小兵追上来抱住，两人扭倒在地上。

冷小兵双手握着陈华双手，紧紧将其压在草地上。陈华毕竟是女子，力气在厮打中消耗殆尽，无力挣扎，道："放手，要不然我就喊了。"冷小兵道："你喊啥子，我们夫妻打架，随便你喊，丢的不是我一个人的丑。"陈华道："我就喊强奸。"

她正在张口喊叫时，冷小兵俯下身，用嘴巴堵住了陈华的嘴巴。如此姿势非常暧昧，冷小兵被打斗激发出烧心烈火，用肩膀将陈华压住。陈华嘴巴被堵上，身体被压住，不停地在地上扭来扭去。终于，她停止了扭动，仰望满天繁星，眼角挂着点滴泪光。

冷小兵还是如往常一般迅速结束战斗。

陈华用手背擦掉眼珠，脸上挂着一丝冷笑，讽刺道："进步了，十一秒。"

冷小兵泻掉了所有火气，翻身起来，拉起裤子。他又将陈华拉起来，耸起肩膀看着这个自己未能征服的女人整理衣裤。

陈华满腹心酸地往宿舍走，冷小兵灰头灰脸跟在身后。冷小兵小腿被踢得疼痛难忍，走路一瘸一拐。

陈华进了屋，没有让冷小兵进门，砰地关上了房门。回到寝室，她趴在床上哭了一会，等到心情平静以后就烧了热水到卫生间冲洗。她分到单身宿舍不久，暂时没有钱买热水器。天冷时就到学生大澡堂洗澡，偶尔也到冷小兵家里洗浴。她脱掉衣服，发现手臂好几处青紫，左脸有手指印。

洗浴完毕之后，她下定决心要与冷小兵分手。只是，弟弟正想要报考江州师范学院，然后通过冷家关系网留校或者安排一个好单位。想到了父亲和母亲苍老无助的神情，她又犹豫起来。

犹豫只是暂时的，她分手决心甚为坚定，如今犹豫的是分手时机。既然已经走到了这一步，一定要拿到最好的红利才分手，否则就是不成熟不冷静。

热水抹过身体，陈华想起了侯沧海，心道："如果我遇到了侯沧海这种男人，会不会全身心投入爱一场，而不带任何个人目的。"

第八章　政治平衡被打破

　　侯沧海拿着三人商定的精心之作来到杨定和办公室。按照组织制度，凡是上行文皆要杨定和签字，这是常规。杨定和心神不宁，看了一眼题目，便签了字。

　　陈华办公室电话无人接听，侯沧海又打传呼。

　　"你明天把稿子送到校宣传部，今天我有事。"陈华脸上留有几根手指印，晚上不明显，早上起来有些乌青，因此请了个病假。她戴着墨镜，在公共磁卡电话上给侯沧海回电。

　　次日，侯沧海拿着稿子来到江州学院宣传部。

　　陈华独自一个人坐在办公室里，戴着大墨镜，脸上涂着厚粉。

　　侯沧海总觉得陈华脸上有些怪异，禁不住盯着多看了几眼，道："小梅曾经说过，你不喜欢化妆，今天有重要接待吗？"

　　陈华眼泪水滚落了出来。眼泪滚落，破开了浓妆包围，在脸上形成一条泪珠通道，非常明显。

　　"你和冷小兵打架了？"

　　"嗯。"陈华摘下大眼睛，摸了摸脸，道，"脸上肿了，是不是超级难看。"

　　侯沧海望着陈华白皙脸上的印痕，升起一股怒火，道："怎么能够打女人，不是男人。"

　　陈华没来由地想起了冷小兵经常性的十来秒，极度轻蔑地道："他除了打女人的本事，就是嘴皮子还马虎，其他事情都得靠家里，没有你和陈文军有出息。"

擦去厚粉，巴掌印子更明显，弄得陈华很不好意思，用手把脸颊捂着。

"本来这些事情不应该我来说，但是我如鲠在喉，不说不快了。你和冷小兵不合适，找机会分手，越早越好。"侯沧海本不想说这句话，因为这本是陈华私事，作为局外男人最好闭嘴，更何况他还和冷小兵有明显过节。但是，面对熊小梅好友，他觉得不说出真话犹如被卡住脖子，极为难受。

"分手肯定是要分手，有些事情还没有完全解决。"

"当断不断，自食其乱，早点分了好。丢掉一根玉米，捡到的有可能是一片森林。"

"谢谢你，我会认真考虑。"陈华没有料到侯沧海态度如此鲜明，略有吃惊，抬头看了侯沧海一眼。这一段时间，她和陈文军接触得挺密切。陈文军知道的内情比侯沧海更多，但是从来没有如此鲜明地表态。

侯沧海离开时，陈华将其送到楼下，道："谢谢你，我是真诚的。老油条对我的事情都不会说真话，只有你敢说真话。凭着这一点，你是值得交往的好人。"

到江州师范学院交了稿子，侯沧海在母校转了一圈。他特意去看了以前长期和熊小梅亲密接触的操场，回想起石保坎上的旖旎风光，小腹腾起一阵阵热流。

两天后，侯沧海接到陈文军电话，得知稿子通过领导审核，被采用了。

四天后，侯沧海从江州师范学院拿到了市委办简报，上面登着自己的文章。他细细地读了一遍，简报基本原文引用，除了个别字句外，没有修改。

杨定和拿到市委办简报，将侯沧海叫到办公室问明了前因后果，道："文章写得不错。但是意气用事了。区委办是区委的门脸，和他们争这口气不值得，也没有必要。当时我确实有情绪，没有控制了，人就是人，不管如何修炼，要完全控制情绪还是很难的。我是满五十的人了，有点意气之争无所谓，小侯前途远大，在这个问题上要注意。"

侯沧海原本以为杨定和看到文章会很高兴，没有料到他会说出这一番话来。他脸上表情正常，实则有些气馁。回到办公室后，他喝着茶，细细体会杨定和刚才一番话，捕捉其心思。

正在调整情绪时，杨定和走进党政办，道："我刚才不是批评你，你能为镇里考虑问题，发挥主观能动性，这是对的，应该表扬。而且，用这种聪明的方式来证明黑河工作也不为过。但是，每个人有不同处事方式，每个时间段也应该有不同的处事方式，这就和中医一样，要察言观色，也要五味调和。"

这是一段不明确的话，需要体会。

市委简报肯定会送到区委领导手里，领导如何看待这个信息让侯沧海很好奇，却忍着没有打听。市委简报就如一粒扔进大海的石子，似乎没有激起半点涟漪。

詹军看到这篇报道相当难受，市委简报是对黑河镇环卫工作的无声表扬，而表扬就是啪啪打在脸上的耳光。耳光响亮清脆，让他又羞又痛。从内心深处，他不想将这份简报送给各位领导，可是他不能违反违则，书记李永强特别讨厌工作人员搞小动作，真把市委这份简报隐瞒了，以后若是被发现，自己就吃不了兜着走。

他将文件给李永强送过去之时，财政局高局长正站在区委书记办公室旁边，没敢坐下。李志强在低头看文件，没有说话。

詹军道："市委有一份急件，请书记阅，在第一页。下面是一份机密件和市委简报。"

李志强脸色严肃，仍然低头看文件。

詹军看了一眼脸色紧张的高局长，准备退出办公室。

"砰"的一声响，吓了詹军一跳。李志强将一份文件拍在桌上，斥责道："你搞什么名堂，不经过集体研究，直接拨付大额财政资金给民营企业，这是什么性质的事情，你这个财政局长知道吗？"

高局长嘴唇哆嗦，道："李书记，这事有特殊背景。"

李志强声音依然十分严厉，道："什么特殊背景，说清楚。"

詹军对这些事情挺有好奇心，又不敢在屋里久留，走出办公室，轻轻将房门拉上。走回自己办公室，想到曾经发出督查通报，暗自忐忑，担心领导会有什么看法。心生忐忑就如一条毒蛇，盘踞在他的心中，让他寝食不安，脾气变得暴躁起来。回到家里，和老婆吵了架，动了手，仍然没有能够排除内心苦闷。

他是从农村走出来的年轻才俊，虽然得了父辈救助落难老领导的余荫，可是自己也付出了巨大努力。如今地位来之极为不易，是祖坟冒青烟才得到，绝对不容许失去。正是由于太看重当前位置，他患得患失，心情烦躁。

就在他情绪渐渐败坏之时，鲍大有一席话拨云见日，让其心里亮堂起来。

鲍大有见到简报以后，笑容满面地对詹军道："我要表扬两个部门：一是督查室，抓问题抓得准，抓得有成效，让问题暴露出来，暴露出来才能改正嘛；二是黑河镇，出了问题不要紧，只要能够及时改正，一样能走到前列。"

在市委办简报前页有鲍大有的批示。批示号召所有被督查单位向黑河镇学习，有一句来自《左传》的话用得特别精彩——"人谁无过？过而能改，善莫大焉"，并要求区委和区政府督查办再次明察暗访，巩固取得的成绩。

听了鲍大有对市委办简报的看法，看了批示，詹军觉得自己的水平距离鲍大有还差得很远，特别是辩证法上面更是没有办法比。

不久后，城乡环境综合整治工作再次热起来，推动者是市委市政府，在动员会上，市委书记要求各区拿出两个受检点名单。

在区政府常务会上，江阳区市政局上报了三个推荐受检点名单。江阳区区长吴志武看了一眼三个推荐受检点，侧身问分管副区长管志："哪两个受检点最保险？"

管志道："市里检查要同时查看硬件和软件，硬件是基础设施和资金投入，软件是管理模式，要求很高，短时间没有办法突击，建议城郊让黑河镇接受试点，普通镇就拿柳河镇作为试点。"

吴志武皱着眉手道："黑河镇上次因为环境综合评比倒数第一，老先进变成落后分子，我记得很清楚。黑河镇真能代表江阳区接受检查？"

管志解释道："黑河镇在环境整治上投入很大，成效明显。"

吴志武道："上一次考评组打了分，黑河镇得了倒数第一。我就纳了闷，按理说黑河镇各项工作还是不错的，怎么会倒数第一。我抽时间跑了城郊五个镇，黑河镇无论如何也排不到最后一名，甚至恰恰相反，老管，你当时是怎么把控的？"

管志道："考评组是各部门抽的人，严格按检查表打分，所有人的分数进行平均，就是每个镇的得分。我当时也没有想到黑河镇的分数那么低，凭着实际情况，黑河镇在那一次算好的。可是程序就是如此，我也不能改考评组的打分。"

吴志武语重心长地道："同志们啊，考核考评一定要慎重，考核指标是指挥棒，考核结果是上级对各地各部门的评价，用得好，鼓舞士气，营造出你追我赶的气氛。用得不好，伤了部门同志的士气。对于考核考评工作中存在的隐性不正之风，我们更应该警惕。上次简报出来以后，黑河排名倒数第一。但是，没有隔多久，市委办发了一条信息，专门讲黑河整治农村环境卫生所做工作，这是什么事啊！这是对考核工作的讽刺。"

这一席话很刺耳，副区长管志神情尴尬。

区政府常务会上发生的事情很快就传到了杨定和的耳朵里。听到区长对黑河的评价，他不禁感叹连连。在前任区委书记张强时代，他算是区委书记那条线上的人，与区长吴志武走得不近。谁知到如今，区长吴志武站出来为自己和黑河镇说了公道话，而以前关系密切的区委副书记鲍大有如今则……

不管诸人态度怎么样，黑河镇党委书记杨定和都不觉得快乐。他知道江阳政治的平衡已经被打破，属于自己的时代必然要过去，或许就在很偶然的一天，一张调令将从天而降。他没有将自己的判断告诉任何人，还是如平常一样在黑河镇继续耕耘。

黑河镇这些年投入很大，基础设施日新月异，这里面花费了杨定和巨大心血，也带给他无数荣耀。他希望在很多年以后，还有人记得自己在黑河镇的开拓之功。这就和古时候县官希望离职时百姓送万民伞一样，明知里面有太多虚情假意，也还抱有幻想。

从区政府接受任务回来，他将侯沧海叫到办公室，道："市委组成督查组，查看各地城乡环境整治点，你做一个工作方案，下午通知班子成员开会。你一直没有驻村吧，这个月安排你驻村，在乡镇工作不驻村，等于没在乡镇工作过。"

侯沧海对驻村早有心理准备，道："没有问题，随时可以驻村。村里领导都是脱了毛的牙刷——板眼多，团结他们不容易。杨书记，驻村有什么诀窍？"

杨定和道："没有什么大诀窍，认真和勤快是任何工作的基础。但是有一个小诀窍，你要注意村干部个人困难，只要解决了村干部个人方面存在的困难，他会记你的情，记住了你的情，你的工作不用推就能动。如果村干部不记你的情，你就是把吃奶的劲使出来，也推不动工作。"

这是一个不能摆上正式场合的经验，侯沧海立刻就将这条经验牢牢记住。

回到办公室，侯沧海见桌上放着一堆老报纸，随手拿起来翻了翻，一条消息吸引了他的注意力："新浪在纳斯达克股票市场正式挂牌交易，融资六千万美元。"

这是一条极为简洁的新闻，没有多余的话，却在侯沧海心里激起了波澜。一直以来，侯沧海心里有一种被时代抛在后面的焦灼感。虽然他在黑河镇工作以来颇受重视，是黑河镇最耀眼的政治明星，可是这点成绩与新浪创始人相比简直就是太阳光辉和萤火虫萤光的差距。相差不过几岁，别人做出辉煌成就，自己还处在泥潭一般的环境里，让潜伏在侯沧海内心深处的英雄之心被搅动起来，五脏感到疼痛。

自从来到镇政府工作以后，这种与时代脱节的焦灼感就一直存在，时浓时淡，挥之不去。焦灼感如一株缠死树的藤，紧紧包围在他的心脏等要害部位。

"既要仰望星空，又要低头看路，更关键是每一步都要走稳。"这是毕业时同寝室同学全何云在笔记本上写的留言。侯沧海当时嘲笑他酸腐，这些日子不知中了什么邪，经常在脑海中想起这句话。

走了一会儿神，侯沧海将报纸丢到了一边，拿起区委转发的文件，又来到杨定和办公室。

"杨书记，有个事情想跟你报告。刚才我翻看文件，看到市委检查组有一个工作人员是我的同学，大学同学，同班，关系还不错，就是帮我发文件那位同学，叫陈文军。我想和他提前沟通，在打分上不敢说能有多大照顾，至少在信息上我们来得快，知道检查组工作重点和方法。"

杨定和以前自恃是老资格党委书记，确实过于自信。在前一次环卫评比吃过一次大亏后，他痛定思痛，慢慢调整了工作思路，将党委书记的骄傲收了起来，道："你找冯诺借一些钱，该请客就请客，该打点就打点。黑河镇这一段时间遇到的事情多，我们只能吃补药不能吃泻药，必须要拿到好成绩。你那个同学位置重要，应该维持好关系。阎王好见，小鬼难缠，凡是上级部门的人，不管官大官小都不要忽视。"

离开杨定和办公室后，侯沧海就立刻准备给陈文军联系，打电话前，侯沧海不由得想起了上次见面时的情景，心道："如果陈文军主动再叫陈华出来，他们绝对就有点意思了。至少是陈文军对陈华有那么点意思。"

果然，陈文军要求把陈华叫上。吃饭地点定在铁梅山庄。

接近下班时，侯沧海坐车前往铁梅山庄。每次到铁梅山庄，侯沧海都会想起前任区委书记张强。这位看起来根深树茂的区委书记在一纸调令之后便前往市政协，从那一天起，江阳区报纸电视在一夜之间就失去了张强的身影，或者更准确地说是李永强的身影瞬间覆盖了张强的身影。他漫步在铁梅山庄的花花草草之中，思考起生活中的偶然性和必然性。

陈华走进院子就看见在树下徘徊的侯沧海，道："喂，你莫非是林黛玉，看落叶伤怀？"

"没有，在想以前的区委书记张强，他以前经常到这里。"侯沧海的思绪从前区委书记身上回到现实之中。他瞧了瞧陈华的脸，脸上没有厚粉，白白净净，手指印消失不见。

陈华道："不要细看了，脸上的伤大体上好了，否则我也不会出来。"

侯沧海原本想劝陈华与冷小兵赶紧分手，话到嘴边，又收了回去。

陈华又道："以前听熊小梅说，你大学毕业时，最初想要下海。现在还有这个心思吗？"

侯沧海很认真地想了想，道："通过毕业后的工作证明，官场这条路，我也能做得不错。但是，我总觉得和整个黑河镇甚至江阳区有一种强烈疏离感，和他们格格不入。到底应该怎么办，我也没有想得太清楚，迷茫啊。我们不谈这个沉重话题，走，到包间，聊点轻松的。"

两人在小包间聊了一会儿正事，侯沧海觉得太严肃了，讲了几个发生在寝室的糗事，惹得陈华咯咯直笑。

"你们聊什么，这么热闹？"穿着白衬衣的陈文军推门而入。

侯沧海和陈文军在大学时代都是穿着相似的低档"学生装"，工作以后，侯沧海穿衣打扮朝着杨定和靠拢，夏天体恤，秋春夹克衫，几乎没有穿过西服。陈文军分到市委机关，依着同事的穿着打扮对自己进行改装，在短时间内，他习惯了白衬衣、西服和皮鞋，习惯了把头发打理得整整齐齐。

人聚齐，服务员开始上菜，侯沧海开了一瓶酒。

陈文军平时不怎么喝酒，每次喝了两三杯后就要用手捂住酒杯，不肯爽爽快快地倒酒。今天他放开了量，接连喝了十个小杯，脸红红的，说话大声起来。

醉翁之意不在酒，而在于山水之间，陈文军喝酒不是为了酒，而在于陈华。

虽然陈华有男朋友，侯沧海没有劝说陈文军甚至用行动在鼓励，原因很简单，冷小兵太不是东西，完全配不上漂亮、聪明又妩媚的陈华。

铁梅山庄顶部新开发歌厅效果很不错，器材专业，装修高雅，很适合江州高端人士或者喜欢假装为高端人士的人唱歌。进了歌厅后，侯沧海顿时就由象棋高手和武术高手变成一只病猫，傻坐着喝啤酒，听陈华和陈文军唱歌。

最初陈华和陈文军分别唱自己喜爱的歌。陈华喜欢唱《冬季到台北来看雨》这一系列的歌曲，曲调婉转，浅唱低吟，充满着忧伤和优美。

陈文军则喜蒙古风，从《草原之夜》唱到《鸿雁》。他站在大屏幕前，望着草原，把自己想象成一个草原士骑：鸿雁、天空上……歌声远琴声颤……他当初参加过校园歌手比赛，虽然最终名列孙山，毕竟敢于参加歌手大赛就是实力体现。其歌声在小屋里回荡，演绎出一片大草原风光。

各唱几首后，陈文军和陈华合唱老歌《千千阙歌》。这一首经典的男女声对唱。陈文军和陈华面对屏幕，深情演唱。唱到后来时，两人在音乐声中牵了手。

牵着手唱完歌，陈华面带红晕，目光温柔。侯沧海直接又点了一首《风中有朵雨做的云》，让这首优美的歌曲作为背景音乐。

音乐响起，陈文军颇有风度地弯了弯腰，邀请陈华共舞。陈华嫣然一笑，将手掌轻轻放在陈文军手掌里。音乐声中，两人深情款款地慢慢跳舞。

侯沧海悄悄出门。铁梅山庄在半山坡，环境幽雅，侯沧海在树林边上散了一会儿步，这才回到歌厅。小厅里，音乐缠绵，陈文军和陈华依然在跳舞。两人身体处于微妙距离，能互相嗅到对方味道，又没有拥抱，偶尔身体能互相碰撞。

侯沧海感觉自己是一颗大大的白炽灯，照亮了一对幸福的人。

十一点，三人从歌厅里走了出来。侯沧海准备到前台给陈汉杰打传呼，被陈华阻止了。陈华道："我们走路下山，不远，半个小时就能下山，我走过。"陈文军情绪高涨，附和道："走路吧，等到司机开车过来，我们已经下山了。"

侯沧海笑道："好吧，君子成人之美。"

三人沿着蜿蜒公路下山，不时有雪亮车灯刺来。每当这时，陈华就躲在陈文军身后，如小鸟依人。对于侯沧海来说，黑灯瞎火，走在半山坡上，不时被大灯闪眼，实在是一件苦事。对于陈华和陈文军来说，这是一段幸福之路，是心灵沟通之路，唯一的遗憾就是太过短暂。

下了山，走到大街。侯沧海道："我坐出租车先走，今天由陈文军送陈华回学院。"

"好。"陈文军和陈华异口同声地答道。

侯沧海坐上出租车，朝着黑河镇开去，在黑夜中留下了牵着手的陈文军和陈华。回到家时，时间太晚，侯沧海在女友汉显上留言：陈文军和陈华牵手了。

睡下不久，响起了敲门声音。陈文军在外面道："我是陈文军。"

侯沧海睡眼蒙眬地开了门，道："你怎么到我这里来了？"

陈文军进屋后仍然在心情激动，道："把陈华送回学院了，过来聊聊。有茶没有，泡杯茶。"

侯沧海宿舍里有一个以前办公室用过的旧热水器，还能够正常使用。办公室换热水器时，这个旧热水器原本准备当废品扔掉。为了节约钱，他就带到了寝室。

陈文军将热茶杯握在手里，道："我要正式追求陈华。"

侯沧海道："你们不是已经好了吗？"

陈文军摇了摇头，道"现在最多算是心有灵犀一点通，我们之间还有障碍。你要相信我，我会把所有问题解决。"

侯沧海望着沉浸在恋爱中的人，感叹道："那就快刀斩乱麻，赶紧下手。"

当夜，陈文军留宿于侯沧海宿舍。陈文军躺在床上不停地谈论悄然而至的爱情，直到睁不开眼睛的侯沧海发出呼噜声，这才作罢。

早上陪着陈文军吃过早饭，让陈汉杰开车送其回到市委办。

送走陈文军时，侯沧海想起了书记杨定和曾经告诉自己的驻村小诀窍：帮助村干部解决个人困难，就等同于推动工作。

他脑洞大开，这其实是一个放之四海皆准的道理：比如自己甘愿成为一颗白炽灯，照亮了陈华和陈文军牵着的那双手。其结果就是陈文军这位大学同班同学由普通同班同学一下就跃升为能聊心事的好朋友，友谊提升速度极快。

友谊提升速度加快，不是功利，而是人性。

随后而来的是市委检查组对各区县城乡环境整治推荐点的考察。由于有陈文军提供有用信息，黑河镇能够及时准确地了解到考察组动态，准备工作相当充分，也极具针对性。所以，这一次市委检查组对江阳区推荐的黑河镇评价相当高，在最后的综合报告中数次表扬了黑河镇。

在区委相关会议上，鲍大有再一次谈起督查工作的重要性。他着重谈起区委督查办对黑河镇的督查：黑河镇经过督查以后，及时把问题解决掉，从而由落后变成先进，还得到市委检查组的肯定。从这件事情，说明了督查工作的重要性，以及各单位应该如何对待督查。

杨定和对侯沧海在城乡环境整治工作中做出的突出贡献心中有数，修改了对于发表文章的奖励政策：凡是能在市委相关部门的信息、简报上发表了文章的，一律奖励五百元。

黑河镇的简报要登上市委相关信息和简报难于上青天，以前一年有一两条就算不错了。大家对这条政策没有什么反响。侯沧海就不同了，每个季度都有文章在市委相关部门的简报上露露脸，既赚名气，又拿奖金，还讨领导喜欢。

第九章 老康跳楼

　　星期五下午，青树村包青天书记来到办公室。包青天真名叫包大海，是一个很有气魄的人。他担任多年村支部书记，由于办事公道，得了一个绰号叫包青天。

　　"侯主任，你要到青树村驻村？"包青天声音很大，进门就直截了当地发问。

　　"杨主任最近身体不太好，走路困难，所以由我来驻村。"侯沧海赶紧给包青天倒了水，又发了一支烟。

　　包青天坐了下来，道："以前杨主任当驻村组长，杜灵蕴是组员。现在是你当驻村组长，还是杜灵蕴当组员。晚上有空没有，青树村请你们两个吃顿饭。"

　　周末没有公事，侯沧海原本准备下班以后到秦阳与女友会面。但是与包青天的晚餐非常重要，绝对不能拒绝，否则会给青树村两委会一班人留下不良印象，后患极大。

　　侯沧海满口答应了包青天。在前往黑河张氏腊排骨总店前，他给女友发了汉显信息：晚上有事耽误，明天到秦阳。

　　熊小梅天天计算着时间，希望早日能和侯沧海相见，接到传呼机信息之后，既失望，又伤心，吃罢晚饭，无心看电视，关了房门，拿了本琼瑶的书随意翻看。书中的爱情故事在几年前曾经深深地打动过她，今年在房间里重新阅读，每个字都认得，就是难以进入脑中。

她决心给侯沧海买一个汉显传呼机。如今自己有个传呼机，所以侯沧海总是能联系到自己。侯沧海没有传呼机，没有手机，只要不在办公室里，自己根本无法找到他，就如风筝断了线，无影无踪，这种感觉非常不好。

坐了一会儿，她放下书，到外面溜达。

大部分星期五晚上，熊小梅都要出去和侯沧海相会，熊恒远和杨中芳对此心知肚明，装作不知道。今天熊小梅出去以后，夫妻俩坐在沙发上议论。

"侯沧海来了？"熊恒远发问。

杨中芳看了一眼挂在墙上的电子钟，道："应该不是，侯沧海来到秦阳一般在九点钟左右，往常二妹都是八点半钟才出去，现在太早了。老头，既然二妹铁了心要和侯沧海耍朋友，干脆让他进屋，住客厅。"

熊恒远头摇得如拨浪鼓，道："我们不能妥协，妥协以后，他们会得寸进尺。"

杨中芳道："侯沧海住宾馆，小梅肯定要去，如果被公安抓了，两人工作都要除脱。让他们进屋，在我们眼皮下面，反而做不了什么。"

熊恒远犟着脑袋道："要住进来，得侯沧海来求我们，现在搞反了，居然是我们去求他，没有这出戏！"

杨中芳对固执了一辈子的老伴没有太多好办法，叹了口气，回到寝室，躺在床上。

在楼下公共电话亭，熊小梅打了陈华传呼号，等了不到三分钟，电话回过来了。

"听说，你和陈文军有那个意思了。"

"嗯。以前我认识陈文军，对他没有感觉。客观地说，他进入市委机关以后，进步很大，比起大学时代完全如变了一个人，办事老练，很沉稳。侯沧海变化也很大，以前天天练拳和下棋，如今知道追求进步，写得一手好文章。"

"你别提他了，原本今天要到秦阳，结果又有事耽误。"

"你要理解侯沧海，他要在单位干出成绩，必须得花时间，鱼和熊掌不能兼得。我如果找到侯沧海这种老公，就很知足。你要相信我的眼光，侯沧海肯定会干出一番事业。你辛辛苦苦培养了侯沧海，临到要丰收了，千万要坚持住。少抱怨，多支持，耐心等他成长。否则让其他女人摘了桃子，你哭都来不及。"

"女人的青春有几年，等他成了气候，我都老了。"

两个闺密在电话里聊了十来分钟，放下电话，熊小梅心气顺了，在外面转了一圈，开始担心侯沧海喝酒太多伤了身体。苦于侯沧海没有传呼或手机，想叮嘱也没有办法。前些天学校恰好发了一笔近两千块钱的课时费，她做出决定："算了，不买传呼机了。明天给侯沧海直接买一部手机，免得到时联系不上，干着急。"

熊小梅想着给侯沧海买手机时，侯沧海正在陪青树村两委一班人在黑河街道上喝酒。党政办侯沧海和杜灵蕴组成了一个驻村组，以侯沧海为组长，杜灵蕴为组员，算是最年轻的驻村组。侯沧海为了取得村干部信任，放开肚皮喝酒，碰杯，划拳，场面热闹得紧。

喝酒到十点才结束，侯沧海豪放过度，现场直播，吐得稀里哗啦。

侯沧海醉得大吐，村里干部都很高兴，觉得侯沧海耿直，能跟村干部打成一片。

杜灵蕴挽着侯沧海朝镇政府走去。这只是一条不足半里的小道，侯沧海弯着腰在路边吐了五次。来到接近镇政府的路口时，侯沧海直起腰，道："终于吐完了。"

杜灵蕴关心地道："我再给你买盒牛奶，保护肠胃。"

侯沧海摆了摆手，道："不用，酒精差不多都吐完了。我们去打一辆出租车，你回家，我去客车站。"

杜灵蕴大吃一惊，抓住侯沧海胳膊，道："你不能到秦阳，太晚了，明天走吧。"

侯沧海道："晚上十一点有一班过路车经过秦阳，我搭那班车，差不多一点钟我就能到家。你放心，酒精没有进身体，都被我吐出去了。全靠你饭前给我的那瓶奶，在胃里形成保护膜，否则酒精肯定进入身体。"

杜灵蕴等来一辆出租车，将侯沧海送到长途客车上，然后再回家。她一直替侯沧海担心，担心他喝多了，坐长途客车出事。

侯沧海尽管大吐特吐，毕竟还有许多酒精进入身体，上了长途客车时连惯常的"白日梦"都没有做，直接进入睡眠状态。长途客车慢悠悠地翻过了巴岳山，又沿着滨江路走了十几里，终于到达了灯火依然辉煌的秦阳。

侯沧海身体里的生物钟发挥了神奇作用，当长途客车开进了秦阳以后，生物钟就在身体里发出了醒来的号令。

侯沧海睁开眼睛时，恰好就看到长途客车进入秦阳车站。走出车站，他长长地吐了一口酒气，顺手摸了摸衣袋，手突然僵住，往常放钱包的地方居然空空荡荡。

钱包到哪里去了？

有两种可能性，第一是掉在车上，第二是在黑河镇吃晚饭时丢失。

侯沧海当即返回到长途客车站。长途客车居然还没有开走，司机站在车边抽烟。

继续乘车的旅客都在睡觉，侯沧海的位置还空着。他前后左右搜了一遍，没有钱包踪影。他垂头丧气下了车，对司机道："没有找到。"

"这种长途车没有小偷，如果掉到车上，有可能被其他乘客捡走了。你身上酒味重，是不是上前车喝了酒。乘长途车，千万别喝酒。我再帮你问问。"司机到车上问了几遍，所有旅客都继续睡觉，没人搭理。

侯沧海对这个结果也有准备，如果钱包掉到车上被人捡到，捡到钱包的人绝对准备私吞，否则早就上交驾驶员了。

钱包丢失，没有身份证，没有钱，这就意味着住不进宾馆。半夜时分，下象棋的茶馆大门紧闭，没有办法通过赌棋赢钱。夜风吹来，孤独的侯沧海在秦阳漫无目的地行走。他有两次差一点遇到联防队员。为了避免不必要的麻烦，他及时躲藏起来，没有与联防人员碰面。

这样走下去不是办法，侯沧海突然灵光一闪："铁江厂子弟校如今空着，可以到旧教室睡觉。"

铁江厂如今接近破产，生产难以为继，厂区破败，保卫人员形同虚设，侯沧海大摇大摆走进厂区。经过家属区大门时，他再次灵光闪现：我没有及时到秦阳，熊小梅肯定很生气。我如果爬窗而入，肯定会给她惊喜。

有了这个想法，侯沧海浑身如打了鸡血一般，一扫酒后萎靡。他来到熊小梅所住楼房，顺着铁水管往上爬。他的动作灵巧如猿猴，快速爬上四楼。他伸手搭住小梅家窗台，身子在空中来了一个猿跃，从铁水管来到窗台下面。

从窗台伸出头，借着月光能看到睡在床上的熊小梅。他坐在窗台上脱下鞋子，穿着袜子踩到地板上。

轻手轻脚来到床边，他伸手先捂住熊小梅嘴巴，轻轻摇动，道："不要闹，

第九章 老康跳楼　　79

是我。"

熊小梅在睡梦中被惊醒，下意识叫了起来。她感到嘴巴被捂住，双手抓住手，拼命想要推开。

"别闹，是我。"

听到熟悉声音，借着淡淡的月光，熊小梅这才认出床前人正是自己的男友。侯沧海松开了手，道："我才到。"熊小梅在睡梦中被惊醒，脑袋不是太清醒，道："你是怎么上来的？"侯沧海指了指窗，道："顺着铁管爬上来的，这根铁管是安全大隐患，我轻而易举就爬上来了。"

熊小梅望了望窗台，忽然伸出手狠劲地掐侯沧海胳膊，道："你又爬窗子，四楼，有十米高，摔下去怎么办？"

手指掐胳膊真的很疼，侯沧海正在往回抽，熊小梅低声道："不准动，必须让我掐。"

侯沧海疼得龇牙咧嘴，还是挺住不动。又被掐了一会，他疼得受不了，干脆蹬掉鞋子，跳上床。

"你才爬墙上来，脏死了，等一下，我给你端盆水，你要先洗洗。"说到这里，熊小梅似乎意识到问题，大张着嘴巴，"天啊，我爸妈都在旁边睡觉，你居然爬上来，狗胆包天。"

"不是狗胆包天，是色胆包天。"侯沧海顾不得温文尔雅，热烈拥抱女友。

"喝了酒，这么晚，太危险了，你以后不能这样做。"熊小梅压低声音抱怨道。

"我想你了，所以来了，这个理由强大到足够克服所有困难。"这是一句真话，侯沧海躲住在女友房间，确实是幸福之事。

熊小梅闻得浓烈酒味以及汗水味道，道："我给你打盆水，你洗一洗。坐一会，不要发出声音，被我爸发现不得了，你又得顺着水管往下爬。"

熊小梅拉开门闩，轻手轻脚到了卫生间，拿了毛巾，端了盆冷水，回到卧室。重新拴上门闩后，她靠在门背后，不停地拍打胸口。

下班时得知男友因事耽误不来秦阳，这让熊小梅颇为生气和失望。此时男友爬窗户进屋，让所有不快都随风而逝。男友脱掉衣衫，露出健康的男性躯体，一股亲情的温暖汇集在心里。

"亲爱的，是冷水，你要忍住啊。"

"不怕，我长期都是用冷水洗澡。"

熊小梅将湿透的毛巾扭干，小心地擦拭着男友后背。皎洁月光下，侯沧海就如一尊石雕，很有力量感。一般情况下，女人都不会觉得男性身体赏心悦目，但是熊小梅觉得侯沧海身体很健美，这是客观评价。

隔壁住着父母，在危险环境下两人又有了在大学操场边石保坎上的热情。熊小梅产生了强烈的悬浮感，总觉得身体浮在半空中，晃晃悠悠，感到人生有别样的幸福感。

天刚蒙蒙亮时，熊小梅睁开眼睛，忽然听到枕边传来呼噜声，吓了一大跳，赶紧用手捂住侯沧海嘴巴，道："醒醒，天亮了。"侯沧海睁开眼睛，道："天亮了啊，这么快，我刚闭眼就天亮了。昨晚怎么样，我表现得好吧。"熊小梅笑道："比冷小兵十一秒强。"

屋外传来电视声音，还有熊恒远和杨中芳的说话声音。听到声音，熊小梅紧张地道："我爸妈等会要买菜，等他们买菜时，你赶紧溜出去。"

两人穿好衣服，静等着父母出去买菜。

结果，屋外始终有电视声和父母的说话声。到了十点钟，他们还没有如往常那样外出买菜。熊小梅终于等不及了，道："我要出去露面，否则他们就要来敲门。而且，我想解手了。"

侯沧海脸现难受之色，道："我也想小便，憋得难受，我先从窗口下楼。"他走到窗前，却发现有两个老年人站在窗前树下，手抚着树在扭动身体。无法从窗口爬下，他又想出一个法子，道："你去弄一个矿泉水瓶子，我在瓶子里面放水。

客厅，父母坐在沙发上看电视，一点都没有外出的迹象。熊小梅在客厅夸张地打哈欠，道："你们不买菜。"

"昨天下午到菜市场买了便宜货，买得多，今天不用买了。"杨中芳道，"昨天熬夜了？怎么这么晚才起来，脸色也不好。"

"没事，昨晚看书看晚了。"

熊小梅到卫生间方便以后，四处寻找矿泉水瓶子。家中生活不富裕，让熊家夫妻养成了节俭习惯，家中很少喝矿泉水，偶尔有个瓶子也尽量废物利用。她想着男友涨着尿也不是回事，准备到楼下服务社买一瓶矿泉水。刚出门时，熊恒远道："你到哪里去？"他以为二妹又要外出和侯沧海约会，满脸不高兴。

熊小梅早有对策，道："买卫生巾。"

杨中芳起身，准备将洗好的衣服送到女儿房间。

熊小梅吓了一跳，赶紧接过洗净晒干的衣服，回到里屋。侯沧海如会隐身术一般，消失在屋内。熊小梅拉衣柜，看床底，都没有找到人。她走到窗前，伸出脑袋朝外望。侯沧海神色自若地坐在窗台上，正朝着女友得意地笑。

熊小梅吓得脸色煞白，压低声音道："快进来，危险。"

侯沧海灵巧地又从窗台爬了回来，道："衣柜太憋闷，我不可能一直藏在里面。赶紧找个矿泉水瓶子，我内急。"他伸头朝下面看了一眼，树下还站着一个老人。

熊小梅一路小跑下楼，买了卫生巾、矿泉水和饼干，又三步并作两步，回到四楼。杨中芳在客厅扫地，熊恒远在碾蒜，熊小梅装作若无其事地道："我身体不舒服，还要睡一会。"她进门以后，将门关紧。

女孩月经期间身体不舒服是常事，熊恒远和杨中芳不疑有他，继续在客厅平静地忙碌。

侯沧海喝完矿泉水，又利用空矿泉水瓶子放了水，如吃了人参果一般舒服。

经过昨夜疯狂，两人变得很平静，站在窗前倾诉总也说不够的情话。窗前有几株高大的香樟树，树梢正在四楼顶，从窗口望出去，恰好能看到在阳光下绿得亮眼的树叶。

屋外传来敲门声，杨中芳在外面道："二妹，我给你端了稀饭，例假来了，不吃饭更不行。"

侯沧海听到外面说话声，轻车熟路地爬到窗外。他坐到窗台上，又转身将窗帘拉紧，有效地躲藏起来。尽管窗台离地超过十米，他没有丝毫害怕，坐在窗台看风景。

侯沧海坐在窗台上仔细听屋里动静。这时，隔壁房间有一个中年人翻到窗台上。此人看到了坐在窗台上的侯沧海，愣了愣神，道："你是谁？"

侯沧海将手伸到嘴边，做了一个嘘的动作，压低声音道："我是二妹的男朋友。"

来者站在窗台上，递了一支烟过去，也低声道："我是隔壁老康，看着二妹长大的，抽一支。熊恒远脾气有点恶啊。"

侯沧海顿时喜欢上此人，道："是啊，所以我躲在这里。"

阳光照射下，老康脸色蜡黄，连眼珠子都有黄色，黄得让人心惊。

在屋里，熊小梅接过稀饭后，当着母亲的面喝了两口。杨中芳道："我记得你以前不痛经，这次怎么回事？你别把窗子关这么紧，屋子要通风，空气不好，身体更不舒服。"

熊小梅赶到杨中芳之前，将窗户拉开。

窗外，老康仰头看着太阳，语调平静地道："我脸色很黄，是不是很吓人？不用怕，不会传染。我是肝癌，晚期，活不了几天了。你看我肚子，是肝腹水，差点把肚子都涨爆了。"

侯沧海这才注意到老康肚子很大。

杨中芳出门后，熊小梅关上卧室房门，拉开窗，将脑袋伸出去。她看到老康，吓了一跳，道："康叔，你怎么在这里？"

老康神色十分平静，道："二妹，你男朋友很不错，有胆色，为人好。人生百年，过得很快，能享福就享福，不要委屈自己。你们好好过，我走了。"

他扶着墙站起来，小心翼翼将双手伸进皮带里。

熊小梅没有理解老康这个动作是什么意思，侯沧海却看得很明白，站起来，试图去抓老康。

老康躲了一下，避开侯沧海抓过来的手，道："我活着没有意思，止痛药都吃不起，痛得死去活来。你们要多赚钱，没钱的日子太难过了。"他看着侯沧海就要跨过窗台，如跳水一般，头朝下，毅然从四楼跳了下去。

四楼外面有一些绿化带，有花有土，在靠近房屋一侧是硬化的水沟。老康将手插进皮带，对着水沟摔下，确实不想活了。

"砰"的一声闷响，老康的世界结束了。

响声沉闷，又在大楼背后，没有引起人们注意。康叔跳楼之后，绿树照样在风中摇晃，小鸟依然欢乐歌唱，风儿穿过林梢，摇动了三楼风铃，发现叮当的清脆响声。

侯沧海反应十分迅速，伸手抓住铁管，嗖嗖几下就滑下四楼。他站在老康摔落处，看了几眼，朝上面摆摆手。

熊小梅失魂落魄地打开了房门，对父母道："康叔跳楼了，就在刚才。"

熊恒远和杨中芳冲进卧室，站在窗口，看见了掉落在水沟处的老康。

侯沧海在楼下看过现场，确认老康无法生还，在香樟树下停留几秒，悄悄远离了现场。熊恒远的视线被香樟树叶遮挡，没有看见树下的侯沧海。

熊家和康家在一起生活了多年，感情极深，熊恒远和杨中芳跑到隔壁家时，温丽坐在客厅看电视，根本不知道发生了什么事情。

熊恒远站在门口，停下脚步，道："温丽，你要冷静啊，老康刚刚跳楼了。"

头发花白的温丽道："什么啊？"

杨中芳道："老康跳楼了。"

温丽目光呆滞，道："跳楼了，不可能吧。"她转身朝窗边走去，伸头望着楼下，看了一会儿，双手蒙住脸，剧烈抽搐起来。

熊小梅跟在父母身后，被温阿姨的表情和抽搐震得失去了思维。以往曾经进过厂宣传队的漂亮阿姨如今被贫困彻底打垮，这在精神上对熊小梅的冲击甚至能和康叔跳楼一样。

四人跑到楼下。熊恒远看见老康扭曲身体，怒火中烧，随手拿了根丢在地上的棍子朝厂部走去。侯沧海一直躲在远处，悄悄跟了过去。虽然这位岳父一点不待见自己，在关键时刻，他这位未来的女婿还是准备保护脾气暴躁的岳父大人。

狂怒的熊恒远拿着木棒冲进了厂办，看见一辆小车就用木棒狠命砸。他是钳工出身，手臂力量大，木棒砸在汽车上，发出砰砰响声。

两个厂区保卫闻声而出，一个相识的白发保卫拿着胶棒，道："熊恒远，你发疯了，住手。"

熊恒远愤怒地道："工人们吃不起肉，看不起病，当官的还要坐豪车。"

一个保卫企图阻止熊恒远，还未近身，看到一条大棒扫了过来，吓得趴在地上，这才躲过大棒。

白发保卫吼道："熊恒远，你想坐牢啊。"

熊恒远仍然用力敲打汽车，响声惊动了办公楼的人，很多脑袋都从窗口伸了出来。办公室工作人员见到厂长的车被砸了，吓得赶紧从办公室跑出来。

保卫科在底楼，厂长车被砸了，科里坐着的三人也跑了出来。

五个人有的提椅子，有的拿胶棒，把打红眼的熊恒远围在里面。熊恒远格外强悍，一条棍将五人逼住，近不得身，他发出阵阵怒吼："康湘河得了病，没有钱治病，刚刚跳楼了，你们几人还在这里坐好车，还有没有良心，没有我们这些工人，你们吃个锤子。"

听说康湘河跳楼，几人惊住了，不由得退开几步。

厂办主任付红见到厂长新座驾受损严重，骂道："李富贵，你平时牛皮哄哄，五个人弄不住一个。"

保卫科科长李富贵来到付红跟前，脸色凝重地道："康湘河跳楼，死了。康湘河得了癌症，一直没有报账，这事影响大，要惹麻烦。"

付红意识到问题严重性，嘴巴却没有软，道："一码归一码，厂里经营困难，大家都没有钱，又不是针对康湘河。你赶紧把这人弄到科里，让他情绪稳定下来，再说下一步的事情。砸了厂长的车，损坏公家财产，送到派出所都可以拘了。"

李富贵见已经有人在办公室外面围观，知道久拖下去更不好收拾，就回到小车旁边，对熊恒远道："老熊，何必这么大火气，有什么事情到保卫科去说。没事，大家喝杯茶。"

熊恒远冷笑道："李富贵，你这个狗腿子，想把我骗到保卫科，没门，今天就在这里给工人们一个交代。"

"老熊，你这是让我难做。"李富贵给几个手下使了眼色，亲自拿起一把椅子，将熊恒远的木棍架住。大家一拥而上，将熊恒远按倒在地。

侯沧海一直在冷眼旁观，见熊恒远被扑倒后，立刻出手。他直奔李富贵而去，上前就给了其一个鞭腿，狠狠踢在李富贵身上。

李富贵是退休军人，身强力壮，与冷小兵那种文弱书生不可同日而语。他被踢中后退了两步，撞到另一个保卫身上，稳住了身形，没有摔倒。李富贵认识熊恒远，大家都是一个厂里的人，抬头不见低头见，没有下狠手。此时被一个陌生年轻人攻击，他大怒道："你是谁，敢打我。"他抡起巴掌就扇了过去。

对方是工厂保卫科，侯沧海非常冷静地掌握着打斗火候。他抓住扇过来的手掌，来了一个漂亮背摔，将李富贵摔倒在地上。李富贵尽管身体强壮，毕竟是接近四十岁的人了，被摔倒在地上后，只觉得天上满是不停旋转的星星。

摔倒李富贵后，侯沧海又上前拉住另一个保卫科干部的衣领，抡圆了朝外扔出去。这位保卫科干部长得瘦小，猝不及防之下，被扔出去六七米，滚倒在地上。

熊恒远挣脱另外三人的压制，站了起来。

转眼间形势发生了剧变，五对一的局面变成了三对二，熊恒远和侯沧海顿时占了上风，将三个保卫科的干部打得狼狈不堪。

一大批工人拥进厂区办公室。

这些年来，工厂效益一天天下滑，到了破产边缘。工厂里流传着厂领导各种致富传闻，这些传闻被编得有鼻子有眼，成为工人们茶余饭后的重要谈资。生活中的困境加上各种或真或假的传言，让大部分工人都积累了一肚子火气，老康跳楼成为众人发泄怒火的导火绳，愤怒的工人们拥进办公楼，砸烂玻璃和办公用品，将几个厂领导全部围在小会议室。

付红躲在三楼女厕所里给秦阳市政府办公室打了电话，报告厂领导被工人围攻的消息，随即又打了110报警。

这些年是国营企业破产、转制集中期，市委市政府最怕接到工人聚集闹事的消息，赶紧组织人员，到铁江厂来与工人座谈。

工人越聚越多，熊恒远被杨中芳拉出了人群。杨中芳埋怨道："就你能，能得不行，把厂长的车都砸了。一辆车几十万，把你杀了卖肉都赔不起。"

熊恒远在国营厂矿工作了几十年，习惯思维让他感觉对抗厂领导后自己肯定闯了大祸，发泄怒火后，沮丧地低着头，不说话。突然，他抬起头，道："刚才过来打架的是侯沧海，他怎么会在厂里？"

熊小梅和侯沧海站在不远处。看着康叔跳楼与传说中的跳楼是两个截然不同的概念，熊小梅紧紧挽着男友，希望能从男友肌肉发达的胳膊里吸取一点力量，好让自己不至于崩溃。她眼见着父母朝自己走过来，没有放开手。

熊恒远与几个保卫较量一番，虽然最后和侯沧海一起占了上风，脸上仍然留下些痕迹，特别是眼睛有一圈青黑，如大熊猫一样。他瞪着侯沧海，道："你怎么在这里？"

侯沧海道："昨天有事耽误，今天才到厂里，正好看见你拿棍子在跑。"

这个回答毫无破绽，熊恒远疑惑地望了一眼妻子。

女儿铁了心要跟着侯沧海，杨中芳早就想妥协了，今天正是一个好机会，道："侯沧海，你刚才打架，受伤没有？"

"没有受伤。我年轻，体力好。"侯沧海看着越聚越多的人群，道，"我们回去吧，这种时候不要再当出头鸟。"

杨中芳担心地道："刚才熊恒远砸了车，会不会惹大麻烦，那个车贵得咬手，让我赔偿就是大麻烦。"

侯沧海在黑河镇担任党政办副主任，见识过好几起原因不同的集体闹事，对于政府处理这类事情的原则很熟悉，道："工人闹得越凶，就越不可能让熊叔赔钱。原因很简单，好不容易平息的群体事件，谁愿意再去挑事。但是我们不能再去打砸办公室，若事情闹得太大，被当成典型就划不来了。"

熊恒远还不想走，被杨中芳拼命拖着回家。杨中芳拖不动时，熊小梅也帮着推。在半推半拉的情况下，熊恒远回到家。

"我是个逃兵。"熊恒远站在窗口望着厂区，有点沮丧。

此时，厂区燃起大火，一辆辆消防车和警车开进厂区。

这是一场起于老康跳楼的群体事件，跳楼是火星，挑动火星的是熊恒远，真正燃烧起来是许许多多干柴。

分管工业副市长为了解围，来到了工厂与工人们座谈。双方没有谈成，一言不合，工人们一拥而上，将分管工业副市长揍了一顿。副市长是一位儒雅的中年人，从工人包围中被解救出来时格外狼狈，眼镜被打掉，头发乱成鸡窝，上身衣服被撕掉。

直到市委书记过来对话以后，事态才在凌晨两点钟彻底平息。

事情闹得这样大，传言公安要大规模抓人，熊恒远在杨中芳力劝之下，第二天还是离开了秦阳，到大女儿家里去避避风头。

在长途汽车开动之前，杨中芳道："我给大妹说了，她让你去住亲家的空房子，这边事情处理好了以后，你再回来。"

熊恒远抬头看着站在远处的熊小梅和侯沧海，道："侯沧海打架还有点凶。"

杨中芳道："我准备把大妹房间收拾出来，以后侯沧海到秦阳就住在大妹房子里，免得到外面开宾馆。"

熊恒远习惯地道："不得行，不准他进屋。"

杨中芳道："他们住宾馆，如果有点小动作，被警察查到了，两个人一起完蛋。女儿会恨你一辈子。"

"好吧，让他进来住。"熊恒远愣了半天，这才让了步。

当汽车开动之时，熊小梅紧走几步，塞给爸爸一个信封，道："这是一千块钱，你一个人在外面，不要节约。"熊恒远拿过信封，放进衣袋里。熊小梅道："爸，你都是五十好几的人了，拜托不要冲动。"熊恒远不耐烦地道："不说了，我走了。杨中芳，老康大夜那天，你送点钱过去啊。"杨中芳道："这些事情我晓得。你要记得吃降压药。"

客车开走后，熊恒远一直望着铁江厂方向。他为这个厂付出了青春、汗水甚至还有血水，为这个厂自豪和骄傲，将这个厂当成这个家。现在，他对这个厂充满了失望，还亲自砸了厂领导的车。

客车越走越远，熊恒远感觉自己是一只丧家之犬，虽然痛恨那个厂，可是真要离开那个厂，还是觉得人生虚无，灵魂已无安定之所。

家属楼有一种混合着悲伤和疯狂的怪异气氛，悲伤是为了老康跳楼，疯狂是大家在办公楼将平时高高在上的厂领导和市里大官痛打一顿，出了胸中一口恶气。但是，恶气发泄出来以后，回到家里，贫困依然蹲守于此。

在家里，熊小梅忙着为侯沧海收拾房间。如果没有康叔跳楼的阴影，她会觉得十分幸福，只是从小就熟悉的老邻居跳了楼，父亲远走他乡，让她无法高兴起来。

杨中芳在厨房里忙来忙去，准备为侯沧海做一顿好饭。她早就想修复与侯沧海的关系，只是做不通丈夫的思想工作。如今侯沧海帮那个固执老头打过架，算得上一个机会。

不断有邻居进来通风报信，讲述厂里的处理情况。

到了晚上，事态平息。

秦阳市宣布了尽快出台铁江厂改制方案，由厂工会向跳楼自杀者家属表示慰问。至于砸烧办公室行为，秦阳市宣布成立调查组，进行彻底调查以后再进一步处理。听到"再进一步处理"这几个字，熊小梅觉得大事不妙，担心被秋后算账。侯沧海详细分析了整个处理过程，肯定道："我觉得没有大事，若真要抓人，早就动手了。估计还是找个台阶下，或者说是一种警告，应该不会为了此事再来抓工人。熊叔只是敲了车，没有进办公室烧火，后面的行为比敲车严重得多，既然不处理后面的工人，更不会处理熊叔。"

事实证明侯沧海的推测是正确的，到了7月，秦阳二中放假，秦阳市加大推进工厂改制的力度，再也没有提及那一次群体性事件。

自从发生老康跳楼以后，侯沧海来到秦阳便住进了熊家，他发现住进熊家太难受了。打架事件虽然拉近了两家关系，可是并没有解决两地分居这个事实，事态平息后，熊恒远和杨中芳不知不觉中又恢复了原来的态度，话很少，脸上没有太多表情。

7月的一个周末，因为熊小梅要在暑假跟着侯沧海到江州，这让熊恒远和杨中芳满心不高兴。周六整个晚上，四个人坐在客厅里看了两个小时电视，熊恒远和杨中芳只跟侯沧海说过三句话，第一句话"吃饭"，第二句话"明天什么时候走"，第三句话是"睡觉"。

星期天，离开熊家之时，侯沧海觉得解除了身上禁锢，走路轻快，笑容满面，他差一点就哼出了"解放区的天，是明朗的天，解放区的人民好喜欢"这首歌。歌声刚要出口，他想起熊小梅还在身边，不可太过忘形，赶紧闭紧嘴巴。

熊小梅挽着侯沧海胳膊，喜滋滋地道："你请几天假，我们和陈华、陈文军一起旅行。"

侯沧海道："暂时还不能公开吧，陈华还没有明确与冷小兵分手。"

熊小梅疑惑地道："既然和陈文军好了，为什么不及时与冷小兵分手？"

侯沧海道："你问我，我问谁去？"

经过这一段时间接触，侯沧海对陈华有了深刻了解。这个女孩子和熊小梅相比，心机深沉得多，也要坚强得多。他并不反感这种心机，任何一个女孩子都喜欢过简单快乐的生活，陈华所有的心机和坚强都是为了追求更好生活。从这一点来说，她是坚强自立的女孩子。

客车于下午三点到达秦阳，到达秦阳以后，熊小梅在公用电话亭与陈华取得了联系。

"小梅，来了吗？暑假都在这边，那好，你抽时间到我宿舍住几天。今天晚上我没有空，有特殊安排。"放下电话，陈华又将那个纸条拿出来研究，脸上露出一丝冷笑。

纸条上抄着来自冷小兵手机中的短信。这一条短信很平淡也很正常："六点半播报：建议股市持仓，00xxxx00xxx00xxxx"。炒股在江州社会生活中是一件时髦的事情，一个人不炒点股，在酒桌上往往会被视为异类，陈华平时也炒股，当初并没有意识到这条短信有什么异常，出于对推荐股票的好奇，查了一下股票名称。居然是："星期天，东方宾馆，二六三"。

陈华早就觉察到冷小兵近来行为异常，拿到这条短信以后，立刻给在派出所工作的老乡杨亮打去电话。她一直在寻找脱离冷小兵又不至于让冷家疯狂报复的机会，冷小兵的行为是天赐良机。

陈华换上行动利索的短裤和运动鞋，在派出所不远处等到了杨亮。杨亮看罢短信，竖起大拇指，道："这个冷小兵真是机灵人，想到这个办法。你更牛，居然能破解出来，你不当公安，我觉得可惜了。"

陈华苦笑道："也没有什么，主要是他近来表现异常，我早就警觉了。有两次衣服上带了一根红色长头发，这两根头发我都收着，应该是同一个女人。"

杨亮与陈华皆从偏僻小区城来到山南第二大城市江州，在两年前参加同乡会时认识的。杨亮家与陈华家是住得很近的街坊，有了这层关系，陈华就称呼一声杨哥。这两年陈华与杨亮走得挺近，关系很不错。

杨亮将写有短信的纸片还给陈华，道："查到现场以后，可以用涉嫌嫖娼让他名声臭掉。"

陈华摇头道："杨哥，我和冷小兵毕竟处过朋友，他不仁，我不能不义。你抓现行，搞个笔录，我借机把这层关系断掉，从此一拍两散，谁也不欠谁。"

陈华与冷小兵处朋友的原因只有极少数人知道，杨亮一直以为他们是在大学时谈的恋爱，骂道："这些大城市的男男女女，表面上光鲜活亮，满肚子男盗女娼，校园里谈的恋爱，被社会一染就变成这样。"

"这次有眼无珠，上了当，下一次我要打起手电筒来认真挑选。"陈华道，"你怎么一个人出来？这样不符合办案要求吧？"

杨亮有些惊讶地道："你怎么知道我们的规定？"

"我在宣传部经常能看保卫处的稿子，用点心，自然就记住了。"陈华又道，"他们约到六点半，你估计七点钟左右过去，准能抓到现形。"

杨亮算了算时间，道："太早了吧，有可能还没有做。七点半钟，我们进去，时间才差不多。"

陈华红了脸，低着头，道："冷小兵是银样镴枪头，七点钟就够了，太晚了捉不到现形。"

杨亮"哦"了一声，明白了其中意思。

"你从宾馆出来前十分钟，给我打个电话，但是我不接。"陈华将新手机号码交给杨亮。

谈完事情，杨亮看了看时间，在街边给办公室打了电话。不一会儿，一个年轻小伙子从所里走了出来。杨亮道："我得到一个线索，有人卖淫嫖娼，你带上相机，我们一起把人逮回来。"

小伙子道："就我们两人。"

杨亮瞪着眼睛道："你跟着我来就行了，有人举报嫖娼，所长知道这事。"

每个派出所都有罚款任务，抓这种卖淫嫖娼是完成罚款任务的重要手段，小伙子也就不再多问。

七点钟，杨亮、年轻人来到东方宾馆，杨亮管治安，特种行业的人大多认识他。

冷小兵刚从女子身上下来，躺在床上，道："昨天喝了酒，身体不舒服，下次绝对能坚持半个小时。"每次约会，冷小兵都会找各种借口为了自己早泄找借口，女子习以为常了，笑道："你其实可以做一种手术，挑断阴茎里的一根小神经，然后就没有这么敏感了。"冷小兵最怕别人揭到这个短处，愤怒地道："我今天就是累了，改天我绝对能做半小时。"

外面传来的开门声。随后，上了铁链的房门被打开。

杨亮身着警服，径直走进屋。紧随其后的小伙子手里还有相机。杨亮道："都别动，派出所接到举报，有人卖淫嫖娼，不要动，我不管你是谁，跟我到派出所去。"他看了一眼女子，果然是一头红头发。

冷小兵是市国土局干部，遇到这种事情是黄泥巴掉到裤裆里，是屎也是屎，不是屎也变成了屎，满脸沮丧地道："我们是在谈恋爱，不是卖淫嫖娼。"他拿出手机，想给学校保卫处梁处长打电话。

杨亮一把将手机夺了过来，指着埋在被窝里的女子，道："你说，他是谁，叫什么名字？"

等到女子回答以后，杨亮又拿着身份证进行对比，脸色缓和了下来，语气也不那么严厉，道："把衣服穿上，跟我们回派出所，把事情讲清楚。"

杨亮带着冷小兵和红头发走出了宾馆。在出发前，他拨了陈华电话，接通了，依约没有通话。

刚走出宾馆门，杨亮见到陈华和一个中年妇女并肩而行。杨亮装作不认识陈华，继续往前走。陈华惊讶地道："冷小兵，你做什么？"她拦住杨亮，问道："这位警察同志，我是他的女朋友，他出了什么事情？"

杨亮面无表情地道："他涉嫌嫖娼，我们要带到派出所去。"

中年女同志是校宣传部一个科长，素来瞧不起冷家父子，听到涉嫌嫖娼几个字，一脸憎恶。

陈华依计在东方宾馆不远处等着杨亮电话。杨亮电话刚打过来，她居然看见了办公室同事，当即上前招呼，然后一起经过东方宾馆。陈华做好了两手准备，如果经过宾馆时杨亮还没有出来，她就借故与同事分手。如果恰好杨亮出来，就让同事看到这一幕。

她的运气十分好，经过东方宾馆时，恰好看到杨亮带着冷小兵出来。

陈华甩开胳膊，狠狠地打了冷小兵一个耳光，道："我要和你分手，立刻。"

这一巴掌用尽了陈华全身力量，将所有委屈都化在这一个巴掌里。

这是一次精心设计的捉奸，有人为的设计，也有校宣传部干部凑巧出现在现场，让冷小兵完全落入网中，一时之间无法动弹。

"绝对是陷阱，肯定是陈华有意安排的。"从派出所回到家中，冷小兵对着父母斩钉截铁地道。

冷明德用恨铁不成钢的语气道："你在东方宾馆开房，是陈华安排的？自己出去鬼混，就别怪别人捉奸。"

冷小兵妈妈道："我觉得是陈华有意做的陷阱，否则怎么会这么巧。小兵，你到东方宾馆，陈华知道吗？"

冷小兵尴尬地道："陈华有可能翻过我的手机，可能看到留言。"

冷明德大怒道："你是蠢货，这些信息都留在了手机上。要想出去鬼混，就要把手脚做干净，如今把柄被别人抓住，这门婚事算是吹了。可惜我动了老关系才搞定陈华的工作，现在鸡飞蛋打。"

冷小兵妈妈不高兴地说了一句："冷明德，你是不是手脚做得很干净，让我一次都没有发现。"

"这是哪跟哪，不要在儿子面前胡搅蛮缠。"冷明德又对儿子道，"吃一堑长一智，你也没有吃亏，陈华陪你睡了这么久。"

"睡觉是两个人的事情，你认为是儿子睡了陈华，我还认为是陈华睡了儿子。陈华平白无故找了个好工作，儿子出轨一次有什么了不起。儿子为什么要出轨，有其父必有其子，这事不奇怪。"冷小兵妈妈双手抱在怀里，想起丈夫早年的风流事，忍不住冷嘲热讽。

冷小兵坐在椅子上下意识地扯着鼻毛，想起陈华性感无比的身体，这身体远比红头发强，只是妻不如妾，妾不如偷，偷不如偷不到。前一阵子他总觉得陈华是碗中饭，所以总是盯着碗外野食，如今陈华从碗里跳出来，顿时让他觉得无法忍受这种损失。

冷明德不想让妻子在儿子面前扯起以前的事情，道："这事就算了，真要和陈华闹起来，她到市国土局找领导吵闹，小兵前途就完了。陈华是敢作敢为的人，不是善茬，她拿着小兵的短处，只能让她走了。"

冷小兵妈妈愤怒地道："陈华就是烂货，说不定这时正在跟哪个男人鬼混。"

获得解放的陈华正心花怒放地与陈文军、侯沧海、熊小梅聚在铁梅山庄喝酒。从毕业前与冷小兵谈恋爱开始，她胸中就憋了一口气，昨天狠狠的一巴掌将这口恶气完全发泄了出来。四位同学相聚时，她喝酒特别爽快，一大杯啤酒几乎仰头就喝了。

"陈华，别喝得太急。"熊小梅知道陈华酒量一般，劝道。

陈华放下啤酒杯子，道："今儿老百姓，真呀嘛真高兴。"

陈文军含情脉脉地望着陈华，道："高兴也不能喝得太多，等会我们还要唱歌，喝得太多，没有办法唱歌了。"

大学毕业后，四人第一次聚会。谈起这一年来的经历，皆有许多感叹。感叹多了，酒喝得自然不少。喝完酒，唱歌。侯沧海和熊小梅、陈文军和陈华在昏暗小厅里各自相拥而舞。最初几曲，陈文军和陈华还略有拘束，不敢抱得太紧，偶尔间让身体互相碰撞，到了后来，两人开始明目张胆地热情相拥。

从小歌厅出来之时，山风吹来，陈华酒意上涌，在路边呕吐起来。陈文军蹲在身边，轻轻拍着她的背，低语安慰。

侯沧海和熊小梅乘了一辆出租车回黑河镇政府。陈文军将深有酒意的陈华抱上出租车上，原本准备将她送到江州师范学院，见她醉得实在不行，稍有犹豫，还是带她来到自己居家之处。

回到黑河镇寝室，侯沧海和熊小梅探讨起前途和命运。

"你放心，我肯定会尽快解决两地分居问题。"侯沧海耐心地开导闷闷不乐的女友。

熊小梅道："一眨眼工夫，我们毕业这么久了。女人青春就这么几年，我真要辞职。"

想起熊恒远提着木棍砸车的样子，侯沧海道："你为了爱情辞职，我会成为熊家千古罪人。给我点时间，我肯定能解决两地分居问题。"

熊小梅道："我还不仅仅想的是解决两地分居问题。康叔为什么自杀，原因很简单，没有钱。我们现在遇到的种种问题也是没有钱造成的，我不想让我们的生活处于贫困状态，这对我来说是无法摆脱的噩梦。"

侯沧海同样对老康跳楼之事心有余悸，道："做生意也不是容易的事情，否则很多人都做生意发财了。而且，就算我们两人之中有一人要辞职，必然是我辞职，由我去闯世界，这是男人的责任。"

熊小梅道："我最讨厌这种说法，厂里为什么很多工人都宁愿拿着点稀饭钱而不愿意离开工作，就是在国营厂矿待得太久，变懒了，胆小了，这是他们失败人生的根源，我不愿意再过他们的生活。世安厂效益还算行，你没有体会过突然间从小康坠入贫穷的痛苦，在铁江厂这样的例子太多了。很多工人家庭没有危机意识，觉得身在国营厂，就算效益差点，吃饭还是没有问题的。结果，谁都没有想到祸从天降，大家突然间就吃不起饭了。"

侯沧海道："下棋要走一步，看三步。我肯定要创业，现在时候不到。"

熊小梅眉头紧锁，道："我经常在想一个问题，我们两个家庭都没有存款，如果家中某位长辈遇到什么大病，需要用很多钱，比如一下就要出几十万，我们家一定就会因病变得赤贫。而且，变得赤贫以后，想翻身基本不可能。没有本钱，没有人脉，没有做生意的经验，拿什么来翻身？"

"你太悲观了。"

"不是悲观，事实就是如此。"

"算了，不要谈这么沉重的话题，睡吧。"

关上灯，侯沧海没有了睡意，脑中浮现起熊小梅提出的问题：如果家中某个人生病，一下要花几十万，我能够承受吗？一个月七百多块钱工资，加上年终奖金，一年不到一万块，几十万块医疗费用，用工资支付得花几十年，也就是这一辈子所有工资都支付不起医疗费用。

想到这个严重后果，侯沧海后背起了鸡皮疙瘩。

第十一章 柳暗花明又一村

杨定和带着侯沧海前往区委办小会议室，参加 220 千伏变电站推进会。

220 千伏变电站是区里重点项目之一，涉及黑河镇和城关镇两地，城关镇需要征用二十七亩地，约有七亩地在黑河镇青树村。

如今征地拆迁不顺利，迟迟不能动工。

在车上，侯沧海详细汇报进展，道："对于 220 千伏变电站项目来说，我们是小户。包青天坚持要等到城关镇征得差不多时，他们才开始启动。包青天认为只要城关镇拆了，青树村绝对不拉后腿。"

杨定和批评道："包青天有点犟，还有严重的本位主义。为什么要等到别人先动，两边同时启动项目，效果最好。"

侯沧海解释道："我和包青天聊过两次，对其心态还是略知一二。包青天暂时未动有两条理由：一是想先看到征地相关手续。他的观点是没有看到省里的批件就不能动，否则以后被动；二是他觉得城关镇占地多，平常工作又有点孬。我们这边如果行动快，把地腾了出来，城关镇却迟迟没有行动，青树村就要吃夹生饭。"

"包青天这样做有他的道理，也有合理性，但是这个道理摆不上台面。今天区委肯定会要求同时启动，这点不容置疑。"杨定和放缓了声音，强调道，"这些事本应该区政府来管。如今区委书记亲自关注，说明了这事的重要性，我们没有任何价钱可讲，无论遇到什么困难，也得想办法把事情办好。"

在江阳区，拆迁征地量最大的就是城关镇和黑河镇。城关镇包含城区和城郊两个部分，从理论上应该比黑河镇拆迁征地体量要大。由于黑河镇这几年在招商引资上力度很大，在政策允许范围内出台了很多有针对性的激励政策，招商引资颇有成效。因此，黑河镇拆迁征地数量与城关镇基本接近，算得上成绩斐然。

杨定和在征地拆迁方面算是行家，只是涉及黑河镇的土地面积只有约七亩地，并没有引起他过多关注。这次区委书记亲自召开专题会，他暗觉糟糕。

来到区委大楼，黑河镇杨定和与侯沧海在电梯口遇到了城关镇党委书记杨京亮和村建办主任江智荣。

城关镇历年来都是江阳区第一镇，镇党委书记必然是区委常委。平时区里开会，杨京亮几乎不参加，只有主要领导召集开会，他才会露面。

"定和书记，你们征完没有？定和是老麻雀，绝对没有问题。"杨京亮背着手，梳着大背头，很有领导派头。

杨定和轻描淡写地道："还不是老一套，摸底，动员，做工作。城关镇是老大哥单位，我们是小兄弟镇，老大哥走前面，我们走后面。"

九点半，秘书邓强将水杯和笔记本拿到会议室，摆在会议桌正中间。几分钟以后，李永强出现在会议室，跟随他身边的是区委副书记鲍大有。

"这个会不应该我来开。修一个变电站，居然要由区委书记亲自督促进度，杨京亮，杨定和，你们是二杨将军啊。"李永强脸上隐约笑容随即消失，严肃起来，道，"修建220千伏变电站对全市工业的意义就不用我多说了，国土部门先汇报，城关镇和黑河镇再分别汇报进度。"

国土局周宇局长按照提前准备好的材料向李永强和鲍大有汇报。他从预征告知、现状调查和确认、征询意见、组织征地听证、征地材料的组织、审核及上报等几个方面进行了汇报，汇报得非常清楚。

周宇汇报结束后，李永强道："京亮书记讲讲。"

杨京亮是区委常委，地位高，位置重要，比起国土局周宇从容得多。汇报工作时，他没有照着稿子念，涉及一些具体数据时才看一眼稿子。

杨定和汇报时也没有用稿子，花了三分钟将工作汇报完毕。对于黑河镇来说，这确实是一件小工程，杨定和在车上听了侯沧海汇报后，凭着丰富的工作经验，拟定了汇报提纲。

尽管两位党委书记都是长期在主席台讲话的高手，可是没有实际工作支撑，除去套话后，显得很空洞。李永强默默地听着两人汇报，等到杨定和汇报结束以后，沉默了接近一分钟，才慢慢地道："听了半天，你们确实是二杨将军啊，汇报中没有干货，说明根本没有什么进展，你们二位是在忽悠我吗？"

这句话说得很重，杨京亮和杨定和的神情立刻变得异常凝重，腰板挺得更直。

李永强道："220千伏输变电工程项目是江州工业园区重点基础配套设施之一，是一项民心工程，政府和老百姓都渴望早日建成，得到了省市两级政府的高度重视、关心和大力支持，这和一般的商业项目不一样，这一点大家要有清醒认识。我们胆子必须放大一些，脚步更快一些，采取切实解决问题，有力推进项目。这事涉及到两个镇和电力、国土、规划等好几个部门，由大有书记统筹协调管理，督促各部门履职到位，规范管理，做到心往一处想，劲往一处使，有效组织征地、拆迁和施工，切实解决好工程施工面临的重点难点问题，争取该项目工程能顺利竣工投运。"

坐在一边的副书记鲍大有被点了将，慢条斯理地道："两位书记都是江阳区的老书记，当领导时间长，工作能力强，应该能够理解开这个会的意义。若没有原因，李书记不会从百忙之中抽时间来盯着这一件具体事。话不多说，两个镇不必等到手续完全办成才开始征地拆迁，可以大胆地提前进行工作，三十来亩土地，犯不了什么大错。如今工业园区等着输变电工程项目完成，否则大项目根本无法启动，这是事关全局的大事，大家不能马虎。我给你们一个月时间完成任务，把群众工作做通。"

散会以后，坐在回黑河的小车上，侯沧海自告奋勇地道："我等会就到青树村，给包青天交代任务。"

"区委拍板的事情必须执行，这是政治纪律。青树村包青天是识大体顾大局的人，应该能理解，情绪自然免不了。晚上把他叫到黑河张腊肉馆子，我们一边喝酒一边沟通，喝醉了，思想工作就做通了。"杨定和又对驾驶员陈汉杰道，"晚上吃饭，汉杰也参加，把车摆好，好好地陪包青天喝一顿。"

包青天接到电话后，很敏感地问道："沧海老弟，平白无故为什么要到腊肉馆喝酒，我怎么觉得味道不对，是不是鸿门宴？"

侯沧海故意激将，道："杨书记就是摆鸿门宴，你敢不敢来？"

包青天是老基层，见识过太多稀奇事情，道："杨书记安排事情，不摆鸿门宴，我也得做，摆鸿门宴是看得起我，我更要来。"

吃晚饭时，杨定和回到家，提着一个大酒罐子来到黑河张腊肉馆子。这是来自茅台厂的好酒，平时舍不得拿出来，今天为了安抚包青天，准备把这一罐酒喝掉。

酒过三巡，由侯沧海讲了区委决定。

包青天将酒杯放在桌上，红着眼睛，愤怒地道："上下嘴唇一碰，就定下一个月完成任务，根本没有调查研究。我没有办法整，谁有能耐谁去。"

"你是青树村的包青天，青树村的事情，还得找你。"杨定和又给包青天倒了酒，道，"明人不说暗话，任务确实有点紧，但是区委有区委的考虑，这件事情是堆屎我们都要吞下去。"

尽管困难重重，包青天还是接受了这个工作任务。

在酒席即将结束的时候，四人皆有醉意，杨定和不停地喝矿泉水，用水来稀释肚子里的酒精。他在门口拉着愤愤不平的包青天道："你娃儿今天要高中毕业，成绩怎么样？"

包青天喷着酒气，道："成绩不怎么样，没有办法。"

杨定和道："你上次说过想把女儿弄到商院读会计，想不想去？商院院长李永江和我关系不错，我可以给你打招呼。商院有三加一专业，读完商院可以拿到本科文凭，到时直接考公务员。"

女儿读书问题是包青天家的大问题，听到党委书记主动讲起此事，不停打着酒嗝的包青天道："杨书记是好人，既然能解决燕子的事情，征这几亩地就交给我包青天来办，就算后背被骂肿，也要办得妥妥当当。"

这是一顿扎实的酒席，四个人喝掉了一大罐酒。侯沧海回到家里，一言不发，先到卫生间里吐了半天，这才走回客厅，瘫在床上，直接睡着。

侯沧海沉入梦乡。在梦中，他坐在铁江厂宿舍的窗台上，与面色发黄的康叔谈笑风生，几秒钟后，康叔跳下楼去，变成血肉模糊的尸体。他随着人流冲到了办公室，人声鼎沸，将办公室里一位干部模样的中年人扯出来一顿狠揍，中年人在人群中愤怒地吼道："我是李永强，江阳区区委书记。"人群中有人怒吼道："不就是当个官，牛什么牛，打的就是你。"侯沧海也跟着人群上去踢了几脚，正在过瘾时，外面传来警笛声音。侯沧海想到自己是黑河镇办公室副主任，打了区委书记，这是了不得的事情。在警笛声中，他钻进人群中，想逃离。谁知他全身软绵绵的，一点力气都没有，只能眼睁睁地看着警察逼近。

被警察抓住后，他拼命挣扎，大声吼叫，于是，从梦中惊醒。

"做噩梦了？"熊小梅放下书，望着从床上坐起来的男友。

侯沧海道："我做了个梦，在梦中殴打区委书记。"

熊小梅道："梦由心生，说明你对区委书记很不满意。"

侯沧海道："区委书记推动工作力度大，表现得极为强硬，做起事情来说一不二，根本不给下级发言的机会。遇到这种书记麻烦啊，如果他走的是顺路，江阳区肯定就能大发展，如果他走的是弯路，我们这些基层干部就惨了，累死累活还要被老百姓骂。"

"你就是黑河镇小小的办公室副主任，何必在梦中忧国忧民，就算你再忧国忧民，也解决不了我的调动问题。"熊小梅递给侯沧海一杯水，顺便调侃几句。

"你放心，我蹬起八支脚，使出浑身解数也要解决调动问题。"侯沧海喝着开水，在屋里走来走去，道，"我现在认真工作，实际上是在积累人脉，人脉是怎样建立的，是在不断出现问题和解决问题中建立起来的。"

"这又是杨氏语录？"

"嗯，杨书记工作经验丰富，人情练达，我跟着他学了不少本事。明天我要陪他给包青天解决女儿读书问题，为包青天解决了这个后顾之忧，不需要杨书记在后面扬鞭子，包青天自然会卖力往前跑。"

聊了一会，两人重新睡觉。早上起床，侯沧海给熊小梅买来小笼包子和稀饭，又轻轻吻了吻熊小梅，然后离开了家门，准备与杨定和一起为包青天解决子女问题。

江州市商业学院以前是一所中专校，后来合并了市财贸校和市粮食中专，升格成一所大专院校，变成了江州商院。升格以后的商业学院除了老校区外，还有三百亩大小的新校区，新校区有一部分位于黑河镇。因为这个特殊原因，杨定和到市商院办事挺有底气。

"商院院长李永江以前和我是同事，非常踏实。这一次为什么是市商校合并了市财贸校和市粮专，原因在于市黑河在前些年大力搞了基础设施建设，投了巨资添置新设备，在三校中一枝独秀，所以新的学校成为市商业学院。

虽然这不是唯一原因，但是算得上一个重要原因。"小车开进商院，杨定和讲起商院历史。

"李院平时不苟言笑，不好说话。"侯沧海只是在开会时与李永江见过面，接触得不多。

杨定和道："凡是在黑河镇辖区的单位，不管是处级还是厅级，都得给我们面子，你要有自信心，抬头挺胸，不要看轻自己。"

侯沧海挺起了胸，昂起下巴。

来到商院办公室，办公室女同志给访客泡了茶，道："李院正在开会，还有十分钟就能结束，杨书记请稍坐。"

泡好茶后，女同志拿出两份商院简介，送给杨定和与侯沧海。

侯沧海拿着商院简介翻了翻，随即就被吸引住了。

江州商业学校筹建于1965年，1969年在"文化大革命"期间停办，1975年复校，于1999年更名为江州商业学院。学院占地面积三百亩，建筑面积六万余平方米，分为老校区和新校区两个部分。学校教职工二百七十九人（含合同制教师），注册学生四千多人（含联合办学学生），有会计、市场营销、信息技术等十二个专业。影剧院（兼礼堂）、教学楼、实验楼、图书馆、实习车间、足球场、多功能训练馆等设施一应俱全。

看到这里，侯沧海心中一动：既然杨定和与李永江关系不错，为什么不能把熊小梅调到商院？商院是大专院校，级别比秦阳二中要高，如果将熊小梅调到商院，熊家肯定没有意见。

十来分钟以后，一位与杨定和身材接近的中年人出现在门口。他老远伸出手来，道："地头蛇来了，今天带来什么指示？"

杨定和笑道："哪里有什么指示，是来求助的。"

李永江道："我早就准备去找你，今天过来得正好，正好自投罗网。我先陪你去参观校园，看一看新校区，那里是黑河镇地盘，有些事情我们在现场扯一扯，然后中午好好喝一杯。"

在杨定和介绍下，李永江又和侯沧海握了手，道："好年轻的办公室主任。"

侯沧海自我介绍道："我是江州师范学院毕业的，青树村驻村干部。"

李永江道："杨书记是镇里的地头蛇，侯主任就是村里的地头蛇，商院扩容压力大，两位一定要支持。"

步行前往新校区要二十来分钟，在步行过程中，杨定和谈了青树村包青天的事情。李永江答应得非常爽快，甚至提出如果包青天女儿没有上线，可以先读预科。

通过一番交谈，侯沧海明白了"物以类聚、人以群分"的意思，杨定和与李永江这两位曾经的同事性格非常相似：为了实现预定目标，会想尽各种办法克服困难，办事非常灵活。

摸到了李永江的性格特点，侯沧海觉得可以尝试将熊小梅运作到市商院。

新校区是一个大工地，到处都是被挖开的土，灰尘满天，机械响声震耳。

李永江将杨定和与侯沧海带到一处洼地，道："这是青树村的地，成为伸进商院的舌头。本来我们可以在这个地方做一个完整的操场，现在有了这个伸进来的舌头，操场变成了 S 形，说有多难受就有多难受。"

这一块地是乱石坡，没有利用价值。没有征用，属于青树村，市商院只能眼睁睁看着这块乱石坡伸进将操场逼成了 S 型。

"这点地要征用，手续复杂，费时费力。商院基础设施要在今年接受省里的验收，我实在没有脸弄一块半残疾的操场接受上级验收。"项目征地时，李永江恰好参加国外考察，没有审验最后的文件，回国后发现了这个漏洞，已经没有办法修正了。为了这件事情，他在校长办公室发了火，毫不留情地痛骂了分管副校长。

这事对于李永江是难事，在杨定和眼里就不算什么大事，道："这事好办，我都不用出面，交给侯主任就能搞定，是不是？"

这一次，杨定和没有事前和侯沧海沟通和商量，直接将皮球踢给了侯沧海。作为工作经验丰富的老同志居然与才参加工作的年轻人在工作和思路上都有默契，这让杨定和很觉诧异。今天他将球踢过来，就是要看一看侯沧海是与自己真有默契，还是以前刻意迎合自己。

侯沧海望着这块石坡，没有探求杨定和的思路，而是从解决问题的角度来思考问题，道："刚才李院长说过即将迎检，如果按流程征地，既费力又耽误时间。但是，从当前用地形势来看，这块地无人使用的时候，一钱不值，若是有人真想要用这块地时，这块地就会变成金包卵，非得花大价钱才能拿过来。我建议商院与村里直接协调，把石坡周边这块地都租用过来，舌头部分用来做操场，其余部分用来种果树。这块地是旱坡，没有水源，对村里没有用，但是对商院有用。我观察了一下新校区地形，完全可以从校内引一条水渠过来，修成简易版本的山坪塘。"

租用石坡来种果树，对于商院确实是一件小事，李永江道："果园可以变成商院劳动基地，没有问题。"

侯沧海道："在舌头位置修一个管理用房，可以作为围墙的一部分。"

这正是杨定和的想法，基本上与侯沧海的一致，区别在于他当时只是想租借舌头这一部分山坡，没有想到把整座石山都包括进去。这座石山大部分属于村集体，真要把不值钱的石坡租用出去，村集体就多了一笔收入。从这个角度来说，侯沧海提出的双赢方案比自己的更强。

实地查看现场，有了解决问题的初步方案，中午，大家就在商院食堂里喝酒。李永江一般情况下在中午不陪人喝酒，但是今天来的两人是能解决商院具体问题的人，职务不算很高，位置非常重要，因此他亲自作陪。三人解决一瓶酒，喝得很是高兴。

分手前，侯沧海自告奋勇地道："李院，我下午到青树村，和包书记沟通。李院能不能给一个联系方式。"

杨定和道："侯主任是青树村的驻干，又是党政办主任，这事可以代表党委政府进行全权处理。"

李永江握紧侯沧海的手，道："这事就拜托侯主任了，改天请你喝大酒。"

下午，侯沧海来到青树村，拉着包青天来到石坡处，讲了商院意图。

侯沧海提出的方案是双赢方案，青树村不吃亏，而且村集体马上就有现金收入，更何况包青天还有求于商院。包青天没有过多讨价还价，爽快地同意了此方案。

次日上午，侯沧海又到商院找到李永江，谈了青树村的基本态度。

侯沧海从商院回到黑河镇，再到杨定和办公室汇报事情进展。

杨定和听完汇报，若有所思地道："小侯对这事很上心啊，是不是有什么想法？"

侯沧海笑道："杨书记是火眼金睛，我有什么想法，根本逃不过你的眼光。"

杨定和背靠椅子，道："谈谈想法。"

侯沧海道："我对这事积极，首先是为了公事，是想解决商院发展，商院有一部分在黑河地盘上，帮助他们发展也是我们的责任，同时也解决了包青天的事情。包青天心气顺了，变电站征地问题就容易解决。这正是我从杨书记身上学到的工作智慧。"

杨定和道："少拍马屁。"

侯沧海又道："我走进黑河门口后，发现以前有一个思维误区，熊小梅为什么一定要进中学，商院这种学校完全可以考虑。"

杨定和笑道："果然是这个心思，我没有猜错。此事对公对私都有好处，你放手去做。我抽时间给李永江谈一谈。商院在黑河地盘上，大家互有倚仗，应该有希望。"

整个石坡租地进展得非常顺利，从启动到最后谈成，只用了四天时间。当租地协议签署以后，李永江再次宴请了杨定和与侯沧海。

酒至酣处，杨定和道："李院，我想给你输入一个干将。"

李永江道："谁啊，侯主任吗？如果侯主任要到商院，我立马安排他负责基建。学院负责基建的同志对政府审批流程不熟悉，也没有人脉，用起来费力得很。"

侯沧海含笑不语。

杨定和道："不是侯沧海，是侯沧海的爱人。侯沧海爱人毕业于江州师范学院，在秦阳工作。如今两地分居，想调过来。"

李永江在办理租地过程中对侯沧海形成了良好印象，道："侯主任给我一个基本材料，在下一次研究人事时一并提出来讨论。"他之所以这样爽快也有其考虑，新校区主要在黑河地盘上，如果侯沧海能成为商院女婿，很多事情就好办了。

李永江同意将熊小梅调到商院，这真是天大的好事，侯沧海双手合十表示感谢以后，道："李院，我想问一问，大约什么时间讨论人事？"

李永江道："商院所有人事都要报省商业局批准。按照规则，学院讨论人事主要集中在假期，寒假和暑假各讨论一次。"

此时正在暑假，距离下一次讨论人事还有一个学期，有了上一次办调动经验，侯沧海知道时间太长极易生出变数，道："李院，上课期间一次都不研究？"

李永江道："原则上是这样，当然也有例外，比如省商业厅那边安排过来的人事，我们作为下级必须接受。省商业厅很少这样安排，人事调动都放在寒假和暑假，这样有利于学院安排课程。"

听到要在上课期间有人事动议必须走省商业厅的门子，侯沧海只能作罢。他只是一个乡镇干部，省商业厅的门槛对于他来说太高，高得无法跨过。

第十二章 接收落难的老同学

回到家里，熊小梅在寝室里煮红苕稀饭，桌上放着一盘切好的卤肉。小家温馨又甜蜜，透露出浓浓爱意。侯沧海进门后给了熊小梅一个热情拥抱，道："有一个好消息，紧接着又是一个坏消息，你想不想听？"

熊小梅觉得脖子痒痒的，头朝后仰，道："先听坏消息吧。"

侯沧海道："好消息和坏消息是联系在一起的，你得从头听起。商院新校区有很大一部分在青树村，这一段时间我都在和商院打交道。趁着这个便利条件，我试探着提出把你调到商院，李院同意了。"

熊小梅猛地扭过身，与侯沧海面对面，瞪大眼睛，道："坏消息是什么？"

侯沧海道："商院只在寒假和暑期讨论人事，今年暑期刚刚讨论过一批，报到了省商业厅。你的人事关系得放在寒假才能讨论。"

熊小梅脸上流出失望之情，道："一朝被蛇咬，十年怕井绳，半年时间有太多变数，万一李院长调走，那就竹篮打水一场空。"

侯沧海紧抱女友，鼓劲道："你不要太悲观，前一次绝对是意外，这一次我比较有把握。商院在黑河地盘上，打交道的时间多，李院长肯定会充分考虑这一层原因。你别着急，心急是吃不了热豆腐的。"

熊小梅将头靠在侯沧海肩头，道："刚才我在家里跟陈华通了电话，她最近要借调到市委宣传部。"

侯沧海惊讶地道："陈文军运作能力很强啊，我和他比起来相形见绌，真是失败。"

熊小梅道："这事不是陈文军运作的，是陈华自己努力争取来的。自从分配开始，陈华完全变成另一个人，两眼如探照灯一样，只要有机会就闪闪发光，毫不犹豫扑上去。据说市委宣传部长很欣赏她，主动把她要过去的。是不是市委宣传部长看上陈华了？以前我太纯洁了，冷小兵事件将我教育出来了。社会上有好人，也有垃圾。"

侯沧海笑道："你想错了，宣传部长是女的。"

熊小梅吐了吐舌头，道："都怪你们这些臭男人，将我的思想都带歪了。我必须要惩罚你，把眼睛蒙上，不许睁开。"

为了以后联系方便，她今天为侯沧海买了一部手机，准备给侯沧海一个惊喜。买手机是老早计划，由于康叔突然跳楼，计划一直没有实施。今天终于抽时间买了一部中意手机。

"不许睁开眼睛啊。"熊小梅从卧室拿出盒子，来到男友身前，才道："可以看了。"

侯沧海睁开眼睛就见到了一个纸盒子，纸盒子上面印着一个手机图形。他惊讶地道："手机？"

"诺基亚，3310，非常好用。"

"多少钱？"

"一千多块。"

侯沧海拿着沉甸甸的盒子，道："我平时主要在办公室，用传呼机就可以了，你办公室没有电话，回传呼还得找公用电话。你用手机，我用传呼。"

熊小梅摇头道："你经常到场面上去，没有手机，会被人看轻的。昨天我去小面馆吃面，看见财政所那个姓许的人一边吃面一边打手机，很炫耀的样子。你是男人，不能被人看轻。"

打开了盒子，里面是一个诺基亚手机。手机是海军蓝，直板，造型简洁大方。侯沧海看到这部手机的第一眼，立刻就喜欢上它。

熊小梅喜滋滋地介绍道："这是2000年上市的新款，有短信息聊天功能，可以一对一移动聊天，有备忘录提示、秒表和定时器功能，以后一机在手，万事不求人。而且，这个手机还有贪吃蛇游戏，有时你在等杨书记开会无聊时，可以玩游戏。"

作为党政办主任，侯沧海经常跟着主要领导外出办事，有一个手机自然会非常方便，用不着经常借电话。他拿着手机，郑重道："为了表达谢意，晚上我会尽心尽力。"

"前面还那么点意思，后面又想占我便宜。"

"我是真心的。"

熊小梅洗澡之时，侯沧海没有如往常一样凑到卫生间，而是坐在客厅玩弄新手机。熊小梅推开卫生间门，朝客厅看了两次，见侯沧海仍然在玩手机，不觉生了气，她站在门口道："侯沧海，你和手机过一辈子吧。"

侯沧海抬起头，见到秀肩外露的女友，猛然醒悟自己"尽心尽力"的豪言壮语，雄赳赳地朝着卫生间走去。

熊小梅哭笑皆非，伸手挡住侯沧海，道："新手机，打湿了，你赔我啊。"她伸出手时，旖旎风光尽现。

侯沧海双眼放光，退后几步，将手机放在桌上。

一件黑色小衣飞向椅子，浴室门砰的一声关上。

急风暴雨过去后，两人心平气和。熊小梅觉得眼前生活太过幸福，想起必然到来的开学又心烦意乱，道："商院调动真不能在开学期间讨论吗？"

侯沧海道："规则是这样的，我们要耐心等待，除非在省商业厅找得可靠的关系人。"

熊小梅道："我看得很明白了，规则只是约束我们这些无权无势的小人物，真是大人物，规则会自动调整。如果你是市长儿子，商院绝对是争着要你。"

侯沧海握紧拳头，对着镜子挥舞道："我们通过努力，一定要弥补起跑线带来的天然差距。"

"我没有发现一个煤矿工人靠挖煤又快又好就当上煤老板，这是幻想。"

"你太消极了，我确实见过一个煤矿工人出身的煤老板。"

"不是我太消极，自从康叔跳楼后，我心里就有一道很深的阴影，觉得这个社会都黑暗了。有时候我想起陈华，又觉得很满足，毕竟我们还能在一起。她为了生存付出太多代价，幸好还有陈文军，否则她内心肯定会变得非常灰暗。"熊小梅在男友后背上弄出许多泡泡，又用手指将泡泡戳破。

侯沧海没来由地想起冷小兵伸出鼻子的一小撮鼻毛，道："这个世界上有卑鄙者，比如冷小兵，他就是一个坏人，在学生时代能用利诱的办法追求女人，心思肮脏。算了，不说他了，我们做点高兴的事情，还有两次呢，我们先去休息。"

从浴室出来，两人坐在沙发上亲热地聊天。门口响起敲门声，侯沧海最怕夜晚敲门，夜晚敲门总没有好事。他站了起来，道："谁啊？"

"我，杨兵。"屋外传来低沉的声音。

侯沧海赶紧回头对熊小梅道："是杨兵，没有提前联系，突然来绝对有事。"

在家里，熊小梅穿得极为清凉。这是只能属于侯沧海一个人的风景，不能让杨兵看到。她急忙回屋换衣，出客厅后给杨兵端了一杯冷开水。

头发乱成一团的杨兵接过冷开水，猛地灌进脖子里，接连喝完三杯水，他才抹了抹嘴巴，道："我辞职了。和爸妈又干了一仗。"

侯沧海早就注意到杨兵眼角青肿，道："辞职了，辞就辞吧。以后有什么打算？"

"没有打算，走一步看一步。先找个地方落脚。"杨兵看了一眼熊小梅，道，"你有没有陈文军的联系方式，你这边不方便，我准备找陈文军，在他那里暂住几天。"

"我给陈华打电话，今天晚上先约大家见面。你在陈文军寝室也没有办法落脚。放心，我不会让你睡街边。"侯沧海拿出手机，准备给陈华打传呼。

"等等，你刚才说找谁联系？"

"有一件事情你想不到吧，陈文军这小子艳福不浅，把202的另一朵花摘到手中了。"

"陈华不是和冷小兵在谈恋爱，为了这事，你还进了保卫处？"

"冷小兵哪里配得上陈华，他们分手了。陈文军这小子在市委办工作，天天跟在领导身边，变得人五人六了，和以前学生时代相比，士别三日当刮目相看。"

电话很快响起，是陈文军回的传呼："你们三人到我这边来，吃烤鱼，我知道有一家最好吃的秦阳烤鱼，熊小梅家乡特产。"

三人坐出租车来到烤鱼摊时，陈文军和陈华还没有出现。

夜晚江州城依然热闹，烧烤摊随处可见，浓烟滚滚，热闹非凡。在距离陈文军宿舍不远处有一家秦阳烤鱼，临近江州兰溪，微风拂面，香味扑鼻，惹得刚刚做完运动的侯沧海口水长流。熊小梅刚刚完成了一次灵与肉的交融，脸色红润，在夜晚灯光下娇如水莲花。

杨兵是过来人，见到熊小梅肌肤模样和快乐神情，知道两人肯定完成了一次生命行动。与侯沧海的幸福生活相比，他的落魄更显得突出。等到陈华出现之时，他眼睛一下就直了，因为陈华脸上肤色与熊小梅几乎一模一样，显然也刚刚度过了非常美妙的时光。

　　"没有想到陈华居然落入了陈文军的魔掌，没有想到啊。你们都是成双成对，让我情何以堪。"杨兵双手抓着头发，发出了一阵哀叹。

　　陈文军沉浸在幸福之中，没有感受到杨兵夸张哀鸣背后真正的伤感，道："杨兵比我们时髦得多，他搞合同制恋爱，大学期间在一起，毕业之后马上分手，互相不拖累，潇洒。"

　　杨兵一脸晦气地道："你是饱汉子不知饿汉子饥。我以前觉得自己潇洒，实则愚蠢，你们两对要好好过日子，分手，说起来简单，做起来要人命。"

　　陈文军是熟客，安排了麻辣味和鱼香味两种味道的烤鱼，又要了一大瓶生啤。喝过几杯后，陈文军问起杨兵的安排。杨兵喝着生啤，道："没有打算，走一步算一步，暂时准备在江州落脚。你们几个如今都是江州土地爷，能不能给弄个工作做？"

　　侯沧海道："今天见面先喝酒，以后的事情喝完酒再说。有我们一口饭吃，就饿不死你。"

　　熊小梅心里颇为焦躁。她和侯沧海两地分居，假期是难得的相聚之日。整个假期如漆似胶，好得蜜里调油。如果杨兵住进家里，假期的幸福感必然大打折扣。可是，以侯沧海的性格，绝对不能看着同寝室好友沦落街头。想到这里，她表面上说说笑笑，内心纠结成了一团。

　　喝了几杯，杨兵道："原本想到陈文军寝室挤一挤，现在不行了，得另找地方。"

　　陈文军抱歉地道："我那个小地方确实不方便，只有一间房子，标准的单身宿舍。"

　　侯沧海瞪了杨兵一眼，道："我是两室一厅，有你的一间房子。"

　　侯沧海的表态完全在熊小梅预料之中，她脑里浮现出杨兵在家里走来走去的情景，这个画面完全彻底地破坏了整个幸福的假期。

　　杨兵头摇得如拨浪鼓，道："我不想当你和熊小梅的灯泡。每天晚上，你们两人眉来眼去，拉拉扯扯，想过我的感受没有？跟你们住在一起，我肯定会得神经病。"

"先跟我们住在一起，想到办法以后再说。杨兵，你再胡说八道，老子要弄人了。"侯沧海和杨兵在一个四年，感情极深。他知道熊小梅的心思，此时宁愿让熊小梅受委屈也要把兄弟安排下去。

听到侯沧海不容商量的安排，熊小梅发自内心地觉得委屈。她为了掩饰内心深处真实情感，就有意跟陈华在一起咬耳朵。

"后来，你遇到麻烦没有？"

"冷小兵犯了原则性错误，留下把柄，我能有什么麻烦。分手时，我身心得到解放，与不爱的人在一起完全是一场噩梦，度日如年。"

陈华稍稍弯了腰，露出了胸前旖旎风光。陈文军尽管看过和享有过所有风光，可是望到胸前一片雪白，仍然心驰神往。如今陈华名花有主了，其风景陈文军可以看，侯沧海和杨兵作为同学绝对不能看，一时之间眼光都受到了拘束，不自在起来。

杨兵在这一段时间生活颇不如意，很容易就酒精上头，回到黑河镇宿舍后倒头便睡。

熊小梅没有在喝酒吃烧烤时当场发作。回到宿舍，关上房门以后，她生起闷气，不理睬侯沧海。侯沧海知道熊小梅为何生气，道："杨兵落难来到江州，难道我能置之不理？无论如何也说不过去。我们还有一间屋，平时想做点什么事情，把门关掉，没有任何影响。"

熊小梅想起原本完美的暑假大打折扣，一时之间跳不出这个阴影，睡在床上，脸朝着里面。

侯沧海劝说一阵，见没有效果，便施展耍赖大法，俯身拥抱熊小梅，道："今天晚上说好了，我要做一夜三次郎，将功补过。"

"走开。"

"我不。"

"陈文军和陈华各有一间宿舍，条件比我们好，完全可以腾一间房子给杨兵。陈文军压根没有考虑杨兵的住宿问题，一句话推得远远的。我们两地分居，一年才两个假期，他们天天都可以在一起。"

"小声点。不能这样比较，杨兵和我在一起住了四年，关系更近，是同一个寝室的兄弟。"

解释了一会，熊小梅仍然无法释怀，情绪始终压抑，还掉了几滴泪水。侯沧海能充分理解女友心情，温柔又坚定地开始行动。熊小梅用手抓紧衣服，道："不要，没有心情。"侯沧海用猛烈而热情的行动来回应女友表达愤怒情绪的反对。

一阵激烈搏斗以后，熊小梅又有了幸福的悬浮感。事毕，她的心情奇异地变得平和了，温柔地道："你这个犟拐拐，以后就跟兄弟伙在一起过算了，在你的心目中，我没有你的兄弟重要。"

这时，外面传来了呕吐声。

"杨兵上次在毕业前差点跳楼，情绪不稳定，我得出去看看，免得出事。"

侯沧海在客厅站了一会，就见到杨兵从卫生间走了出来。杨兵在日光灯下有一张苍白的脸，格外落魄。他要了一支烟，道："我没事，处于秦琼卖马、杨志卖刀这种时期，终究会挺过去。明天我出去找房子，先租一个月。你别劝我，你不是一个人，还有熊小梅，夹在你们中间，你们不自在，我更不自在。"

突然，侯沧海脑中灵光闪现，道："我有一个好地方，就是条件差点，可以免费住。"

杨兵用手揉了揉乱发，道："我现在这个样子，只要有住的地方就行，其他不讲究了。"

侯沧海给杨兵找的住房是青树村办公室的干部值班室。包青天等村干部原本就住附近，实在没有必要留一间值班室，值班室有床有电扇，睡觉完全没有问题。

杨兵对村里值班室条件很满意，握着包青天的手，道："包书记，给你添麻烦了。"包青天道："你是侯主任的朋友，就是我包青天的朋友，这间房子反正空着，随便住。"杨兵道："改天，我请包书记喝酒。来来，包书记，抽支烟。"

在侯沧海印象中，杨兵是大大咧咧的人，本性纯真，不太讲究待人接物的礼仪，没有料到一年多时间过去，他也懂得这些套路了。

安顿好杨兵，解决了家庭问题，又照顾了兄弟之情，这让侯沧海觉得生活还不错。

他原本想多陪杨兵喝几顿酒，结果一直未能如愿。由于暴雨持续往下砸，黑河镇境内有季节性河流兰溪，平时静悄悄让人遗忘，在暴雨季节就变成吃人猛兽。镇政府要防洪，要防山区地质灾害。侯沧海作为党政办副主任跟着书记杨定和东奔西走，到各处检查防灾准备情况。

　　杨定和是追求完美的人，事必躬亲，哪怕有一个易发灾害地没有走到，都不放心。开始下暴雨以来，天天泡在村里。侯沧海每天早上起床与熊小梅吻别，要到晚上八九点钟才回家。熊小梅虽然知道侯沧海做的是正事，仍然禁不住开始抱怨。

第十三章　老同学救了自己一回

暴雨下到第七天，河水涨到了历史的次高水位。

杨定和带人来到青树村。青树村一个村干部都没有，经询问村小负责人才知道所有村干部都在兰溪河边，检查河岸。

侯沧海转到值班室找杨兵。透过玻璃窗能看到值班室有被子胡乱地蹬开，桌上还有方便面残骸，这正是杨兵风格，异想天开，不拘小节。侯沧海对于没有将杨兵安置在家里总是心存内疚，有时盼着早点开学，免得让杨兵长时间住在值班室。同时，他又怕开学，开学，意味着与熊小梅又得两地分居。

杨定和体形肥胖，走了这么远山路，累得够呛。坐了一会儿，他又到村办卫生间小便。小便对他来说是费力的事情，先是嘘到裤腿上，尿液减少以后，又滴滴答答，弄到裤裆上。每天小便之时，杨定和总会想起曾经的辉煌——小便冲得哗哗直响，能做抛弧线运动到两三米外。想起昔日小便的顺畅，对比如今的难受，他再次感慨人生美好时光易逝。

一行人正要离开，外面传来包青天大嗓门的笑声，跟在包青天身后的是几个村干部，另外还有杨兵。杨兵挽起裤腿，裤腰上插着一把不知从哪里弄来的蒲扇，活脱脱一个济公形象。他将手搭在村民兵连长肩头，说说笑笑，亲热得很。

"杨书记，我就知道这两天你要过来，晚上到我家里去喝鸡汤，小须须草炖鸡。"包青天心情挺不错，主动打招呼。

杨定和望着雨水，道："雨水太大，河道都涨起来了。"

包青天道："我们顺着河道走了十几里路，青树村这一段没有问题，最多就是在小河湾那里涨水。每次涨水小河湾都被要淹，没得办法。"

小河湾是一块极为肥沃的土地，肥沃的原因与季节性洪水有关。小河湾有调节河水的功能，每次涨水都把小河湾淹到两米深，然后必然退水。

杨定和看着摇蒲扇的杨兵，道："这位是谁？"

包青天笑嘻嘻地道："这位是侯主任同学，是大学生，到我们村做志愿者。"

这是侯沧海未曾料到的情况。他介绍道："杨兵是我大学同寝室同学。杨兵，这是杨书记。"

杨定和对侯沧海极有好感，爱屋及乌，对杨兵也有好感，笑道："大学生过来当志愿者，青树村肯定欢迎，就是屈才啊。"

包青天道："杨兵这个大学生能干啊，写个通知，不打草稿，唰唰就写了。在村广播室播音，比镇里播音员强得太多，比区里播音员都好。"

"比村里肯定要强，比区里水平还差一点点。"杨兵有一半血统来自北方，普通话说得很不错，担任村级播音员绰绰有余。

一行人来到包青天家里，坐在堂屋，看大雨哗哗落下。电视里正在播放省台暴雨预警，江州市是黄色预警，黄色预警意味着六小时内降雨量将达五十毫米以上，或者已达五十毫米以上且降雨可能持续。

在暴雨哗哗声中，浓郁鸡汤味飘在空中，令所有人都感到饥饿。大家为了查看险情在外面跑了几个小时，肚子里的食物、身体里的能量全部消耗殆尽，喝着鸡汤，嚼着滑嫩不柴的鸡肉，觉得世间美味莫过于此。

"这雨下得不小，按照规定，得留机关干部在村里值班。"放下大碗，杨定和皱起眉毛望着天。

"我是驻干，肯定是我留下。"在这种关键时刻，侯沧海知道脱岗的危险性。

雨太大，随时都有可能出现地质灾害，因此，晚饭一点酒没有喝。让杨定和郁闷的是身体在未喝酒情况下突然出现状况。他身体肥胖，血尿酸高，曾经发过痛风，事隔三年一直没有再次发作。这一段时间在暴雨中为了查看地质灾害，走路不少，喝了三碗鸡汤以后，脚踝剧烈痛起来。

侯沧海久闻"痛风"大名，听说这是最痛的关节病，只是一直没有亲眼见到。杨定和原是威严的党委书记，痛风袭来之时，痛得双手抱脚，躺在床上，用三床被子把脚垫高，仍然痛得龇牙咧嘴。脚踝以看得见的速度红肿起来，半小时不到，红肿得如馒头一样。

他试着下地，脚刚触地，踝关节如被火烤，根本不敢沾地，只得继续躺在床上。

包青天笑呵呵地道："杨书记，真有这么痛？你们城里人就是娇气，我们农村人干活的时候，弄个包，出点血，正常得很。"

杨定和骂道："包青天没有同情心，这是痛风，俗称老虎咬，痛得钻心。"

陈汉杰正要出门买药，被侯沧海叫住。侯沧海道："杨书记，陈师傅来回跑一趟，还不如我们现在坐车回去，节省时间，早点吃那个秋水药。"

杨定和咬着牙道："我现在这个样子，脚都沾不得地。"

侯沧海道："我背你回去。村里其他人背你都不方便，我可以直接将你背到楼上。"

杨定和望着仍然在砸向地面的大雨，道："算了，你还是在村里值班。"

"包青天在，应该问题不大。如果有人抽查值班，让杨兵接电话。"侯沧海不由分说地蹲在地上，背起杨定和。

正在走出门，杨定和突然道："等一等，我还得给包青天说一句话，这一段时间光顾着防洪，把正事耽误了，等暴雨小了，你要把变电站地块落实了，不管困难再大都要搞定。"

包青天笑道："书记给我戴了高帽子，又解决了我娃儿读书的事情，就算这事办得被社员骂，我也认了。吃人嘴短，拿人手软。"

侯沧海年轻，身体好，可是肥胖的杨定和沉重异常，背久了也受不了。他挺直腰，背着杨定和走进风雨之中。

杨兵和侯沧海在一个寝室混了多年，知道侯沧海是一个天不怕地不怕、浑身带刺的人物，如今在小小的镇党委书记面前居然当起牛马，亮瞎了杨兵的眼睛。从大学毕业以后，他以为自己变化最大，心态已经由青春少男变成了沧桑中年人。谁知，关系最密切的侯沧海居然心甘情愿地当牛做马，这给他的人生观、世界观和价值观带来了直接冲击。

杨兵望着背负胖子书记进入暴雨中的侯沧海，陷入沉思，觉得自己还年轻，真不能再这样沉沦下去。

区委办，詹军也在望着窗外暴雨。省里对暴雨相当重视，防汛指挥部派出了检查组已经到达江州市。检查组将现场检查暴雨最集中的地点，具体位置临时决定。

桌子上放着全区所有行政村名单和驻村干部名单。詹军看着黑河镇青树桥村和侯沧海的名字，有些犹豫是不是推荐这个点。如果省里检查组来到青树桥村没有见到侯沧海，则侯沧海是在值班期间脱岗，这对正在追求上进的人是一次沉重打击，甚至是不能承受的沉重打击。他随即又想："如果侯沧海在岗怎么办？岂不是要给增加印象分。哼，在岗是应该的，检查组不会留下太深印象，不在岗则会留下深刻的坏印象。"

在张强时代，会下棋的侯沧海是一颗冉冉上升的新星，差一点就调到区委办来工作，对詹军构成严重威胁。仅凭这一点，詹军都要将侯沧海压制住，更别提还有世安厂旧恨。

晚上八点钟，检查组来到江阳区。

区委书记李永强和区长吴志武亲自来到区应急指挥中心，与检查组同志见面。双方略做寒暄后，检查组同志道："我们沿着兰溪河走，抽查三个村，区领导不参加，区防汛办的同志带我们去。"

李永强客气地道："省里领导都到现场，我们怎么能坐在办公室？"

检查组带队领导是一个头发花白的老同志，很直接地道："李书记应该指挥全局，那才是你的岗位。"

话说到这个份儿上，只能由着检查组自己决定到什么地方。在出发前，詹军悄悄交代防汛办的同志，道："想办法朝黑河镇带，他们工作扎实。青树村工作最好。"

詹军是区委办副主任，在防汛办面前代表区委，防汛办的同志自然把詹军的话记在心里。

在区应急指挥中心，省检查组把话说得很硬，不让区领导参加。可是真到了现场，还得听熟悉情况的区防汛办具体安排。在区防汛办带领下，他们直奔黑河镇青树村辖区。

黑河镇政府宿舍，侯沧海把杨定和背到了家，累得够呛。所幸他人年轻，体力尚好，休息一会就缓过劲来。

"你在看什么？"

"雨太大，我怕青树村出事。今天我应该值班。"

驾驶员陈汉杰跟着杨定和跑了一天，刚刚休息又让他动车，侯沧海实在开不了这个口。此时风急雨骤，没有车，无法前往青树村。他在屋里焦灼不安地转了几圈，给村办打去电话。

打电话只是一种心理安慰，他根本不相信放荡不羁、不受纪律约束的杨兵真会在村办值班。

杨兵居然还真在村办，接了电话。

"你真在村办？"

"嘿，我是志愿者，要为社会主义建设添砖加瓦。"杨兵笑道，"村办有一个大吊扇，吹起来才凉快。我跟着包青天跑了两天，他们是真把我当成志愿者了。"

"给你说一件事情，我是驻干，按照区防汛应急方案，凡是大雨黄色预警及以上，我应该在村里值班。工作方案就是这样定的。如果有人打电话来抽查，你不要说是志愿者，就说是值班人员。"

"老包住在附近，值班起个屁用，一点都不实事求是。知道了，放心嘛，我就在这里面睡觉，接到电话报你的名字。"

"村里成立了领导小组，有应急预案，预案放在老包桌子里，你可以抽时间翻一翻，免得一问三不知。"

"翻个屁，我和村里天天混在一起，他们开会时，我坐在一边看报纸，什么事情都知道。"

"我的前途就交给你了，出了事，我们两人一起流浪，当流氓。"

"好好好，我知道了。你工作以后变得多，刚才背那位胖书记，我惊得下巴差点掉下来，无节操啊。"

"我背杨书记是发自内心。你不是圈内人，不明白这种感情。少废话，把电话给我守好。"

杨兵放下电话不久，找到侯沧海所提的防汛工作预案，翻了两下，觉得枯燥无味，就扔到桌上。他拿起一叠堆在书柜旁边小桌上沾满灰尘的报纸，用力拍了拍，一片薄雾在灯光下跳将起来，以肉眼可见的速度在空中弥漫。他翻开报纸，看到第一版整页是《政府工作报告》，第二版有一个标题为"实现我国跨世纪发展的宏伟目标"的长篇报道。

看到报纸，他最初有点迷惑，还以为两会改时间了。再看报纸日期，居然是3月的报纸。

外面传来了汽车响声，一道刺眼的车灯直刺村办公室。

杨兵抽着烟，站在窗口望着这一群人。

来者是三辆吉普车，高底盘，车身大。下来一群人都披着雨衣，朝村办公室走来。

杨兵尽管想要扮演侯沧海的角色，在行动上还是与真正的侯沧海有差异。侯沧海遇到这种情况，一定是快速地到楼下迎接来者，这是一个党政办副主任条件反射式的行为。杨兵明知道有人检查，仍然抽着烟，岿然不动。

"这是省防汛办马总，我是区防汛办的。"区防汛办的同志进了办公室，立刻表明身份。

"这么大的雨，你们还真要来啊，佩服，佩服。"杨兵拿了包烟，准备给来人散烟。作为体制外人，对省防汛办这些机构也没有敬畏，笑嘻嘻的，态度随意。

头发花白的省防汛办马总道："你是谁？"

"我是驻村干部，今天雨大，我在这里值班。"杨兵有些心虚地看了眼报纸和放在桌上的花生，道，"值班一个人无聊，剥点花生，看会报纸，不碍事吧。"

"没事，只要有人就好。"马总仔细地观察房间，道，"那份文件是什么？"

杨兵将文件递给来人，道："这是防汛预案，预案没有啥用，是办公室那些人拍脑袋想出来的，还抄了一部分上级文件。"这句话来自侯沧海的评价。杨兵本人从来没有操作过这些文件，对此并无体验，是现学现卖。

这又是一句真话，马总笑了起来。他坐在桌边，翻阅起这份防汛预案。防汛预案出自侯沧海，中规中矩，各种要素完全符合预案要求，将青树村防汛工作现状讲得很清楚。马总最初对村级预案一点都不以为意，谁知这份预案水平超过了他的预期，比起市区一级的预案都不逊色。

他将预案放在桌上，道："预案谁做的？"

杨兵见马总没有笑容，还以为预案水平很差，出于为朋友两肋插刀的义气，道："我写的。"

马总脸上露出笑容，道："你叫什么名字，村里干部？你很谦虚啊，这份预案不错。"

杨兵耍起了幽默，道："侯沧海，驻村干部。水平嘛，一般一般，全国第三。"

马总觉得杨兵言行不太像机关干部，问道："你是大学生，才毕业？"

杨兵道："早就不是大学生了，出来一年多了。"

得知杨兵大学毕业只有一年多时间，用这种方式跟省检查组说话就很正常，马总坐在桌边，道："谈谈村里的情况？"

杨兵有着自来熟的本事，住进青树村以后迅速就和包青天诸人成了朋友，在一起喝酒，打牌，聊天，闲来无事还跟着包青天到村民家里去办事或者吃饭，今天跟着包青天将辖区内河道走了个遍，算是熟悉了情况。他叽里呱啦地讲了现场情况后，发牢骚道："省里有这么多钱，为什么不整点钱维修河道，现在都是村里找人维修，只能算是补锅匠，如果遇到更大的河水，靠补祸匠小敲小打就没有办法了。"

听到杨兵牢骚，白发老者知道这个才分来的大学生对河道情况还算熟悉，于是真诚地道："以前欠账太大，要弥补得花巨量资金。我相信很快就有大笔资金用于水利建设。"

杨兵装模作样地道："那我代表青树全村一千五百多号老少爷们，感谢省防汛中心。"

检查组所有人都笑了起来。

区防汛办的同志手里有驻村干部名册，按名册上显示，青树村驻村干部是党政办副主任，而眼前这人言谈举止与"党政办副主任"格格不入，他不禁大为佩服杨定和不拘一格的用人方式。

在办公室交谈以后，检查组同志来到曾经出过事的一段河道。这处河道有着明显进行新加固痕迹。杨兵站在河边，道："今天上午我还和包青天一起来检查了，没得问题。"

马总道："包青天是谁？"

杨兵道："青树村老大，书记。"

青树村防汛工作确实不错，尽管这个值班干部明显异类，但是瑕不掩瑜，马总与杨兵握了手，表示鼓励。

送走检查组，杨兵赶紧给侯沧海打去电话，道："我的妈啊，你还有点预见性，刚才来了一拨人，自称是省防汛指挥中心的。幸好我这一段时间天天跟着包青天混，答得天衣无缝，就算你本人来，都没有我这么应答自如。"

侯沧海心里一个激灵，道："有没有人怀疑人你的身份？"他是党政办副主任，与区委两办打交道的时候多，如果有区委两办的人跟随着检查组，自己就惨了。

杨兵回想一下，道："应该没有吧。那个老头领导对你做的工作预案有兴趣，后来又看了一处现场，然后拍屁股走人。他们这种走马观花的检查，有个狗屁作用。"

侯沧海耐心地解释道："他们下来是督导作用，不用做具体事。光靠省防汛中心是搞不好防汛的，具体的事情还得基层单位做。但是没有他们指挥督促也不行。你今天晚上就在办公室睡觉，免得他们杀回马枪。"

打完电话，侯沧海终究不放心，准备前往村办。

屋外不时有雷声响起，炫目闪电从天空直落而下，声势惊人，响雷就如在窗边，震得窗户嗡嗡作响。熊小梅拦住侯沧海，道："这个时候出去太危险，杨兵在办公室已经应付了省防汛办，你不要去了。"侯沧海道："我到楼下找杨书记，给他汇报省防汛办来巡查的事情，然后把陈汉杰叫上，坐车到村办。你放心，从镇里到村办全是好路，没有问题。"

熊小梅见侯沧海前往村办的态度十分坚决，不再阻拦，只是不停地叮嘱要注意安全。侯沧海回头望着倚门而立的熊小梅，挥了挥手，快速下楼。

杨定和痛风发作，如果是一般事情肯定不会打扰他，如今是涉及省防汛中心督查之事，必须打扰他。下了楼，侯沧海先站在门口打电话，又敲门。等了好几分钟，张老师才出来开门。张老师一脸愁容，道："杨定和为了工作不要命了。明明血尿酸高，天天还为了工作大鱼大肉，现在痛得在床上叫唤。以前吃了秋水仙碱很容易见效，今天吃了还是痛。"

侯沧海道："对不起啊，张老师，以后我一定不准杨书记喝酒。"

张老师摇头道："他就是那种性情中人，遇到朋友、熟人，不喝酒怎么得行。"

杨定和在里屋听到外面的说话声，道："小侯，进来嘛，啥子事情？"

卧室里，杨定和躺在床上，脚垫在三床被子上。得知省防汛检查组已经对青树村进行了督查，他拍了拍大腿，道："不知小杨能不能应付这种场面？"

侯沧海道："杨兵说没有纰漏。我不放心，万一省检查组杀回马枪，或者市、区领导下来查岗，我不在场不好应对。"

"都怪这痛风发作得不是时候，别人痛风都是半夜发作，我是随时发作，这几年黑河镇搞了太多建设，我喝了太多大酒，真想歇歇了。"杨定和感叹几句，随即又回到工作状态，道，"你赶紧叫陈汉杰送你到青树村。到办公室以后，你还要给河边四个村值班室通通打一遍电话，凡是没有人值班的，马上通知他们立刻到村办。"

安排以后，他又觉得不妥当，问道："镇办公室是谁值班？"

侯沧海道："杜灵蕴。"

查岗的事情交给小杜，你这两天也辛苦，在青树村好好睡一觉。我对包青天有信心，他一直生活在河边，他说没有事，应该就没有事情。"杨定和安排工作时，目光炯炯，一点没有痛风发作的病态。他拿起床头的电话，亲自给陈汉杰做了安排。

与张老师说了几句关于杨书记身体的闲话，侯沧海这才出门。在楼下站了几分钟时间，陈汉杰将车开了出来。

车内放着音乐，头顶是暴雨和闪电。车灯刺破黑暗，如威武的野兽一般前行。即将到达时，陈汉杰道："我有个哥们是青树村的，侄女在商院读书，想要专升本，你和李院长关系不错，如果机会合适，帮我说句话。"侯沧海觉得很奇怪，道："你可以直接找杨书记啊，杨书记和李院是老同事了。"陈汉杰道："杨书记是长辈，又是领导，我不好经常麻烦他。你和李院关系也好，说话一样管用。"

来到青树村办公室后，侯沧海撑着雨伞，飞快跑进办公楼。天空有电闪和雷鸣，雨伞又是铁尖，他担心自己成为一根移动避雷针，会引来强暴能量，把自己变成一只烤熟的火鸡。

等到跳进办公楼，没有挨雷劈，侯沧海觉得又与死神擦肩走过一次。他是一个爱做白日梦的人，在特定环境下会做出白日梦。今天在雨中冲刺让他又幻想起自己就是在曹营里左冲右突的白马小将常山赵子龙。这个联想很怪异，却很真实。

办公室黑暗一片，没有响动。侯沧海来到寝室窗外，听到里面传来呼噜声。杨兵只是一个名义上的"志愿者"，无法真正进入角色中，回去睡觉，无可指责。

侯沧海从村办柜子里取出青树村防汛工作动态图，挂在墙壁上。

前两天村办公室刷墙，包青天将这幅花了不少心血的动态图收进去，昨天巡查一天，回到办公室挺疲惫，他没有把图挂出来。侯沧海在办公室无所事事，把挂图翻开，细细地看了一遍。

目光投向河道下游时，他摇了摇头。

门外又响起汽车声。

这个时候来汽车，肯定是上级领导。侯沧海暗叫了一声侥幸，将青树村防洪预案摆在案头，急忙迎了下去。

这一次从车上下来的是区委书记李永强。

区委书记李永强身边跟着副书记鲍大有。鲍大有是副书记，原本不用随时跟在区委书记身边，只是他长期担任区委办主任，有一种作为区委办主任的行为模式，这种模式极有惯性，因此他是江阳区近二十年内最喜欢跟随区委书记的区委副书记。

李永强看着一头冲进雨水的年轻人，绷着脸没有说话。

侯沧海来到李永强面前，汇报道："报告李书记，我是黑河镇党政办副主任侯沧海，正在防汛值班。"

鲍大有在旁边问话道："只有你一个人值班？村两委也没有人？镇领导没来？"

区委书记还是张强之时，鲍大有态度亲切，言谈幽默，时常与陪同张强下棋的侯沧海开玩笑。此时站在暴雨中，他仿佛根本不认识侯沧海，脸板得如锅底，声音向上扬起，尖锐如红缨枪。

侯沧海抹了一把脸上雨水，道："我们安排有专人守在危险地段，只要发生危险，备勤力量马上可以出动。"

鲍大有继续追问："只有你一个干部值班？其他人都是睡大觉？"

侯沧海有意回避这个诛心之论，道："黑河镇在这三年筹措六百万资金，使用一万六千多积累工和义务工，对河道进行加固。今天黑河镇党政组成检查小组，对整个河道进行了拉网式检查，目前整个防汛情况良好。"

"你能确保整个河堤万无一失，现在是什么时候了，大雨持续不断，黄色预警，省市都在检查河道，你们黑河镇的领导还睡得着觉？"鲍大有严厉地道，"谁能确保河道一定不出事？没有谁能保证，事关老百姓身家性命，区委反复打招呼，你们还是这样马虎大意，这是心里没有装着人民。"

侯沧海被训得低下头，道："请领导到办公室，我汇报整个防汛安排。"

鲍大有准备在雨中继续追问侯沧海。

不管任何人任何单位肯定都会有缺点，抓住一个缺点进行捶打，没有人能受得了。黑河镇防汛工作准备得相当好，可是鲍大有几句话问下来，肯定会给区委书记李志强留下"工作不踏实"的印象。更关键的是鲍大有所有的话都能经得起时间考验，放在任何场所都毫无问题。

李志强大步朝办公室走去。

侯沧海是青树村驻村干部，又是青树镇党政办副主任，在这种关键时刻，不敢有任何抱怨，紧跟在李志强身后，介绍道："李书记，这是青树镇防汛工作动态图。"

李志强被动态图所吸引，抬头仔细打量。

侯沧海对全村防汛工作了如指掌，尽量简明扼要地汇报了全村防汛工作，重点汇报了两点，一是前期河岸的整治和人工投入，二是巡查工作以及备勤力量安排。他讲解的时候，顺便还将工作预案拿在手里，以增加在区委领导面前的印象分。

讲了一两分钟，鲍大有拿着电话走了过来，打断道："行了，讲到这里吧。"他对李志强道，"刚刚接到电话，下面河道紧张。出现管涌，杨京亮在现场组织，防止最糟糕的情况发生。"

"马上给杨定和、刘奋斗打电话，让他们马上到河道边守着，河道关系成百上千的老百姓，他们还睡得着？"李志强脑里全是"管涌"两个字，没有与拿着工作预案的侯沧海打招呼，掉头就走。

管涌是涨水期间坝身或坝基内的土壤颗粒被渗流带走的现象。管涌发生时，水面出现翻花，随着上游水位升高，持续时间延长，险情往往会不断恶化。

大量涌水翻沙，破坏堤防、水闸地基土壤骨架，引起建筑物塌陷，造成决堤、垮坝、倒闸等事故。

所有随行人员掉头就走，没有人和侯沧海打招呼。侯沧海拿着工作预案站在门口，望着一头扎进风雨中的小汽车，感觉自己是玻璃人，完全被区委领导以及随行人员忽视。随行人员中皆是各部门负责人，有水利、公安、消防等领导，他们多数到黑河镇来过，接受过侯沧海这个办公室副主任的服务，但是在这个特殊日子里，没有人与侯沧海交谈，甚至没有目光交流。

被人彻底无视，这让侯沧海内心很受伤。灯光走远，他回到办公室，将防汛工作预案摔在桌子上。被所有人无视，这是一种对尊严的严重践踏，践踏者是上级，践踏方式是彻底无视，这让侯沧海没有明确的对象可以回击。

侯沧海在办公室愤怒地挥动拳头，用尽全力抚平受伤的心。"他们是担心管涌，所以才无视我的存在，我大人大量，不必计较这些事，否则就是小肚鸡肠。"如此宽慰很有效果，他很快让自己平静下来，拨打了杨定和电话，向其汇报刚才发生的事情。

杨定和放下电话，试着踩了踩地面。他吃了秋水仙碱，踝关节疼痛感稍稍减弱，但是仍然不能用脚掌触地，触地就如火烧一般疼痛。痛归痛，在这种紧急情况下，区委书记亲自安排的事情，还必须得照办，杨定和当了多年基层领导，分得清轻重缓急。

陈汉杰的体力比起侯沧海就要差上许多，将痛风紧急发作的杨定和背下楼，累得直不起腰。

小车开动后，杨定和道："我们先沿着省道绕一圈，再到黑河。"

小车沿着省道开了一会，来到城关镇所管辖的河道。往日温驯如绵羊的河道变成了史前猛兽，张着利牙，发出阵阵咆哮。巨大能量震动了沿河两岸，老鼠、蛇等动物惊慌失措地逃离了往日家园。

小车停在公路上，杨定和透过车窗观看河岸情况。

几道车灯将管涌处照得很清楚。管涌位置恰好在侧坡堤脚，这是一个要命位置，危害性极大，吓得杨定和出了一身冷汗。

堤岸上站着一群人。

李永强一把将自己头上的雨伞推开，烦躁地道："不要打伞，碍手碍脚。"

杨京亮浑身是泥水，大声报告道："李书记，民兵应急分队全部到齐，正在按照预定方案进行排险。　”

好几支队伍奔了过来，有的立刻被安排到了抢险现场，有的作为预备队等在现场。鲍大有在旁边给管志副区长打电话，让他牵头，组织转移沿河村民。

李永强抹了一把脸上的水，道："材料准备妥当没有？"

杨京亮道："李书记，这种泡泉经常发生，我们有经验。用编织袋装土筑围井，朝井内填料，防止涌水带沙，就能控制泡泉。所有材料都在库房里，正在朝现场运。"

堤岸抢险队五十人一排，分成几个纵队在河堤上巡找新涌点。

又来了好几辆卡车，应急分队一哄而下，乱哄哄地将材料卸了下来。

在众人努力下，险情基本上被排除了。

李永强一行人正要离开，一个炸雷响起，声音在天空和大地回荡。约五六百米处传来惊呼："堤岸要垮了，垮了，垮了，垮了……"

正在寻找管涌的人们四散逃离，惊呼声四起。

此时，杨定和已经坐着小车离开了现场，前往青树村，没有看到河堤崩垮，还以为事态已经停歇。

听到堤岸垮了的喊叫声，李永强顾不得区委书记应该有的从容不迫，狂吼道："赶紧组织力量增援，堵住缺口。"

杨京亮原本还以为只是普通管涌，正好可以借着处理管涌向新来的区委书记展现自己的组织能力，谁知河堤居然就在区委书记眼前垮了。

河堤垮了，杨京亮吓得汗毛倒竖。他当了多年城关镇党委书记，见过大世面，略有慌乱之后，很快镇定下来。他抢过一把喇叭，喊道："我是杨京亮，城关镇的干部跟我去堵河道。"

杨京亮拿着喇叭，朝决堤河道跑去。身后跟着城关镇干部。

六七米的河堤被冲垮，洪水汹涌，以不可阻挡之势朝着田野村庄冲去，发出令人毛骨悚然的轰响。

鲍大有和李永强也来到河堤。

杨京亮跌跌撞撞地走过来，道："河堤缺口还不宽，我安排一辆装着石头的货车直接开到河里，把缺口堵住。然后由民兵和解放军堵编织带。"

现场形势十分紧急，没有给李永强留下思考时间，吼道："赶紧实施。"

原本作为备料的卡车开上河堤上，驾驶员伸出头来，道："表叔，我这车值五十多万呢。"杨京亮脸上肌肉咬得硬邦邦的，神情狰狞，道："赔你一个五十万的新车，跳车时注意，不要把人搭进去了。"驾驶员道："我是拼命，得给奖金。"杨京亮道："五万元奖金，一分钱不少。"

为了找到敢于填缺口的驾驶员，颇有魄力的杨京亮丝毫没有犹豫，当场对运材料的驾驶员开出了高价。这辆货车是旧车，也就值十万元。为了一辆五十万元的新车和五万奖金，驾驶员接下了这个拼命的任务。

驾驶员开着货车，小心翼翼地朝着河道缺口开去。到了缺口处，随着岸边指挥人员的叫声，驾驶员从车门往外跳，跳进河堤下的草丛里，顺着缓坡滚下河堤。

"怎么样，没事吧。"城关镇指挥人员在岸上叫。

"没死，头摔破了。"驾驶员从草丛中站了起来。

满载货物的卡车形成稳定桩子，民兵们背着装有泥土和石块的编织袋朝水中扔去。如果没有卡车，编织袋无法生根，借助这辆车以及随后推下去的装满石头的三轮车，河道渐渐封住了。部队赶到以后，堵缺口的速度越来越快。

天蒙蒙亮时，雨终于停下了，缺口被堵上。远处天空出现灰白色的曙光，新的一天到来了。

区长吴志武带队慰问受灾村民。

区委书记李永强在河边站了半夜，全身脱力，坐在满是稀泥的河堤之上。在雨水中泡了一夜，他全身衣衫尽湿，头发紧贴头皮，没有了区委书记的威严。

鲍大有感慨地道："杨京亮这回真是拼了命，动员自己亲戚开着卡车堵了缺口，如果不是当机立断，河堤堵不住，事情就难办了。"

"黑河镇什么情况？"李永强深深吸了一口带着水草味的新鲜空气。他此时想起了"两个县委书记抗洪抢险"的故事，皱着眉头思考昨晚发生的事情。两个县委书记抗洪抢险的故事是流传甚广的故事，一个县委书记工作做在前面，暴雨时河堤稳如磐石，另一个县委书记前期工作不扎实，暴雨时组织了大量群众去防洪，成了抗洪英雄。结果前期工作不扎实的县委书记因为成为抗洪英雄而得到了提拔，工作扎实的县委书记反而默默无闻。

鲍大有道："没有听到险情报告，应该比较稳定。"

黑河镇和城关镇田土相接，河道自然也相连。黑河镇处于上游，城关镇位于下游，在昨夜暴雨中，城关镇危机四伏，黑河镇至今没有传出来什么不好消息。

"城关镇的河道出现多处险情，为什么黑河镇安然无恙？"李永强望着河道边满目的狼藉，提出一个尖锐问题。

"这几年城市发展很快，城关镇这一带河道变得很狭窄，历来都是防汛重点。老杨每年在防汛上焦头烂额，也难为了他。昨天他是拼了老命才将河堤堵上。"鲍大有挨着李永强身边坐下，递了一支烟过去，道，"昨天的事情想起来害怕，如果杨京亮没有在现场，如果组织不起这么多人，如果事先没有准备防洪材料，后果不堪设想。"

李永强耳中一起回荡着洪水轰隆隆的巨响声，没有否定这个看法。

鲍大有又道："河堤损毁有不可抗力的因素在里面，具体原因可以等到事态平息做一个详细调查，必须给区委一个说法。另一方面，区委要求主要领导带队值班，黑河镇有三个村有河道，只派了一个小年轻值班，若是真出了险情，一点办法没有。现在基层领导干部应该整顿，不把区委的要求当一回事情，选择对自己有利的执行。这样下去，区委权威将会荡然无存。"

鲍大有明显偏向杨京亮，有意无意间传递对黑河镇杨定和不利的说法，李永强对此看得很清楚。他在江阳区上任以来，一直在多方了解整个江阳区的干部情况。等到对整个江阳区熟悉以后，自然会调整干部。至于调整谁并不重要，不管黑河镇是不是杨定和当书记，对全局都没有影响，能担任部门一把手的同志基本素质都有，关键是通过调整干部这种方式要传递出自己执政理念。

"等汛期过后，好好做总结。"李永强拍了拍屁股，站了起来。屁股上全是泥水，拍了等于没有拍，反而把手打湿了。

黑河是季节性河流，来得凶猛，去得也快，8月快结束的时候，河水完全退去，在超出水面两米的河岸留下一条泥土色水线。

省防汛办出了一期简报，对防汛工作不力的地区进行了批评，其中有江阳区城关镇。

江阳区召开了防汛抗洪表彰大会，对开卡车冲向河道的驾驶员、基层民兵组织、解放军部队等个人和集体进行了表彰。

黑河镇没有受表彰人员。

整个防汛工作中没有受处分人员。

此事就算告一段落。

开完表彰大会，侯沧海给杨定和请假："熊小梅明天要回秦阳，我先回去帮她收拾行李，晚上还要和朋友们吃顿饭。"

"是陈文军吗？他位置重要，对我们很有帮助，你请他们吃饭，开张发票，这是公事，单位可以报销。"杨定和又道，"开学后，我们再去拜访李院，他为人耿直，解决了包青天女儿的事情。包青天心里痛快，顶着骂名解决了变电站的土地。基层工作就是这样，一环扣一环，环环相扣，缺了哪一环都办不成事情。很多事情如果光靠正规渠道很难办，上面千根线，下面一针穿，光是做事的份儿，没有办事权，必须不走寻常路。"

说起不走寻常路，杨定和也觉得好笑，拍了侯沧海肩膀，道："好好陪一陪熊小梅，让她安心在秦阳教书，等到寒假，我们一定争取把她调到商院。"

有了杨定和支持，侯沧海对调动之事有了信心。在回家之前，特意到青树村去看了看。青树村和商院签了租地协议，整个乱石坡都交由商院租用，租期五十年。商院将伸进校园的"舌头"用来做操场，其他的乱石坡就种植果树，成为商院的实习基地之一。

为了种果树，商院采取了野蛮措施，直接将所有杂树砍掉，整个乱石坡到处是参加劳动实践的学生，一片繁忙景象。

在工地现场还遇上了商院院长李永江。虽然商院将整个乱石块租了下来，但是在施工过程中还是有个别村民来找麻烦。侯沧海仔细记下了个别村民的诉求，准备和包青天商量后提出解决方案。谈完正事，他又委婉地向李永江提起了陈汉杰委托的事情。

青树村与商院关系太过密切，凡是在职权范围内的事情，李永江答应得都很爽快。

办成了陈汉杰委托的事情，侯沧海离开了工地。走出数百米后，回望乱石坡，仍然能够看见工人们忙碌的身影。这一片繁忙景象和侯沧海关系颇深，这让他很有成就感。

在回家上，他接到陈文军电话。

"晚上我确实有事，不能来，陈华要来。替我向熊小梅道歉。"陈文军说这句话时，情绪低落，明显心中有事。

陈文军在市委办公室工作，业余时间往往也不由自己支配，侯沧海作为黑河党政办副主任对此能够理解。

晚餐聚会之时，陈华穿了一件开胸稍低的衣服，很是引人眼球。

熊小梅开玩笑道："你穿得太性感了，我得给侯沧海戴墨镜。"

陈华道："侯沧海是正人君子。"

熊小梅道："正人君子也是男人，男人最不能接受人性考验，所以我从不考验侯沧海，否则是自寻烦恼。"

等到侯沧海从前台回来时，两人停止了属于闺密的话题。

大堂内放着1999年流行的一首歌，一个优雅的女子低声唱着《至少还有你》：

如果全世界我也可以放弃

至少还有你值得我去珍惜

而你在这里

就是生命的奇迹

……

听到这如泣如诉的歌声，陈华的心一下揪紧了。以前与冷小兵交往时，她觉得自己陷入深不见底的黑暗深潭中，生命中没有丝毫颜色。陈文军是深潭之中的一条救命绳索，沿着那条绳索，她才又见到解放区的晴天。歌词如一粒粒小型导弹，直射进内心深处，让她幸福且忧伤。

侯沧海坐在在两个女子对面，道："陈文军每天忙啥，吃顿饭的时间都没有。"

陈华摆脱歌曲带来的伤感情绪，道："他是领导跟班，时间属于领导，没有人身自由。"

陈文军缺席，吃完饭后就没有再去山庄顶部唱歌跳舞，三人沿着铁梅山庄下行，熊小梅和陈华挽着手臂讲起悄悄话，不时发出清脆笑声。侯沧海走在两人身后，能够借助不时过往的车灯看到两个女子的背影。两个女子都处于花一般的青春年华，亭亭玉立，在昏暗灯光下散发着让人迷醉的青春气息。

熊小梅和陈华一路低语，聊着青春女子的家长里短。

"你们什么时候结婚，从学校开始谈恋爱，到现在好几年了，水到渠成，应该结婚了。"

"上一次想结婚，没有拿到户口本。现在这种情况，结不结婚没有什么区别。等到明年寒假，调到商院以后就结婚。你什么时候结婚？"

"我们才开始，谈结婚还早。但是，我想今年准备结婚。陈文军住在单位宿舍，他们单位竞争挺激烈，大家条件都差不多，谁能进入领导视野，谁就有发展前途。所以，我不敢到他的宿舍去，害怕有人乱嚼舌头，所以要早点结婚。以前对人性之恶没有太多感受，自从与冷小兵接触以来，才知道我们社会里确实有坏人。杨兵还在江州吧，今天吃饭怎么没有把他叫上。"

"两个原因：一是杨兵坚决不当电灯泡，他说别人都成双成对，自己一个人孤孤单单，在这种情况下吃饭是找罪受；二是他今天确实有事，要到青树村主任家里去吃饭。"

"他还真是一个怪人，居然真能和村里那些人打成一片。我想象不出杨兵混在村干部里面是什么样的情形。"陈华想着杨兵那与身材不相称的大脑袋，笑了起来。她又总结道："杨兵这种性格，以后搞销售应该是一把好手。"

在私语中走到主街，陈华先坐一辆出租车回师范学院宿舍。她借调到市委宣传部，没有办正式手续，仍然算是江州师范学院干部。平时在市委宣传部上班，下班还是住在江州师范学院。江州师范学院宣传部以及部分机关干部知道了冷小兵在宾馆开房被派出所捉住，因此对陈华充满了同情，在这种舆论环境下，冷家人只能咬牙认命，不再明目张胆地纠缠陈华。

目送着出租车开走，侯沧海和熊小梅等到另一辆出租车，回到黑河镇。

这是一个略带着伤感的夜晚，对，就是略带伤感的分手之夜。侯沧海和熊小梅在小院里散步，月光如水一般洒了下来，在熊小梅脸上镀上一层玉色。相聚时间总是短暂，分离脚步无时无刻都在逼近，虽然这是两地分居的常态，可是每次临近分手时仍然会黯然神伤。

在客车站送行之时，熊小梅心情极为糟糕，不想多说话。客车启动，她掉头看着车窗外的男友，挥了挥手。客车缓慢地驶出车站，她用纸巾轻轻擦了眼角。

客车要沿着车站拐一个大弯才能来到主道，侯沧海从车站的小道快速跑到主道，等了一会儿才看见那辆驶往秦阳的客车。熊小梅正朝窗外张望，忽然看见站在街边的男友。她将脸靠近灼热车窗，拼命挥手。

客车缓慢又坚定地将侯沧海抛在身后，他的身影越来越小，直至陷入人海之中。

第十五章　不同的人生选择

9月20日，在镇村共同努力下，黑河镇土地顺利交了出来，两户人家搬走，房屋被拆掉。

黑河镇按时完成了与变电站有关的征地拆迁任务，这给城关镇带来极大压力。城关镇在压力之下，征地与拆迁工作不免显得粗暴，粗暴之后便有了负面效果，参加征地拆迁工作的城关镇干部与村民发生了冲突。冲突之后，区政府办公室召集相关部门、城关镇和黑河镇一起座谈。

侯沧海了解变电站征地全过程，想起城关镇骑虎难上的尴尬劲，暗自畅怀。城关镇和黑河镇原本应该是兄弟乡镇，谁知黑河镇崛起得太快，风头盖过了老大哥城关镇，不知不觉中形成竞争态势。偏偏两个镇的党委书记都是老资格，互不认输，逐渐带动两个镇的干部互相不得劲。侯沧海是杨定和嫡系，在这一年里参与了与城关镇的明争暗斗，自然也对城关镇心怀淡淡恶感。

散会以后，侯沧海刚走到办公室，办公室电话铃声音响起，传来了老友周水平的声音："快下来，我和建军等会过来，吃午饭。"

侯沧海、周水平和吴建军都是世安厂子弟，开裆裤朋友，从幼儿园开始，一直到高中毕业，三人都是同班同学。高考时，平时成绩一般的周水平如有神助，考上了山南政法大学，毕业后分到江州检察院；成绩最好的侯沧海在高考前仍然在钻研棋谱，只考上了江州师范学院，毕业后分到黑河镇政府；成绩最差的吴建军发挥正常，没有上专科线。他没有复读，而是选择了当兵。复员后分到了世安厂。

下班铃响，等到杨定和离开以后，侯沧海才下楼。刚走到院子就见到周水平和吴建军。世安厂子弟的个头普遍较高，三人之中吴建军的个子最矮，也跨过了一米七。他长着一个门板身材，脖子粗短，颇为彪悍。

三人来到黑河餐馆，老板童国立照例散烟。老板童国立出去后，吴建军就将包间门关上，道："沧海，你手头有钱没有？我在厂里办了停薪留职，准备自己出来做事。"

侯沧海惊讶地道："什么时候办的停薪留职？吴叔同意？"

"现在世安厂不是当年的世安厂，效益差，发不起工资，与其这样还不如出来自己搞，说不定还能闯出一条路。"吴建军尴尬地笑了笑，道，"我想自己做生意，但是差本钱，水平借给我五千，你手头有没有活钱？"

侯沧海自嘲道："我的钱全部贡献给通信事业和交通事业，熊小梅刚出钱给我买了一部手机，存款见底啊。"

吴建军得知侯沧海面临的窘境，道："喝，你比老子还穷。算了，我另外想办法，现在喝酒。"

等到杨兵来到餐馆时，三人早就喝开了。杨兵是典型的自来熟，很快就和吴建军打成一片，如同多年老友，互相敬酒。周水平是市检察院干部，相对含蓄一些，与杨兵只是略为寒暄。

吴建军唾液直飞地道："想当年，我是第一个学自行车的，你们两个人都是我的徒弟，这一点你们要承认吧。"

世安厂处于深山，环境封闭，厂区水泥路又宽又直，自行车是最普遍的交通工具。很多小孩才会走路没多久，就学习骑自行车，连女孩子都会在宽阔道路上疯玩。

提起这事，侯沧海道："不提这事还罢，提起这事我就冒火，当时我妹才五岁，被你带着骑二八圈，把两个膝盖都摔出血了。我爸妈还认为是我带着水河骑车，把我打一顿。"

"侯水河后来骑自行车很牛，在世安厂运动会拿了女子自行车组第一名，这可是我的功劳。"吴建军又向杨兵介绍道，"小时候，我们三人天天都在一起玩，那时我们胸口挂着一把家门钥匙，放学就到厂区外小河里游泳，无师自通地学会狗刨式，还去挖附近农民的红薯、地瓜，掰玉米、向日葵，被土狗追了好多回。"

侯沧海道："那个年代娱乐生活极度匮乏，看电影是最大的精神享受。当时我们最盼望的是放露天电影，只要放电影，就带着板凳去抢占好位置。放映员旁边的空位是我们必抢之地。为了抢位子，与其他大院的小朋友打架次数不少。冬天最冷的时候也看露天电影，大家穿大衣，提火炉，在露天坝围成一个个小圈子。工厂周围有一种类似煤炭的石头，我们叫炸石，炸石丢进火炉子里就要发出轰的一声，建军最喜欢做的事情是将悄悄将炸石放进火炉子里面。"

世安厂子弟们回忆起儿时生活，想起世安厂现状，很是惆怅。

喝罢酒，吴建军和周水平坐出租车离开黑河。

临走前，杨兵留下了吴建军的联系方式。

杨兵则和侯沧海一起回到黑河政府宿舍。杨兵进屋就不停抽鼻子，道："我还是应该住在青树桥，这个屋里全是熊小梅的味道。"

侯沧海道："那间房子我们都没有住过，少在这里和我鬼扯，明天把所有东西都搬过来。让你住在青树村，我始终觉得不对味。"

"我喜欢青树村，村干部对我都挺好，包青天家的炖鸡味道很霸道。"杨兵叹息一声，道，"梁园虽好不是久留之地，我休息得差不多了，久静思动，想到省城去，总得给自己找个事情做。"

"你想做什么行业？"

"没有想好，肯定能找到事情做。先到全何云那里住几天。"杨兵手里夹着一支烟，道，"你吃政治这碗饭，看起来威风，实际不好吃。比如这次涨洪水，稍有应对失误，你的前程就完了。小命被人捏着，这种日子实在没意思。我到省城探个路，等你不想在政府混了，我就算是你的开路先锋。"

"不说我的事。你在省城南州有没有想做的行业？"

"或许，我去当医疗代表，听说来钱快。明天出发到南州，为你也探探路。你这人就不是当官的性子，迟早要出来。"

杨兵性格原本开朗活泼，受到爱情契约打击后，开朗活泼向着随心所欲发展。在黑河住了一段时间，过了一段颇有滋味的田园生活，他又要开始远行，寻找属于自己的世界。

下午四点钟，侯沧海处理完手里的工作，到办公室跟杨定和请假，准备送杨兵到火车站。

杨定和喝了一口浓茶，道："小杨要走了吗，怎么不多玩几天？"

　　侯沧海接过杨定和的杯子，帮书记续了水，道："留不住他了，他要到省城找工作。"

　　杨定和道："杨兵给黑河镇立了功。如果不是他恰好在值班，我们黑河镇就丢大脸了。你让陈汉杰开车将小杨送到车站。"

　　书记发了话，侯沧海也就不客气，叫上杨兵，提着行李，在院门口等车。

　　财政所许庆华正从院外回来，上楼时遇到陈汉杰，道："老陈，我用车，到村里收钱。"

　　陈汉杰随口道："杨兵要走，我送他到客车站。"

　　许庆华道："杨兵是谁，为什么送他？"

　　陈汉杰这才意识到眼前之人是许大马棒，道："杨书记安排的。你是太平洋警察——管得宽。"他不顾许庆华气得吹胡子，甩手走了。作为杨书记驾驶员，他只对杨书记负责，许大马棒这种小人，他想理睬就理睬，不想理睬就不理睬。

　　许庆华紧追几步来到楼下，看见侯沧海和杨兵一起上了车。他走进财政所就开始发牢骚："黑河镇硬是怪，我这个正杆杆坐不了车，那个不晓得从哪里来的歪枝枝大模大样坐小车。"

　　财政所工作人员各做各的事情，没人理睬他。许庆华继续在办公室大声说怪话，财政所所长冯诺出现在大门，道："许庆华，少说两句，杨书记安排人用车，还需要向你请示汇报？"

　　许庆华悻悻地道："公家的车，外人可以坐，难道本镇干部不能坐？"

　　冯诺道："我刚才在窗口看到小车启动。侯沧海是办公室副主任，安排小车理所当然，有意见直接给杨书记提出来，少在办公室污染空气。"

　　许庆华被堵了嘴，不再言语，回到自己办公室。

　　小车上，杨兵感慨地道："看来沧海混得不错，我都沾了光，坐了一回小车。"

　　陈汉杰乐呵呵地道："侯主任年龄不大，但是在黑河镇很有威信。大家提起他，都得竖大拇指。"

　　侯沧海道："别捧我了，捧得越高，摔得越痛。"

　　陈汉杰用斩钉截铁的口气道："侯主任是大学生，又会为人处事，绝对要当大官。我听杨书记的意思，准备近期把副字去掉，刘奋斗虽然拽，对侯主任还是没有意见的。"

侯沧海是党政办副主任，实际上主持办公室主任。他猜到可能最近就要将"副"字去掉，陈汉杰的说法从侧面证实的自己判断，还是觉得挺高兴。

在了客车站，分手时，侯沧海叮嘱道："如果在省里不顺利，弹尽粮绝的时候，就回江州，我这里始终有你一张床。"

杨兵抽了抽鼻子，道："你不要煽情好不好，我的鼻子都有点酸了。这次到省城我一定要混出点名堂，否则——"

侯沧海打断他的话，道："否则个狗屁，能够混出名堂当然更好，混不出来就赶紧撤退。"

上车前，两人来了一个热烈拥抱。

侯沧海与杨兵分手后，坐着小车直奔黑河镇。行至江州师范学院时，侯沧海透过车窗发现了一个熟悉身影。等到小车开过以后,他说了一声:"陈师傅，停一下，我看到一个熟人。"

陈汉杰迅速将车靠在一边。

站在树下哭泣的是陈华。她双手捂着脸，双肩不停抽动。路过行人都用疑惑眼神看着她，又从她的身边走过。

陈华在大学毕业前夕毅然接受了冷家条件，用自己身体换了一个工作。侯沧海感叹鲜花总是插在牛粪上，同时也佩服陈华对自己的狠劲。此时，这个坚强女孩站在树下，独自哭泣。

"陈华，发生了什么事情。"

侯沧海招呼了三声，陈华这才放开了手。

放开手以后，陈华鼻涕眼泪糊了满脸的模样吓了侯沧海一跳。侯沧海赶紧拿出手机，道："我给陈文军打电话。"陈华想说话，没有料到鼻涕在鼻尖起了一个大泡。她用手背将大泡擦掉，道："不，不要给他打电话。"

一个女子如此失态，多半和感情生活有关。侯沧海道："我送你回家？"

陈华不停摇头，道："我不回家。"

陈华如此状态，自然不能将其丢在路边。侯沧海道："有没有可去的地方？"陈华继续摇头。侯沧海闻到了一股浓烈酒味，皱了皱眉毛，道："先到我宿舍。"这一次，陈华没有摇头，眼泪如断掉的自来水管道，不停往外冒水。

从校门处走过来学校几个老师。

侯沧海不想让老师们见到陈华现在的状态，用身体挡住陈华，道："站在这里不是办法，你跟我走。"

陈华如木偶一样，跟随侯沧海上了小车。

小车回到镇里，没有开到办公室，而是直接来到家属院。

侯沧海和陈汉杰先下车。侯沧海打招呼道："这是熊小梅同寝室的同学，遇到难事，这个状态丢在外面不行。"陈汉杰笑道："侯主任放心，我不会乱说。"

走进楼道。陈华在前面扶着墙走，侯沧海跟在后面，不时搀扶一下。

"这是没有用过的毛巾，你到卫生间去擦擦。"进了屋，侯沧海在柜子里找了一条熊小梅买的新毛巾，递了过去。

陈华接过毛巾，也不打开，直接往脸上擦。

"今天到底怎么回事，是不是和陈文军有关？"

听到陈文军三个字，陈华哇地哭了出来，将毛巾扔在一边，上前抱紧侯沧海，道："陈文军和我分手了。"

"到底怎么回事？"侯沧海被陈华抱住，觉得很不自在，手脚往下平放在大腿处，如军训时的立正姿势。

陈华说了这一句话以后，不再说话，只是不停地大哭。侯沧海感到丰满部位压在胸前，不由得呼吸急促。

陈华不停摇头，只是哭，不说话。她摇头之际，几根头发擦在侯沧海鼻孔上。侯沧海控制不住鼻孔的生理反应，打了一个喷嚏。这一个喷嚏引起连锁反应，喝了小半瓶白酒的陈华肠胃翻腾起来，"哇"的一口喷在了侯沧海脖子及下巴上。

从胃里吐出来的酒菜混合物极为难闻，熏得侯沧海差点也吐了出来。他见陈华醉得不行，只得将其拦腰抱起，半搀半抱地将其送到床上。

陈华酒精慢慢发作，呕吐之后，昏睡过去。

江州9月天气依然高热，她的衬衣扣子松掉一粒，露出一片雪白肌肤。这件衬衣是陈文军送的礼物，委托熊小梅悄悄买，然后在吃饭时给了陈华一个意外的生日礼物。熊小梅为了这事还调侃过"别人的男朋友真好"，侯沧海记忆十分深刻。

侯沧海迎着满屋酒臭站在床边，望着沉睡的陈华不知如何处理。他想了一会，替陈华脱去鞋子，又用毛巾将其胸前呕吐物擦去。

将陈华基本擦干净以后，他冲进卫生间，打开冷水，将脖子、胸前、肩膀上的呕吐残渣冲洗干净。陈华是美女，可是美女醉酒后的呕吐物一样臭不可闻。

"陈文军，你搞什么名堂？陈华喝醉了酒，在路上被我遇上，在我家睡着了。你赶紧过来，把人带走。"侯沧海换上干净衣服后，拿了一条薄被单给陈华盖上，然后在客厅给陈文军打电话。

陈文军在电话里沉默了一会，道："我和陈华分手了。"

侯沧海道："前几天还好好的，为什么要分手。"

陈文军道："这事一言难尽，是我对不起陈华。我不能过来接她，你好好照顾她。她是一个理智的女子，酒醒以后，应该没有大事。让她恨我吧，是我对不起她。"

侯沧海好奇心被勾了起来，道："你有外遇了？还是找小姐被捉了？"

"照顾好陈华。见面后，我再给你说事情经过。"陈文军不想多谈，匆匆挂断电话。

睡在床上的陈华翻了个身，将盖在身上的薄床单扯下来，扔到一边。

这是一幅极具诱惑的画面，侯沧海感觉自己鼻血就要流出来了。出于对女友的忠诚，他关了寝室门，独自在卧室读书。

读书需心静，有陈华沉睡在旁，侯沧海难以心静。

杨兵住在宿舍只有短短几天，成功把寝室弄成了鸡窝。侯沧海甩开膀子，大搞清洁卫生，收出来两大桶垃圾。侯沧海将垃圾提到楼下倒掉，顺便在黑河场镇买了几个馒头和一包黑河豆豉。

回到家后，侯沧海到寝室门口看了看。陈华侧卧于床，弯曲如虾米，双手搂抱被单，两腿夹着被单，陷入熟睡状态，安静如婴儿。

侯沧海从内心深处同情为了生活顽强战斗却屡受挫折的陈华，总想为她做点力所能及的事情。按照经验，喝了大酒以后，多半会想喝稀饭。在暑期，熊小梅作为家庭主妇充实了厨房，米、面、油、绿豆等一应俱全。侯沧海在厨房熬了一锅稀饭，又蒸上馒头，将黑河豆豉炒香。

晚上七点钟，侯沧海喝过稀饭，吃了馒头夹豆豉。他又到寝室门口看了一眼，陈华仰面而睡，头发散乱。

十点钟，侯沧海将《倚天屠龙记》放下。他再到寝室门口看了一眼，借着客厅灯光，能见到陈华睡得不错。

侯沧海睡在以前杨兵睡的床，在黑暗中想起了隔壁的美女，有些心动，腹中一团火苗涌动。他告诫自己道："侯沧海，你已经有了熊小梅，绝对不能对其他女人动心。"这一夜，他做了一些混乱的梦。梦中，有陈华喝醉时的身影以及在树下哭泣的模样。

早上，太阳光射进了寝室，阳光照到陈华脸上，有些斑驳的光块。陈华用手挡住阳光，睁开眼睛。她环顾陌生环境，大吃了一惊，翻身坐起，迅速查看衣衫。

"我在哪里？"陈华脑子里只记得自己仰头喝酒的情景，至于以后是怎么一回事，她完全不记得。

这是一个男人宿舍。谁将自己弄了进来，又保持衣衫完好？

从毕业到现在的经历，陈华对男人彻底失望。她走出宿舍，见客厅没有人，又推开另一个寝室房门。一个男人穿着短裤睡在床上，短裤隆起帐篷，生机勃勃，十分了得。

陈华认出了床上所睡男子，脸上腾起一朵红霞，赶紧转身朝客厅走去。昨夜宿醉未醒，她走路不稳，踢到垃圾桶，发出"咣"的一声响。

响声将侯沧海从睡梦中惊醒。他睁开眼睛，看到站在客厅的陈华。刚翻身下床，他发现自己处于晨勃状态，经常下棋的灵敏头脑立刻意识到不对："陈华应该是稀里糊涂起床，我的寝室门又没有关，这也就意味着晨勃走光了。"

这是一件糗事，不过陈华昨天也很糗，两件糗事同时发生，算扯平了吧。侯沧海穿上衣服，来到门口，道："醒了吗？"

陈华吓了一跳，回头见到侯沧海，羞涩地道："我怎么在这里？"

听了侯沧海的简要叙述，她不再羞怯，一股怒气勃然而发，道："陈文军是懦夫，是个一心想要当官的浑蛋。"

侯沧海道："别急，坐下来喝口稀饭，慢慢说。"

"我早就觉察他这几天不对劲，昨天终于给我讲了真话。"说到这里，陈华情绪又激动起来。

陈华与冷小兵在一起是为了留在江州，与陈文军在一起则是认真谈恋爱，没有料到，她的一片真心抵不过黄书记的官职。想到此，她又哽咽起来。

昨天那一幕又出现在脑海里：

听到陈文军最后决定以后，陈华扬手给了陈文军一个耳光，径直走出屋。

陈文军追到门口，拉住陈华手臂，道："原谅我。"他给了自己一个耳光，打另一个耳光时停了下来。

陈华眼里泪光闪现，讽刺道："为什么不继续打，是不是怕脸上留下印子？"

这句话正好说中了陈文军的心事。他松开拉住陈华的手臂，再道："对不起。"

陈华走到楼下小卖部，顺手拿了一瓶酒，没有给钱就走了。楼下小卖部认识陈华，知道她是陈文军的女朋友。他只以为陈华急匆匆去上班，忘记给钱，同时又有点纳闷：上班时间，为什么买酒？

陈华脑子里一片混乱，最后几句对话不停在脑海中闪烁。她走了一段，扭开酒盖，仰头喝了一大口。这一口足有三分之一瓶酒。

酒精进入血液，陈华情绪变得极为低落，她带着酒意，漫无目的地在街上行走，习惯性来到江州师范学院。到了门口，她不愿意进校，沿着校门向东走，在一棵树下哭了起来。

以上是陈华能记得住的部分，后面就失去了记忆。

侯沧海道："昨天你吐得一塌糊涂，胸口全是脏的，衣柜里有熊小梅衣服，你赶紧去洗个澡。"

陈华低头看胸口，只见胸口有大片污渍。她顿觉无比恶心，顾不得哭泣，跑到卫生间冲洗。如果没有发现这一块醉后污渍，她没有注意酒臭味道，此时只觉得一股股酸臭直逼大脑。进了卫生间，她脱下衣服，扭开热水龙头。热水从天而降，将伤心的陈华紧紧包裹在里面。

陈华与冷小兵的关系是一场交易，双方各取所需，分手后是解脱。她与陈文军的关系则不同，是自由恋爱。如今陈文军为了娶上副书记女儿，毅然分了手，这是插在她心口的一把尖刀。

陈华流出来的所有泪水都被热水冲走，流进了深不见底的下水道。泪水尽情流淌，带走了诸多无奈和悲伤。关掉热水时，情绪慢慢平静。她来到镜前，凝视镜中人。经过热水洗浴以后，昨夜的宿醉没有留下任何痕迹，镜中人依然如此年轻漂亮，皮肤光洁，肌肤细腻。她对着镜子龇牙咧嘴，做了几个怪相，双手握紧拳头，道："陈华，这是你最后一次为男人哭泣，你要记住了，永远不要再爱上任何男人，要将男人踩在脚下。"

调整了情绪，陈华突然发现了一个问题，刚才急着进来冲洗，没有带换洗衣服。此时全身洗得干干净净，她不愿再穿那件充满晦气的衣服。

"侯沧海，麻烦给我找件衣服。"陈华拉开卫生间的门，站在门后，房门留了一条小缝。

侯沧海早就准备好了熊小梅留下的家居衣服，从小缝递进卫生间。陈华换衣服的时候，他又给陈文军打电话，道："陈华酒醒了，没有大问题，你过来见面，还是和她通话。"

陈文军在电话里犹豫了片刻，道："算了，不见为好，现在见了没有什么用处。找时间我和你见见面，这事前因后果在电话里说不清楚。"

放下电话，侯沧海在厨房将稀饭和包子重新热过，正在炒豆豉时，陈华出现在屋门。她吸了吸鼻子，道："好香啊，我饿了。"

侯沧海回头，见到一段雪白腰身。陈华与熊小梅身高接近，熊小梅身材苗条匀称，陈华则更为丰腴，陈华穿上熊小梅的居家体恤，稍短了些，就如穿了露脐装。

"你坐着，我炒了豆豉，再把稀饭和包子端出来。"

"跟我客气什么，碗在哪里，我来舀稀饭。"

陈华说话时语调正常，甚至还有些欢快，这让侯沧海很诧异，回头看了一眼。

陈华迎着侯沧海目光，道："酒也喝了，哭也哭了，我不能总是悲悲惨惨当祥林嫂。"

侯沧海道："你很坚强啊，到底和陈文军怎么一回事。我刚才给他打了电话，他支支吾吾，没有说出所以然。"

陈华笑了笑，道："还不是些破事。走吧，在饭桌上说。"

热腾腾的绿豆稀饭和包子，香喷喷的炒豆豉，让陈华略有食欲。她低头喝稀饭，很快就喝完了一碗。

"慢点喝，烫。"

"你是什么时候煮的稀饭？"

"昨天晚上，我还以为你会醒。所以煮了绿豆稀饭。结果，你睡到天亮才醒。"说到这里，侯沧海想起自己早上撑帐篷的糗样被瞧见，感觉挺尴尬。

陈华度过了最失控的一天，心情触地反击，逐渐走高。她拿着一个包子，恶狠狠咬了一口，道："这事挺简单，陈文军被人瞧上了，市委办有个老女人充当中间人，将黄书记女儿介绍给陈文军。陈文军应该没有拒绝，当时就答应了，隔了几天才给我说。这事和辅导员牵线搭桥一个样，人啊，充满劣根性。"

如果是在大学期间听到这种事情，侯沧海肯定会当场暴起，将陈文军视为懦夫和官迷。经过了镇政府历练，品尝到生活的无奈和艰辛，他能够理解陈文军。理解归理解，这种事情绝不可能发生在自己身上。

"侯沧海，如果，我说的是如果，你遇到这事，会怎么处理和熊小梅的关系？我想听真话。"陈华直视着侯沧海眼睛，继续恶狠狠地吃包子。

侯沧海道："在政府机关工作只是一个职业，我个人绝对不会拿一辈子的幸福去换取官位。领导现在是领导，迟早会调走，或者升官。而妻子，才能跟我过一辈子。"

陈华垂下目光，幽幽地道："我没有熊小梅的福气！"

聊了几句话以后，气氛再次沉重起来。两人默默地吃过早饭，陈华放下碗，道："我回去了，换件衣服上班。"

侯沧海道："没事吧。"

"不管发生了什么事情，生活总要继续。"陈华走到卫生间，将脏衣服拿了出来，塞进垃圾桶。

侯沧海站在门口，目送陈华离开。陈华走下楼梯后，回头笑了笑，道："谢谢你，侯沧海。"她的笑容有一种决然之色，还带着淡淡的凄凉之美。

中午，陈文军终于现身，将侯沧海约到了黑河镇附近的小馆子。陈文军衣冠楚楚，满脸沮丧。他坐在侯沧海对面，猛吸烟，不说话。

餐厅里放着最流行音乐，此刻恰好放到了陈华最喜欢的那一首：如果全世界我也可以放弃，至少还有你值得我去珍惜，而你在这里，就是生命的奇迹……

听到这个歌声，陈文军有了深深的负疚感。他用双手捂着耳朵，不去听这首飘荡在餐厅的歌声。

经历过昨天一夜，侯沧海的同情心偏向了陈华。他在手里转动钢笔，耐心地等待同学开口。转笔是多年前侯沧海就熟悉的手上游戏，最初是在下棋长考时无意识的动作，久而久之形成了一个下意识的动作。钢笔如有生命力的活物一样，在指尖旋转，轻盈如舞女。

"别转了，我脑袋都被转昏了。"陈文军终于开了口。

侯沧海将钢笔放在桌上，道："到底怎么回事？昨天陈华喝得不少，如果不是我偶遇她，说不定会遇上大麻烦。"

陈文军双手揪着头发，道："这件事全是我的错。但是我也是没有办法。想必陈华都给你说了，我不想再说。"

侯沧海用鄙视的眼光瞧着陈文军，道："如果让我选择，我肯定和你不一样。当官只是一时，做人才是一世。"

陈文军瞪着充血的眼睛，道："说得轻巧，吃根灯草。我和你一样，都来自没有背景的家庭。为了现在的岗位，我从大学开始努力。读大学的时候，我们都是热血男人，谁不想谈恋爱。你和熊小梅在操场散步的时候，我在干什么，跟在老师屁股后面做学生会工作。他妈的，我是多么痛恨学生会工作，搞活动，搞个锤子。大学小心谨慎地过了四年，终于成功来到市委办。侯沧海，你知不知道拒绝领导的后果？"

侯沧海道："现在是什么社会了，为了一个官职就卖身，就抛弃女朋友？你和陈华已经同居了吧，你只考虑自己的处境，难道没有考虑过陈华的感受？"

陈文军狠命抓扯头发，道："黄书记是管组织的副书记，得罪了他，所有努力就毁于一旦，我的前途就彻底毁了。人这一辈子最关键的时刻就只有那么几步，特别是在市委办这种竞争激烈的单位，慢了一步就永远在别人脚下。如果黄书记没有开口，我绝对不会主动去追求他的女儿，现在他开了口，如果拒绝，莫说提拔，现在的位置都保不住。你说，我还有选择吗？"

侯沧海作为镇政府党政办副主任，能够理解陈文军的行为，但是作为一个男人，无法接受陈文军的选择，道："现在是什么社会了，条条道路通罗马，活人怎么能被尿憋死？！就算当不成官，还可以选择其他道路。我不相信黄书记素质这么低，为了女儿恋爱的事整你。多半是你发出了某种错误信号，才会有市委办老大姐给你介绍朋友。"

这一句话戳到了陈文军的痛点。他辩道："你一直在镇里工作，层级太低，没有体会到市委机关竞争的残酷性，稍有不慎，满盘皆输。我们这种二流学校文科生，除了在政府机关工作，还能有什么好岗位。"

"我不同意你的看法，凭着我们的聪明才智，离开了单位，一样会混得风声水起。"侯沧海拿起筷子，夹了一块白嫩的豆花，放在由辣椒油、花生粒、木姜油等调成的佐料里滚了一圈，进入嘴里立刻就带来一股特有的香味。

陈文军压根没有食欲，道："我没有你这么乐观。费尽千辛万苦混到了这个位置，轻易放弃，谁舍得！"

侯沧海享受着豆花带来的特殊美味，用藐视的眼光看着陈文军，道："你只想着自己的前程，一点没有考虑陈华。她昨天为什么会喝得大醉，是因为在意你。你就这样轻易放弃？"

陈文军苦笑道："我肯定很爱陈华，发自内心，这一点没有疑问。只是，我想起她曾经为了留校和冷小兵住在一起，心里就有阴影。"

如果陈文军只是迫于某位领导压力，甚至是贪恋权位，侯沧海都能够理解，不会生气。陈文军突然冒出来这个说法，让侯沧海火气上涌。他将筷子朝桌上猛地一拍，道："混账话，当初陈华没有骗你，你对她的事情全部知道。现在为了攀领导，开始翻旧账。你这是对陈华的侮辱。我不想看到你，马上滚，在我面前消失。"

陈文军没有料到侯沧海突然会口出恶言，面子挂不住，道："侯沧海，你怎么说翻脸就翻脸，我对不起陈华，可是没有得罪你。"

侯沧海丢了碗筷，扬长而去。

在学生时代，侯沧海把陈文军追求进步当成笑话。毕业以后，陈文军凭着自己努力分到了市委，侯沧海的工作靠着家人才搞定，突然发现应该笑话的是自己。但是此时，侯沧海再次鄙视陈文军，鄙视原因很简单：陈文军为了往上爬，将最宝贵的爱情都弃之不顾，说明人品有问题。

中午这顿饭让侯沧海十分郁闷，回到办公室后，他开始反思自己对陈文军的态度是不是过激了。同在机关工作，尽管有市级机关和镇级机关之分别，但是原理差不多。侯沧海做了一个换位思考：如果杨定和书记有一个女儿，想要将女儿嫁给我，我应该怎么办？

想了一会，他坚定了自己的想法：无论如何，也不能为了官位将熊小梅抛弃，这是做人的原则性问题，是底线。如果突破了这个底线，就算当了官，也不过行尸走肉而已。

检视了自身以后，侯沧海再次鄙视陈文军。

铃……铃……电话铃声音响起，侯沧海将陈文军丢在一边，进入了工作状态。

"黑河是怎么搞的，闯大祸了。区里反复交代，要对重要信访人员严防死守，你们吹得天花乱坠，还到市里发信息。光发信息有什么用，要办实事，你让杨定和和刘奋斗赶紧到区信访办来一趟，到省城把人接回去。"

电话接通，传来了詹军一阵毫不客气的训斥，这顿训斥没头没脑，语气凶狠。

侯沧海此时不是侯沧海，而是黑河镇办公室副主任，他头脑清醒，迅速从詹军的话语中找到了关键点，道："詹主任，是不是让我们到信访办？"

"赶紧去，事情办不好，让杨定和直接给李书记解释。"詹军说了这句话，便将电话"砰"的一声挂断。

侯沧海走出办公室时，恰好看见杨定和阴沉着脸走出办公室。

杨定和道："不用说了，我知道了。刘镇长到哪里去了？"

侯沧海道："刘镇长在区农委开片区会。杨书记，区委办打电话，请镇里主要领导立刻到信访办，刘帕子的事。"

"我们一起到信访办去一趟。刘帕子恰好拦住了省里一把手的车，上下震怒啊。"杨定和说到这里，叹息一声，"刘帕子这事怎么能怪得住我们，老上访户了。"

刘帕子是老上访户。这几年经常到镇里上访，上访后就坐在办公室不走。他头上包着老式帕子，长年未洗，散发恶臭。有一次他来到办公室时，恰好侯沧海外出，就一屁股坐在杜灵蕴办公室。当天杜灵蕴要交一份稿子给区政府办，稿子来得急，她只能在办公室抓紧时间写稿子。刘帕子站在桌前一直申述冤情，为了让杜灵蕴看材料，不时将头凑近，阵阵恶臭几次将杜灵蕴熏得差点呕吐。终于，她捂着嘴跑到拐角卫生间，吐了出来。刘帕子头上帕子的臭味杀伤力远远超过厕所的味道。

这一次杜灵蕴不仅没有按时交材料，还几乎病了一场。从此以后，每次刘帕子来到办公室，总会让杜灵蕴大惊失色，有世界末日来临的恐慌感。这一段时间刘帕子没有出现在办公室，让杜灵蕴感到很幸福。

上了小车，杨定和接到了鲍大有电话。他语气恭敬地报告道："鲍书记，我们很重视了，不是重视，是高度重视。为了刘帕子的事情，我们开了三次专题会议，都有会议纪要。黑河镇对重点人物、重点事件都进行了认真排查。刘帕子精神绝对有问题了，偏执，不听劝。目前各级都已有结论，信访部门三级终结，本来不该处理的人也处理了。春节，我们怕他上访，镇里还悄悄给了他点补助钱。"

鲍大有打断道："老杨，你说的情况我都知道，可是他拦了大领导的车，这是政治事件，总得有个交代。你先到信访办，然后直接到省信访局，把人带回来。如何处理，是下一步的事情。"

杨定和放下电话，脸色难看到极点。要到区信访办时，他才道："你给林镇长打电话，让他带驻村干部、村支书和一名公安立刻到区信访办，准备到省里接人。"

副镇长林锋接到这个电话，满肚子火气在电话里发作起来。林锋声音很大，将侯沧海耳朵震得发痛。侯沧海将电话稍稍拿离耳朵，道："林镇，谁都不愿遇到这事。但是没有办法，刘帕子是你的责任人。这是大事，区委震怒，开不得玩笑，来不得意气。杨书记马上就到信访办了，他在曲主任办公室等你。"

"唉！倒了八辈子血霉。我马上带人过来。"林锋发了牢骚后，还是接受了现实。

这些年来，去省城接上访户都有固定套路，刘帕子又是闻名信访办和黑河镇的人物，杨定和和信访办曲主任都知道应该怎么处理。等到副镇长林锋来到以后，信访办蒋副主任带队，带着黑河镇四人前往省城，去接那位臭气熏天的刘帕子。

接人容易，后续处理却极为麻烦。

侯沧海不等杨定和安排，主动写好检讨书。从思想认识到具体布置，全面分析了出事的原因，并对后续工作提出具体安排。

杨定和是实干派，对文字材料要求不高，一般情况下只要侯沧海拿出来的材料，大体上看一眼就通过。今天他对这份检讨书高度重视，字斟句酌，亲自修改。他前列腺有毛病，上卫生间的时间相对较多。修改这份检讨书时，他上了五次卫生间，算是创下了近期频繁小便的纪录。

杨定和原本以为将检讨书交给区委就算交差，没有料到对此事的处理比预估的还要严重：杨定和被诫勉谈话，在全区科级干部大会上做检讨。

诫勉谈话虽然在半年后取消，在诫勉期间除了评优和提升受影响外，其他并没有太大影响。可是此事对杨定和心里影响极大。他在江阳区工作数十年，和主要领导关系搞得非常好，绝大部分时间都是先进。唯独临近五十岁之时，遇上了一个八字不合的区委书记，李永强到任以后，杨定和一直积极主动汇报工作，还利用一些老关系试图搭上李永强的线。结果很意外，新来的区委书记似乎一来就很排斥杨定和，对其始终保持距离。

杨定和知道事情坏在鲍大有身上。尽管知道，但没奈何。

全区大会结束后，杨定和坐车回到黑河镇，没有到办公室，直接回到寝室，躺在床上。他什么事情都不想做，手机响了好几次，没有接。

在党政办公室，副镇长林锋火冒三丈地道："侯主任，你是办公室主任，都不知道杨书记到哪里去了？快给他打电话。"

侯沧海知道杨定和在会上做了检讨，肯定心里不舒服，道："我打了两个电话，杨书记没有接，肯定是有事。"

林锋满脸苦瓜相，道："区委要求对刘帕子实行日报告，一天一报。刘帕子脑袋已经坏掉了，这么多年了，信报早已终结了。我们每天报什么，怎么报呀？"

这是一个侯沧海无法回答的问题，同样也是让杨定和无法解决的问题。

杨定和在家里睡了一天。第二天起床以后，恢复了精气神，走在黑河镇政府大楼时，仍然如一只顾盼自雄的老虎。老虎刚走进办公室，林锋和侯沧海就找了进来。

林锋叫苦道："杨书记，你可回来了。区委要求我们对刘帕子的情况天天汇报，信访办和督查室昨天来催进度，这事我没有办法整。杨书记，我们坐信访办一辆七座商务车到省里，把刘帕子接回来的时候，司机都差点被臭晕了。我们只能在高速路上把窗户打开，结果我现在还在发烧。阿嚏、阿嚏——"

侯沧海将区委批示件送到杨定和手里。这份文件于昨天下午下发，有区委书记李永强批示，要求对刘帕子的情况进行日报告。

杨定和看着这份批示，靠在沙发上想了半天，先对林锋道："你感冒了？别在办公室站着，等会把我传染了。我感冒才好，不想再吃药了。"

林锋离开后。杨定和神情黯淡，道："确实没有办法每天汇报，李书记签了字，我还得给李书记亲自报告。小侯，你赶紧和邓秘书联系，看书记哪天有空。"以前张强担任区委书记时，他都是直接和张强通话，不需要通过办公室联系。如今形势变了，老江湖遇到了新问题。

邓强是侯沧海埋在区委办的暗线。

由于区委办副主任詹军一直阴阳怪气，侯沧海为了得到区委书记准确动向，绕开了詹军，另外培养了一个能打听消息的核心人物，这个人物就是李永强的秘书邓强。邓强以前在区委宣传部工作，李永强上任后被调到区委办，为李永强服务。

侯沧海以前与邓强有联系，关系不算太亲密。他通过市委办陈文军出面，请邓强吃过两次饭，唱了两次歌，这才建立关系。

在给邓强打电话时，侯沧海想起了被自己骂过的陈文军，不觉叹息一声。

他拨通电话后，先问邓强是否方便通话，得到肯定答复以后，才道："邓秘，我是沧海，杨书记想给李书记汇报工作，你帮我查一查什么时间有空？"

邓强翻了翻记事簿，道："这个星期没有空，下个星期看吧。李书记日程非常紧，不是我不帮忙，确实排满了。"

侯沧海道："邓秘，你出个招吧。杨书记确实要汇报工作，很急。"

杨定和听到这里，嘴巴抽了抽。

邓强压低声音道："若要汇报工作，早上早点来，就门口等着，见面后赶紧汇报。"

听罢邓强出的招术，自尊心极强的杨定和觉得很悲凉。一个堂堂大镇的党委书记给区委书记汇报，居然要用堵门的方式。

牢骚归牢骚，为了解决工作中存在的问题，杨定和必须积极面对当前不利于自己的形势。早上七点半和侯沧海来到区委，在区委办对面楼下吃早餐。

吃罢早餐，两人来到区委办三楼，在开放式休息室坐下，等待区委书记。时间一点一点过去，上班的人陆续来到，八点半钟，詹军出现在电梯口。他见到等候在休息区的杨定和，走了过来，道："杨书记，你找谁？"

杨定和上前握了手，道："找李书记。"

"李书记最近太忙了，日程安排得很紧，如果没有预约，今天不一定能见到。"詹军明明看见了侯沧海，却是视若无睹，把其当成透明人。

杨定和道："所以我早点来，争取给李书记做个汇报，是刘帕子拦截上访的事。"

听闻刘帕子的事，詹军道："那杨书记到我办公室来坐，喝杯水。"

杨定和跟着詹军到区委办副主任的办公室。由于詹军没有邀请侯沧海，侯沧海只能坐在休息室等待。来来往往的干部们如蚂蚁一般陆续从电梯出来，又准确地前往各自的工作地点，少数年轻人与侯沧海打了招呼，职务高一点的则面无表情地走过。几个常委经过的时候，侯沧海左右为难，如果上前主动打招呼，有可能热脸遇上冷屁股，如果不打招呼，说不定会给昂头冷脸的常委们留下不懂事的坏印象。

常委们走路时一般目视前方，仿佛在想着大事，可是他们绝对眼观六路耳听八方，前进道路上有什么人会看得一清二楚。这个秘密是杨定和亲自传授给侯沧海，准确率相当高。

大人们都进入各自办公室。

区委书记李志强一直未出现。詹军要去开一个会，让杨定和在办公室等待。杨定和一直盯着走道，只要李志强出现，就要以第一速度迎上去，动作稍迟疑，说不定又有其他领导过来谈事。

区委办公楼有两部电梯，一部在角落，走的人很少，另一部在正中央，走的人很多。杨定和打听清楚李永强喜欢走正中央的电梯，以示堂堂正正之意。他坐在詹军办公室，恰好能守株待兔。

又等了十来分钟，杨定和给侯沧海打了电话，让他也来到詹军办公室。他看了看手表，道："书记肯定要来？"

侯沧海点了点头，道："肯定要来。"

正在谈话间，邓强走了过来，道："杨书记，书记在谈事，他问你有什么事情，急不急？"

杨定和道："是维稳的事情，很急。"

又过了七八分钟，邓强过来，道："杨书记，请你过去。"他陪着杨定和到书记办公室，只是在离开办公室时与侯沧海进行了一次眼神交流。

等到杨定和到书记办公室汇报工作之时，侯沧海离开了詹军办公室，到开放式休息室等待杨定和。他的自尊心颇强，既然詹军不待见自己，自己不用热脸贴冷屁股。

侯沧海默默地坐在角落，拿了张报纸阅读。他原本以为杨定和至少要半个小时才出来，谁知不到十分钟，杨定和便提着包出现在休息室。

杨定和笑嘻嘻与同样等待于此的部门同志开了几句玩笑，带着侯沧海离开了三楼。下楼时，侯沧海问道："杨书记，怎么样？"

杨定和脸上失去了笑容，道："李书记通情达理，听完我的详细汇报，当即表示取消日报告。李书记对黑河的成见，肯定是听了耳旁风。"平时，杨定和很少议论领导，今天给区委书记汇报工作的过程让他五味陈杂。

评论了这句话以后，杨定和一直沉默不语。上车前，他说了一句话，道："你那位在市委办工作的同志位置很重要，你要把他的关系好好经营起来，以后很有用处。我做一天和尚撞一天钟，不管刮风下雨，这个钟还得撞响。"

回到黑河镇，杨定和再次开口，道："小侯，你一直是副主任，最近就把你的职务解决了。"

侯沧海参加工作时间短，一直以副主任名义主持党政办工作。虽然陈文军多次建议要想办法由副转正，他并没有太放在心上。在侯沧海心目中，这个职位就是给自己预备的，谁也拿不去。

　　"谢谢杨书记，我会好好工作。"

　　"镇纪委没有副书记和监察室主任，你长期帮纪委写材料，这一次将纪委副书记一起兼任吧。"

　　这是一个意外安排，侯沧海望向杨定和。以前指点江山的党委书记郁郁寡欢，神情阴郁。

　　杨定和在区委书记面前受到冷遇，但是在黑河镇仍然是一言九鼎的老大。在镇党委会上，"侯沧海担任党政办主任，兼任镇纪委副书记"的提议获得一致通过。侯沧海成为黑河镇有史以来最年轻的党政办主任。这个有史以来听起来吓人，实则时间不长，1993年江阳全区实施拆区（小区）并乡建镇，黑河镇才正式挂牌成立。准确来说，侯沧海是黑河镇成立八年来最年轻的党政办主任，也是最年轻的二级班子正职。

第十七章　大房子带来的大冲击

"是我，陈文军。"电话里传来一个低沉声音。

自从那天骂了"给我滚"之后，侯沧海与陈文军没有见过面。侯沧海道："咦，怎么想起给我打电话。"

陈文军道："那天被你骂了，心里不好受。等到平静下来想想，这事我确实做得不对，该骂，骂得对。"

伸手不打笑脸人，陈文军说得如此诚恳，侯沧海也就不好翻脸，道："木已成舟，没有办法挽回了。"

陈文军沉默几秒钟，道："确实如此，这种事情只要做出了选择就无法回头。晚上有空没有，请你吃饭，陈华也要参加。"

侯沧海惊讶得合不拢嘴巴，道："才说无法回头，怎么又在一起吃饭。"

陈文军道："我们都是成年人了，就用成年人的方式来处理事情。我和陈华虽然不能成为夫妻，但是可以成为互相帮助的朋友，这才理智选择。"

侯沧海道："谁主动提出来的？"

陈文军道："陈华。"

放下电话，侯沧海让神奇反转弄得有点发懵。陈华站在树下哭泣的画面给他留下深刻印象，这个画面很长一段时间都在脑中浮现，清晰异常。

侯沧海给熊小梅打去电话，谈了此事。熊小梅道："我和陈华住了四年，我最了解她的性格。陈文军如今成为市委领导乘龙快婿，陈华肯定想要利用这层关系，解决她的借调问题，这是最现实的选择。"

熊小梅判断准确，三人在江州师范学院外面的餐馆见面后，陈华果然提出这事。

与前几日相比，陈华一扫颓势，红红嘴唇显得性感妩媚，小西服套装尽显身材曲线。她走进餐厅之时，引得不少食客眼珠都差点掉进菜盘里。陈文军尽管根据现实做出了理智选择，看到面容姣好、身材傲人的前女友，想起在一起缠绵的日日夜夜，心如刀绞。

陈华望着侯沧海的眼光很温柔，道："谢谢沧海哥，那天不是你把我捡回去，我说不定会遇到危险，后果不堪设想。"

以前陈华直接称呼侯沧海的本名，今天称呼起"沧海哥"。陈华的称呼温柔软绵，听得侯沧海直龇牙。

听到此语，陈文军尴尬地低下了头。

饭后，送走陈华。侯沧海和陈文军在街上散步。

"邓强还不错，一直在帮忙通风报信。"侯沧海不想再谈陈华，谈起了工作上的事情。

"这是必须的，邓强是我的小兄弟，他到市委办事，我多次牵线搭桥。"陈文军又郑重地道，"通过这件事，我觉得杨兵说得没错，你是一个值得信赖的人。"

"废话，我肯定值得信赖，这还用得着说。"

"熊小梅的工作解决没有。如果，如果在寒假没有能够调入商院，我去约一约市教委一把手。我没有搞定教委主任的能力，但是黄英能办成。黄英在江州长大，认识的人多，到时让她想办法。"

黄英是市委黄副书记女儿，是江州公主，办事能力自然不会差，侯沧海对熊小梅的调动有了更多信心。

熊小梅接到男友电话时，情绪不高，道："上次调动被冻结，我有了心理阴影，现在我最怕听到这种消息，希望越大失望越大。如果能突然把调动办成，这才是最幸福的事。"

侯沧海最怕电话里女友情绪低落，赶紧安慰道："道路是曲折的，但是最后胜利一定是属于我们的。"

熊小梅知道男友是想让自己高兴起来，可是她情绪低落，确实开心不起来，特别是国庆节期间，侯沧海要在10月4日才能过来，让她更加沮丧。

"那你和上访户过一辈子。"熊小梅很气愤地说了这一句，然后将电话挂断。挂断以后，手机不停地响。她听得很烦，干脆把手机关掉。

在卧室里生了半天闷气，熊小梅觉得肚子不舒服，到卫生间后发现例假来了。每当例假到来之前，熊小梅总有一段时间格外郁闷，心烦意乱，容易因为一点小事而发火。但是，她往往意识不到是例假来了。

坐在房间里，打开录音机，戴着耳机听自己最喜欢的刘若英的《后来》。听歌时，房门被母亲推开。杨中芳道："莎莎妹来了，你出来下。"

莎莎妹是老邻居，早年辍学到南方。这两年每次回来都给左邻右舍送礼，很受大家喜欢。虽然大家对其在南方做什么事在背后有所议论，可是也羡慕其为家中带来的金钱。

客厅，莎莎妹和一个黑不溜秋的中年人坐在一起，客厅茶几上放着一个红色盒子。熊小梅打量莎莎妹身边的中年人，招呼道："莎莎妹，你什么时候回来的？呵，你长胖了，下巴都有肉了。"

莎莎妹嗔怪地看了中年人一眼，道："都怪他。小梅姐，这是我老公，我们都叫他蛋仔。"

中年蛋仔与熊小梅打过招呼后，道："老婆生了小孩子长胖是暂时的，过了哺乳期，坚持锻炼，身材很快就能恢复。"这人说话有着明显的港台腔，不是装模作样的港台腔，而是想要把普通话说好的港台腔。

熊小梅道："儿子还是女儿？"

莎莎妹骄傲地道："儿子，八斤重。我们在10月2日办生日宴，小梅姐一定要参加哟。"

在这种情况下，熊恒远一般都不说话，坐在沙发上当陪客，由杨中芳和熊小梅陪着莎莎妹和蛋仔聊天。聊了十来分钟，莎莎妹和蛋仔告辞而去。

红色礼盒里面有一小瓶酒、一包洋烟和包装精致的糖果。熊恒远将洋烟拿在手里翻来覆去地看，舍不得打开。杨中芳嚼着一块巧克力，道："小梅，你说那个男的多少岁了？我怎么觉得比你爸爸年龄还要大？"

熊小梅回想蛋仔模样，道："南方人瘦，长得黑，看起来老，估计也就四十来岁。应该比李叔还是要小点。"

李叔就是莎莎妹的爸爸，原本应该有年龄差距的翁婿关系更接近于几乎没有年龄差距的兄弟关系，这让熊小梅不由得想起了陈华。陈华和莎莎妹遇到的事情不同，本质一样，都是想通过婚姻改变生存状态。

杨中芳见女儿不太愿意参加酒席，劝道："这些年，莎莎妹每次从广东回来，都要给家里带东西，上次带了土天麻，这次还给我带了衣服。莎莎妹懂事，知道孝敬爸妈。如果老康家里有个莎莎妹，老康就不会跳楼。"

这一番话让熊小梅很不是滋味。她将心中疑问说了出来，道："听说莎莎妹没有和那个人结婚，是小三。"

熊恒远终于将那支烟抽了出来，点燃，吐了一个烟圈，道："我才不管是不是小三，只要有钱，能过日子就行。"

这一句话让熊小梅兴致全无，给了爸爸一个白眼，转身回卧室了。

杨中芳责怪道："你这个死老头，不会说话就不要说，每次都乱放炮。"

熊恒远瞪着眼睛道："难道我说错了？老康是怎么死的，还不是穷死的！笑贫不笑娼，这都是被逼的。"

熊小梅在卧室里听到父母的对话，不禁产生了深深悲哀。以前生活在周围的是一群意气风发的国有企业工人，穿着工厂制服，挺着胸膛，散发着国家主人翁的骄傲。如今他们的骄傲不再，当小三这种以前痛恨和批判的事如今居然获得承认。

10月2日，整幢楼的老邻居们都参加了莎莎妹儿子的生日宴。宴会地点在秦阳大酒店，气派的大厅显示了主人家的丰厚钱包。老邻居们翻出了家里最好的衣服，男的刮了胡子，女的化了妆，尽量与大酒店环境相称。他们都曾经是有纪律有自尊的国有大厂工人，素质挺不错。他们在大酒店里显得彬彬有礼，说话轻言细语，没有了在旧楼时的颓废和粗俗。

酒是高档的山南特曲，菜有海鲜等好菜，大家吃得五味陈杂。

吃过饭以后，几个中年大妈去参观莎莎妹的新房子。在莎莎妹邀请下，熊小梅也来到秦阳最好的小区。

莎莎妹的新家是联排别墅一楼，前后院都有属于自己的花园，还有一百多平方米的地下室。大家进屋时换了鞋，小心翼翼地踩在实木地板上。熊小梅是秦阳二中的老师，算是见过世面的，也被莎莎妹的豪华别墅所震撼。

在屋里除了莎莎妹和中年人以外，还有一个叫许俊春的男子，他挺有礼貌地与大家打招呼，说着一口蹩脚的普通话，惹得大家不停地笑。

参观莎莎妹的豪宅对于熊小梅是一种折磨。尽管她鄙视莎莎妹当小三这个事，可是现实中的豪宅用一种不可阻挡的势态将鄙视消解于无形。

蒋阿姨一路发出"啧啧"之声，丝毫不掩饰对豪宅的羡慕。参观结束，回到客厅时，蒋阿姨道："小梅，你现在过得不如莎莎妹，在学校拿点死工资，什么时候买得起这种房子。听说你男朋友在江州当农村干部，赶紧分手，找个条件好的。"

多年以前，熊小梅考上大学，轰动全幢楼。当时莎莎妹初中毕业没有考上高中，便南下广东。熊小梅在口碑上完全碾碎莎莎妹，大家都号召子女们向熊小梅学习，彼时的反面教材是成绩烂得掉渣的莎莎妹。此一时彼一时，风水轮流转，不过几年时间，今天到豪宅参观的老邻居们大多默认了蒋阿姨的说法。

这个国庆节对于熊小梅来说是一种折磨，先是男友不能来秦阳，后是参观了毁三观的豪宅，加上例假到来，几重原因让她心情郁闷。

到了10月5日，侯沧海来到秦阳。他在车站与女友见面后，敏锐地发现女友心情不佳，笑容勉强。

"我是没有办法，每到过年过节，上访户都蠢蠢欲动，这是没有办法的事情。"侯沧海挽着女友胳膊，小心翼翼地解释。

"我们到外面走走，吃过午饭再回家。"参观过莎莎妹的大房子以后，熊小梅总觉得那幢老楼有一种异常气氛，大家见面谈论最多的是莎莎妹，谈论时，夹杂着鄙视和羡慕。鄙视从某种程序上来说也是一种羡慕。因此，她不是太愿意回到那幢老楼。

这正是侯沧海求之不得的事情。

两人在街上转了一圈后，找了一家小面馆，各自吃了二两面条。吃过面条后，又看了一场电影，到了下午四点多钟，他们才回到家里。自从老康跳楼自杀以后，侯沧海能住进熊家，但是熊家气氛始终不友好，踏进熊家得小心翼翼，反而不如在外面快活。

为了与熊小梅的爱情，侯沧海愿意忍受这般折磨。开门而入时，熊恒远坐在客厅沙发上看电视，随手用石臼来舂海椒面。海椒面提前在锅里炒过，里面没有水分，在石臼里散发着海椒特有的香气。

侯沧海进屋就打了两个喷嚏。

杨中芳将一张报纸拿了过来，道："秦阳市招商局要招考干部，你过来考。"

秦阳市招商局是新组建的正处级单位，面向全省招人，其中要招一名办公室工作人员。侯沧海从学历到工作经验都完全达到了办公室工作人员的各项要求。读了两遍后，他放下报纸，道："那我马上准备参加考试。"

考试时间是 10 月 15 日，报考时间截止在 10 日，时间非常紧迫了。为了显示自己想要参加考试的决心，侯沧海立刻返回江州，到单位盖章。

单位公章由侯沧海管理，原本可以直接盖章，到了上班再报告。侯沧海略有踌躇，决定先向杨定和汇报，不隐瞒。

杨定和看完登有招人计划的报纸，道："人往高处走，水往低处流，我支持你。考得上就走，考不上就继续回来工作。"

"如果考上了，也不知道那边领导是怎么回事，要想再遇上和杨书记一样好的领导，恐怕很难了。"侯沧海这句话是真心话，如果没有杨定和在他参加工作后一路扶持，他不可能在短短时间内成为黑河镇党政办主任和纪委副书记。

杨定和知道侯沧海的心情，道："天下没有不散的筵席，说不定某一天，我就被调走了。我们每个干部都是一块砖，上级想往哪里搬就往哪里搬。张强书记如此，说不定来一张二纸宽的调令，我就滚出黑河镇了。"

自从李永强到来以后，杨定和就预感到自己在黑河的位置坐不稳了，既然自己位置有可能不稳，也就没有必要将侯沧海强留在黑河。

得到领导首肯以后，侯沧海请了几天假，前往秦阳，参加了秦阳市招商局的公招考试。熊家对这次考试相当重视，全家人都配合侯沧海复习。对于侯沧海来说，这是改变命运的一次机会，如果成功，不仅能够与女友团聚，而且能从镇政府直接跨到市级机关。他拿出高考劲头，拼命学习。

15 号，侯沧海前往考场。

25 号，笔试成绩公布，侯沧海笔试成绩第一，进入三选一面试。

得知这个成绩，熊家人挺高兴，熊恒远特意买了肥肠，在家里红烧。

侯沧海对面试心有忐忑。江阳区每个月有一次办公室主任联席会，会后大家聚餐，聚餐就得喝酒。喝酒多了，难免讲些走火的话。走火的话往往是真话，侯沧海在真话中得知了各单位在面试时的一些猫腻。

在各单位招人时，笔试公平，面试则有相当大的灵活性，也就是说面试主考官决定着考生命运。这次招商局面试是三招一，如果三人中有一人能把关系走到主考官处，那么按照规则，有关系的人必将获胜。

此时，侯沧海希望三人都没有关系，面试也靠硬功夫。

面试结束后，熊家三口天天关注考试结果，甚至比侯沧海本人更关心。

希望美好，结局尴尬，好运气没有降临在侯沧海头上，面试失败。

拿到结果后，熊家被当头浇了一盆冷水。等到灰头土脸的侯沧海返回江阳，熊恒远将熊小琴房间的属于侯沧海的用具搬了出来，放在客厅里。

"我姐平时不回来住，就让侯沧海住我姐的房子，他住在客厅，大家都不方便。"熊小梅气愤地道。

"你姐还要睡呢。"熊恒远又低声道，"平时吹牛，结果上了正场合又考不上。"

熊小梅辩解道："侯沧海笔试第一名，面试百分之一百有猫腻，不怪他。"

熊恒远每次想起二妹两地分居的状态就觉得无法忍受，一股无名火呼呼往上升，道："二妹，你为什么这么不听话，非要找一个江州人。以前我和你妈结婚前就见过两次，结婚以后还不是过得好好的！你读了大学，还没有莎莎妹懂事。"

不管莎莎妹是不是住大房子，从本质上来说，她就是一个小三。熊小梅辛苦考了大学，认认真真生活，结果在爸爸眼里居然还不如一个小三，这让她感到委屈，又很生气，脱口道："我不知道你们怎么想的，难道钱就这么重要？"

熊恒远道："我以前也没有觉得钱重要，结果证明钱确实重要，你康叔为什么跳楼，还不是被钱逼到这个地步。侯沧海在江州农村工作，找不到钱。你没脑子，才想到要嫁给他。"

熊小梅没有想到年轻时正义凛然、豪爽大方的父亲在遭遇中年危机后会变成一个目光短浅的人，觉得无比悲凉，转身回屋。

客厅里坐在屋角剥蒜的熊恒远也在生气，二妹读大学把人读傻了，明明可以在秦阳找一个条件很好的，却非要守着远在江州的农村干部。如今大女儿已经远走高飞，他真不希望小女儿离开秦阳。

杨中芳推开房门后，道："二妹在哪里？"

熊恒远生气地道："躲在屋里，一点家务事都不做。"

杨中芳将丈夫拉到里屋，道："刚才潘国英找我，说是上次莎莎妹办酒的时候，有一个香港老板在场。他是莎莎妹老公的同事，看上了我家二妹，想牵线搭桥。"

熊恒远断然道："嫁到香港，不得行。不能让二妹走这么远。"

"不用到香港，就在秦阳这边。他愿意在秦阳买房子，在这边结婚。"杨中芳望着丈夫铁青的脸，自言自语道，"那人三十五岁，年龄大了一些。我看了相片，长得还算精神，不显老相。他在香港工作，每个月有十万元人民币收入。"

十万元人民币是一个庞大数字，特别是对比自己在家待岗的二百多元工资，确实是小草和大树的区别。熊恒远满嘴苦涩，半天不说话。

杨中芳与丈夫是生长在红旗下的一代人，面临着同样的道德困境。她和丈夫面面相觑了好半天，才道："老潘让我们两家一起吃饭，去不去？到时那个人要来。我们顺其自然吧，如果二妹和那个人对眼，那就是最好不过。不对眼，就算了。"

熊恒远用手搓了搓满是皱纹的脸面，终于点了头。

这幢楼住的都是老邻居，互相请吃饭是常事，熊小梅不疑有他，和父亲母亲一起到了新开的火锅馆。

新餐馆装修得很现代，各种设施亮得让熊恒远和杨中芳怯手怯脚。熊小梅这时才产生了些许疑问。

除了莎莎妹一家人以外，还有一个长得清瘦的中年人。中年人五官还算端正，就是又黑又瘦，脸皮坑坑洼洼。

莎莎妹特意向熊小梅介绍道："这位是孙哥，孙俊春。"

孙俊春取出名片，每个人都递上一张。熊恒远很少接到名片，拿到这张烫金名片以后，翻来覆去看了好几遍，见女儿将名片放进包里，才将名片放在上衣口袋里。

饭局开始时，熊小梅很快就觉得不对味。孙俊春不停地介绍自己的生意，还殷勤夹菜。除了侯沧海以外，熊小梅无法接受其他人给自己夹菜，想起筷子上沾着口水，禁不住一阵恶心。她放下筷子，望着孙俊春，道："请不要给我夹菜。"

她说这句话时，恰好处于众人说话的间隙期。所有人都清清楚楚地听到这句话。孙俊春不恼，解释道："我用的是公筷。"

熊小梅又道：“就算有公筷，也不用给我夹菜，我不习惯。”

杨中芳刚准备打圆场，潘国英在桌下用腿踢了她，不停眨眼示意。

熊小梅注意到所有人都看向自己，这才意识到声音有点大，她突然明白了今天这顿饭的真实意义，对所有人都恼怒起来。所有人明明都知道自己正在热恋，却依然演出这一出戏。眼前这个叫孙俊春的男人和莎莎妹男人年龄接近，肯定是在某处有妻子，但是在曾经满是国营大厂的秦阳可以正大光明找小三，父母居然默许此事。

最后一点让熊小梅心中无限酸楚，眼泪水差点夺眶而出。她搁下筷子，起身就走。莎莎妹快步跟了出来，叫了一声：“小梅姐。”

熊小梅道：“莎莎妹，你回去吧。”

莎莎妹追了上去，道：“你生气了？我其实不愿意安排这顿饭，可是孙俊春一直在请求，他这人条件不错，离婚两年了，有一个女儿。”说到这里，她苦笑道，“小梅姐，你还相信爱情吗？我以前相信，后来进厂当了女工，每天工作十二小时以上，整整干了两年，从此我不相信爱情。嫁汉嫁汉，穿衣吃饭，其他不用想这么多。”

熊小梅道：“莎莎妹，我有男朋友，谈婚论嫁了。”

莎莎妹道：“你不愿意就算了，我给孙俊春讲清楚。”

莎莎妹本人没有预料到孙俊春的执着。孙俊春得知熊小梅明确态度后，不以为然，继续发动强大攻势。

第一波攻势就发动于吃饭后的第二天。

熊小梅刚刚从教室出来，走回办公室，刚进门就发现老师们望着自己的目光不对。熊小梅低头打量自己，没有异常之处。她随即发现异常之处在何处，原来自己桌前有一大束玫瑰。玫瑰虽然没有九百九十九朵那么夸张，好几十朵是有的。玫瑰红得耀眼，与堆满教材和课本的老师办公室严重不协调。

在玫瑰上挂着小纸条，纸条上写着一句肉麻情话，落款是孙俊春。

孙俊春这种行为表面上看起来浪漫，实则是变相的死缠烂打，这让熊小梅强烈反感。她将玫瑰花扔进垃圾桶，假装镇定地看书。下班后，她给莎莎妹打去电话，道：“莎莎妹，你让孙俊春不要再送花了，我有男朋友，早就同居了。”

莎莎妹惊讶地道：“啊，有这事吗？我昨天就将你的态度告诉了孙俊春，他表示理解。看来，他确实看上你了。你以后别理他，他碰几次壁，自然就会放弃了。"

下班以后，熊小梅预料到孙俊春会在大门口等着自己，特别走了西边侧门。她走出校园，绕小道离开时，特别在小道口看了看学校大门口。

大门口停着一辆宝马，孙俊春站在宝马车旁，望着陆续走出的师生。熊小梅从小道离开了学校，一路往家里走时，总是在想："如果站在宝马车前的人是侯沧海就太棒了。"

令莎莎妹和熊小梅都惊讶的是孙俊春耐心极佳，接连好几天，孙俊春都坚持给办公室送花和在学校门前守候，还到家中拜访。他的态度诚恳，言行举止彬彬有礼，就算被熊小梅责骂也能唾面自干。

如何对待此人，让熊小梅伤透了脑筋。

她曾经单独与孙俊春做过一次交流。

"请你不要再来了，我有男朋友，早就同居了。"熊小梅为了制止孙俊春的行为，话说得很直截了当。

孙俊春道："追求一个人是天赋人权。我会改正我的方式，尽量不影响你的生活。小梅，我是真心对你的。那天在满岁酒宴上，我对你一见钟情。"

熊小梅冷笑道："不要说得这么好听，你就是想找小三。我明确告诉你，你找错人了。"

"你误解了，请看一张相片。"孙俊春拿出钱包，取出来一张陈旧的黑白相片，孙俊春和另一个女子站在一辆小货车前。孙俊春还很年轻，光着膀子，笑得很开心。另一个女子也就二十出头，穿了一条花裙了，头上烫着小卷。

"这是我和前妻的相片。我不是正宗香港人，在60年代随父母逃到香港的。前妻跟着我吃了不少苦头。后来生活好了，她得病走了，没有享福。"

熊小梅被这个女人吸引住了，目光透着被相片凝固的时光，与另一个女人对视。她惊讶地发现，相片中人与姐姐居然有几分相似。过了良久，她道："这是你的妻子吗？"

孙俊春脸上带着淡淡的伤感，道："你也看出来了吗？她和你长得很像。笑起来时，简直一模一样，我看见你第一眼就被吓住了。"

熊小梅将相片还给孙俊春，道："你对妻子的感情让我很感动，但是，我不想当一个替代品。而且，我有了心爱的人了。"

孙俊春道："能给我一个机会吗？"

　　熊小梅摇头道："你没有机会。"

　　孙俊春道："我希望能有一个公平竞争的机会。"

　　熊小梅原本想将此事告诉侯沧海，由男友出面将孙俊春逼退。这次谈话以后，熊小梅改了主意，依着侯沧海的臭脾气，肯定会动拳脚。她不希望侯沧海殴打孙俊春，原因很简单：孙俊春一直带着逝去老婆的相片。从这一点来说，他不是坏人。

　　11月，孙俊春要处理生意上的事情，急匆匆返回香港。在机场，他给熊小梅发了一条短信："暂回香港，打理生意。我一定会回来的。"

　　相较于以前由亲朋好友介绍的相亲对象，孙俊春从各方面都还算不错。这给熊小梅以某种压力，等到孙俊春回香港以后，她总算松了一口气。

　　熊小梅给侯沧海打了一个电话，第一句话就道："我想辞职。"第二句话是："我想你了，真的很想。"

　　当杨书记说有好事时，侯沧海脑子里飞速转动，没有想到近期会有什么好事。

　　杨定和指了指房门。

　　侯沧海明白这是什么意思，将房门轻轻关上。

　　杨定和道："李永强来到江阳以后，一直对黑河镇另眼相看，不是高看一眼，是另眼相看。最近几件事情弄得我们很憋气，你是亲历者，我就不多说了。李永强和我没有旧仇新恨，黑河镇各项工作又走到前头，之所以出现这种局面，是鲍大有捣鬼。鲍大有是笑面虎啊，以前我低估了他，也高估了他。"

　　侯沧海胸中涌起一股义愤，道："是那件工程导致的吧？"

　　杨定和抬起手，道："这事不说也罢，不得罪鲍大有，就要得罪其他人。我是五十岁的人了，按照江阳规矩，退居二线也就在这几年，无所谓了。你还年轻，得为自己前途多考虑。我靠着老面子，这几天分别和纪委段书记和组织部林部长见过面，汇报了黑河班子情况，谈明晨马上要调到监察局当副局长，空出一个镇纪委书记位置，你原本就是纪委副书记，段书记了解你，所以他原则上同意你来接老谈的位置。林部长同意把你纳入考察名单。我刚才接到组织部电话，他们在下星期来考察你，今天要发布考察预告。"

　　侯沧海如被一道热流击中，道："考察我一个人？"

　　杨定和道："区委统一考察，黑河镇只有一个名额。你能明白其中的意思？"

　　前一阶段黑河镇进行过民主推荐，办公室主任侯沧海和财务科科长冯诺都是推荐对象，但是这一次只考察自己，也就意味冯诺失去了这一次提拔机会。侯沧海恭敬地点了点头，道："我明白。"

杨定和道："考察组在星期三或星期四到黑河，这几天你要留点神，和同志们做适当交流。另外，考察组谈话名单你要和周苗商量，做一个工作方案。"

周苗是组织干事，杨定和的嫡系之一，与侯沧海关系挺不错。

"这一次考察很关键，如果能上去，你就正式进入江阳区中层领导班子行列。我唯一担心的是鲍大有，他是副书记，有相当大的发言权。"杨定和语调低沉，道，"现在至少林部长和段书记点了头，还有一线机会，可以争取。"

杨定和是资深的党委书记，与区委领导有着千丝万缕联系。他已经从区委书记李永强对黑河的态度预感到自己的命运，于是全力以赴将爱将侯沧海推荐给关系密切的组织部长和纪委书记。这一次推荐对侯沧海很重要，对他同样重要。

参加工作时间短短两年就有可能爬到镇纪委书记位置，侯沧海感到自己的苦心没有白费。当上镇纪委书记，位置提高，调动熊小梅的能力将大大提高。离开杨定和办公室时，他认真地给胖胖的老书记鞠了一个躬。

他回到自己办公室时，狠狠地朝空中挥舞了几下拳头。虽然说高中阶段由于酷爱象棋导致只考上了省内二流大学，但是在黑河镇努力工作弥补了失去的机会，他极有可能成为黑河有史以来最年轻的镇领导。

干部名册里的每个名字在纸上是僵硬的，在侯沧海脑中却是生动形象的，他依次将每个人在脑中分析了一遍，制定了对自己最有利的谈话名单。名单排列完成后，他脑中又浮现出岳父那张紧绷着的冷脸，心道："当初我和小梅交往时，他们都在反对。现在我将成为江阳最年轻的镇纪委书记，事实证明他们错了，小梅跟着我不会受苦。"

为了确保考察万无一失，杨定和有意识地安排了一次中层干部座谈会，座谈会后聚餐。在这次聚餐中，侯沧海拿出了一不怕苦二不怕死的拼命三郎精神，依次与所有参加聚会的同志喝酒，大醉。

星期三，区委组织处干部科老江带领考察小组来到市黑河，按照程序进行了个别谈话、发放民主测评表等考察工作。

考察之后，财务科科长江诺等关系较好的同志已经与侯沧海开起了玩笑，将"侯主任"变成了"侯书记"，虽然侯沧海总是不厌其烦地纠正这种叫法，心里却是乐滋滋的，无人之时总会憧憬自己美好的前程以及即将团圆的温馨生活。

按照《山南省干部任用条例》规定，考察后还有三步工作：第一步是考察组要综合分析考察情况，同黑河主要领导交换意见；第二步是考察组根据考察情况，研究提出相关单位领导班子调整的初步方案，向区委组织部汇报，经区委组织部集体研究提出任用建议方案，向区委报告；第三步是区委常委会集体研究任命。

第一步和第二步顺利完成，各方面反馈的情况非常好。

侯沧海表面上很淡定，实则内心颇为焦虑，天天都在盼望结果尽快出来。

时间过得很快，转眼到了 2001 年，区委常委会在这一个多月时间一直没有开会研究人事。

寒流呼啸着越过秦岭，横扫大江两岸。

从江州前往秦阳的崎岖山道上，一辆老旧客车在黑夜中盘山而行，车上旅客没有人睡觉，也没有人说话，气氛沉闷。

挂在前面的电视机放映着去年一部很有名的影片《花样年华》，一个漂亮女演员在剧中换了很多款式的旗袍。侯沧海在客车上多次看过这部电影，没有了兴趣。他坐在驾驶员后边的位置，面无表情地看着被车灯照亮的公路。

从大学毕业到现在，只要周末明确不加班，他总会在星期五坐上这一趟从江州前往秦阳的晚班车。无数趟下来，公路在何处转弯，何处有住房，甚至客车何时何处必然要颠簸，他都了然于胸。

"要颠了。"侯沧海在心里默默地念着。

"哎哟！"一位乘客被颠到半空中，头碰到客车顶部，痛得大叫起来。

司机早就习惯了旅客被撞头，沉默开车，没有减速。

在颠簸中，侯沧海眯着眼，进入打发无聊旅程的白日梦模式。每个男人心中都有一个英雄梦，在平庸的现实生活中，英雄梦总是难以实现。

侯沧海生长在世安厂，从小听着英雄故事长大，心中有一个熊熊燃烧的英雄梦。这个梦在现实生活中曲曲折折地演化成为白日英雄梦。他经常用这个白日英雄梦，来对抗生活中的不如意。白日英雄梦的主角，有时是高喊着"中国人是骨气的""向我开炮"的战士，更多时候固定为《三国演义》中的白袍小将常山赵子龙。只不过，这个赵子龙化名为侯沧海。

今天，侯沧海在无聊的长途旅行中又将自己幻想成了常山赵子龙，正在挺枪跃马大战长坂坡。正在做白日梦，侯沧海挂在腰间的手机振动起来，是女友熊小梅打来的电话。为了通话方便，前些日子，熊小梅也买了一部诺基亚3310，给侯沧海买这部手机时，花了一千四百多元，这次给自己买相同牌子手机，只花八百多元。很短的时间，同样款型手机直降六百元，一方面她为捡到便宜而高兴，另一方面心疼上次花了一千多元买这款手机。

照例问过平安以后，熊小梅语调异样，声音嘶哑，道："我辞职了。"

侯沧海大吃一惊，将手机紧压在耳朵上，道："说什么？我没有听清。你辞职了？是想辞职，还是已经辞了？"

"我已经拿到教育局批复，从此是自由人了。"熊小梅声音里有深深的忧伤。

侯沧海意识到问题严重性，压低声音道："你要辞职，至少要同我商量，调商院很有希望，李院答应在春节后考虑你的调动。"

"没有必要了。"

"小梅，你应该和我商量。陈文军的女朋友黄英是市委黄书记的女儿，我和她见过两次，她人不错，愿意帮忙。而且，这一次调到商院把握很大。"侯沧海对女友突然辞职完全没有心理准备，忍不住啰唆两句。

电话另一端，熊小梅的怒火突然间涌上来，不可抑制，道："我受不了两地分居，女人的青春能拖得起几年？我要和你生活在一起，不等了。我每天睡在床上，就会想起康叔跳楼时的情景，总是失眠。我想出来做生意，赚钱，让生活有保障。"

"算了，不说这个问题了。你爸妈知道吗？"

"瞒是瞒不住的，我已经把批复交给了爸妈。"

侯沧海想着岳父母不冷不热的态度，只觉一块大石头堵在胸中，道："春节要到了，你在这个时候辞职，家里肯定会闹得鸡飞狗跳。"

"现在是什么年代了，辞职下海的人多得很。教书一个月就是六七百块钱，你的工资也不高，凭工资我们永远买不起房子和车子，日子永远紧巴巴的。"说到这话时，熊小梅脑中闪出了那一套大房子，还有那辆宝马。

教育局批复已经下来，木已成舟，侯沧海只得接受这个结果。作为象棋高手，他做事喜欢谋划布局，在原计划中，等到熊小梅调入商院，下一步才依据实际情况考虑自己何去何从，如果官场顺利就当官，不顺利就出来做生意。女友的行动让所有计划全部落空。

邻座是一位正歪着头睡觉的中年人，脑袋偏在侯沧海肩上。他微微张着嘴，一丝口水拖得老长。这一段时间，侯沧海在车上遇到过无数被生活折磨得没有了活力的中年人，看到这些疲惫的中年人，他感觉自己也正在一点一点变老，脸皮发皱，肌肉松弛。

侯沧海压低了声音，叮嘱道："你爸脾气暴，你千万要克制，别和他吵架。"

"我已经被骂得狗血喷头了，除了断绝关系的话没有说出口，其他难听的话我爸都说了。如果到了家里，爸妈对你说了难听的话，看在我的面子上，你要多多谅解。"

"你是为了我，无论他们怎么骂我，我都不会和你爸妈生气。"侯沧海被深深打动了，一个女人，抛弃工作，离开父母，几乎是一无所有地奔向了自己，其情意重如泰山。

正说到这里，电话里传来熊恒远的吼叫声。然后熊小梅道："我爸在吼。我脱不了身，不到车站接你了。"

吼声继续。

熊小梅道："爸，有话好好说，别骂人。"

侯沧海隐约听到电话里传来一句："我骂人怎么样，老子还要打人。"听到"啪"的一声以后，电话被挂断了。

通话结束后，手机表面上有了水汽。侯沧海用冻得僵硬的手指擦着手机表面上的水汽，扭头看了一眼旁边的中年人，中年人将头悬在胸前，口水挂在嘴角，在空中晃晃悠悠。

客车开出了巴岳山以后，沿着一条弯曲狭窄的滨江公路行驶，岸边零散而稀疏的灯光映照在水里，在寒风下更显孤寂。

"小梅辞职，其实是单独做出的决定，瞒住了所有人，我如果实话实说，可以把责任推得一干二净。但是这样一来，小梅将承受更大压力。我必须要将责任承担起来——辞职这件事情，就是两人一起商量的结果。"侯沧海闭着眼，头靠在车背上，将整个事情在头脑中过了一遍，认真思考应对熊恒远和杨中芳的措施，预先进行语言组织。

晚上九点，客车终于进城，停在秦阳市客车总站。旅客们鱼贯下车，从候车棚里走出几位男女，接到了自己等待的人，三三两两在寒风中离开车站，消失在大街小巷。平常这个时候，能小梅总会站在候车棚前，带上几个香喷喷的小笼包子，这是分居两地的恋人最盼望的温馨时刻，虽然艰苦，但格外温馨。今天熊家燃起了熊熊战火，"每周一接"便没有发生。

　　呼啸的北风中，侯沧海在车站旁边的水果店里买了几斤苹果。出了小店时，他将衣领竖起，左手提着苹果，右手提着黑河镇老腊肉，快步朝着熊小梅家里走去。

　　水果店老板是个三十来岁的下岗女工。有无数个星期五的夜晚，这位小伙子总在晚上九点左右来买水果，两人偶尔也谈几句。此时店中没有其他客人，她站在店门口，倚着门柱，默默地看着年轻人消失在黑暗里。

　　到了熊家时，侯沧海没有马上进门，顶着刺骨寒风站在门口，竖着耳朵听屋内声音。屋内静悄悄，很安静，不仅没有说话声，连电视声音都没有。

　　站在门外的侯沧海紧了紧衣服，举起手，在厚实的木门上不轻不重敲了三下。

　　门打开，大姐熊小琴出现在门口，指责道："你怎么能让小梅把工作辞了？我们是工人家庭，给妹妹找个好工作真的很不容易。"

　　辞职是熊小梅擅自做出的决定，侯沧海也是刚刚知道不久。他不能将责任推给要强的女友，道："大姐，熊叔很生气？"

　　熊小琴低声道："我是被电话催回来的，我爸很少打电话，这一次守在小卖部给我打了三个电话，让我一定回来。等会我爸骂人，你别吭声。"

　　客厅明亮的日光灯眨着白光，隔几分钟就咻咻地闪动数下。熊恒远和杨中芳坐在沙发上，两人脸上如有一层寒冰。侯沧海打招呼："熊叔，杨阿姨。"熊恒远和杨中芳都抱着手臂，面无表情地坐在沙发上。电视机在闪烁，放着莫名其妙的歌，明知道没有人观赏，依然卖力地表演。

　　熊小琴接过侯沧海手里提着的水果，放在茶几上。

　　得知女友辞职以后，侯沧海便预料到家里会是这种气氛，进了屋才发现熊恒远和杨中芒的情绪比预想中的更差。他问道："大姐，小梅呢？"

　　熊小琴朝里屋指了指。

　　侯沧海用手搓着被冻僵的脸，无话找话道："西伯利亚寒流南下了，今天温度低，估计到零下了。"

熊恒远和杨中芳始终没有正眼瞧侯沧海，两人动作相当一致，双手抱在胸前，眼光看着白色墙壁。屋里气氛凝重得如一块凝胶，尴尬的侯沧海道："我到卧室找小梅。"熊恒远和杨中芳依然没有答话。

卧室里，熊小梅坐在床上，两边脸颊上都有红肿，能清晰地看到手指痕迹。侯沧海在电话里听到了耳光声，此时见到女友脸上大块红肿，仍然吃了一惊。

见了男友后，熊小梅眼泪啪嗒啪嗒地往下掉，道："我把辞职的事情给爸妈说了，他们非常生气。后来吵了起来，我爸打了我几个耳光。"她朝门口看了看，低声问道，"他们没有和你说话？"

侯沧海道："我打了招呼，他们没有理睬我，一句话都没有说。"

熊小梅抹着眼泪，道："今天晚上肯定有一场风暴，都是我不好，惹出这么大一摊子事情。"

侯沧海原本想说调动商院的事情很有希望，话到嘴边，又吞进肚里。

熊小梅把头埋在侯沧海肩上，道："我心里苦，分居两地，家不像家，屁钱没有，再不改变，我要疯了。"

侯沧海见到女友憔悴模样，心疼万分，紧紧握住她的手，安慰道："是祸躲不脱，躲脱不是祸，既然事情发生了，我们就得面对。条条大路通罗马，辞职就辞职，难道活人还会被尿憋死。"

熊小梅抬起头，道："你真的不怪我？"

"你辞职是为我们做出牺牲，怎么能怪你。要怪就怪我没有本事，不能马上将你调到江州。但是我坚信，我们一定会成功，会生活得很好。"侯沧海用额头顶了顶女友额头，又用鼻子顶了顶女友鼻子，道，"我们到客厅去，这场风波躲不掉，总得要面对父母。我要向他们保证，一定会让你过上比现在更好的生活，这是我作为男人的承诺。"

侯沧海和熊小梅走回客厅，坐在父母对面，正欲开口。熊恒远猛然爆发了，从沙发上站起来，动作敏捷，如二十来岁的年轻人。他的声调极高："侯沧海，你要找对象，滚回江州去找，为什么到秦阳找我家的二妹。我们一家人在秦阳生活得好好的，你个狗日的，把我们一家活生生地拆散了。"

得知女友擅自辞职后，侯沧海有了足够的心理准备。他没有生气，安静地道："我和小梅是真心想在一起，怎么算是拆散家庭。我们一定会好好过日子。"

熊恒远指着侯沧海鼻尖骂道:"我们这种工人家庭找个好工作有多难,你家里也是工厂的,难道不知道?二妹到了秦阳二中,是我们几辈子修来的福气。她说辞职就辞职,考虑过孝顺父母没有,为家里做过贡献没有?你作为男人,考虑过她的将来没有,她现在没有工作,以后生活怎么办?你不是男人,真要辞职,应该你辞职。"

侯沧海稍稍退后一步,躲过岳父伸在鼻尖的手指,道:"我和小梅将来一起创业,肯定能过上好日子,这一点请你们放心。"

熊恒远情绪激动地将桌上的水果丢在地上,用力踢了一脚,道:"你就是个田坎干部,屁本事没有,一个调动都办不下来,凭什么给小梅带来幸福。就算你以后当了官,要是把我女儿蹬了,小梅就是竹篮打水一场空。你这个王八蛋,给我滚,不准再进我的家门。"

尽管有思想准备,可是熊恒远不断说出狠话,还是让侯沧海觉得很难受,他努力控制情绪,道:"现在恋爱自由,婚姻自由。我们感情很好,熊叔把没有发生的事情拿来说,这就没有意思了。"

"我们老了,让小梅留在身边,难道不应该?熊小梅丢了工作,责任全部在你!"

"我也不想熊小梅辞职,正在想尽办法跑调动。"

"已经辞职了,调动个锤子。"熊恒远青筋暴起,又骂了一句脏话。

杨中芳拉住熊恒远胳膊,眼泪婆娑地道:"二妹自作自受,和侯沧海有什么关系,是我们没有把女儿教好。"

熊小梅没有想到父亲情绪如此激动,担心事情闹得太大,拉住男友的手,道:"侯沧海,我们走。"

熊恒远最喜欢自己的小女儿,小女儿能到秦阳二中教书,是他们夫妻最大最大的安慰。此时小女儿居然不与家人商量就把工作辞了,想起女儿从此就没有了工作,未来日子失去了保障,他痛苦万分。此时罪魁祸首侯沧海站在面前,还要带女儿离开家,他终于情绪失控,甩开妻子的手,扬手朝侯沧海打了过去。

"啪"的一声响,在客厅内回荡。

这一耳光打下去,四个人都被震住了。俗话说,家鸡打得团团转,野鸡打得满天飞，女儿与父母是打断骨头连着筋，打几个耳光没有大问题，可是准女婿与准岳父的关系不一样，这一耳光打下去，很难说会有什么后果。

熊小琴最先反应过来，隔在父亲和侯沧海中间，道："爸，有话好好说，你怎么打人啦。"

侯沧海自从读了初中就再也没有挨过打，被岳父扇了一耳光，血一下涌了上来。他双手紧握，怒目而视。

熊小梅自己被爸爸打了耳光，虽然委屈，还可以接受。爸爸打男友的耳光，让她无论如何也不能接受。她的火气在胸口翻滚，只想赶紧离开这个家，大声地道："侯沧海，我们走，回江州。"

侯沧海看着熊恒远和杨中芳，紧握的拳头慢慢松了下去，拉着熊小梅转身就走。

侯沧海和熊小梅走到门口之时，屋内传来杨中芳的哭骂声："你这个老头，怎么能动手打人。你还真有本事，先打二妹，再打侯沧海，侯沧海能打吗！二妹已经辞职了，如果你再把侯沧海打跑了，这不是断了二妹的活路嘛！"

两人听到这一阵哭声，不由自主地将脚步停了下来，对望一眼。侯沧海从熊小梅眼中看到些迟疑，问道："要回去吗？"

熊小梅紧紧挽着侯沧海的胳膊，道："现在回去是火上浇油。我们到哪里去？"

"还能到哪里去，住宾馆。"

"我们去住粮食宾馆。"

侯沧海脸上火辣辣的，颇为疼痛。熊恒远是钳工出身，手上力道着实不小，这一巴掌让他脸上受了伤。他吐了口血水，发狠道："住什么粮食宾馆，我们住秦阳大酒店。"

"好贵的。"

"贵就贵，今天是我们新生活的开始，就住秦阳大酒店。"

走出家门，北风在天空呼啸着，如妖怪一样扑面而来，异常阴冷。

侯沧海道："打车。"

秦阳大酒店并不远，熊小梅原本想走路过去，抬头看着男友脸上的掌印，没有反对。平时不打车时经常可见的出租车，此时玩起了失踪，等了十来分钟，居然没有一辆空车。北风割面，两人脸颊、鼻子冻得通红，缩着脖子，望向远处。

熊小梅出门之时随手拿了一件外套，是那种比较薄的短大衣，寒风视短大衣如无物，横行霸道地透衣而入。侯沧海解开羽绒服将瑟瑟发抖的女友裹在怀里，不是为了亲密，是抱团取暖。

终于等到出租车，两人飞快钻进车。

秦阳大酒店是秦阳市最高建筑，四星级。酒店大堂挂有大吊灯，光线明亮又柔和，气派非凡。服务员服装统一，干净利索，高雅大方。在这种用金钱造出来的优雅环境中，在街上随地吐痰的人们都假装文质彬彬。

屋内豪华设施让熊小梅暂时忘掉了家里矛盾，道："太奢侈了，这可是二百六十元的房间。"说话之时，她的牙齿还在轻微打战。

"这是新生活的第一步，我们的起点必须高端大气上档次。"侯沧海也是第一次住进这么高级的房间，在屋里转来转去，查看各种高档设施。

"我想经常住这种酒店，这才是人生。"熊小梅又问，"你是办公室主任，能报账吗？"

侯沧海摇头道："黑河镇财政有严格规定，这种酒店不能报销。今天用的是通讯员稿费。只可惜没有户口本，否则我们马上结婚。"

熊小梅靠在男友怀里，道："生意做起来以后，我找我妈要户口本，到时她肯定会给。"

侯沧海拥着熊小梅来到窗边，伸手拉开厚重窗帘。灯火辉煌的秦阳大道瞬间跃入眼帘。秦阳新城以秦阳大道为轴心，中轴线中段是最繁华的商业区，灯火辉煌，流光溢彩。距离秦阳大道越远，灯光愈发暗淡，直至陷入无边的黑暗之中。

中央空调吹出阵阵暖风，室内温度比屋外要高得多，几分钟以后，熊小梅从寒冷状态中恢复过来，身体开始发热。她脱下外套，紧身毛衣勾勒出匀称健康的身材。一头长发在灯光下散发柔和的光泽。

"辞职以后，我很惶恐。我们两人加在一起不到一万块钱存款，做什么生意都难。如果以后我发展得不好，或者出现了意外，我就惨了。"

侯沧海凝视女友，郑重地道："我们是恋人，其实就是夫妻了，夫妻有福同享，有难同当。我发誓要做好两件事，一件事是要升官，另一件事是发财，升官发财的目的就是要让我的老婆过上好日子。"

熊小梅感动得涌出泪花，撒娇道："升官、发财、死老婆是男人的三件喜事，你若真是升了官发了财，会不会有一天不要我？我现在是失业青年，你不要我，我怎么办？"

"升官发财的目的很简单，就是要让全家过上好日子，做不到这一点，枉为男子汉。"侯沧海举起右手，郑重道，"我发誓，侯沧海要升官要发财，要让我家小梅过上好日子。沧海横流，方显英雄本色，这不是一句假话。"

掷地有声的话让熊小梅沉浸在幸福之中。

小别胜新婚，两人互相安慰之后，暂时将愤怒、迷茫和惶恐扔在脑后。窗外寒风呼啸，屋内温暖如春。熊小梅乌黑的头发披散在雪白床单上，微闭双眼，享受爱人安慰。虽然两人早就有亲密接触，但是长期两地分居的生活，让他们始终充满激情。

熊小梅五官精致，肌肤雪白，身体苗条匀称，侯沧海感叹道："你还真是鸡窝里飞出的金凤凰，你爸粗手大脚，怎么你这么水灵。我赚大发了。"

熊小梅微微睁开眼，目光充满爱意，道："侯子，我永远爱你，你也要永远爱我。"

激情之后，两人缩在被窝里，谈起事业规划。

"我想开服装店。李沫大学毕业后就跟着家里做服装生意，我可以从她手里进货。现在我一共有八千五百块存款，打紧点用，应该够开一个小店。"秦阳二中是重点中学，学校待遇不错，熊小梅平时挺节约，精打细算，总算存了点钱。

"你辞职的时候是不是已经准备做服装生意？"

"李沫有现成路子，相对容易。明天我们到江州租门面，早点将服装店开起来。"

侯沧海猛地坐起，道："明天我们还不能去看门面。你走得急，存折没有拿出来。"

熊小梅指了指随身携带的皮包，道："存折拿了出来，我随身带着。我预料到家里会发生什么，有准备。"

正在热烈讨论之时，桌上诺基亚手机振动起来。接通手机，传来熊小琴焦急声音："你们在哪里，小梅有事没有？"

"没事，我们住在秦阳大酒店二十六层。"

"我马上过来，一个人来。"

得知是大姐一个人，熊小梅松了一口气，道："应该是我妈让大姐过来的。我妈脾气好，表面上很懦弱，其实我们家大事都是我妈来拿主意。"

熊小琴比熊小梅大五岁。两姐妹相貌和身材都相似，若是穿上相同的衣服，说是双胞胎也有人相信。她进门之后，观察了屋内环境和妹妹神态，放松下来，道："我还以为你们两人一定愁眉苦脸，没有想到你们居然住在秦阳大酒店。你们拍屁股一走了之，潇洒地住进秦阳大酒店，爸和妈在家里差点打起来了。二妹从小就是惹祸精，这一次把家里捅了个底朝天。"她是过来人，看到床上凌乱的被子以及两人红润的脸色，便知道妹妹在宾馆肯定那个了。

她看着侯沧海和熊小梅脸上的掌印，忍不住想笑，又忍住，道："二妹到江州有什么打算，我在江州认识一个朋友，是机械厂厂长，你可以到厂里工作，以后想办法转正，这也是一条路子。"

熊小梅道："既然辞职了，当然是自己当老板，我不想给别人打工。"

熊小琴道："自己当老板不容易，你和侯沧海没有本钱，没有经验，凭什么当老板？"

熊小梅坚定地道："文盲都能当老板，我好歹还是大学生，为什么不能当老板？每个人的道路都是自己闯出来的，凭什么我们闯不出一条路！"

"哪里有这么容易的事，你在学校象牙塔待久了，不知道外面社会的复杂。"熊小琴望着执拗的妹妹，不由得想起当年自己毅然离开秦阳的情境。在父亲熊恒远的高压统治下，两姐妹在小时都温顺如羊，周边人都夸奖两姐妹有家教、懂事。可是两姐妹到了青春期，不约而同地变得格外叛逆，用自己的方式挑战父亲的权威。她望着妹妹，叹息一声。

离开酒店时，熊小琴把侯沧海单独叫出来，道："现在这个社会下岗的人多如牛毛，我妹辞职就辞职，没有什么大不了的。"她神情变得极为郑重，一字一顿地道，"侯沧海，我们全家把小梅交给你了，一个女人为了感情，把工作辞了，跑到江州去跟你，你要对得起她这一番痴心。"

前面几句话，熊小琴还说得风轻云淡，后面几句话沉甸甸很有分量，侯沧海挺起胸膛，神情严肃地道："我不想说大话，只想说，无论如何都不会对不起熊小梅。"

秦阳市境内有管辖四个煤矿的秦阳市矿务局。熊小琴曾在矿务局采购科工作，是熊家这个鸡窝里飞出的第一只凤凰。她没有多谈这个问题，再次叮嘱道："我妹性子倔，从小就自己拿主意。她一直在学校工作，把生意场看得太单纯。并不是做生意就能赚钱，生意场上尔虞我诈，吃人不吐骨头，我妹妹一无资金，二无技术，三无关系，四无经验，典型的四无青年，能做什么生意。她只看到小偷吃肉，没有看到小偷挨打，任何成功都有着背后的因果关系，认识不到这一点，绝对会碰得头破血流。你还是劝她到大公司打工，学一些管理经验，积累人脉和资金，这才有当老板的条件。"

侯沧海内心挺骄傲，对熊小琴的叮嘱并不在意，道："螃蟹总是要吃，否则一辈子也不敢走出第一步。小梅获得了自由，想做什么就做什么。我们还年轻，大不了从头再来。"

熊小琴见两人都信心十足，也就不再多劝。她打开手包，道："这是我妈给的一千块钱。钱少了点，主要是心意。二妹辞职到江州，最难受的是爸妈，遇上困难就回家，家里的大门永远为她敞开。她脾气死倔，撞了南墙也不回头。"

侯沧海回到酒店，将充电器和一千块钱交给熊小梅。熊小梅原本是义无反顾地离开家，拿着这一千块钱，泪水哗哗就往下流，形成一道水线。从这一刻起，她就和从小生活的家庭产生了看不见的裂缝，这条裂缝将越来越大，最终她将离开原来的家，拥有一个属于自己的独立家庭，一个完全脱离了父亲和母亲管辖和照顾的新家庭。

每个正常的家庭都会精心养育自己的孩子，养育的目的是让孩子独立。正常孩子长大以后终究会独立，这不以人的意志为转移。而独立时刻到来之时，父母和孩子往往都会经历激烈的心灵撞击。

这是一个充满着离别愁绪和柔情蜜意的夜晚，也是让两人一辈子都忘不了的夜晚。

早上七点半，两人起床。

秦阳大酒店是四星级酒店，家具是现代风格，简约、时尚。唯一让侯沧海觉得不舒服的是马桶。

　　侯沧海生长在国营世安厂，小时候住的老式住宅里没有卫生间，大家都要到公共厕所解决。他所居住小区的公共厕所悬空建在山坡上，从厕所蹲坑往下可以清楚地看到厚厚的粪堆，夏天还有无数的白色蛆虫在蠕动，恶臭熏天。读小学之时，小男生开始在厕所里抽烟，理由很充分，厕所太臭。

　　厂里的条件和家里条件后来都开始好转，侯家离开平房，搬到一幢外表为白色的八层小楼，厂里人称其为白楼，中层干部和技术骨干才有资格住进去。住进白楼，侯家告别了又脏又臭的公共厕所，有了独立的家用卫生间，超过了大部分工人家庭的待遇。

　　住进四星级宾馆，锃亮的马桶很有视觉冲击力。侯沧海在马桶边站了一会，对正在梳妆的女友道："我到楼下方便。"

　　熊小梅奇怪地问道："房间有马桶，为什么到楼下。"

　　"是马桶，所以我才到楼下去。很多人用过，太脏。我不放心将健康交给服务员。"侯沧海扯了几张纸拿在手里，急匆匆下楼，找到底楼有蹲位便池的公共卫生间，畅快淋漓地解决了生理问题。

　　刚从厕所走出来，侯沧海意外地见到站在门口的杨中芳。杨中芳穿着一件90年代初期的衣服，款式老旧。发型是齐耳短发，用一根黑发夹夹住。其装扮和气质与酒店格格不入，让人一眼就能分辨出这不是客人。

　　"杨阿姨，你怎么在这里？"侯沧海四处张望，没有看见熊恒远。

　　杨中芳从来没有用过电梯，怕出丑，一直在大堂徘徊。她见到侯沧海后松了一口气，道："我来找你。二妹不听话，把工作辞了，以后怎么得了！你不能再辞职了。两个人总得有一人拿固定工资，否则吃了上顿没有下顿。你要答应我不辞职，你们以后也要是当父母的人，要体谅老人。"

　　"杨阿姨，我一定会把二妹照顾好。在二妹生意没有做起来之前，我不会辞职。"

　　"你答应了我，不能辞职啊。"

　　"我答应。"

　　"别跟二妹说我们来过，让她安安心心过去做生意。做生意不要贪大，先做点小生意，本钱少，亏不了多少。她有痛经毛病，你要关心。你们如果不愿意给家里打电话，可以给大妹打电话。别说我来过，免得二妹生气。二妹性子急，气头上会乱说话，使小性子，你要多担……"杨中芳啰唆地交代了一些生活细节，离开了酒店。

杨中芳沿着酒店前街道走了一百来米，在街道拐角处与熊恒远会合。熊恒远坐在街边石梯子上，见到杨中芳来了，站起来，跟在她身后。他佝偻着腰，默默前行。

侯沧海回到房间时，脸上挤出笑容。

熊小梅调侃道："我以前没有发觉你有洁癖。刚才我到卫生间仔细检查，宾馆准备了纸质的马桶垫，你还真是个土包子。而且星级宾馆管理严，每天都要消毒。"

侯沧海在卫生间果然看见了纸质马桶垫，道："早知有这个玩意，我就不用下楼了。"他想起在楼下与宾馆环境格格不入的杨中芳，不由生出恻隐之心。他没有在此刻劝解女友，因为女友从家里出来以后，表面上高兴，实则内心充满焦躁、忧虑与迷茫。

为了让女友高兴，侯沧海对着镜子鼓了鼓胸肌，道："人生最悲哀的事情是什么？"

熊小梅道："是什么？"

"最悲哀的是丈夫的胸肌比妻子的乳房还要发达。"

"好啊，你敢讽刺我。而且一点都不实事求是，我们来比一比。以前在大学寝室里，我D罩杯，排在第二，只比陈华小一些。"

"真是第二，不是吧？"

"嗯……排在第三，李沫略超D罩杯。这个排位肯定准确。"

两人在房间里打闹了一会儿，有意将眼前困境抛到脑后。

离开宾馆，在前往车站的路上，熊小梅发现了一个准备转租的约二十平方米的门面，位于人流量大的主街，位置不错。她停下脚步，打电话了解行情。

一个懒洋洋的声音响起："哪个？找谁？"

"我想租门面，不知你这个门面怎么转让？"

"转让费四万块。"

熊小梅吓了一跳，道："这么贵！"

懒洋洋的声音尖锐起来，道："你不看看，我这个门面地段好，生意好做，如果不是有急事要走，我才不会转租。"

"能不能少点？"

"是不是诚心要租？"

"就看你的价格。"

熊小梅在电话里和转租人谈了半天，转租人只答应少三千块。放下电话，她神情沉重起来，道："怎么转租费这么高？我们的钱不够转租费。"

侯沧海见女友脸色不对，安慰道："这是秦阳转租门面的价格，江州是什么价格还不知道。到江州打听后再说，先别自己吓唬自己。再说，这点钱肯定不够开店，我们还得通过其他渠道筹钱。"

"江州和秦阳市是一个档次的城市，价格相差不大。"生意还没有起步就遇到阻碍，熊小梅心情沮丧起来，从宾馆出来时的柔情蜜意被三万七千元的门面转让费打击得不翼而飞。

客车发车之时，熊小梅神情更加阴郁。从昨晚开始，两人都想将气氛弄得轻松一些，可是与家里闹翻的事如蛇一般盘踞在内心深处，让两人难以轻松。"三万七"是另一座大山，沉重地压在熊小梅心里。

侯沧海想起杨中芳悲伤的神情，建议道："你还是给家里打个电话，就算被爸妈骂两句，也没有什么。"

犹豫了片刻，熊小梅还是拿出手机，拨通大姐为家里安装的电话。响了三声后，电话接通了，传来熊恒远粗粗的声音："找谁？"

熊小梅轻声道："爸，我在车站，等一会就要坐车到江州。"

熊恒远没有发火，也没有说话，只是"嗯"了一声。

"我跟着侯沧海到江州去了，春节回来。"

"嗯。"

"爸，那我挂了。"

"嗯。"

"你和妈保重身体。"

"嗯。"

挂断电话后，杨中芳急切地问："二妹说了什么。"

熊恒远闷闷不乐地道："她跟侯沧海到江州，在客车站。"

杨中芳抹着眼睛，数落道："你也是五十多岁的人，怎么还像年轻人那样冲动，侯沧海能打吗，现在把二妹都打跑了。"

熊恒远将粗大的手关节扳得咔咔直响，道："他们春节要回来。你把二妹要穿的衣服搜起来装进箱子里，等熊小琴到江州出差的时候，给她捎过去。春节多做点香肠腊肉，让他们带回去。二妹没有工作，用钱的地方多，节约一点算一点。"

"你这个老头，最疼二妹，偏偏不肯说出来，还要打人，更可恶的是还要打侯沧海。"

"二妹春节要回来。"

听说女儿春节要回家，杨中芳心里好受一些，又开始担忧女儿的前途和命运。熊恒远长叹一声，道："老太婆，儿孙自有儿孙福，我们也别太操心了。"他透过窗户看着车站的方向，远处客车站似乎传来了汽车发动机的轰鸣声。

秦阳客车站，前往江州的客车终于开动了。一串泪水，顺着熊小梅洁白的皮肤往下流，滴到衣服上，渐渐扩散成一片。

客车开出秦阳市城后，来到郊区，又来到纯粹的农村。房屋越来越少，映入眼帘的是冬日田野风光，田地里没有多少绿意，仍然有中老年农人在整修冬水田。等到过了元旦，他们手中的活计才慢慢停下来，安逸地过上一个春节，走走亲戚，打打小牌，喝点土酒。这是一年中最舒服的时光，一直要等到过了大年，春风来临后，村民们才会进行生产。

"你爸妈对我辞职会是什么态度？他们肯定会怪我自作主张，是不是？"距离江阳城区越近，熊小梅的神情越来越紧张。她可以与自己的父母吵闹赌气，到了江州，她的身份由女儿变成准儿媳妇，就不能再任性了。

侯沧海握着她的手，安慰道："我们的生活必须由自己选择，父母的意见是参考。"

熊小梅变得异常敏感，道："你的意思是你爸妈还是会怪我，只是我们不理睬就行了。"

侯沧海道："我不想说假话，我爸妈也是成长在计划经济时代，几十年熏陶下来，对一份正式工作肯定看重。但是我们家不会有激烈的冲突，顶多是生闷气。"

"生闷气同样是生气，我们能不能先不回家，把生意做起来再回家？"熊小梅靠在侯沧海肩膀上。

侯沧海道："如果只有几天时间，那没有关系。现在这种情况，回避不是长久之策。"

"好老公，暂时回避一下，让我喘口气。"熊小梅灵机一动，又找了一条理由，"你脸上还是肿的，有指印子，我脸上也有红肿印子，这个样子被父母看到会让两家大人产生隔阂。"

最后的理由很强大，侯沧海同意缓个十天半月才回家。有了缓冲时间，熊小梅这才高兴起来，计划着在江州找门面。

侯沧海道："你才辞职，没有必要马上工作，好好休息两天。黑河在城郊，有自然美景和原生态美食，绝对霸道。"

"我现在成为失业青年，一分钱收入都没有，哪里有心思去享受美食和美景。趁周末，我们在江州找门面。你现在有工资，不了解我内心的焦急，早一点把店开起来，我心里才踏实。"熊小梅所言是真实感受。在学校教书时，她经常憧憬白领生活。谁知辞掉工作以后，她顿时失去了安全感，瞬间理解了什么是无水之萍，开服装店成为其救命稻草。

侯沧海完全能够理解熊小梅的心情。他内心深处甚至还对女友经商隐隐有兴奋感。他发现与陈文军和陈华两人相比，自己并不是真正合格的机关人。

正在想着陈文军和陈华，陈文军的电话打了过来。他得知熊小梅辞职，很是惊讶，觉得无法理解。

出了车站，侯沧海和熊小梅提着简单行李，在江州城内寻找门面。以前不准备做生意的时候，到处都能看到出租或转租的门面。到了真要找门面时，出租或转租门面就开始藏猫猫，沿着车站走了十分钟，居然没有看见一个出租或转租的牌子。

走得累了，两人站在街边喝水。冬天喝矿泉水并不舒服，两人渴了，顾不得冷。

熊小梅道："幸好你还有一份工作，否则我更心慌。你暂时不要辞职啊。"

侯沧海想起杨中芳的叮嘱，点了点头。

第二十章　青睐自己的领导被调离

侯沧海建议通过中介找门面。

熊小梅立刻反对，道："李沐反复提醒，做服装就要在人流量大的地方，租金高点也不怕。如果地段不好，人流量少，就算租金再低，服装卖不出去，也必然要亏。"

侯沧海心里发紧。人流密集的地方必然是商业区，门面租金和转让费必然很高，两人手里所有的钱加起来租门面都不够，更别说进货。如果真有合适门面，只有两条路可以走，要么向爸妈借钱，要么贷款。

离开车站朝东走，遇到的第一个商业区是江州电影院拆建后修建的新电影院商业街。

逛完新电影院商业街，意外地发现了一个转租门面，完全是熊小梅理想中的门面形象。她两眼放光，挪不开步子。

侯沧海道："这算是备选目标，我们再看下一个。"

熊小梅紧张地道："如果这个门面被别人租走，怎么办？"

侯沧海指了指门面玻璃窗上的灰尘，道："灰尘这么厚，门面不是第一天转租，为什么没有人租，肯定有原因。心急吃不了热豆腐，冷静一些。"

"猜来猜去没有用，打个电话就清楚了。"熊小梅拨打了转租牌子上留的电话，接通电话后在出租房门前转来转去，与转租者讨价还价，脸色越来越难看。

女友脸色阴沉，这让侯沧海担心起来。熊小梅辞职以后急于求成，以为找到门面就能成功，有一口吃个大胖子的焦躁心态。凭着他在基层摸爬滚打的经验，这种心态不管是对工作还是做生意都极为不利。

女友为了自己辞去公职，还与父母闹得不欢而散，牺牲很大。在这种情况下，侯沧海尽量顺着她，准备以后找时间再慢慢化解其心中焦躁。他面带笑容挽着女友胳膊，道："门面什么情况？"

熊小梅愤怒地道："这人狮子大张口，居然要四万五千元转让费，不肯让价，比秦阳那个门面还要贵。"

对于两人来说，四万五千元转租费是不可企及的数字，这个门面再好也是别人的菜，与他们无关。

为了安慰沮丧女友，侯沧海故作轻松地道："没有关系，此地不留爷，自有留爷处。今天我们先回黑河，休息几天再战江湖。"

熊小梅一脸坚强地道："继续找，肯定有适合我的门面。"

在江州世界城大门口等了一会儿，一辆丰田车停在侯沧海和熊小梅面前，驾车人是小个子女司机，陈文军坐在副驾驶位置。陈文军下车后，丰田车轰响一声，直奔附近停车场。

侯沧海道："黄英？"

陈文军穿了一件今年最潮款式的大翻领棕色皮衣，神态自若地道："我和黄英昨天还谈起熊小梅的事情。没有想到，她辞职了。"

暑假，陈文军和陈华总是相伴出现，两人在一起的形象深深地留在熊小梅脑海中。此时陈文军身边变成了另一个女子，让她感觉非常别扭。

陈义军说话时一直望着另一个方向。很快，一个身穿红色短羽绒服的小个子女孩走了过来。这个女孩子鼻子微翘，皮肤白皙，有几粒淡淡小痣，提着一个黑色小手包。

熊小梅陪莎莎妹逛街时在秦阳最贵皮具店见过这个小手包，似乎是什么"LADY"品牌，贵得吓人。

"我叫黄英。经常听到文军谈你们，今天第一次见面。熊小梅想开服装店吗，这方面我还有发言权。"黄英落落大方，不等陈文军介绍就主动打招呼。她说话时脸微微上昂，有一股天然的骄傲劲儿。

"以前没有开过服装店，觉得很简单。等到真要开店了，才发现困难重重。"熊小梅从学校出来以后，心态有了奇怪变化。她总是提醒自己不再是老师，而是没有职业的无业游民，心态变化后，她立刻对现实采取了妥协态度，消除了对黄英的敌意。

黄英抬了抬尖尖的小下巴，道："现在卖杂牌子服装没有意思，竞争激烈，利润薄。要开就开专卖店，品质有保障，回头客也多。"

熊小梅道："我现在是手长衣袖短，心有余而力不足，只能从杂牌子开始。我有一个大学室友在广东做服装，经营出口转内销的服装和外贸尾单，质量不错，价格还行，应该有利润。"

侯沧海和熊小梅多次探讨过开专卖店的可能性。从理论上来说，开专卖店可以获得名牌服装支持以及成熟商业模式，赚钱可能性更大。但是开专卖店得有钱，加盟费昂贵，更何况还有其他费用。

熊小梅和黄英并排而行，聊着天，寻找门面。

侯沧海和陈文军落在后面，隔了好几米，边走边聊。

"黄英在哪个部门？"

"市经信委。我们相处得还可以，有共同语言。"

"她知道陈华吗？"

"黄英知道我有个女同学借调到市委宣传部，但是不知道我和陈华的关系。我和陈华在一起的时间很短，当时她还没有和冷小兵彻底分手，交往时很隐蔽，几乎没有人知道。"

侯沧海想起陈华醉酒后的悲伤神情，暗暗叹息一声。

从学校出来不久，现实生活就如火车一样猛地撞上来，每个毕业生都无法幸免。

四人在闹市漫步约一个钟头。原本约好在一起吃饭，谁知黄英接到家里电话，有客人来访，要回家吃饭。黄英到停车场将车开了出来，停在路边，欠了欠身，对车窗外的侯沧海和熊小梅招了招手。陈文军上车以后，俯身拉过安全带，给女友套上，十分温柔。

熊小梅对着小车招手时，满脑子仍然是陈文军和陈华拥舞画面。小车启动，很快消失在人潮涌动的街道。

"黄英怎么样？你和她聊得挺不错。"

"她是商院毕业的，素质不错。"

"她条件这么好，为什么还要通过介绍谈恋爱？"

"她是在找潜力股吧。陈文军是非常优秀的机关干部，上升空间大。你有浓厚的理想主义思想，还讲义气，这种性格其实不适应机关。陈文军工于心计，与陈华性格很相近。"熊小梅挽着男友胳膊，接着说道，"家家有本难念的经，我们继续找门面吧。我有一个想法，能不能通过黄英搭上黄书记这条线，有了这条线，升官应该很容易。这一次你提拔为纪委书记的事，只要黄书记开口，谁敢不给面子。况且，你原本就是考察对象，名正言顺。"

侯沧海觉得如此做会让自尊心受损，道："刚和黄英见第一面就提这种要求，不合适吧。"

熊小梅道："你和陈文军最大区别在哪里？你有不合时宜的自尊心，明明有好机会，碍于面子，就是不肯弯腰。"

经过大半天寻找，没有在江州城区找到合适的门面。沮丧的熊小梅意识到侯沧海说得有理，心急确实难以吃下热豆腐，于是同意先回黑河镇，在镇上养精蓄锐，改天再战江州。

黑河场镇交通便利，还有两所学校，常住人口达到六万多人，是十分繁荣的场镇。普通场镇到了下午时间，往往人去场空，除了本地居民外基本没有外来客。黑河镇到了下午仍然人来人往，商店大多还开着，菜市场里有两家大型综合性商店，菜和肉种类多，数量足。不足之处是价格不便宜。

"我们到菜市场买些羊肉、萝卜，我给你炖羊肉汤。"两人毕业以来，分离多，聚会少，如今两人终于团聚了，代价是丢掉了熊小梅的工作。熊小梅努力忘记烦恼，憧憬新生活。

侯沧海道："现在炖羊肉来不及了。"

熊小梅娇嗔道："这是人家拿手的，让我显摆一下不行吗？"

侯沧海连忙道："行，行，黑河土羊是一大特色，没有污染，纯绿色产品，我们就晚点吃，吃完做做床上运动，消化羊肉。"

熊小梅脸上飞起一朵红晕，朝着男友胳膊上敲了几拳，道："你在黑河镇工作，既学会了狡辩，又学了许多脏话。"

菜市场，熊小梅在摊点和商店前流连。很快，侯沧海手里多了六七个塑料袋。

采购完毕，两人提着沉甸甸的食品走上镇政府家属院顶楼，气喘吁吁。经过努力和挣扎，两人终于过上了向往已久的二人世界，不再担心周末结束就要分手，有一种偷情式幸福。简单洗漱后，侯沧海将熊小梅抱到了怀里，隔着毛衣抚摸她柔美的身体，道："等会煮饭，现在我要先吃你。"熊小梅在男友怀里反抗了一会，慢慢主动起来，搂紧了粗壮身体。

生活中，每当关键时刻来到时，总会有一些让人讨厌的事情发生。这类似于墨菲定理，凡是可能出错的事必定会出错，任何一个事件只要具有大于零的概率，就不能假设它不会发生。

"小侯，我看到你回来了，把弟妹叫下来，晚上一起吃饭，喝两杯。"打电话是镇党委书记杨定和。

"好，我和熊小梅马上下来。"由于是与党委书记通话，侯沧海一只手还放在熊小梅腰间，神情已经习惯性地转换成在办公室的严肃表情。

在男友爱抚下，熊小梅欲望已起，不太情愿到楼下吃饭，嘟着嘴道："杨书记太不解风情，这个节骨眼叫我们吃饭。"

侯沧海道："我到黑河镇工作受杨书记恩惠颇多，他叫我们吃饭，还真得去。而且不能拖得太久，这是态度问题。"

熊小梅抱怨两句后，抓紧时间化妆。七八分钟后，两人出现在杨定和书记家里。

得知熊小梅辞职后，杨定和表情变换数次，道："熊小梅陪嫂子弄饭，我和小侯谈个事。"

侯沧海与杨定和太熟悉，见杨定和表情便知道肯定有不同寻常的事情发生，心里咯噔一下，暗道："莫非传言成真？"

来到里屋，杨定和摸了一包烟，慢慢撕开，扔了一支给侯沧海，道："今天鲍书记找我谈了话，我的工作要调动，到区政法委当副书记。"

"杨书记，已成定局？"

"区委分管组织副书记谈话，当然是定局。还有一件事情你要有思想准备，书记办公会开了，新进人员中没有你的名单。当时在研究人选时，林部长一个一个报名单，轮到你时，鲍大有说你工作时间太短，不适合当纪委书记。李永强马上表了态，同意鲍大有意见。"

侯沧海嘴里有点苦涩，心情如巨石滚下山，直落到山沟里，发出轰轰之声。他脸上表情还是镇定自若，问道："谁来黑河当书记？"

杨定和道："区委办副主任詹军。"

这又是一个极为不好的消息，侯沧海惊了一下，问："刘镇长不动？"

杨定和眯着眼抽烟，道："暂时不动，保持原职。可惜，如果再给我两三年时间，你绝对能进班子。"

詹军是区委办副主任，由他来接任第二大镇黑河镇党委书记职务是正常人事安排。

边远乡镇的党委书记调回城，大多数只能担任局行部门副职，加括号保留正科级。黑河镇党委书记回城可以直接担任局行正职，从这一点可以看出黑河镇的地位。

杨定和担任政法委副书记，从某个角度来说，其政治生涯将定格在正科级。詹军比杨定和年轻得多，由其接任黑河镇党委书记，职业上升空间完全被打开。

"詹军没有基层工作经验，放到黑河，不合适。"杨定和对这次调动很不满。他刚满五十岁，积累了丰富基层工作经验，身体除了前列腺以外很健康，没有大毛病，正是年富力强干事业的大好时光。虽然是调进领导机关，可是实际上变成了副手，失去了最后决断权。

这就是为下一步的领导职务改非领导职务做铺垫，杨定和难免心有怨气。

侯沧海很能理解杨定和的不满和无奈。在他脑海里浮起一个画面：杨定和就如勇将，渴望带军和敌人战斗，无奈战争结束，马放南山，刀枪入库，英雄从此无用武之地。他自己同样悲惨，还没有与敌人进行搏斗就被一支流箭射杀，无比窝囊。

"詹军紧跟鲍大有，对我成见极深。狼来了，第一个靠边站的就是我。"侯沧海作为党政办主任与詹军长期有接触，深深了解其为人，说得很直率。

杨定和用力揉了揉脸，道："不谈这些鸟事了，谈一件具体事，与你有关。那天我和李永强见面以后，到公房管理所找老杨谈过一次，老杨欠我的人情，同意黑河按正常程序处理剩下几套公房。为避嫌，没有让你经手，由冯诺悄悄操办。你住的那套房子五千块钱能拿下来。按目前发展趋势，几年之内，黑河就和新区连在一起，房价按市场价翻番不成问题。"

侯沧海惊讶地道："杨书记，这些事情你早就预料到了。"

杨定和自嘲道："预料到有什么用？我以前觉得在常委中有很多知心朋友，地位稳如泰山，现在看来不是这么回事。最关键还是一把手，他握着大家的前程。别人都说政法委副书记是闲职，闲就闲吧，少操点心，身体还好点。"

新中国成立以来，山南实施"统一管理，统一分配，以租养房"的公有住房实物分配制度。住房建好后，按级别、工龄、年龄、居住人口、辈数、人数、有无住房等一系列条件分给员工居住，收取极低廉的租金，成为一种福利。1998年6月，党政机关停止了实行四十多年的实物分配福利房的做法，推行住房分配货币化。

侯沧海能买到公房，算是福利分房制度最后的残余福利。

厨房，杨定和爱人张颖和熊小梅聊得热闹，很快弄出了几样拿手家常菜。青椒肉丝和凉拌菜是副菜，黑河土鸡汤是主菜。鸡汤清洌，入喉有一股别样清香。四人围坐在饭桌边，熊小梅夸张地道："味道真好，我要喝三碗。"张颖道："这个汤全在于山鸡好，加点黑河须须草，煮上几个小时，就是这个味，根本不需要手艺。"

侯沧海任职被否掉，没有心情聊天，默默坐在一边当听众。

客厅电视里播放一档时事节目。山南电视台主持人正在讨论前些天发生的持刀杀人案，在讨论时，帅气主持人反复说：这位上有老下有小的憨厚老汉为什么会向行人和警察挥起手中的刀？

当主持人第三次说这句话时，杨定和生气地道："这人杀死两个无辜行人和一个接报出警的警察，就算正式调查结果没有出来，就算要保持新闻原则，称呼一声犯罪嫌疑人不为过吧！"

张颖道："你激动个啥，关你屁事！"

杨定和瞪着眼道："我是区委政法委副书记，这种事怎么不关我的事！"

张颖对侯沧海道："老杨就是喜欢激动的性子，以前经常批评你，小侯别介意啊。"

晚八点，侯沧海和熊小梅酒足饭饱，告辞而去。

到了楼上，熊小梅道："你们三人说话怪怪的，到底怎么回事？我在楼下不好问，急死人了。杨书记怎么说自己是政法委副书记？在政法委当副书记是升了还是降了，按理说是进城了，可是我感觉杨书记说话和神情没有以前那么意气风发了。张老师说话比以前更客气了。"

女人的直觉往往具有惊人的准确性，第六感超强。熊小梅与杨定和接触次数不多，居然能从杨定和用语和语气的微妙变化中感觉其真实地位发生了变化。

"你的感觉是对的。区委有个不成文规矩，或者是摆在明面上的潜规则，接近退居二线的乡镇党委书记往往都会调进城里，安排一个清闲部门当副职，过渡一两年就可以顺利退居二线。这是对有功之人的安慰性安排。"

这个政策涉及面广，侯沧海尽量用最简单的语言将这一件比较复杂的事情说透彻。

熊小梅直奔核心，道："那就是说杨书记没有权了，你的纪委书记职位会不会受到影响？"

"我的纪委书记已经黄了，在书记办公会上被鲍大有说了坏话。杨书记刚刚告诉我，我没有来得及给你说。"侯沧海在吃饭时一直强作镇静，此时终于流露出不快。

"当官的钩心斗角，把下面的人当傻瓜来玩弄。我们的命运被他们一句话决定了。"最开始是愤怒，熊小梅说到后面一句时变得悲伤起来，"我们两人一直在努力工作，认真生活，从来没有游戏人生，为什么就不能给我们一个好生活？"

"多数成功人士都有过受磨难的过程，我们只看到他们光鲜亮丽的一面，没有看到身上的伤疤。"尽管侯沧海内心受伤甚重，为了安慰女友，竭力想装作没事人。

"我现在信命了，春节要去上香。"

"世安厂都是外来户，祖坟都不在江州，我们想上香都找不到地方。"

"观音菩萨过生日的那天，我们去烧香。还有，不落实门面，我根本睡不踏实。早起的鸟儿有虫吃，明天我们七点起床，八点出发，九点钟开始扫街。"

侯沧海想起还要谈购买公房这事，有意让气氛轻松一点，调侃道："早起的鸟儿是有虫吃，但是早起的虫更要被鸟吃，不知我们是虫还是鸟。"

"你敢调戏我，不理你了。"熊小梅知道男友升职不成肯定难受，便努力调整心态，握紧拳头，假装撒娇。

"调戏老婆是老公的责任，如果不调戏我家小梅，则是失职。"侯沧海故意装出一丝狞笑，朝着熊小梅逼去，"花姑娘大大的好。"熊小梅假装左顾右看，道："你这里怎么没有剪刀。"侯沧海故意问道："要剪刀做什么？"熊小梅道："电影里花姑娘都是用剪刀防身，剪掉坏人的要害部分。"侯沧海严肃地道："早就想到这一点，所以我家里绝对不会出现剪刀。"

为了安慰对方，两人不约而同故意装作轻松愉快。等到上床以后，他们忘却世间不快，痛快地享受青春欢愉，心情当真好了起来。

激情之后，亲密地在床上搂抱在一起，侯沧海这时才谈到购买公房之事。

"我们不能买房，要用来做生意。买了房，更没有钱了。"熊小梅听说要分散原本不多的资金，马上反对。

侯沧海翻身爬起，拿了一张纸在床上画图。他画上黑河镇与江州新区的距离，又列举了江州新区商品房的市场价，以及几年后有可能的涨幅，道："杨书记是在离任前为职工们做最后一件好事，为什么说是好事，肯定是有利可图。我们这套房子有七十平方米，我估计几年后黑河房子每平方米得涨到七八百块。五年后，这套房子市场价得有七八万，这是多少倍的利润。这种房子都不要，不是做生意的头脑。没有当成纪委书记，弄到一套房子，总算有点心理安慰。"

侯沧海列举的数字很有说服力，尽管熊小梅不愿意分散资金，还是同意了。

"你放心，我一定会凑齐开门面的钱。"侯沧海搂紧女友光滑如玉的细腰，在她耳边低语。

上午八点。冬日暖阳从窗帘缝隙射入，在墙壁上形成了无数铜钱样圆点。熊小梅惊叫一声："赶紧起床，太阳进屋了。"

两人匆匆起床，简单梳洗，九点钟站在了江州市政府附近的胜利广场上。

胜利广场是新兴商业街，初步具有了商业街应有的人流量，门面价格比老商业区略为便宜。转了两个多小时，门面情况不容乐观。几个打着出租牌子的门面要么是不适合做服装，要么是价格让人望而退步。

"胜利广场商业区集中了江州市最有钱的一群商人，费用不低，我们暂时拿不动这里的门面。"侯沧海指着江州市区地图的东下角说道，"这是刚开发的江州服装城，位置相对偏一些，但是很有发展前景。"

"正在培育的市场，没有意思。"按照熊小梅的本意，门面应该开在最繁华的商业街。现在手中无钱，腰杆不硬，只能退而求其次，到最有潜力但是繁华程度稍差的地方开店。

来到江州服装城，熊小梅这才发现没有想象中糟糕。

服装城规模不小，空门面很多，最有利之处在于很多门面没有转租费，可以直接同房东签合同。熊小梅站在服装城的中心位置，环顾四周，道："这里勉强还行，以后赚了钱，我还是要到胜利广场商圈开店，地段、地段，还是地段，这是做生意的金句。"

谈了两个空门面，都有小缺陷。

找到的第三个门面有二十多平方米，门面不远处是小学，这和电影院商业街门面有几分相似。租金不贵，没有转租费，唯一要求是门面要一年交一次。听到这个"极低要求"后，熊小梅双眼放光，立刻要求与门面老板见面。

门面房东在城外钓鱼，回城要一个小时。正在等房东老板时，侯沧海电话响了起来。

"我是詹军，在哪里，找个地方喝茶。"

"詹书记，我在江州服装城，陪熊小梅逛商城。"

"你很悠闲啊，有时间陪老婆逛街。我让区委办刘师傅接你。"詹军有意了解黑河镇真实情况，决定与办公室主任侯沧海谈一次话。

很快，区委办刘师傅开着小车来到了服装城。刘师傅是个机关老油条，也是一个自来熟，等侯沧海上车就道："侯主任，那是你媳妇吗？很漂亮，侯主任真有艳福。"

"女子就是那个样，看久了就审美疲劳。"侯沧海知道如何与区委办司机班这群老油条打交道，假装油嘴滑舌。

刘师傅通过倒车镜打量熊小梅，道："我们家那个老太婆倒是贤惠，就是长得太胖，让人觉得油腻。女人年轻就是不一样，皮肤好，身段苗条。"

侯沧海开玩笑道："男人嘛，都喜欢年轻女人。男人二十岁时喜欢二十岁的女人，三十岁了还是喜欢二十岁的女人，四十、五十、六十依然喜欢二十岁的女人，坚定不移，情有独钟。"

刘师傅长期跟在领导身边，对这种比较文雅的荤段子很感兴趣，也讲了一个来自领导的段子："工作搞不好的根本原因不外乎三个睡觉的关系，一是没关系，像寡妇睡觉，上面没人；二是不稳定，像妓女睡觉，上面老换人；三是不团结，像和老婆睡觉，自己人老搞自己人。"

侯沧海夸道："刘师傅果然是区委办公室的人，讲个笑话都富有哲理。"

刘师傅兴致勃勃地道："不是我吹牛，这些年跟在领导身边，没有吃过猪也见过猪跑，只要理解到这三招精华，不管到哪里工作都畅通无阻。"

侯沧海原本一直与刘师傅开玩笑，闻言沉默起来。刘师傅这个没有太高文化的区委办小车司机，话很糙，却似乎用尖刀捅到了江阳区干部管理和使用上的弊端。

在江阳区委办公楼接到詹军以后，小车开往黑河张氏老腊肉餐馆。

张氏老腊肉是闻名江州的特产。

腊肉是湖北、四川、湖南、江西、云南、贵州、甘肃陇西、陕西等地特产，已有千年历史，各地制作方法大同小异。张氏老腊肉的特点是肉质好，腊肉全部产自巴岳山黑猪，常年在山上放养。其次是在制作之时有祖传秘方，同样的肉，同样的制作方法，张氏老腊肉鲜香许多。许多江州食客嘴巴馋了以后，经常驱车来品尝正宗张氏老腊肉的美味。

张氏老腊肉总店的张老板很江湖气地散烟，将詹军等人领到包间。江州在漫长的封建时代相较中原和江浙地带属于蛮荒之地，等级观念不是太强，更多自由散漫的山民之气。张老板见到詹军等人，热情归热情，并没有见到官员的低声下气，而是一种哥们式的热情。

安排了菜品，侯沧海给詹军介绍黑河镇情况。他近年霸占了黑河镇所有文稿，对基本情况很熟悉，信手拈来，全面准确。

"刚才讲的是基本情况，我知道了。春节没几天了，当前有没有最急需解决的事情？"交流了半个多小时，詹军端起酒杯深深地喝了一口，酒入肠胃，带来一股热量。

"有一件事最棘手，如果不能解决，恐怕会影响干部职工的积极性。新书记来了，肯定会让人生出希望。"

"什么事，直说，别绕弯子。"

"黑河镇干部职工和村组干部最关心的、当前最急迫的工资和集资款的问题。"侯沧海说出这件事情是深思熟虑的。今年初，杨定和已经有了全面筹措资金还款的计划，还没有来得及实施就被调走。他将此事告诉詹军，既是责任所在，也想通过讲真话获得詹军信任。

詹军皱着眉毛，严肃地道："黑河怎么会欠这么多钱？杨定和是老书记，为什么还这么不牢靠？"

"债务是全区性问题，主要形成于90年代，近年也有增长。"侯沧海一直很敬重原任书记杨定和。谈话时发现，詹军对原任书记连虚情假意式的表扬都没有，心中颇不舒服，暗生警惕。

詹军追问道："具体一点，不要说废话。"

"黑河债务主要是应付款、单位借款、上级财政借款以及金融机构贷款构成。应付款比例最高，主要表现为工程未付款，交通设施建设、学校建设以及场镇建设而欠下的工程款项；上级财政借款即财政周转金也是重要组成部分，主要是为了完成上级布置的阶段性任务而临时周转借用；另外还有金融机构贷款和单位个人借款，这其中也包含为数不少的利息支出。具体数字我记不准确，要看财政所报表。"

"将春节应付过去，要多少钱？"

"一百六十万元，就能应付春节。"

侯沧海对工作的熟悉程度比詹军预料的好得多，他拍了拍侯沧海肩膀，表扬了一句，道："侯主任不错，熟悉工作。以后好好工作，党委会看在眼里的。"

侯沧海不喜欢被人拍肩膀，又不太好躲，含糊地表了态。

放在桌上的电话响了起来，是熊小梅电话。侯沧海请示詹军后，拿着电话来到走道。电话里传来熊小梅抽泣声："我被人打了。不是争门面。几个社会青年朝我吹口哨，我说了一句神经病，他们就打我。"

侯沧海顿时急眼，道："他们还在不在？你安不安全？"

熊小梅道："他们走了，现在没事了。"

听说社会青年已经离开，侯沧海松了一口气，道："你找个茶馆或咖啡馆等我，我马上过来。江州社会秩序没有这么乱，你运气不好，遇到了几个小混混。好好，我等一会儿就过来陪你。"

打完电话，侯沧海回到房间。

詹军问道："你老婆在哪里工作？"

侯沧海道："以前在秦阳二中教书，最近刚刚辞职，暂时还没有工作。她是我的大学同学。"

"侯主任有本事，把秦阳妹妹娶到了手，秦阳妹妹出了名漂亮。世安厂子弟读大学不多，能跳出厂的也不多，你在黑河党政办当主任工作，很有发展前途。"詹军说这话时貌似很真诚，心里想的却是另一番话："世安厂子弟有什么了不起，还不是被我这个农民娃儿领导，还得鞍前马后为我服务。"

侯沧海没有读心术，自然不会了解詹军心里最真实的想法，继续介绍情况。聊了一个小时，就在侯沧海快要失去耐心的时候，詹军用手梳了梳有点乱的偏分，道："通过今天的交谈，我对黑河有了一定了解，以后好好干。"

在张氏老腊肉分手，詹军坐上刘师傅的车，直接回区委家属院。临走前没有让刘师傅先送侯沧海回黑河镇。

侯沧海站在张氏老腊肉站门前，心急火燎地给陈汉杰打电话："我有急事要到江州。我在张氏老腊肉。"他原本不想在周末打扰单位师傅，可是熊小梅被人打了，急着进城，就在周末叫了车。

陈汉杰是党政办非正式编制驾驶员，主要为杨定和服务，与侯沧海关系处得相当不错。他接到侯沧海电话后，给杨定和打了个电话，道："杨书记，你现在用不用车，刚才侯主任打电话要到江州。"杨定和大度地道："我不用车，去吧。"

几分钟后，陈汉杰开着车来到店前。听说熊小梅被几个小混混打了，他义愤填膺地道："这些青屁股娃儿最讨嫌，下手没得轻重。侯主任，我有个兄弟混社会，在江州吃得开，请他出面。"

侯沧海未置可否。

一路风驰电掣，小车很快来到江州服装城。在咖啡馆，侯沧海看到熊小梅的模样顿时心疼得不行，道："伤得厉害吗？"

头发散乱的熊小梅用手遮住脸，哭得稀里哗啦，道："我，破了相。"

侯沧海将熊小梅遮住脸的手取下来，脸上赫然有两条血印子，正好位于还没有消退的掌印上。一股怒火从侯沧海心底猛然升起，道："还认得打你的人吗？"

"我不认识他们，其中一个是光头，头特别大。呜、呜，我是不是被破相了？"

"没有破相，最近不要吃酱油、辣椒和花椒，免得以后留下伤疤。"侯沧海安慰几句，转头道，"陈师傅，你那个兄弟吃不吃得开？如果吃得开，请他帮个忙。"

陈汉杰到门外打了一通电话，然后对侯沧海道："我那兄弟包方等会就过来，包方和我是一个村的，隔了一条田坎，关系铁得很。为人特别耿直，和侯主任差不多。"

在等待包方的过程中，侯沧海渐渐平静下来，暗自后悔："我草率了，作为政府干部不应该和社会人混在一起。这些社会人是牛皮糖，粘住了麻烦得要死。"

只不过陈汉杰已经打过电话，今天还真得与社会人亲密接触。

一辆桑塔纳开过来，停在咖啡馆门口，车上下来一位壮实的汉子。这位汉子留了一头短发，额头上有一条若隐若现的伤疤，很有社会大哥派头。

陈汉杰做了介绍后，包方道："侯主任爱人被打了，怎么回事？"

熊小梅比想象中坚强，道："我在这里看门面，和老板谈完事，正出来闲逛，遇到一伙小流氓，朝我吹口哨，我说了一句神经病，他们就打我。其中有一个光头，头很大，听他们称呼为大脑壳。"

听到"大脑壳"三个字，包方便知道打人的这伙人是谁了。他指着附近一个临街茶楼，道："我们到楼上喝茶，守株待兔，如果大脑壳出现，就打回来。"

熊小梅听说要打架，觉得把事情弄大了，道："不用打架，给他们说说，以后不能再找事。"

包方豪爽地笑道："侯主任帮过我的忙，上次我侄女专升本，侯主任去打的招呼。敢打侯夫人，就是瞧不起我们黑河人，我们黑河人从来没有怕过事，一定要打回来。"

侯沧海此时才知道上次帮忙专升本的学生是包方侄女。

包方与跟在身边的一位面色阴沉的年轻人说了几句，有说有笑地与侯沧海、陈汉杰、熊小梅等人上了茶楼。四人找了一个二楼靠窗茶座，点了黑河毛尖和一些果盘，边喝边聊。熊小梅到卫生间去仔细补了妆，无论如何修补，脸上伤痕都是那样触目惊心。她站在镜前伤心地流了一会儿眼泪，才回到茶座。

过了四十多分钟，瘦个子年轻人急匆匆走了上来，朝包方点了头。包方神神秘秘地笑道："侯主任、陈哥，你们在这里看一场好戏。"

几分钟后，一阵尖锐叫骂声从服装城传了出来。三个人从服装城冲了出来，身后追着七八个手提短棍的人。在服装城门口，又出现几个提短棍的人，堵住逃跑者去路。一个脑袋特别大的人抽出砍刀，一边狂吼，一边反击，双方发生了短暂激烈的打斗。

熊小梅指着被围在中间的几个人，道："那就是打我的大脑壳。"

服装城门口的混战持续时间很短，在十来根短木棍围攻下，大脑壳在内的几个社会青年被打倒在地，缩在地上呻吟。提短棍的这群人来得突然，消失得也快，不一会儿就在众人眼前消失。

熊小梅双手握在胸前，一颗心似乎都要跳将出去，道："打得好，这几人太坏了。"

侯沧海一直不愿意与社会上的人搅和在一起，此时见黑河出身的"好汉包方"有如此能量，更生警惕。

包方风轻云淡地道："以后侯主任安心在服装城做生意，有小流氓来收保护费，一律不要理他们，就说是包方的朋友。在这一带谁敢不给侯主任面子，也就是不给我包方面子。"

熊小梅离开学校后，雄心勃勃地准备做生意发大财。从寻找门面开始，社会就不停地给她上课。今天被小混混打了耳光伤了脸，算是从学校进入社会的入门礼，这个入门礼比十本创业理论书籍都更有价值。她端起茶水，道："我以茶代酒敬包哥一杯，晚上再敬酒。"

侯沧海在内心深处一直不愿意与社会大哥过深地接触，甚至还考虑到如果包方晚上要请客如何巧妙地推辞。并非他不懂得感恩，而是作为长期跟在党委书记杨定和身边的办公室主任，他明白在当今社会，社会人与政府干部应该有一道看不见的线分隔开，跨过界，迟早会出问题。

谁知熊小梅是哪壶不开提哪壶，擅自做主，主动邀请包方吃饭，让侯沧海感到有些无奈。不过从熊小梅的立场来看，包方能解决做生意被小流氓侵扰的大问题，是值得交的朋友。每个人立场不同，看问题角度就完全不同。

熊小梅发出了邀请，侯沧海尽管心里有不同看法，也必须与女友一致，道："包方，晚上别做安排，找个地方喝几杯。"

包方道："今天晚上就算了，兄弟们今天出了力，要陪他们吃饭。"

陈汉杰是驾驶员，在政治觉悟上明显不如侯沧海，问道："我们去敬杯酒。"

包方摇头道："你们都在政府工作，别掺和社会上的事情，我去处理就行了。"

侯沧海松了一口气，同时对颇有气度的社会大哥包方生出了一丝好感。他随即提醒自己："熊小梅一直在学校工作，其实没有太多社会经验，防范风险的意识比较差，我要给她把好关。"

包方离开后，侯沧海准备请陈汉杰吃顿饭，以示感谢。

陈汉杰道："都是自家人，办点小事还要吃饭，传出去让人笑话。"

熊小梅是真心感谢陈汉杰，道："虽然今天有点风波，但是终于找到好门面，我们要祝贺一下，陈哥一定捧场。"

刚才一直在处理小混混打人的事情，侯沧海没有询问门面的事，此时从女友话中得知门面应该落实了。他很想问一问门面的具体情况，碍于陈汉杰在场，没有问。

陈汉杰见侯沧海和熊小梅确实是真心请客，不好驳面子，答应晚上吃饭。侯沧海给镇政府经常去的黑河餐馆打了电话，订了一个雅间。然后又给杨定和书记打去电话，请杨定和夫妻一起吃饭。

杨定和接到电话时，满口应承了。他放下电话后，对妻子张颖笑道："打赌你输了，还是有人请吃饭。"

张颖道："谁请客。"

杨定和道："侯沧海，还有汉杰。"

张颖道："他们两人不算。不凭什么，反正他们两人不算。"

下午，杨定和与张颖在家里聊天，往日还算繁忙的电话突然间就安静了下来。夫妻俩感慨了一番人情冷暖以后，打赌晚上是否有人请吃饭。杨定和认为他在黑河当了这十年党委书记，与同志们关系处得不错，即将离开黑河，今天晚上想必会有人请吃饭。张颖认为正因为是要离开黑河，又是去区委政法委这样一个与基层联系得不太紧密的单位，不能再掌握镇上干部的命运，所以十有八九没人在晚上请吃饭。

夫妻俩最初是开玩笑，到了五点钟，摆在茶几上的手机没有响起来。杨定和觉得有些尴尬，再后来就觉得有些悲哀了。幸好侯沧海的电话让杨定和看到了同事间应有的温暖。

小车开进黑河镇，陈汉杰将车开进政府大院停靠。侯沧海和熊小梅提前下车，到餐馆安排饮食。

下车后，熊小梅迫不及待地道："今天总算把门面落实了，一年房租两万元，半年付一次。"

以前出现过的高额转让费增加了侯沧海的心理适应力，听到一年两万元房租便觉得可以接受。只是这二万元房租对于他来说仍然是一笔巨款，要么是向父母伸手，要么是找信用社贷款。在农村基金会没有被清理之前，凭着与农经站长的铁关系，贷款几万元没有任何问题，现在信用社是垂直管理，镇政府没有发言权，能否从信用社贷款还真没有底。

杨定和、张颖刚出门就遇到驾驶员陈汉杰，三人说说笑笑地来到餐馆。

喝了几杯酒后，大家说话更随意了。熊小梅端起酒杯给杨定和敬了酒，道："杨书记，你调进区委政法委，干脆将侯沧海也带进城。"

这原本是熊小梅一句玩笑话，杨定和闻言却是心中一动。区委将他调到政法委就是暂时过渡，等年龄到线，必然由领导职务改成非领导职务。他这几年将担任区委政法副书记兼任综治办主任，也还有不少杂事。如果能把得力手下侯沧海调到政法委，完全可以当跷脚老板，只需要动动口，不用再为工作过于费心。

杨定和很认真地道："小侯，你有没有调到政法委的想法，如果有想法，我去试探，试探的结果是有可能行，有可能不行。"

侯沧海明白与詹军无法很好合作，用肯定语气道："我希望早点跟杨书记到政法委工作。"

杨定和实事求是地道："从年轻干部成长角度来看，政法委不如区委办、组织部这些实权部门，你要有思想准备。"

侯沧海道："政法委毕竟是区委部门，更关键是和杨书记在一起工作比较愉快，能学到东西。"

今天这一天对于熊小梅就如坐过山车一般：先是成功地谈妥了门面，紧接着又被小混混欺负，随后出现一个江湖大侠式的包方，在吃晚饭时男友又有了调进区委政法委的希望。

晚饭结束，杨定和、侯沧海等人走出餐馆，从另一个房门紧闭的雅间里面传出来一句话，十分清晰："杨定和早就该滚了。他在黑河搞了这么多年，越搞越糟糕，弄得我们的工资发不全，政府还欠了一屁股债。盼着新来的书记有点办法，在春节至少把工资补发了。杨定和一贯标榜大公无私，其实最喜欢拉帮结派，临调走，还将公房私下处理给侯沧海这个马屁精，惹翻了老子，跑到区委告一状，让他吃不了兜着走。"

杨定和将这句话听得很清楚，脸显怒色，在雅间门口停下脚步。

雅间里传出声音的辨析度很高，声线细，尖锐，有些类似女声，这是财政所出纳许庆华特有的鸭子嗓门。

许庆华是老财政人员，在工作中颇有烂章法，凡是从手下经过的钱总是下意识地想要卡一卡，卡的目的并非是想将这一笔钱占为己有，而是从"卡"这个动作中得到一种权威，权威也就和各种好处联系在一起。

镇村干部都极端讨厌许庆华这种行为，可是讨厌归讨厌，由于钱是一个单位运作的血脉，没有现金流，一个单位注定困难重重，甚至无法维持。为了少给自己惹麻烦，镇村干部都将许庆华奉为上宾，每次见面都好烟好酒招待，能办的事情尽量办。

也有不怕邪的人向杨定和反映了许庆华的歪风邪气。杨定和多次在会上当众批评了许庆华，有一两次还说得相当重，弄得许庆华下不了台。在杨定和威压下，许庆华的烂章法收敛了许多。

终于等到了杨定和被调离黑河镇这一天，对于许庆华来说，拨开云雾见明月，心情大为舒畅。今天与一帮朋友到酒店喝酒，喝到高兴处，将这几年受到了窝囊气一股脑发了出来。

参加喝酒的都是镇机关干部，他们心里有一杆秤，知道在此事上杨定和做得不错。但是在这种酒场上，谁又会为了杨定和而与许庆华过意不去。君子报仇，十年不晚，小人报仇，从早到晚。在这个现实社会里，嫉恶如仇的人很少，坏得透顶的也不多，大多数都是上有老下有小明哲保身的平凡人。

站在门口的杨定和脸色数变。

许庆华又用尖锐如公鸭一般的声音道："杨定和没有啥能力，财政局几个领导都不鸟他。如果换一个书记，黑河每年至少要多得三四十万，我们哥们几个人的工资一点都没有问题。"

春节将至，在座诸人的工资都没有完全拿到手，更别提奖金，心里也有不满。他们对许庆华这个说法并不反感，有人随声附和。

陈汉杰对杨定和颇有感恩之心，就要推门而入。杨定和紧紧抓住其胳膊，摇了摇头。原本高高兴兴地吃过晚餐，无意中飞出来的恶语如一桶冷水，将所有人的兴致浇得一干二净。

离开餐馆后，张颖抹起眼泪，道："老杨，这些人太卑鄙了。你为黑河操了多少心，只有我知道。每次到区里协调工作，回家吐得满床都是，这种事情一年至少要有好几次。"

"人上一百，形形色色，我们不是靠别人的议论活着。"杨定和原本想说"公道自在人心"，想到餐馆雅间里吃饭的人不少，在门口却没有听到一句帮自己说话的话，觉得寒心，一时语塞。

走进大院，陈汉杰又发了几句牢骚，与杨、李等人分手。

上楼梯时，侯沧海安慰道："许庆华是小人，杨书记犯不着和他生气。"

杨定和语气变得低沉起来，道："古代区官离任时，都要想方设法弄万民伞。不管是真的假的，为官一任造福一方的理念还是深入绝大多数官员骨髓，我也想在离开黑河的时候得到大家认可和好评，没有料到今天在餐馆还听见几句真话。"

侯沧海道："这不是真话，个别小人胡言乱语而已。你以前在会上批评过许庆华，他是借机报复。许庆华做事的章法非常惹人嫌，如果不是他的姐姐在财政局工作，我都要劝杨书记将他换一个部门。"

站在家门口，杨定和道："你还是想办法到城里来，别在乡镇工作时间太长，没有啥意思。"

第二十二章　一分钱压倒英雄汉

在家中，两人骂了一会儿小人，又回到必须面对的现实之中。

熊小梅道："约定一个星期交半年房租，一个星期不交钱，老板就有可能租给别人。我们干脆不买这套房子，买了房子更没有钱。"

侯沧海道："房子肯定会赚钱，不要是傻瓜。我明天去找信用社朱小兵，看能不能贷款，这样既解决开门店的钱，又解决房子钱。"

熊小梅道："真能从信用社贷款吗？"

侯沧海道："信用社是垂直管理部门，镇上说话不算数。镇里只有这么大，抬头不见低头见，大家脸熟。而且信用社在当地生存，有时也得镇里配合，我估计能办得下来。"

熊小梅双手合十，道："但愿能够贷款成功，让门面尽快开起来。"

早上，侯沧海起得很早。他知道信用社朱小兵主任每天必定要到场头吃面，准备在小面馆偶遇。熊小梅睡得很沉，脸颊微微带着红晕，格外俏丽。侯沧海俯身在其脸上吻了一下，轻手轻脚地来到客厅，站在窗口向外张望。

二十多分钟后，朱小兵从信用社宿舍走向场头面馆。

侯沧海迅速出门，直奔面馆。

场头小面馆，朱小兵坐在桌前抽烟，等着人付面钱。面馆里每天都有很多人吃面，多数都是熟人，绝大多数时候，都有人抢着给自己付面钱。朱小兵作为信用社主任，并不在意区区面钱，享受的是众星捧月的感觉，这种感觉是对人生的承认。

听到有人招呼，抬头见是侯沧海，朱小兵微微点了点头。

侯沧海来到面馆第一个动作就是拿出钱包，对老板道："朱主任的面钱一起付。"付款以后，他坐在朱小兵面前，道："李主任，春节前镇里要搞游园，请信用社同志一起参加啊。"

朱小兵矜持地道："哪些人参加？"

侯沧海道："黑河镇干部。"

朱小兵道："是把信用社当成机关干部。"

侯沧海笑容满面地道："本来我们两家就是一家人。"

聊了几句，两碗杂酱面端了上来。在呼哧呼哧吃面条时，侯沧海道："我想贷点款，还请朱主任支持一下。"

无事献殷勤，必然有所求，朱小兵早就料到这事，道："侯主任贷款，我肯定支持。你们镇政府工资这么高，贷款做什么？"

侯沧海决定实话实说，道："我老婆在江州开门面，手头差点钱。"

朱小兵爽快地道："上午，你到信用社来办手续？"

侯沧海没有想到事情如此简单，喜道："要哪些手续？"

朱小兵道："最主要是抵押，比如你现在住房的房产证。"

侯沧海毕业后长期两地分居，所有钱都花在车费和电话费上，没有积蓄，道："镇政府房产还没有拿到房产证，手续还在办理过程中。如果没有房产证，可不可以拿工资做抵押，这是最稳当的。"

朱小兵往上推了推眼镜，道："自从基金会出事以后，贷款特别严，没有抵押物绝对不能贷款。从道理上来讲，工资做抵押比较牢靠，可是信用社规章里没有这一条，我也没有办法。你有大额存单也可以，或者有一些涉农产业的批件等，也可以扶持。"

侯沧海拿不出这些东西。

他在黑河办事向来都很顺利，没有料到在信用社碰了一个软钉子，很尴尬。

在朱小兵眼里，黑河镇也就党委书记、镇长和派出所所长才有资格与自己对话，一个党政办主任还不够分量。侯沧海的事自然会依着规矩办，不会开后门。

侯沧海吃完面，悻悻然地回到家，满肚子火气无处发泄。他轻手轻脚进屋，将手里提着的包子和稀饭放在桌上，轻轻吻了吻熟睡的女友，出门上班。

走出房门时，侯沧海脑海中总是浮现起朱小兵隐藏在骨子里的轻视，在内心大喊了一声："狗眼看人低，我一定要成功，让小瞧我的人后悔。"

他在前往办公室的路上，心气难平，迅速编织了一个白日英雄梦。这个白日英雄梦仍然是侯沧海最钟爱的赵子龙大战长坂坡，情节烂熟于胸。据说真正的赵云是生得身长八尺，浓眉大眼，阔面重颐，威风凛凛，在侯沧海的白日梦境中，他变成了飘逸绝伦的白袍小将，手持倚天剑，砍将如切瓜。

走到行政楼，白日英雄梦只得醒来。

自我激励归自我激励，目前他作为黑河镇党政办主任，对信用社主任一点办法都没有，只能干瞪眼。

口号可以喊，牢骚可以发，但是解决不了实际问题。侯沧海想了一个到区委办事的理由，特意要了陈汉杰小车，前往市建行。

到市建行是去找世安厂子弟梁勇，找梁勇是为了贷款。

如果不是被信用社拒绝，侯沧海不会找梁勇。

世安厂是大厂，生长于此的工厂子弟很多，关系有亲有疏。六号大院主要住户是工厂中层干部和技术人员，大院里的子弟是一个自成一体的小团体。侯沧海和梁勇都出自六号大院，原本是光屁股朋友。90年代初期，梁勇父亲成了世安厂副厂长，搬出了六号大院，梁勇便脱离了六号大院小群体。

进入青年时期，侯沧海和梁勇渐行渐远。但是要论到两人有什么矛盾，也谈不上。

市建行大楼是市中心标志性建筑，全玻璃幕墙在阳光上闪闪发光，如一根迎着太阳的巨大金箍棒。侯沧海下了车以后，在陈汉杰看不到的地方，拨通了梁勇手机。

"谁啊？"

"我，侯沧海。"

"侯子啊，怎么想起找我。"

"手头有点紧张，能不能贷点款？"

梁勇背靠椅子，用很放松的姿势打电话："你在黑河当官，又不做生意，为什么要贷款？"

侯沧海在梁勇面前恢复了世安厂子弟的说话方式，道："我就在楼下，到底能不能贷款，给个痛快话。"

"你到楼上来，信贷科，十一楼。"

坐着电梯来到十一楼，在信贷科长办公室对面，侯沧海见到穿着白衬衣和黑西裤的梁勇。梁勇向他招了招手，没有起身。

侯沧海不想在梁勇面前做出求人姿态，大摇大摆地走进办公室。

"梁经理，抽支烟。"一个挂着粗大金项链、手指上有着方形金戒指的中年人坐在梁勇身前，桌上摆着几份材料。

梁勇看了侯沧海一眼，指了指椅子，扭头继续中年人说话，道："李总，现在审得越来越严，我这里过了，领导要怪我把关不严。"

李总指了指上头，道："我做事，你放心。我的事上面都晓得，绝对没有问题。"

侯沧海见梁勇在办业务，自顾自地坐在另一边的沙发上，顺手拿起一份报纸。他用眼角瞟着梁勇，心道："大家都是光屁股一起长大的，还在我面前摆起了架子。"

过了半个小时，梁勇结束了谈话，走了过来，用抱怨的口气炫耀道："李总是塞纳河左岸老总，身家上亿了。贪心不足蛇吞象，还想贷几千万。"

侯沧海道："你这里忙，我长话短说，最近我老婆要开服装店，缺两万块钱，能不能贷款。"

梁勇面前对六号大院鼎鼎有名的孩子王，笑嘻嘻地道："两万块钱，太少了吧，我这里是千万起步，不过老兄来了，可以例外。"

侯沧海表面上很有气势，实则内心渴望梁勇能帮忙，听到梁勇"可以例外"几个字，松了一口气。

梁勇拉了椅子坐在侯沧海旁边，道："你在黑河当办公室主任，能不能让黑河把钱存在建行？"

这是一个涉及江阳区委区政府的事，并非侯沧海这个黑河办公室主任所能决定。侯沧海道："这事有点难，等我掌了权才办得到。"

梁勇笑嘻嘻地道："能当办公室主任的，都是领导心腹，你想点办法，把钱存过来。"

侯沧海露出一丝讽刺又有些玩世不恭的笑容，道："梁勇，你的意思就是把存款拉来就能贷款。"

梁勇道："你要贷两万元，数量不大，但是没有理由，师出无名，如果有买房合同我可以帮你搞定。"

侯沧海站了起来，道："那就算了，不为难你了。"

挺着腰，昂着头，离开了信贷科，侯沧海心中涌出一丝愤怒，还有深深的沮丧。马瘦毛长，人穷志短，这句话总结得太经典太到位了。

事情办得不顺利，不到十点就回到镇政府，侯沧海坐在办公室，压住心中火气。这时，冯诺来到党政办，顺手把门关上，道："公房的事情你知道吧，手续办得差不多了。等会要在党政办公会研究，其实就是过一遍。然后你就到区公房管理所去交钱，五千元。"

十一点，党政办公会研究了几个日常议题后，杨定和将处理公房的事项提了出来。江阳区集中处理公房是在 1999 年，在座诸人当时都买到公房。这次处理的四套公房是因为各种原因在前次未处理的，如今实际由黑河镇干部居住。区公房管理所原则上同意处理公房，镇班子成员自然也不会有意见，谁在这个会上提出反对意见，必然会成为四家干部的眼中钉，因此大家都同意杨定和书记提出的方案。

下午两点，四家人分别到区公房管理所交了钱。交钱以后，四家人赶上了最后一班船，都笑咧了嘴，吆喝着要在城里吃火锅。

与其他三家人不同，侯沧海心里空落落的。买了房子，家里现金所剩无几。开门面的钱从何而来，是一个大难题！

星期三，十一点十五分钟，两辆小车开进镇政府大院。

杨定和、刘奋斗来到楼下，将区委组织部钱明书常务副部长和詹军等人迎到了顶楼会议室。全镇机关干部和村支书、主任都等在会议室。会议室烟雾缭绕，粗声大气的玩笑话不断从各个角落里传出来。

几分钟后，会议开始。会议程序很简单，首先是宣读区委任免文件，然后离任领导讲话，再由新书记表态。

当杨定和习惯性拍话筒时，许庆华突然猛地拍手，嘴里道："欢迎！欢迎！"只有他一个人拍手和说话，在会议室里显得非常突出。

在场的镇村干部都知道许庆华对党委书记杨定和不满，但是大家都没有想到在杨定和即将离开黑河镇的这种场合，许庆华会跳出来发杂音。

杨定和显然是做好了思想准备，对许庆华的表演没有什么激烈反应，缓缓地道："按照惯例，我都要讲几句，首先是感谢大家这么多年对我工作的支持。……最后，由于种种原因，主要是我的能力问题，镇里的经费状况一直没有起色，亏欠了大家……"

他讲话很诚恳，没有官话，这让大部分镇村干部记起了老书记的好处，一时之间场内掌声热烈。

随后由新书记表态。

詹军跟随着区委鲍大有副书记多年，学到不少高招，进步很快。在这种场合应该说什么话自然清楚明白，他着重讲了两点：一是服从组织安排，感谢区委信任；二是以后希望同志们支持与配合，齐心协力干好工作。

大家都知道在这种会上新书记詹军不能也不应该讲出什么新意来，等詹军套路式讲话结束，热烈鼓掌。

然后，散会，吃饭。

对于黑河镇来讲，杨定和时代结束了，詹军时代到来了。

詹军来到第三天，召开了第一次党政联席会。这个会原本不用这样急切，只是春节将至，很多会必须开。

镇政府召开新书记到来的第一次党政联席会，没有人迟到，以前开会经常迟到的人大常委会主席王成纲也准时出现在会场。会议开始后，詹军抛出了核心问题："春节就要到了，如何过春节？"

刘奋斗原本满心以为杨定和调离以后，他就能坐上杨定和的位置，成为黑河镇党委书记。他没有料到半途杀出一个白面书生，活生生拦住了自己的进步道路。基层干部要进步得看机遇，过了这个村没有这个店。白面书生詹军是区委鲍书记的人，让刘奋斗有苦也说不得，一口气憋在心里，差点弄出内伤。

当詹军提出问题后，刘奋斗没有发言。他专心地在笔记本上写字。其实他也没有写其他内容，就是写熟悉的诗句："江山如此多娇，引无数英雄竞折腰。"

詹军平时经常观摩区委常委会，觉得主持会议是轻松愉快的事情。可是轮到他来坐镇指挥时，发现自己成为冷场君，提出的问题无人响应。

詹军眼光在镜片后不停闪烁，道："我是初到黑河，原本应该多做调研，可是春节将至，没有给我调研的时间，有些事情必须要在春节前解决。距离春节时间不多了，很紧迫啊。刘镇，你有什么想法？"

刘奋斗这才将笔放下，道："黑河镇的问题说复杂就很复杂，说简单就很简单，一句话，都是钱闹的。发不齐工资，镇干部发牢骚，村干部骂娘，人心涣散，工作推不动。"

詹军道："工资发到几个月了？"

刘奋斗道："机关干部工资发到9月份，还欠四个月工资没发，村社干部工资发到5月份，还欠七个月没发。年终各项慰问、五保供养、军烈属补助、民师工资、军人代耕费等刚性开支还没有着落。"

王成纲补充了一句："机关干部还有五十多万元修路集资款该退没退。"

詹军在心里大骂："都是你们几个弄出来的烂事，还大模大样让老子擦屁股。"心里大骂，表面上却异常平静，问道："怎么会有这么多欠债？"

刘奋斗道："詹书记那时在区委办工作，应该很清楚。区里任务一项接一项，上面只发文件，下面得跑腿出钱，修路款、引水款、建校款和普九款、建办公楼款，还有吃喝款，累积起来就是一笔大数目。除了吃喝款以外，哪一项不是上级有明确要求的硬开支！"

詹军道："其他款项先不管，首先要刹住吃喝风。重新制定机关财务管理制度，财政所要严格财务管理。我们用钱的原则是量入为出，打紧开支，有多少钱办多少事，不准产生新的债务，尤其是以后不能再有吃喝烟酒账，来客招待一律在机关食堂就餐。还有，镇里所有车辆出动都要在办公室统一调配，不准司机擅自动车。请各位也支持一下，以后动车都要给办公室打招呼。"

侯沧海知道管理车辆这一块事情很麻烦，最是吃力不讨好，搞不好就要得罪人，可是这也是办公室职责，推脱不了。

詹军又道："刘镇长，区财政局那边有没有可能拨点钱？"

刘奋斗道："给点小钱是可能的，但是要解决问题是不可能的，他们几爷子为保证区政府运转伤透脑筋。"

詹军道："镇内几家煤厂能不能想点办法？"

刘奋斗苦笑道："煤厂几个家伙还指望我们还款，他们商量好了，准备过春节把铺盖搬到镇政府。"

大家就围绕着如何解决春节"钱"的问题研究了起来，乡镇经费来源有限，所想办法实在不多。

一直没发言的王成纲突然睁开微闭的睡眼，道："说这么多没有用，人大的、纪委的，还有副职们说这些都没有用，最有可能解决问题的办法是两位主要领导以镇政府名义借钱，你们两个面子大，总能借到点钱。"

詹军觉得这个提议太过怪异，居然让两个主要领导以私人名义帮政府借钱。往日传说中，乡镇一把手是土霸王，谁知屁股坐到了这个位置上，才发现这个位置是个红烙铁。

会场冷了下来，所有人都看着詹军和刘奋斗。

刘奋斗道："既然王主席都开了腔，只有我们两人硬着头皮上。詹书记是领导身边的人，面子大些，与各部门都熟悉，你借一百万，我借五十万，行不行？"

詹军吓了一跳，道："不要定任务，尽量去借，不仅我和刘镇要借款，大家都要发动力量，多借点钱，日子就要好过些。"

王成纲道："人大常委会主席有屁个面子，借不到钱。"

詹军道："可以不定任务，但是希望大家都把责任担起来。"

所有人都沉默。

散会以后，詹军心情极度不佳，"隐形联盟"给了他极大压力，让他下定决心："一定要向鲍书记汇报黑河班子问题，换掉两三个人，大家才知道好歹。"他原本还想考验一下办公室主任侯沧海，然后才决定是否将这位"杨定和第一铁杆"换掉，经过第一次办公会，换掉侯沧海的想法占了绝对上风，不是侯沧海做错事，而是詹军想尽快打破黑河固有小圈圈。侯沧海躺着中枪了。

詹军对自己的想法又略为犹豫，侯沧海是非常能干且称职的办公室主任，如果不是张强被调走，现在应该到区委办工作。被自己换掉后，侯沧海想要再起来就很难了。

"无毒不丈夫，凡是挡在我面前的，都得滚开。"这是詹军做出的决定。

做出决定后，詹军将侯沧海叫到自己办公室，吩咐道："这两天你跟着我，把许庆华叫上，一起借钱。侯主任，把星期六和星期天贡献出来，没有意见吧，等春节时痛快休息几天。"

"书记要为全镇谋福利，我能有什么意见。"侯沧海回到自己办公室，禁不住愁上心头，如果这两天被拴在书记身边，哪里有时间去借钱，借不到钱，门面就有可能拿不到，麻烦就大了！

刘奋斗提着手包走出办公室，喊了一声："小崔，走。"小崔是刘奋斗的驾驶员。他正在办公室与杜灵蕴聊天，听到刘奋斗声音，赶紧跑出办公室，到楼下发动小车。

侯沧海扭头望窗外，眼见小车慢慢离开了院子。凭着对刘奋斗的了解，这个外表粗豪的精明汉子应该是到城里借钱，而且第一站就是财政局。

小车灰尘还未散去，有三个熟悉面容出现在大门处。李老酸、张胖子和涂百万都是政府债主，前几天结伴来找过杨定和。今天应该是得到了内部信息，知道新书记已经到位。

侯沧海立刻站了起来，准备给詹军报信。走到门口时，他改变了主意，没有去给詹军通风报信，而是到厕所去回避必然会出现的尴尬场面。

从卫生间出来，詹军办公室还是挺安静，没有异常。侯沧海心有疑虑地往回走，经过纪委书记办公室时，被新任纪委书记叫住。两人关紧房门，商量关于中明村村干部私分集体财产之事。侯沧海原本对将党委书记丢在一边心有忐忑，此时与纪委书记谈正事，就有了正当理由。

门外传来声量极高的吵闹声，主要是女人声音，又尖又利，如一把铁器在刮玻璃。侯沧海原本以为只是李老酸这三个老板找詹军，没有想到这三个家伙居然带了女人过来。他站了起来，道："姚书记，那边好像在闹，我过去看看。"

詹军在区委办时也接待过群众，但是来到区委办的群众都不敢如此泼赖，因此，面对膀大腰圆不讲道理的农村婆娘只能干瞪眼，秀才遇到兵，有理说不清，这句话放在这里也非常适合。

侯沧海进屋时，詹军心里有无数个"草泥马"飞过，眼光冰冷。他对办公桌前看起来还讲道理的中年男子道："你要体谅政府，我们正在想办法。"中年男子苦着脸道："我很体谅了，1997年修政府大楼，接近八年抗战了。今年就算不全部付完，总得有点响动。"旁边站的一个女人道："今天不拿钱，我把铺盖拿到镇里来睡，当官的到哪里吃饭，我就到哪里吃饭。"

侯沧海见詹军对付闹事人的经验不是太丰富，上前劝解道："詹书记知道了你们的事情，答应想办法，还要怎么办？"

胖女人振振有词："杀人偿命，欠债还钱，天经地义。"

"钱没有，命有一条，拿去放血，你要不要？"侯沧海不等胖女人还嘴，大声道，"李老酸，张胖子，涂百万，你们几个来谈事，把婆娘弄起来搞屁。你们以后还想不想接政府的活儿，想不想得到政府支持！詹书记才来，你们要留点余地，有事谈事，别在这里耍心眼。"

中年男子李老酸对胖女人吼道："叫你们不要来，你们偏不听，都出去，出去，到场口去耍。"

女人们退走，詹军松了口气。

李老酸瞬间变出一张笑脸，摸出香烟，恭敬地递到詹军面前，道："詹书记莫见怪啊，农村婆娘就是这样，三天不打就要上房揭瓦。詹书记才来，其实我们不应该这个时候来，只是确实困难，再拖下去，企业真要破产了。如果给点钱把企业救活，多多少少能上点税，为镇里做贡献。"

詹军讲了一番政策，承诺一定会尽量想办法，让大家多多理解。

李老酸对昨天会议结果了如指掌，知道今天肯定拿不到钱，但是目的已经达到了，说了几句恭维话就离开了。

送走债主，办公室安静下来。詹军生气地道："侯沧海，刚才到哪里去了，办公室主任怎么能让这些人直接闯到我的办公室，你应该把他们引到会议室，让分管企业的副镇长接待。什么事都让书记来做，要你们有什么用？"

侯沧海解释道："姚书记叫我谈事，商量中明村干部私分集体财产的事情。"

詹军被债主堵在了办公室，无人解围，窝了一肚子火气，见侯沧海分辩，厉声道："你是纪委办公室主任还是党政办主任，要分清楚自己的职责。"

侯沧海忍住气，道："我是纪委副书记。"

詹军初到黑河，只知道侯沧海是党政办主任，还真没有想起他的纪委副书记身份。他黑着脸坐了一会，看了看表，道："原本准备到区里借钱，时间来不及了，明天一早，我们就到区里办事。"

第二十三章 借钱也要开服装店

　　早上九点，侯沧海和许庆华早早地来到区财政局办公楼，在底楼等詹军。

　　詹军在两位部下面前一直黑着脸，走进财政局高局长办公室，顿时如川剧变脸一样，变出一张笑脸。

　　高局长和詹军非常熟悉，从宽大办公桌前站了起来，绕过来与詹军握了手。侯沧海和许庆华在财政局长办公室没有说话的份，规规矩矩地坐在一边。

　　闲聊几句，詹军道："高局，老弟初到黑河遇到难题了，春节没有办法过，昨天还被一群债主堵在办公室。高局不能调剂点资金，让我把春节过了？"

　　高局长惊讶地道："刘奋斗没有跟你说吗？昨天他到财政局找我，说是你们两个要分工借钱过春节，他跑财政这条钱。我想老弟调到了黑河，这个面子总要给，所以特批了五十万给黑河，今明两天就能到账。区里资金紧张得很，各个口子都要钱用，批五十万完全是为了支持老弟工作。"

　　詹军没有料到刘奋斗捷足先登了，用笑容掩饰心中恼怒，道："昨天我们分了工，没有想到刘镇比我还心急，我还以为他没有来。谢谢高局长支持啊。"

　　詹军离开财政局一把手高局长办公室，没有马上离开，又走进钱副局长办公室。

　　钱副局长正是许庆华姐夫，是许庆华的最大依靠。他见到詹书记上门，自然热情接待。至于钱的事情，由于一把手已经发过话，钱副局长只能表示以后找机会多周转一些给黑河镇。

　　离开财政局，詹军马不停蹄地又跑了交通局和建设局。这些年区里为了搞建设，在交通局和建设局都设置了国有公司，以局长为董事长。有了国有公司，交通局和建设局在用钱上稍稍宽松一些。

詹军如今是黑河镇党委书记。黑河镇是近郊大镇，不论是交通局和建设局在涉及土地问题上都对黑河有所依仗，而且詹军还是区委办出来的人。因此，在这两个单位借钱都很顺利。交通局答应借三十万，建设局最后也答应借三十万。

从建设局出来以后，詹军感慨地道："我这个党委书记就像个乞丐，到东家讨一口饭，到西家讨一口菜，没有面子啊。"他这句话是有感而发，以前在区委主要领导身边之时，每年春节之时，各局行、各镇乡的头头们都要来拜年。虽然喝酒是痛苦事，但是至少不会为钱操心，还能收不少红包。

中午，一行人来到江阳酒店吃饭，酒店老总孙飞亲自作陪。在酒桌上，詹军向孙飞借了四十万元现金，并与酒店签订了合作协议。

跑了半天，落实了一百万元现金，詹军作为黑河镇党委书记上任以来的第一道坎算是爬了过去，心情轻松了，便与孙飞豪爽地碰起杯。

孙飞早年是本地的一个小混混，改革开放初年通过做酒代理以及卖假酒赚得第一桶金，后来又经营通信设备、电脑设备，成为第一批先富起来的人。去年江阳酒店修成，他本人成为区政协委员，完成了由小混混向上流人物的蜕变。

孙飞见詹军兴致颇高，便对身旁的公部经理交代几句。不一会儿，六七个漂亮服务员如蝴蝶一样飞进包间，随后又如麻雀一样叽叽喳喳地开始敬酒。漂亮女人在男人面前有优势，美女敬的酒，男人不好意思推杯。

三瓶剑南春喝进大家肚子里，詹军有了醉意。在众美女起哄下，他开始与公关经理喝起交杯酒。

侯沧海抽了个空，到外面给女友打电话。

一辆世安厂客车从路边经过，周永利原本坐在车上随意看街景，无景中看到一个熟悉的人——熊小梅正站在商店外面打电话。由于客车玻璃窗无法打开，周永利眼睁睁地看着熊小梅身影渐渐变小。回到家里，她用座机打通儿子电话："我刚才在江州看见了熊小梅，她这么早就放假了吗？回到江州，怎么不回家？"

侯沧海含糊地道："她才来，等星期六我们再回来。"

周永利道："你们是不是有什么事情？有事不要瞒着大人。"

"妈，你别乱猜，我这边还有事情，挂电话了。"

周永利放下电话，抓住丈夫开始分析："我觉得他们有事，儿子不承认。儿子越是不承认，就越有什么事，我估计是同熊恒远闹了矛盾。"

侯援朝劝道："儿孙自有儿孙福，儿子长大了，他能够处理好家庭问题。"

侯沧海打完电话进屋，詹军醉态可掬地坐在桌前。许庆华就如燕人张翼德一般，挡在詹军身前。

酒店众美女存了射人先射马擒贼先擒王的想法，用啤酒杯倒白酒，坚持要和詹军碰酒。

詹军酒意不停上涌，尽量保持清醒，道："要我喝也行，孙飞得作陪。我和孙飞是好哥们，我喝一杯，孙飞也得喝一杯，否则我不喝。"这种捆绑策略是酒桌上以弱敌强的常用策略，同样是射人先射马擒贼先擒王的思路。

孙飞酒量甚豪，痛快地道："我要喝可以，得二对二吧，许庆华来喝一杯，小杯不过瘾，换大杯。"

许庆华酒量一般，刚才只是叫嚣，真要上阵就软了，忙道："侯主任年轻，他喝。"

侯沧海为了赢得詹军好感，尽管在肚子里翻江倒海，仍然爽快答应。他朝孙飞拱了拱手，道："孙总，我先干为敬。"将一杯倒进嘴里。

孙飞竖起了大拇指，道："侯主任好酒量，我也喝。"

詹军举杯喝了一口，肚子里的酒就如炸弹一样砰然爆炸。他用手捂着嘴，跑进卫生间。

这一杯酒是酒局高潮，高潮之后便失去了拼酒的勇气、能力和兴致。三点钟，酒席散了。詹军走路跟跄，无法上班。孙飞给他在酒店安排了房间，等酒醒后再回家。

"平常在酒店做业务的黄头发，你把她叫过来，陪詹军睡觉。"孙飞没有完全喝醉，到五楼找了个小妹按摩，眯着眼享受一会，打电话给公关部经理。

公关部经理说话向来荤素不忌，道："詹军喝得烂醉，没办法做啊。"

孙飞打了个酒嗝，道："现在做不了，醒了可以做，我认识他多年，知道他喜欢这一口。黑河镇业务多，得抓到手里。你这个公关部经理不合格，还要老子来想这些主意。"

侯沧海来到世安厂设在江州城区的办事处，等厂里的通勤车。

自从世安厂主体搬走以后，办事处地位直线下降，快速破败了。在这里等车的人多半是年纪较大的留守人员，往日漂亮的世安厂年轻姑娘在办事处很难见到。

侯沧海到底楼卫生间狂吐。大部分酒精还没有被身体吸收便吐了出去，眼泪鼻涕在呕吐过程中狂流。这是侯沧海当办公室主任以后学成的吐酒大法，对身体未必有好处，但是能保证不当场醉倒。

上了客车，没有完全吐出来的酒精随着血液在侯沧海身体里漫游。他在摇晃中很快进入梦乡，醒来时，客车已经进了厂区，停在前门处。

世安厂位于巴岳山深处，距离江州市区约二十公里，颇为隐蔽。

厂房和生活设施沿着山脚分布，呈一字长蛇阵。从前门到后门，中速步行足足要四十多分钟。厂区内种满了高大的香樟树，将一幢接一幢的白色砖房全部包围。白色砖房大多数的层高都超过五米，门和窗都比普通民居宽大。所有楼房和厂房均有编号，编号为六号的是一个家属大院，被称为六号大院。六号大院距离前门约五百米，位于小山坡上，由五幢楼和一道青砖围墙组成。

回到家，周永利开门就道："怎么喝了这么多酒？熊小梅没有跟你一起回来？你们到底出了什么事？"

侯沧海往外喷着酒气，道："妈，我要睡一会，晚上喝稀饭。"他走到寝室门前，转头说了一句，"熊小梅辞职了。"

周永利和侯援朝面面相觑，十分震惊。他们是老辈人，将正式工作看得重。在城区看到熊小梅以后，夫妻俩做了许多猜测，唯独没有想到熊小梅会辞职。

周永利站在床前咬牙切齿，扬着巴掌，道："你说清楚，熊小梅到底怎么了？"

侯沧海在床上闭着眼装死狗，道："她辞职了。"

周永利拍打儿子屁股，追问道："熊小梅为什么辞职，辞职前为什么不跟家人商量？你这人也是，熊小梅不商量，你难道不能提前说一声。熊恒远是什么态度？他是个暴脾气，十有八九要动手打人。"

侯沧海暗自佩服老妈的神机妙算，含糊地道："我喝多了，要睡觉，晚上给你说。别打屁股，再打就要吐了。"这是他的策略，先抛出信息，等父母消化一阵再说。

周永利知道与醉酒儿子说不清楚，俯身将儿子皮鞋脱下来，又给儿子盖好铺盖，这才到客厅，与丈夫谈熊小梅的事。

侯援朝闷闷不乐地坐在客厅抽烟，道："熊小梅辞了职，两地分居的问题解决了，但是，她以后靠什么生活？"

周永利道："现在是什么时代，报纸上讲是社会主义市场经济时代，混一口饭吃没有问题。她对做生意有兴趣，辞职以后肯定要做生意。老头子，如果他们开口借钱，我们无论如何也得支持。"

"我们也没有什么钱，总得留几个备急用。"侯援朝嘀咕两句，摇了摇头，走出家门。在六号大院转了两圈，将积压在肚子里火气慢慢消解了。

晚上七点，侯沧海睡眼蒙眬起来，闻到屋外传来饭菜香味。走到门口，他悄悄朝外看，父母神情平和地坐在沙发上看电视。

周永利见儿子起床，从厨房里端出腊排骨汤，道："洗手，吃饭。"

侯沧海洗手后坐回餐桌，等着父母询问熊小梅的事情。等了半天，父亲母亲都没有提起此事，仿佛熊小梅辞职之事根本没有发生。他终于忍不住了，道："熊小梅辞职了。"

周永利道："你下午说过。"

侯沧海道："你们不骂？"

周永利道："辞职前还可以说两句，现在已经辞职了，说什么都晚了。辞职了还是我们家的人，不回家算什么事情！"

侯沧海在回家前设想了许多种父母得知熊小梅辞职以后的反应，唯独没有想到他们会如此平静，道："我知道爸妈对这事肯定有看法，你们有看法不用憋在肚子里面，骂我一顿也行。但是熊小梅回来的时候，你们不能给她脸色。她是为了你们儿子才辞职的，现在是最困难的时候，我希望全家要给她温暖。"

周永利用筷子在空中点了点，道："你这个娃儿，总是搞生米煮成熟饭的事，也只有我们当父母的人才会捏着鼻子承认。你今天突然回来，肯定有事，想做什么？"

侯沧海道："我们准备开门面，但是我们的钱用来买房了。"

得知侯沧海买到公房，周永利挺高兴，道："单位公房比市场价便宜，不买是傻瓜，我儿终于有房子住了，这是大好事。"

"买了房子，开服装店的钱就不够了。"侯沧海将公房的价格稍稍提高一些，这样能掩饰困窘。

得知熊小梅想开服装店，夫妻俩沉默了。周永利道："这些年厂里不景气，家里没有存多少钱，这事我和你爸商量一下。"

夫妻俩进屋商量，把侯沧海一个人丢在客厅。

工作好几年，居然还要开口向父母借钱，这让侯沧海觉得很不好意思，最喜欢的腊排骨嚼起来也没有了什么滋味。过了一会儿，周永利从里屋出来，拿着一叠人民币，道："家里只有六千块钱，明天早上，你爸再取。"

侯沧海接过钱，道："谢谢爸妈。"

周永利道："谢什么谢，当爸妈的都希望儿女们过得好。"

侯沧海进里屋将现金放进公文包，又给杜灵蕴打电话，道："小杜，我明天上午晚点回来，大约十一点前回办公室。"

杜灵蕴道："如果詹书记问起你，应该怎么说？"

侯沧海道："你就说我晚上拉肚子，拉得脱水了，明天要到医院治疗。"

想起詹军阴晴不定的脸色，侯沧海十分怀念杨定和当书记的日子。如果还是杨定和当书记，他可以跟杨定和实话实说。

第二天，侯沧海早早起了床，到食堂给父母打回稀饭和包子。世安厂曾经是一个封闭社会，各项服务功能非常齐全。现在江州留守厂区的医院、学校和电影院都已经关闭，但是食堂一直保留了下来，而且保持了老味道。

"稀罕，你有多少年没有给我们打饭了。"周永利见到放在桌上早餐，惊讶地道。

侯沧海嘿嘿笑道："求人办事总得把姿态放低吧。"

周永利道："我是你妈，算求人吗？"

侯沧海道："找老妈借钱也算是求人，有求于人必低于人，我总不能借钱还又凶又恶又不吃豆芽角角。"

"你们这一代人还懂点人情世故。现在很多娇生惯养的小孩都把父母当仆人，用父母的钱觉得天经地义。"周永利又对里屋喊道，"老头，过来吃早饭，给你娃儿取钱，他还要上班。"

对于他们这一代来说，上班是神圣的事情。侯援朝赶紧来到餐桌，三四口就将足有二两的大馒头吞进肚子。

在厂区银行取了钱，侯沧海没有停留，坐上厂区通勤车前往江州。车还未到江州，侯沧海接到杜灵蕴电话，道："刚才詹书记找你，我帮你请了假，就说是拉肚子。"

侯沧海从杜灵蕴话中听出异样，道："詹书记是不是生气了。"

"有一点生气，我给他解释了，他让你立刻回来。"杜灵蕴并没有完全说实话，当时詹军说的那句话是"不懂规矩"，她觉得这句话太重，就把这句话省略掉了。

侯沧海来到黑河办公室后，赶紧来到詹军办公室。

詹军黑着脸，根本不听解释，道："黑河政府上百号人，每人都会有特殊事，如果因为有特殊事而不遵守规则，那我还怎么管理？以后公章交给杜灵蕴，你是办公室主任，负责综合性事务，不可能也不应该天天坐在办公室。"

公章是一个单位权力和信用的象征，不少单位都有误盖公章或乱盖公章惹出来的麻烦事。黑河在几年前发生过一件违规使用公章在担保书上盖章的事，最后镇政府赔了七万块钱。也正是因为此事，杨定和特意在班子会上提出由侯沧海保管公章。

回到自己办公室，侯沧海一脸平静地将杜灵蕴叫到身边，道："刚才詹书记决定，你管公章。"

杜灵蕴朝门外看了一眼，低声道："今天上班的时候詹书记要盖章，没有找到你，很生气。"

侯沧海道："有急事？"

杜灵蕴道："准备买一台小车，给机关事务局的报告要盖章。"

以前杨定和乘坐的是一辆普桑，性能还不错，只是外观实在不敢恭维。侯沧海多次建议换一台新车，杨定和嫌贵没有同意。得知詹军要换车，侯沧海忍不住又想起杨定和。杨定和筹集了好几亿资金改善黑河基础设施，却舍不得换一辆车。詹军屁股没有坐热就先换车，果然是人与人不同，花有百样红。

侯沧海拿出一个本子，交代道："管理公章首要之举是保护自己。这是用章登记本，凡是盖章，除了文件用章，其他都要登记，用章事由、用章人名字和用章人签字是三大要件。盖章是可大可小的事情，你要小心点，别给自己惹麻烦。"他又拿出一张纸，在上面写了一张公章交接单，签上名字，让杜灵蕴签字。

杜灵蕴道："谢谢侯主任。"

侯沧海拿着签了字的两份交接单，走进詹军办公室，道："请詹书记签字。"

詹军看了一眼交接单，道："我签什么字？"

侯沧海道："工作交接都要有领导作为监交人，党政办公室是书记直管。"

詹军低头扫了一眼侯沧海拿过来的交接单，暗道："侯沧海工作挺不错，可惜了。"

管公章其实是一个盖章傀儡，还要承担责任，挺麻烦，侯沧海早就想把公章交出去。现在，交出公章，他又有点空落落的。黑河公章是老式公章，顶端刻着一个"上"字，只要"上"字是正的，盖出来的章便端端正正，不会歪斜。他低头看了看手掌，手掌上似乎还留有"上"字的印痕。

第二十四章　吃了新书记的下马威

签完门面租用合同，又到物管公司办理相关手续，熊小梅终于拿到门面钥匙。她站在门面内，拿着遥控钥匙对着门面按了按，卷帘门哗哗地降了下来，直至将门面彻底关掉。

"这是我们的门面。"熊小梅兴奋地扑进侯沧海怀里。

侯沧海被推得退后了几步，靠在墙上才站稳，道："别高兴得太早，现在是万里长征走完了第一步，路还长。找到门面总归是一件大好事，我们晚上回黑河，撮一顿。"

熊小梅不停摇头，道："我们买一个行军床，今天晚上睡在门面。"

门面是里外套间，里屋是小房间，安得下一张行军床。有一个小卫生间，靠近天花板的地方有一个带着铁栅栏的窗户。

"这两天把装修方案定下来，花个十来天时间搞完装修。春节过后就可以营业了。店内色彩鲜艳抢眼，地上和天花板上要悬挂装饰品，左面玻璃自上而下要挂满穿着品牌童装的布偶。"熊小梅在门面里转圈，谈装修思路。

"这样装修成本很高吧？"

"不贵，比如店内色彩我们可以自己贴彩色纸，就像幼儿园那样弄。门面水电不动，保持原样。灯泡全部换掉，以前度数太低，门面昏暗模糊，我要换节能灯，又亮又省电。"

两人充满创业激情，没有请工人，自己动手清理店面。

下午五点，门面残渣被全部扫除。

两人在街上吃了晚饭，到百货商店买回行军床、厚铺盖和枕头。关上门面和外面的灯，里屋虽小，充满温馨。刷牙、洗脸和洗脚后，侯沧海钻进铺盖。屋里黑暗，高高窗户上透进来一束路灯的光。

"要用套子？"

"嗯，生意刚开始，不能怀孩子。"

"你有套子，什么时候买的？"

"下午在商店。"

两个小年轻兴致颇高，热烈拥抱。

衣服丢在板凳上，铺盖被蹬在一边。行军床持续地发出"嘎、嘎"声音，最终不堪重负，轰的一声被压垮。狼狈不堪的侯沧海从地上爬起来，恶狠狠地道："明天我们买一张小木床，最结实那种。"

早上起床，脸色红润、心情愉悦的一对恋人手挽着手吃早餐。

"今天回家一趟。"侯沧海再次小心翼翼地提议。

熊小梅为难地道："按理说应该要回家一趟。我想抽这几天尽量把装修弄完，走上正轨以后就可以轻松一些。"

侯沧海道："等到生意开张，事情恐怕更多。"

熊小梅知道迟早要回家，妥协道："上午我们找装修公司，中午回世安厂吃饭。以前装修确实有大问题，室内灯光不足，昏暗。展示架布置不合理，很多货品没有办法展示。"

门面以熊小梅为主，侯沧海尽量尊重其意见。上午，侯沧海和熊小梅找接连走了三家装修公司：第一家公司嫌活小，不接；第二家公司要价太高；第三家公司倒是来者不拒，来者通吃。

侯沧海和熊小梅觉得第三家公司不怎么样，公司办公室乱七八糟，不专业。反复讨论后，两人认为装修公司再差劲也肯定比游击队的质量有保障，最后还是把活儿交给第三家公司。

熊小梅怯生生地跟着侯沧海来到厂区办事处，准备回世安厂。十几分钟以后，厂区通勤车开进办事处。乘客下来后，等车的人陆续上车。以前人多时，需要提前买票，现在乘车人锐减，改成了先上车再买票。通勤车出城，行走在坑洼的县道上，不停摇晃。大家都习惯通勤车的颠簸，泰然处之。

回到家，推开家门，饭菜香味扑鼻而来。侯沧海故意夸张道："妈，今天有什么好吃的。"周永利没有理睬儿子,对熊小梅道:"马上要过春节了,能有什么吃的,就是香肠腊肉。等会你们带几节回去。"侯沧海大声道:"我们家的香肠腊肉是六号大院一绝,几节不够,至少几斤。"

熊小梅心虚地开玩笑道:"你的脸皮最厚,又要吃又要包。"

周永利笑道:"早就给你们准备了几斤,回镇上带回去。"

接到儿子电话后,周永利反复给丈夫做思想工作:"熊小梅已经辞职了,木已成舟,我们得接受现实。见面时,你不要板起一张脸,得罪了熊小梅就是给儿子找不自在。"

侯援朝道:"你不用劝我,钱都给了,我不会做割卵子敬神的事。卵子割了,神也得罪了。年轻人的事,我不想多管。我们把自己照顾好,就是给他们减轻负担。"

夫妻俩提前进行了有效沟通,因此熊小梅走进家门以后,并没有看到公公婆婆的冷脸,悬着的心总算收了起来。这是一顿没有矛盾的午餐,非常安静祥和。午餐结束后,周永利和熊小梅一起到厨房洗碗。周永利问道:"春节马上就要到了,你们两人是在江州过年,还是回秦阳。"

熊小梅毫不犹豫地道:"在江州过年。"

周永利劝道:"你们主要生活在江州,春节还是回去玩几天。"

"生意刚开始,得守在江州。"熊小梅有苦说不出。为了自己辞职之事,父亲熊恒远是动了拳头的,这个春节回去肯定又会引起一场新战争。

这时,侯沧海站在阳台上接电话,眼光正好看着六号大院的内院。这个内院以前非常热闹,总会有一群群小孩子在院内嬉戏。如今内院冷落得野草疯长,极似鲁迅的百草园。

"詹书记,你好,我在江州世安厂,我爸妈家里。"如今詹军成为破坏侯沧海幸福生活的重要元素,每当侯沧海在工作时间之外享受与家人在一起的幸福生活之时,詹军就变成棒打幸福指数的妖怪。

詹军吩咐道:"我要用车,赶紧让陈汉杰接我。"

放下电话,侯沧海马上给陈汉杰联系。陈汉杰压低声音道:"我接杨书记去办事,出城几分钟了。"杨定和书记坐在副驾驶位置上,问道:"小陈,是不是有事?有事别管我,我下车打出租。"陈汉杰没有讲实话,道:"没事,侯主任找我,真没事。"

侯沧海得知陈汉杰和杨定和在一起，顿时犯了难。思索片刻，他又给陈汉杰打了过去，道："你赶紧关机，然后将车停远点，别停在镇上。星期一，补一张维修单。"

侯沧海随后又联系驾驶员小崔，极为不巧的是小崔和刘奋斗正在外面办事。

解决不了詹军用车，这是一个大问题。侯沧海急得满屋乱走，最初他想租用场镇长安车，又觉得档次低了，会让詹军没面子。憋得即将出内伤时，他看见一个穿制服的老工人出现在院子里。这个工人出现得非常及时，犹如从天而降的救星一般。

侯沧海立刻给老工人的儿子周水平打电话："有空没有，我有急事。"

周水平坐在检察院值班室打魂斗罗游戏，道："有事就说，有屁就放。"

侯沧海道："救急，十万火急。"

得知事情原委，周水平道："靠，不就是一个乡镇党委书记，臭架子大。"

"人在屋檐下，怎能不低头。詹军住在区委家属大院，你记一下手机。"

"如果不是你开口，我才懒得管什么詹书记。我开那辆警用便车，上路方便。"

安排好车辆，侯沧海马上给詹军回电话。

詹军在电话里沉默半晌，道："星期一，你让陈汉杰交钥匙，另外安排驾驶员。"说罢，将电话挂断。

陈汉杰是临时聘用人员，交钥匙意味着下岗。侯沧海听着电话里传来的"嘟、嘟"声，一口怒气上涌，忍不骂了一句："我操。"

下午四点钟，侯沧海和熊小梅告辞。坐在通勤车上，熊小梅长舒了一口气，道："才回家的时候真把我吓死了，你爸妈真好，没有怪我。我以后会好好对他们的。"侯沧海挽着女友纤腰，道："这是必须的。"

回到黑河，侯沧海来到陈汉杰家。

陈汉杰翻身爬起，道："杨书记才走几天，这些屁眼虫就翻脸不认人，真他妈的一群白眼狼。詹军后来是坐谁的车，小崔的车？"

侯沧海拿起摆在桌上的香烟，点燃，自顾自抽了一口，道："小崔跟刘镇出去了，后来我找朋友调了车。没有人知道你去接杨书记吧？"

陈汉杰双脚盘在沙发上，道："我当时接到杨书记电话，让我送一下。

侯主任，这种情况下，送一送老书记有什么了不起。詹军以前是区委办领导，区委办小车好几辆，真有急事，可以用区委办的车嘛。詹军就是想赶我走，换他自己的人，是不是？这个人年龄不大就当官，衣服角角都扇人。我再忍几天，说不定哪天就要拉爆。"

侯沧海斟酌着如何跟陈汉杰说出真相，道："明天你准时去接詹书记，如果他不问，你装作不知道此事。如果他问，你就说手机没电，在修理厂维修。"

次日早上，熊小梅精神抖擞地奔赴新的战场，因为是自己的生意，所以不需要督促。侯沧海想着陈汉杰的麻烦事情，心里一阵烦躁，走向镇政府的步子变得懒洋洋的。

八点钟，小车的声音响起。

侯沧海赶紧站在窗前看院子。

詹军从黑色小车下来，神情严肃，大步流星地上楼。

侯沧海不愿意此时与詹军面对面，到卫生间方便。卫生间去年重新装修过，安装了隔板，成为独立空间。厕所木门上出现了不少被烟头烫过的痕迹，还有一些俏皮话。眼前就有一个用草书写的打油诗："脚踏黄河两岸，手拿机密文件，前面瀑布汹涌，后面炮火连天！"

这是极为形象的打油诗，字体潇洒。侯沧海熟悉机关干部多数同志的笔迹，却一直看不透这是谁的笔迹。他从卫生间出来，见到杜灵蕴站在办公室门口，便道："有事？"

杜灵蕴道："詹书记叫你到办公室。"

走进办公室，侯沧海脸带阳光般笑容，道："詹书记，找我。"

詹军道："昨天给你说的事，抓紧办了。"

侯沧海故意装傻，道："什么事？"

詹军道："让陈汉杰交钥匙。"

侯沧海道："没有找到新司机接替啊。"

詹军道："你少给我绕圈子，昨天陈汉杰明明用了车，有人在城里见到他的车。他还狡辩，说是将小车停在维修厂。私下用车，其实也不是什么大不了的事情，对领导说谎不可原谅。"

昨天他接到侯沧海电话以后，随即给许庆华布置任务，让他查看陈汉杰的车。许庆华不辱使命，在院口蹲守了四个小时，终于看到小车回来，杨定和在车中。

詹军当即决定坚决拿下陈汉杰，一来陈汉杰是杨定和心腹，用起来不放心；二是妻子堂兄是下岗驾驶员，一直想来开车。

"他妈的，谁的嘴巴这么长，出卖了陈汉杰。"侯沧海在心里骂了一句，脸上笑容不减，建议道，"等几天要开党政联席会，是不是在会上提出来研究。"

"让他交钥匙，这种小事还用得着研究。"詹军眼光在眼镜后面闪烁，如毒蛇吐出了信子。

侯沧海道："谁来开车？"

詹军阴阴地道："难道离了红萝卜就不出席了？地球离了谁都要转，有些人不要把自己看得了不起。"

侯沧海接受了任务，将陈汉杰叫到自己办公室。

侯沧海半天没有说话，手上拿了一支笔，不停转动。

陈汉杰意识到情况不对，道："侯主任，什么事，这么难开口？"

侯沧海道："詹军让你交钥匙。"

"凭什么让我交钥匙。"陈汉杰脸皮在急速抖动，道，"侯主任，我们是好兄弟，我不为难你。我要问一问詹军，他来到黑河以后，我鞍前马后侍候，哪一点对不起他！"他拿着车钥匙，气冲冲找詹军。

侯沧海在后面喊："别冲动啊。"

陈汉杰站在门口道："你别过来，这是我的事。"

侯沧海停下了脚步，拿起一叠文件，走进刘奋斗办公室，道："刘镇，这儿份文件需要你批。"刘奋斗道："昨天你给小崔打电话，有什么急事。"侯沧海苦笑道："詹书记要用车，我没有跟陈汉杰联系上。"

隔壁响起了吵闹声。

随后传来詹军怒吼，道："太不像话了。侯沧海，叫派出所过来。"

刘奋斗和侯沧海对视一眼，刘奋斗道："怎么回事？谁惹詹书记了。"他只是说话，没有起身。侯沧海慢条斯理地道："这份文件今天要处理，财政局等着回话。"

隔壁又响起吵闹和桌子搬动声音。刘奋斗和侯沧海一起来到詹军办公室。詹军头发上全是水，脸上有很多茶叶渣子，手捂着肩膀。

侯沧海上前一步，拉住正在踹桌子的陈汉杰，厉声道："陈汉杰，你给老子住手，滚出去。"他背对詹军，脸朝陈汉杰，鼻子眼睛一起乱动，示意他赶紧走。

陈汉杰拍了拍屁股，扬长而去。

詹军将脸上茶叶抹掉，气急败坏地道："叫派出所的人来，把他拘了，真是无法无天了，党委书记都敢打。"

刘奋斗道："什么事，搞这么大阵仗。"

詹军道："马上解聘陈汉杰，让他滚蛋。"

侯沧海转身回自己办公室，寻了一条新毛巾，道："詹书记擦擦脸，陈汉杰已经走了。最好不要叫派出所人员，否则弄得满镇风雨。"

詹军伸手扯过毛巾，把身上茶叶和水抹掉，恶狠狠地道："侯沧海，这是怎么回事，你要说清楚。"

"我让他交钥匙，他变脸了，我也被打了一拳。"

"你和陈汉杰穿一条裤子。"暴怒的詹军控制不了情绪，将沾满了茶水的毛巾劈头盖脸朝侯沧海砸去。

沾满了茶水的毛巾打在侯沧海脸上。这条毛巾是一个导火索，让积累许久的火气爆发出来，侯沧海举着毛巾，目光凌厉地道："道歉！"

詹军道："道你妈的歉！"

侯沧海猛地伸出手，抓住詹军衣领，将其提得只能脚尖着地。侯沧海对准其脸颊，扬手抽了过去。

"啪"的一声响，詹军被抽得满脸是金星。

刘奋斗看见詹军被打很是开心，假意怒吼道："侯沧海，反了你！"

话音未落，侯沧海又抽打了一个耳光。

詹军凭着体制力量当上了黑河镇党委书记，压制住牛高马大的侯沧海。如今愤怒让两人暂时脱离了体制力量，侯沧海恢复成世安厂小霸王，凭着身体上的绝对力量和多年练习的散打技术，打得詹军毫无还手之力，仿佛又回到了十几年前子弟校时代。

两耳光打完，侯沧海仿佛吃了人参果一样，浑身舒服，如发了傻一般在办公室狂笑不止。在这一瞬间，束缚在身上的绳索被完全挣脱，他如从石头中迸出的孙猴子一样，变得自由自在，无拘无束，身心得到了极大的自由和解放。

刘奋斗用力将侯沧海推出詹军办公室，低声道："你怎么能打党委书记？能负得起这个责任吗？"

侯沧海一点都没有殴打党委书记的恐惧，笑道："刘镇，我们是互殴。詹军和我只是分工不同，从人格上是平等的。我好心给他毛巾，他却拿毛巾打我脸，我不过是气愤之下的还击而已。"

这是侯沧海给自己行为的定性。刘奋斗听得十分明白，暗自给侯沧海竖起大拇指。他没有将心中真实情绪表达出来，严肃地道："不论如何，詹军是党委书记，你是办公室主任，自己到办公室好好反省。"

办公室传来詹军咆哮声。班子成员们纷纷走出办公室。刘奋斗挥动双手，道："没事，大家回办公室。真没事，不要凑热闹。"将看热闹的班子成员劝回办公室后，刘奋斗走进詹军办公室。

詹军正在给派出所艾明打电话，道："你赶紧到我办公室来，不要问为什么，我当面给你讲，把侯沧海给拘了。"

艾明笑嘻嘻地道："詹书记有什么指示？我正在审两个小偷。好好，我马上过来，听书记指示。"

刘奋斗等到詹军打完电话，道："你叫了艾明？这种事情不要让派出所参与。一堆屎不臭，挑开才臭。"

"难道我就被白打了？真要被白打了，我这个党委书记就不干了。"詹军脸上火辣辣的，疼痛得厉害。

"党委可以正常调整干部，是不是？如果让派出所处理，一定会传出党委书记和办公室主任互相殴打的说法，这对詹书记影响不好。侯沧海在黑河工作，就算是孙悟空，也跳不出如来佛的手掌。"刘奋斗站在窗口，看到艾明正朝大院走来，又道，"我去劝劝艾明，不用他来处理。"

詹军道："好吧，你让艾明先回去。"

刘奋斗走出办公室，心道："詹军还是嫩啊，处事不圆滑，把侯沧海这种机灵鬼都逼反了，实在不是合格党委书记。"从三楼往下走，在一楼和二楼的楼梯口，他遇到了艾明，将其拉到一边，正准备讲事情经过。

王成纲从三楼跟了下来，道："刘镇，刚才侯沧海和詹书闹什么，还动了手？"

刘奋斗道："侯沧海平时笑嘻嘻的，结果是个莽汉，应该好好反省，写检查。"

王成纲道："到底什么事，别吞吞吐吐。"

刘奋斗道："昨天下午詹书记要用车，陈汉杰恰好送定和书记。小崔又和我在一起，镇里无车可派，侯沧海通过熟人找了一辆车，送詹书记办事。早上，詹书记让陈汉杰交钥匙。陈汉杰脾气太坏，胆大包天，居然用茶水泼了詹书记。后来，不知为什么，侯主任又和詹书记起了纠纷，互相打了两下。"

刘奋斗所言全部是事实，没有带倾向性。对于艾明和王成纲这种老江湖来说，没有带倾向性本身就是倾向性。

艾明道："我靠，就这破事啊。我还以为是什么了不得的大事。这是黑河镇党委政府内部的事情，派出所不参加。"

刘奋斗道："艾所长回吧。没事了。"

詹军和侯沧海打架之事，如一个幽灵一样在黑河镇办公大楼游荡，迅速传遍了每一间办公室，就连远在区委政法委的杨定和也知晓了此事。

冲突的直接原因是杨定和坐了黑河镇小车。

杨定和气得把手举在半空中，原本想拍桌子，随后又将手掌放了下来。他知道陈汉杰工作不保，先给堂弟打了电话："老四，你前一阵子不是想找一个可靠的驾驶员吗？我给你介绍一个，以前在黑河镇给我开车的陈汉杰，这人忠诚可靠。我调到政法委以后，新来书记估计是要安排自己的人，找各种借口要将陈汉杰赶走，今天逼着陈汉杰交了车钥匙。新来的书记以前是鲍大有的人，仗着有人撑腰，不注意搞好同事的关系，瞧不起基层同志，迟早要摔大跟头。"

堂弟杨定江在生意起点阶段受堂兄很多提携，颇有感恩之心，道："陈汉杰啊，没有问题，让他随时过来开车，工资比他在镇上高五百元。"

陈汉杰正在家里生气，打了詹军，出了恶气，可是随即面临的困难就是失业。正在心焦之时，他接到了杨定和的电话。

"小陈啊，听说你交钥匙了，没啥大不了。杨定江公司缺人，你到他那里去，现在就去。"

陈汉杰惊讶地道："杨书记，你怎么知道我的事情？"

"在黑河工作这么些年，如果没有几个好朋友，做人就太失败了。"杨定和又问道，"你这事，侯沧海很为难吧？"

陈汉杰道："侯沧海昨天通过私人关系给詹军弄了辆警车，詹军居然还要装怪。杨书记，你干脆把侯主任也弄到城里去，免得他受窝囊气。"

杨定和道："侯沧海和你一样，都是受我牵连，我肯定要管。"

老领导出面解决了工作问题，陈汉杰一扫沮丧，提着油桶来到维修厂。他准备临走时将小车汽油放光，也算是对詹军小小的报复。

第二十五章　调任区政法委

杨定和又拨通侯沧海电话，道："事情我知道了，有空到我这里来一趟。"

侯沧海道："我已经在区委大楼外面，正准备上楼。"

杨定和道："不用上来，找个安静馆子等我。"

放下电话，杨定和莫名悲愤起来。黑河镇能发展到今天这个水平，从 GDP 到社会公益事业等各项指标都接近了原本一枝独秀的城关镇，他这个黑河镇老书记居功甚伟。没有料到，黑河老书记在周末坐一坐小车，会闹出这么大风波。端茶杯之时，他的手颤抖起来。

十一点五十分，他关了办公室房门，到卫生间方便。

前列腺问题困扰杨定和多年，今天特别严重，尿滴打湿了裤裆，形成一大片湿渍。杨定和拿着包将裤裆遮住，来到楼下。

两个心情苦闷的黑河老同事在一家安静餐馆会面。杨定和询问了侯沧海和詹军的冲突细节以后，道："打了詹军，后悔吗？"

"不后悔。我和詹军迟早会有冲突，早晚而已。"

"我同意你的定性，就是党委书记和办公室主任打架，詹军为了维持自己威信，绝对会在表面上将此事淡化，然后寻找其他机会收拾你。你下一步有什么打算？"

"此处不留爷，自有留爷处，目前有两种方案，调走，或辞职。"

杨定和愤怒地道："辞职！你为什么要用詹军的错误来惩罚自己？你主动辞职，就是认输。你将发表在省市两级的信息整理出来，晚上送给我。不，下午三点钟左右送给我，我去找蒋书记。政法委一直缺写手，你就是最合适的写手。"

"杨书记，有几成希望？"

杨定和沉吟道："你和詹军打架这事，肯定会传到区委，我担心会传到蒋书记耳朵里。老蒋为人谨慎，肯定不希望调进来一个刺头。所以，动作要快，在消息没有传开之前，就把手续办完。"他叹息一声，"唉，如果还是张强书记当政就好了。他老人家若在，调动就是一句话的事情。"

与杨定和吃过饭以后，侯沧海回到黑河镇党政办公室。他是称职的办公室主任，有收集整理资料的好习惯，桌子抽屉里备有厚厚一沓被省市部门采用过的信息。

前往区委前，侯沧海为了不让人抓到脱岗把柄，准备向镇长刘奋斗请假。

詹军办公室大门紧闭，刘奋斗办公室开着门。侯沧海进门后心态平和地请示道："刘镇，我要到区委去一趟，交材料。"

自从侯沧海扇了詹军两个耳光以后，刘奋斗心情就十分舒畅，如久旱逢甘露。当部下拿来报销单时，他基本上都写下了"同意报销"四个含金量很高的字。他打量侯沧海几眼，道："去吧，既然是办公事，叫个车。"

"陈汉杰交了钥匙，暂时没有司机。我把小崔叫走了，刘镇不方便。我出去坐公交车。"离开刘奋斗办公室，侯沧海再瞧了一眼詹军办公室紧闭的大门。

杜灵蕴站在办公室门口，轻轻招手。等到侯沧海走进办公室以后，她低声道："詹书记到区委去了，你要有心理准备。"

侯沧海露出自嘲笑容，道："已经撕破脸了，谁怕谁啊！"

杜灵蕴欲说又止，站在门口，目送侯沧海离开。

等公交车时，侯沧海再次打通熊小梅电话，道："你说得对，这种关键时刻，我要把自尊心抛在脑后，找陈文军寻求帮助。"

熊小梅道："你啊你，就是自尊心太强。陈华给我出了主意，让我直接跟黄英联系。为了老公的事，我还管什么面子啊。我已经给黄英打了电话，约他们两人吃饭。晚餐定在铁梅山庄，吃了饭唱歌。吃饭时，你带瓶好酒。有求于人必低于人，把自尊心揣进裤袋里吧。"

侯沧海道："我是请求陈文军帮助，不是求人。好，就算我是鸵鸟吧。但是，我觉得人还是必须得有自尊心，没有自尊心，没有自己的原则，人就是行尸走肉。"

熊小梅还真担心男友自尊心作怪，不愿意向老同学求助。她顺着侯沧海话头道："谁没有自尊心啊，每个人都有。我们就做一枚铜钱，外圆内方，这是你教给我的为人处事方法。"

"你不用哄我了，陈文军与黄英刚刚才谈恋爱，能不能帮上忙还说不清楚，我们是病急乱投医吧。"侯沧海挂断电话以后，没来由地想起了陈华。以前他同情陈华，也能理解其做法。今天扇了詹军耳光以后，他才身临其境地体验到陈华"走投无路"时的惶恐心情。

将厚厚的材料交给杨定和以后，杨定和没有啰唆，拿着材料来到政法委蒋书记办公室。蒋书记取下眼镜，低头翻阅侯沧海发表在省市的信息。杨定和坐在蒋书记对面，不眨眼地看着那头发稀疏的头顶，准备尽全力说服这个小心谨慎的领导。

侯沧海和熊小梅在服装城碰了面，叫上一辆出租车，直奔铁梅山庄。

点了菜，醒好酒，下午六点四十分，黄英和陈文军出现在小包间门口，两人一边走一边聊天。

黄英抱怨道："罗主任是啰唆大王，不是现在啰唆，年轻时就啰唆，我爸以前挺烦他。"陈文军笑道："罗主任工作细致，否则市委也不会将这么重要的岗位交给他。"黄英撇了嘴，道："他就是一个大服务员，谈不上重要。"

包间开了空调，温暖如春。黄英脱了外套，顺手递给陈文军。陈文军将外套挂在衣架上，坐在黄英身边。坐下以后，他见到桌上放着茅台，有点惊讶地看了侯沧海一眼。

这瓶茅台酒显示了肯定有不同寻常的事情发生。作为市委机关工作人员，陈文军逐渐开始领会"城府"的操作要点，虽然意识到今天这次聚会不寻常，却没有主动点破。

黄英是江州公主，从小被鲜花环绕，没有受过真实意义的挫折，在洞察世事方面与陈文军相距甚远，没有注意到这瓶茅台酒的真实含义。

侯沧海自尊心强，不愿意求人，可是到了真要求人的时候，他还是很讲究艺术，充分发挥了党政办公室主任的能力，几句玩笑话就将席上气氛调动起来。

黄英捂着嘴巴笑，道："侯沧海，你们在基层，经常讲这种黄色笑话吗？"

侯沧海道："上有所好，下必甚焉，我们学会讲黄色笑话，其实是从上级领导那里传出来的。在接待上级领导时，讲讲黄色小笑话很必要。在桌上谈工作，太严肃又单调。可是我们这种基层干部与上级机关领导又没有友谊，谈不了什么私人话题，所以，大家都讲黄色笑话，容易引起共鸣。"

黄英抛了一个媚眼，道："强词夺理，讲黄色笑话还讲出理了。"

黄英向侯沧海抛出媚眼，这让熊小梅看到了把事情谈成的好苗头。

前来吃饭时，熊小梅特意将紧身毛衣换下。换下毛衣原因很简单，熊小梅身材好，虽然不如陈华丰满，却也是凹凸有致，曲线优美。黄英五官不错，但是身材单薄，可以形容为小巧玲珑，也可以称之为太平公主。在铁梅山庄吃饭，包间肯定要开空调，大家必然要脱外套。如果熊小梅穿紧身毛衣，必然让黄英黯然失色。

考虑到这一点，熊小梅特意找了一件稍显臃肿的毛衣。

侯沧海看见女友遮住身材的大毛衣，不由得有些心酸。

"我不喝酒。"当侯沧海给黄英倒酒时，黄英将酒杯捂住。

"沧海是老财迷，今天难得拿出茅台，喝一口，乖，只喝一口，喝了脸色红润，更漂亮。"陈文军在黄英面前说话温柔，充满爱意。

尽管侯沧海明白陈文军是在帮助自己，仍然觉得肉麻。

三人合力相劝之下，黄英喝了三小杯茅台酒。喝过酒后，她脸色红晕，比平常漂亮许多。

喝过酒，四人到山庄顶部唱歌。

在或明或暗的包间里，音乐悱恻缠绵，营造出一种特殊气氛。两曲之后，侯沧海主动约请黄英跳舞。跳舞时，他微微弯下腰，在黄英耳边讲起大学里发生的趣事，引得黄英咯咯直笑。

第四曲是黄英唱歌。侯沧海这才抽空给陈文军讲了自己和詹军的战斗。陈文军沉吟道："这事还得由黄英向黄书记开口，我差点分量。她对你挺有好感，应该同意帮忙。我觉得能办成，对于黄书记来说，这是小得不能再小的事情，一句话就能办成。"

等到黄英唱完，侯沧海端着啤酒，和黄英碰了一杯，低声讲了自己的事。黄英爽快得紧，道："基层干部素质太差了，侯沧海，我知道怎么处理。"

分手之时，熊小梅和黄英成了好姐妹。两人热情拥抱，还在耳边絮语。

小车先到黑河家属院门口。

小车闪着红屁股消失在夜色里，侯沧海和熊小梅这才顶着寒风走进黑河镇家属院。詹军住在区政府家属院，在黑河没有住房。因此，两人走进家属院没有任何不适。

"老公，我今天表演得不错吧。虽然是表演，但是我总觉得对不起陈华。"

"你不要有这种心理负担，我们做人的原则是不伤害他人。"

"你觉得事情成了吗？"

"应该成了。我要努力工作，赚大钱，让你在任何场合都能自由自在地显示身材。"

"我没有这么矫情，把事情办成，比什么都强。"

两天后，让黑河镇所有干部都意想不到的事情发生了：侯沧海被调到区委政法委。

詹军听到这个消息时，狠狠地拍了桌子。这两天他至少想了五种收拾侯沧海的方法，要让侯沧海在黑河生不如死。没有料到，自己报复的重拳还没有打出来，侯沧海这个乌龟王八蛋脚底抹油——溜掉了。一股恶气在胸中冲突，差点让他吐出一口鲜血。

侯沧海清理了办公桌，拿走私人物品。

陈汉杰开了一辆宝马停在镇政府大楼。等到侯沧海出门，他下车拉开车门。

由于侯沧海是詹军死敌，黑河镇政府干部都不敢送行。政府大院的窗口出现很多脑袋，望着走出大楼的侯沧海。

上车时，侯沧海回望一眼曾经奋斗过的大楼，看见很多同事在窗口悄悄朝院子招手。杜灵蕴也在窗口朝外招手，眼泪不争气地流了出来。越流越多，停不下来，她怕被别人瞧见流泪，赶紧关上办公室房门。

侯沧海在车外停留几秒钟，上了宝马车。宝马车示威性地响起持续不断的喇叭声，招摇地离开黑河镇政府大楼。

侯沧海的黑河岁月就此结束。

一个初出茅庐的菜鸟被生活教训得体无完肤。

侯沧海握紧拳头，目光坚毅地望着窗外，默默地念道："沧海横流，方显英雄本色，我，侯沧海，必然会成功，要将所有侮辱过、践踏过我的人都踩在脚下。"

侯沧海离开黑河镇政府之时，陈华正在审读各地报过来的信息，准备下一期市委宣传部简报。她看到了一份反映黑河基层组织建设的文章，几乎没有阅读，就放到了不予采用的那一沓。她对从来没有见过面的黑河镇党委书记詹军产生了强烈的恶感，只要是涉及黑河镇的文章，绝对不会经她手在市委宣传部简报中出现。

处理完简报，陈华意识到自己情绪不太对。为什么侯沧海受了委屈，自己这么难受？

提出这个问题以后，她心慌意乱。

夜深人静的时候，她经常想起自己喝醉酒后在侯沧海家里发生的事，对那个小帐篷印象如此深刻，没有随着时间流逝淡化，反而越来越清晰。她无数次告诫自己："陈华，你不能这样，侯沧海是熊小梅的男人，和你无关。"

第二十六章　新书记遇上最大债主

2001 年 1 月 12 日上午，山南省，江州市江阳区，区委政法委。

侯沧海干净利索地调到了区委政法委，成为区综合治理办干部。昨天晚上在小餐厅吃过接风酒，与政法委同志们见过面，今天正式上班。

综合办与政法委合署办公，主任由政法委副书记杨定和担任，副主任罗启冰，工作人员是田小娟和侯沧海。

侯沧海上班第一件事情是研究区委政法委岗位职责，很快就将综治办主任职责倒背如流。十点，侯沧海接到电话，来到杨定和办公室。

杨定和道："包青天今天杀猪，让我们喝刨猪汤，算是提前过年吧。从下星期开始，综治办要到各部分检查年终综合治理工作，今天周五，放松放松。"

侯沧海道："不叫罗主任和田姐？"

杨定和道："我们是到包青天家里，不叫他们。等会汉杰过来接我们。"

杨定和关上办公室房门，到卫生间方便。侯沧海则依然如往常一般，站在走道外等待。等了好几分钟，杨和定才从卫生间出来，皮鞋背上有点点水滴。

他在侯沧海面前从不掩饰自己的窘境，道："等过了春节，我到江阳人民医院做一次全面检查，不管是前列腺炎，还是增生，或者结石，一定要彻底干净解决，以前在黑河镇忙得脚底翻到脚背，现在终于闲下来了。熊小梅在开服装店，如果那边有什么事，跟我说一声，你悄悄去帮忙。只要能完成工作，用不着把自己拴在办公室。"

屁股决定脑袋，这句话很粗俗，却很管用。杨定和在黑河镇当党委书记之时，对工作要求很严，绝不可能让部下在工作时间做私事。如今调到政法委任副书记，失去了理想，整个人松懈下来。

陈汉杰开着宝马车等在区委大院外面，看着杨、侯两人出现，就走下车来，撕开一包玉溪。经过交钥匙风波，杨定和、侯沧海和陈汉杰三人关系更加密切，以交钥匙为分水岭，三人关系以前是以工作为纽带，交钥匙以后，三人关系渐渐向私人朋友转化。

人这一辈子，接触各种朋友很多，能顺利转化为"私人朋友"的不多，再由私人朋友转化为终身朋友的更是寥寥无几。一般来说，不会超过十人。

包青天院子里飘着须须草鸡汤香味。临近春节，农村人家都不再做农活，外出工作和读书子弟陆续归来，往常冷清的农家院子热闹起来。包青天准备了一副扑克，等到杨定和到来以后，四人就坐在堂屋里打双扣。

十一点时，包方过来转了一圈，给杨定和诸人散了一圈烟，发出到他院子喝一杯酒的邀请，又走了。

在黑河镇政府里，党委书记詹军和镇长刘奋斗关上办公室房门，讨论付款方案。

詹军道："我仔细考虑了黑河债务问题，钱肯定是要还的，但是也有轻重缓急，职工欠款多还点，企业欠款适当还一点就行了。镇政府拿三十万元来兑付，等明年经济好一点，就可以多兑付一些。"

刘奋斗拿起计算器算了算，道："三十万，也就是二十比一。少是少点，只能如此。还钱是按比例一刀切，还是有侧重点？"

詹军还真没有考虑过偿还方式，迟疑了一下，道："一刀切，免得厚此薄彼。"

刘奋斗道："每个债务构成原因不一样，如果一刀切，有的企业要吃亏。"

詹军道："不搞一刀切，显得不公平，多数企业都要闹。我对以前债务构成不熟悉，就由刘镇负责处理企业债务。"

这个安排是妥当的，符合工作实际。刘奋斗虽然知道处理此事吃力不讨好，但是作为镇长，必须得面对这些烦心事情。两人商量之后，由镇企业办通知债主们下午到镇里开会。

随后，詹军带着安监科蔡小奎，准备到青树村。青树村里有石厂和煤厂，是安全生产的重点村。党委书记在春节前检查安全生产，算是一个常规动作。这个常规动作隐藏着詹军的小心思，下午要宣布还债方案，若是留在办公室，绝对又会被债主们团团围住。他吃过一次亏，学聪明了。

詹军小车离开院子不到十分钟，李老酸、张胖子和涂百万三个老油条债主又出现在门口。

李老酸、张胖子和涂百万走进党政办，找到了杜灵蕴，道："詹书记到哪里去了？"

以前这些事情都是由侯沧海应对，侯沧海离开后，杜灵蕴搬到了党政办主任室，必须要面对这些局面。她客气地道："我确实不清楚，詹书记是领导，我是兵，领导走哪里去不会跟兵报告。"

李老酸等人虽然经常跑政府，但是他们毕竟没有在政府部门工作过，对于各部门职责以及相互关系了解得并不深刻。在镇政府体系中，党委书记行踪原则上都要告诉党政办，李老酸并不知道这一条，因此相信了杜灵蕴的话。如果是侯沧海说出相同这一番话，李老酸肯定会在心里想几遍，杜灵蕴是清秀女孩子，让他不由得选择相信了她。

"二十比一，你们政府几爷子想得出来，还让不让我们过年！"涂百万气哼哼地道。

李老酸黑着脸道："反正老子都吃不起饭了，春节时候我上访。"

上访是目前对付镇政府的必杀技，很多人都在党政办说过这话。李老酸作为老板需要仰仗政府的时候多，上访只是说说而已。

杜灵蕴确实还没有学会应付这些老油条，好言相劝半天，才送走了三位老板。面对这种复杂局面，她再次想起了被迫离开黑河镇的侯沧海。

组织干事周苗走到办公室，道："詹书记到哪里去了？找他汇报个事情。"

杜灵蕴道："和安监办到青树村去了。"

周苗摸到詹军去向以后，给跃武集团公司老总张跃武打去电话。

张跃武是黑河最大债主，在江州关系网很宽，很有背景。杨定和在黑河执政期间，最初为了欠债问题和张跃武拍过桌子。后来张跃武见到杨定和确实是真心做事，反而很配合杨定和工作。几年下来，两人成为好友。周苗当时还在办公室工作，与张跃武接触很多，特别是与张跃武公司的武雪关系颇佳。

青树村包青天家里，杨定和、侯沧海、陈汉杰和包青天正在打牌，詹军和安监科蔡小奎走到院子。

詹军完全没有料到杨定和等人居然在包家，走进院子后进退两难。包家院子里有新切开的猪肉，这群人肯定是过来喝刨猪汤的。包青天是青树村党支部书记，请杨定和这位离职老书记喝刨猪汤，却不请自己这个正当职的党委书记，这让詹军很是嫉恨。

包青天同样没有料到詹军突然来到，赶紧来到院子，请詹军进屋。

杨定和低声招呼陈汉杰，道："要给包书记面子，不要闹。"

陈汉杰将手中牌扔在桌上，气呼呼地道："我到包方家里吃饭，他也在杀猪。"

在交钥匙事件之后，杨定和、侯沧海、陈汉杰和詹军等人已经撕破了脸皮。杨定和、侯沧海是场面上人，讲究城府，不会当场发作。陈汉杰不管这些，走出院子里，朝着詹军骂道："你这个狗日的，还跑到青树村来吃饭！"

包青天怒道："陈汉杰，你发什么疯！到包方家里去！"骂完陈汉杰，他又对詹军道，"詹书记，对不住啊，陈汉杰就是臭脾气，别理他。杨书记和侯主任也在家里，快请进。"

詹军很想拂袖而去。此时脑子里涌现出鲍大有的形象，鲍大有很有隐忍功夫，老书记张强曾经当面训斥仍然能唾面自干，最终结果，坚韧的鲍大有是胜利者。他推了推眼镜，眼光在镜光后闪烁不停，道："好人不跟疯子斗，我不会和陈汉杰生气。杨书记在啊，中午得敬他几杯酒。"

侯沧海盯着正在说话的詹军，道："杨书记，等会叫他们打双扣，我们把詹军虐死。"

打双扣是黑河镇干部们共同娱乐，这是杨定和大力倡导的结果。按他的话讲，打双扣锻炼大脑，总比打麻将、诈金花高雅得多。党委书记带头，黑河镇打双扣风气很浓，工会生活的时候还组织过比赛，杨定和与侯沧海是最新一届的冠军组合，两人配合默契，计算准确，除非是对方的牌好得无法阻挡，一般都会取胜。

这是用另一种方式消除心中怨气，杨定和点头，道："我们打十分一级，更显技术。"

商量之后，等到詹军进屋，略作寒暄，杨定和就提出打牌。

几个面和心不和的人聚在一起，确实无话可说，与其面面相觑，不如打牌。再加上詹军对自己的技术还挺自信，于是答应了这个请求。

大家坐上牌桌后，侯沧海哗哗地洗扑克牌。他是玩转笔高手，手指头相当灵活，洗牌有一种行云流水的美感，还有一种类似于包方的霸道气质。

"今天在黑河打牌，我们按黑河规矩办理，谁输了喝一杯酒，用包书记家的酒杯。大家都是男人，这个胆子肯定有。"侯沧海平常不会讲出这样无理的话，心中确实充满对詹军的愤恨，也就出言不逊。当然，这种出言不逊里面也透着克制，和陈汉杰的当场发作并不一样。

杨定和和起稀泥，道："算了，打牌就打牌，不赌酒。"

四人打牌时的气氛诡异，很少交谈，专心于牌桌，仿佛这是一场涉及生死和荣誉的世纪大战。侯沧海开启了精于计算的象棋大脑，每局三四把牌以后，就能根据自己手中牌，以及对方出牌，精确地算出四人手中牌的基本格局。

连输两局，詹军的智力受到了绝对碾压。当蔡小奎又出错一张牌时，詹军终于忍不住发了火："你会不会打牌？应该出我手中没有的牌！"

蔡小奎见詹军脸色不佳，越发紧张，屡屡出错牌。

院外传来一个高调的声音："来得早不如来得巧，包青天今天吃刨猪汤啊？"来者一口江州腔，明显不是本地人。

包青天道："张总是财神爷，平时请都请不来，里屋坐，杨书记和詹书记都在。"

张跃武带两个女随从走进院子。进屋后，他热情地道："杨书记和詹书记都在这里啊，我还以为包青天杀猪来欢迎我，结果是欢迎两位书记，害得我白白激动了一回。"

杨定和放下手中牌，道："张总怎么来了，你来打牌，我上个卫生间。"

詹军趁机将牌扔下，彻底不想玩了。他认真研究过黑河镇债务构成，最大债主便是眼前这位张跃武，张跃武在这个时间点来到这里，其来意不言而明。詹军在区委办工作时，长期跟随在鲍大有左右，对市区情况比较熟悉。张跃武是来自江州的老板，与市委黄副书记关系密切，能量颇大。詹军作为江阳区正在升起来的一颗新星，不愿意轻易得罪这些有能量的人。

侯沧海也不跟詹军打招呼，直接走到屋外。蔡小奎犹豫一会儿，也跟了出来。

屋里只剩下张跃武和詹军。

张跃武道："詹书记到黑河主政，我一直没有来拜访，很是失礼。今天我是来看在青树村承包的果园，走到路上接到企业办通知，说是下午镇里要谈还款的事。我原先准备下午抽时间与詹书记见个面，没有想到上午在青树村就见了面，中午一定要敬一杯酒。"

这明显是一番假话。詹军只觉得嘴巴里吃进了一只苍蝇，非常难受。他来到青树村表面上是检查安全生产，实际上是为了回避蜂拥而来的债主。谁知这些债主们如影随形，居然找到了青树村。他生气地想："若是查出是谁透露消息，一定要让他永远靠边站。"

聊了几句以后，张跃武将话题转到债务上，道："詹书记，黑河段公路是连接江州和江阳的主道，我们公司是全额垫付，资金压力相当大。区财政在昨天付了一千七百万元，我们全部拿去还了银行贷款。当时区政府会议纪要写得很明确，由黑河镇承担一部分修路费用，目前我这里还有四百万没有拿，詹书记能不能多考虑一点。"

詹军道："张总是大公司，财大气粗，区区几百万算个啥。"

张跃武叫苦道："我是马屎皮面光，表面上公司资产不少，但是都是在纸上，全是难以收回来的债。"

詹军道："我才到黑河，不熟悉情况。下午刘镇长要召集大家开会，专门谈偿债的事，你可以和刘镇长商量。"

张跃武继续苦着脸道："修路的时候，根据协议用了很多黑河民工，这几天，民工都到公司来要钱，詹书记不拿钱给我们，我们就没有钱给民工，到时只有让他们到镇里来要钱。"

张跃武知道"二十比一"的偿债方案，对这个方案很不满。对于一个企业来说，流动资金变成债权，活水变成死水，往往会要命。这几年公司摊子铺得大，如果处处工程都拿不到钱，真的会把一个赢利的企业拖得半死不活，甚至拖死。

他接到电话以后，知道在黑河只能拿到区区二十比一，当然不肯甘休，因此直接在青树村堵住了党委书记詹军。为什么要来找詹军，那个电话说得很清楚：在黑河镇，现在说话算数的就只有詹军了，不找詹军，你是拿不到钱的。

听到张跃武这几句话，詹军顿时黑了脸，道："张总不要威胁我，不是我欠的钱，是上一届欠的钱，我这一届能认账就很不错了。"

这是一句大实话，可是实话往往上不得台面。张跃武立刻就用大道理来回应这一句实话："公司的钱是黑河党委政府欠下的，党委政府如果垮台了，公司的钱自然就打水漂了。问题是现在党委政府没有垮台。"

说到这里，双方僵持住了。

张跃武身边坐着一位年龄不大、模样清纯的梳着马尾巴的女孩子，津津有味地看着张跃武和詹军斗嘴，脸上挂着若有若无的笑意。

马尾巴的女孩子是张跃武的女儿，叫张小兰。

　　包青天不愿意得罪张跃武，因为这是能承包荒山的有钱人，有钱人对于村民是有用的。他又不愿意得罪詹军，詹军是书记，书记显然对村民也是有用的。他突然骂了一句："这个傻婆娘手脚太慢了，还没有菜弄好，我去看看。"

　　张跃武带来的女随从武雪站了出来。武雪将一个削好的广柑递到詹军面前，娇笑道："詹书记，来吃广柑，青树村的广柑很甜。"

　　詹军对漂亮女子向来缺乏抵抗力，接过广柑时，眼光瞄向女子手腕。

　　那个手腕很细很白，非常漂亮，他脑子里不由得浮现出韦庄的一首词："人人尽说江南好，游人只合江南老。春水碧于天，画船听雨眠。垆边人似月，皓腕凝霜雪。未老莫还乡，还乡须断肠。"其中一句"皓腕凝霜雪"用来形容这个女孩的手腕非常恰当。

　　在区委办当秘书时，由于鲍大有古文化功底颇深，詹军被迫在业余时间背诵唐诗宋词，几年下来，脑子里装了很多宋词，看见武雪，宋词佳句便窜了出来。

　　女子拿了一张名片给詹军，道："我是武雪，公司办公室副主任，请詹书记多关照。"

　　詹军接过名片，随手放进衣袋。

　　张跃武一直在观察詹军，见他接过名片，并将名片放进了衣袋，下意识地笑了笑。

　　由于武雪及时出现，僵硬气氛暂时缓解。

马尾巴女孩张小兰站在一旁观察屋中诸人，敏锐地捕捉到詹军望向武雪发热的眼光。她暗哼一声：“还是党委书记，看人不转眼。”

张小兰坐在堂屋一角，专心听父亲与诸人聊天。

包青天的女人端着菜走进堂屋，摆在八仙桌上。包青天提着酒，粗犷豪放地道：“杨书记，詹书记，张总，蔡主任，各位，上桌子，喝酒。”

杨定和从二楼卫生间走了过来，和张跃武打了招呼，又问包青天：“怎么没有看见侯沧海？”

包青天道：“包方也杀了猪，他将侯主任拉了过去。”

杨定和压根不愿意和詹军在一起喝酒，只是他是场面人，必须得将场面应付过去，不能如侯沧海那般意气用事。

喝酒开始以后，詹军成为村里人重点敬酒对象。

詹军在村里喝酒很克制，与每个人碰了一杯，便不准备再喝。谁知陪酒的计生专干根本不理睬詹军定下的规矩，端着杯子站在詹军面前不走。计生专干是泼辣的农村中年妇女，在酒桌上向来放得开，道：“詹书记是第一次到青树村，刚才我代表计生专干敬了詹书记一杯，现在我代表全村妇女敬詹书记一杯，妇女能顶半边天，詹书记不能耍赖。”

詹军道：“杨书记是老书记，又是区委领导，应该敬杨书记。”

杨定和道：“我就算了，关键部位有大麻烦，他们都知道。”这种病是男人隐私，但是在青树村是大家都知道的事，村干部们经常拿这毛病开玩笑，但在关键时都不约而同地保护老书记。

詹军从小就见识过这些村社女干部的厉害，原本不想喝酒，可是今天这种情况下，很难完全不喝。有了第一杯，就有第二杯，无数杯以后，詹军肚子里如有一盆火。

张小兰觉得这种酒战实在无趣，走到院外，呼吸新鲜空气。她将羽绒服拉链拉到下巴处，抵御山间寒风。后院小山有不少梅花，散发阵阵清香。受到香味吸引，她沿着小道来到山坡，留连在梅花之间。

一只游荡在野地的土狗从草丛中钻了出来，磨着牙，低声咆哮，冲向马尾巴女孩子。

梅花和土狗都是属于农村常见物，欣赏梅花时，遇到土狗很自然。张小兰被土狗咆哮声吓得花容失色，抬起脚，用鞋底对准那只土狗，还挥舞手中包，威吓土狗。

土狗聪明得紧，瞧破对手虚弱，龇牙威胁。

侯沧海在包方家里喝了些酒，沿着小土坡准备回包青天家里。刚走到山坡便见到土狗围攻张跃武带来的漂亮女子。他弯腰捡起一块泥巴，大吼一声，将土狗惊得后退好几步。

等到土狗与女孩子分开以后，侯沧海将泥巴砸了过去。土狗是识货之人，知道眼前人惹不起，狂吠几声，夹着尾巴跑了。它跑到山顶，停下脚步，用偏黄的眼睛挑衅地盯着山坡上的两人。

"谢谢你。"张小兰长舒一口气道，"吓死我了。这只狗太凶了。"

"这是中华田园犬，不是城里宠物狗，有保家护院本能，要咬人的。"侯沧海拾起地上落的一本书，惊讶地发现是一本象棋谱。

"你下棋？"

"下着玩。"

"下棋还看谱，水平肯定不差啊。"

"你莫非下棋？包书记家里有没有象棋，我们杀一盘。"

"包青天家里有扑克和麻将，就是没有象棋。"

张小兰站在侯沧海身旁，用纸巾擦棋谱上的泥土，不时与山坡上那只狗对望，"你是黑河镇政府的？"

侯沧海道："我在江阳区委政法委工作，不是黑河的。你是张总女儿吧，和你父亲长得挺像。"

张小兰对眼前这位气质明显不同于黑河镇其他干部的高个子帅哥很有好感，道："你眼光不错，我是他女儿，叫张小兰。平常我爸总说江湖险恶，我趁着寒假跟着他，看看他口中的江湖到底是怎么回事。"

"大学生？很羡慕你啊。人在江湖，身不自己，走出校园那一天起，就再也回不去了。"侯沧海总觉得她和《大话西游》里的紫霞仙子有几分神似，特别是她眨眼的神情，与紫霞仙子极为相似，于是多看了两眼。

张小兰道："这没有办法，每个人迟早要离开学校。你叫什么名字？"

"侯沧海。"侯沧海道，"走吧，我要回院子，你跟着我走，免得又被土狗袭击。这些土狗欺生，肯定嗅到了不一样的味道。"

张小兰将棋谱擦干净，放回包里，跟着高大帅气的侯沧海一起走回院子。

杨定和背着手站在院子里，与包青天聊天。

包青天喝了酒以后，两眼红红的，道："杨书记，收费站到底修到哪一边？"

杨书记道："如果我在黑河，肯定会让收费站迈过青树村。你提前给詹军做好汇报，一定要让黑河政府顶住。"

包青天道："詹军眼睛朝上，听不进我们村社干部的意见。我说了几次，他都没有认识到问题严重性。如果我们青树村村民骑摩托进城都要收费，大家绝对会将收费站拆掉，好多人都放出这个话。"

江州市通往铁州的省级要道要经过黑河镇，这条收费公路即将完成，修好以后，收费站设在哪里是一个大问题。如果不能迈过青树村，以后青树村有车的人家到江州城就会极不方便。但是青树村是长链形，要迈过青树村，则需要在远离城郊超过二十公里才能设立收费站，省高速公路集团一直不同意迈过青树村的方案。

依着各地设收费站的经验教训，不管设在哪一边，总会损伤部分人的利益，一场群体性事件跑不了。

堂屋酒局气氛正热闹。张跃武喝得十分尽兴，与詹军不停碰酒，詹军原本还有党委书记的矜持，接到区委常委管志电话后，开始不停干杯。

酒席结束时，张跃武与詹军热情拥抱，仿佛是多年老友。张跃武道："有詹书记掌舵，黑河明天会更美好，以后还要多多照顾啊。"詹军客套地道："希望张老板投资黑河。"与詹军拥抱后，张跃武走出屋，又与院外杨定和、侯沧海握手告别。

上车后，张小兰道："爸，那个詹军看到武雪姐就不转眼，眼光很不对劲。"

武雪告诫道："小兰，十个男人九个是这个德行，见惯不怪。你以后交男朋友得小心。"

张小兰望着父亲道："爸，你属于九个，还是一个？"

张跃武故意板着脸道："这个问题我无可奉告。"随即又笑道，"你这个孩子真是没大没小。"

张小兰道："刚才我在坡上差点被狗咬了，全亏侯沧海把土狗赶走。"

张跃武道："侯沧海以前是黑河镇党政办主任，杨书记调到区委政法委时，他跟着过去了。侯沧海是人才，办事很老练。"

武雪笑道："侯沧海眼神很正，没有什么坏心。"

在另一辆车上，詹军脸上的笑容瞬间消失了。

在喝酒之时，詹军接到新任区委常委管志的电话，交代要照顾张跃武，原话是："当时区里修路没有钱，张跃武全额垫资帮区里修路，我们不能久拖不付，没得信用。否则，以后谁敢跟我们打交道。"

虽然詹军背靠鲍大有这棵大树，可是大树迟早会退休或调走，所以他还得给自己留一条后路，不能得罪其他区领导。最麻烦的是镇政府只有这点钱，多付张跃武的钱，就得少付其他债主的钱，这会引起不小的矛盾。

詹军初来黑河时，认为跟着鲍书记学了很多管理高招和政治谋略，当一个镇党委书记肯定轻松自在，谁知一个小小的黑河镇会有这么多复杂的事，难缠的人和千丝万缕的关系，让他这个党委书记有寸步难行之感。

回到黑河镇政府，詹军找到刘奋斗，提出多给张跃武一点钱。

刘奋斗一听就炸了，道："各位债主都晓得二十比一，每人拿多少钱都是有数的，减谁的钱都搁不平。"

詹军严肃地道："还没有开会，各位债主怎么晓得比例。"

刘奋斗道："这么多年，没有任何一件事能保密。"

詹军气愤地道："开年以后，我们要专门谈保密问题，谁要乱传乱说，我们一定不要客气。"

刘奋斗叹气道："那是明年的事情，先把今天下午应付过去再说。"

詹军道："刘镇熟悉情况，一定能想出办法。"

刘奋斗没有妥协，断然道："如果要改方案，就得书记亲自主持会议。"

詹军知道刘奋斗所言有理，也不愿意初到黑河就和镇长严重对立，退让了一步，道："先按原计划进行吧，张跃武的钱只能等到开年解决。"

刘奋斗在基层搞了许多年，与这些老板经常接触，十分了解情况，道："不要理睬张跃武，这人一直在和青树村谈小煤矿，求着黑河镇的时候不少。如果敢翘尾巴，到时我们就专门砍尾巴。"

詹军知道张跃武背景复杂，这个尾巴不能乱砍。他回到自己办公室，主动给张跃武打电话，真诚地做了解释，承诺春节后一定优先考虑其债务。

张跃武江湖经验老到，深通"不打不相识"的道理，也知道"适可而止"的原则，答应了詹军的建议。

此事就算揭过。

张小兰道："爸，这一家又收不到钱吗？"

张跃武无奈地道："小兰，这就是现实，没有办法啊。今天让你跟着我来要钱，就让你体会一下风光背后的委屈，认清楚什么是社会现实。武雪比你大不了几岁，作为办公室副主任，受的委屈不少。与她相比，你要幸福得多。"

张小兰眨了眨眼睛，道："爸，我怎么觉得你是在表扬自己。"

张跃武笑道："确实有这个意思，所以，在学校要好好学习。你不要总想着出来做生意，生意不是这么好做的。"

黑河镇下午的会议开成了一个吵架的大会，全部债权人都对二十比一的偿负比例大为不满，有骂人的，有闹着要上访的，有诉苦水的，满堂乌鸦叫，差点将屋顶闹塌了。

等到大家闹腾得差不多时，刘奋斗用力拍了桌子，道："大家别闹了，欠债还钱，虽然天经地义，可是大家想一想这点钱是从哪里来的，是我和詹书记以自己的脸面去借的。你们大多数都到其他地方做过工程，其他镇情况怎么样，大家清楚。等明年经济条件好一些就多还一点，你们觉得怎么样？如果谁觉得钱少了，不要，也行。"

老板们又闹了一会，还是接受了镇里提出的条件，到财政所拿钱。

这件事情是春节前最后一件大事，办完此事，从领导到一般干部都松懈了下来。詹军来到黑河镇以后，一直处于焦灼状态，如今终于可以松一口气了。

春节越来越近，年味儿也越来越浓了。街上购置年货的人很多。大家将手中的事情放下，等着放假过年。

　　除夕前十天，服装店门面装修了一半，工人们无论如何不肯再干，熊小梅按捺住急切心情，关掉门面，回黑河休息。

　　大年二十九，侯沧海一大早起了床，买了新鲜羊腿，用文火熬了一锅羊肉汤。中午，他和熊小梅开了瓶山南特酒，商量春节安排。

　　"初一值班，初二回世安厂，从初三开始得拜年，政法委蒋书记和杨书记家里肯定要去。我最愁的是另外一件事，什么时间回你家。"

　　这是熊小梅的痛点，她愁眉不展地道："我爸那个暴脾气，我们回家有可能被赶出来。"

　　侯沧海道："过春节不回家，说不过去。给你姐打个电话，让她征求爸妈意见，如果同意我们回去，我们就回去。如果态度依然激烈，暂时回避。"

　　给大姐打过电话后，两人喝着羊肉汤等回话。十来分钟后，熊小梅接到姐姐回话。挂断电话后，她的泪珠开始不停往外涌。

　　"怎么回事？"

　　"我姐问过爸妈了，他们不准我们回去。"

　　侯沧海递了一包纸巾给女友，安慰道："他们还在气头上，等到我们日子过得好了，他们自然就会改变态度。"

　　熊小梅抽泣道："我春节想回家，他们居然硬着心肠不准回家，他们不想要我了，心真硬。"

　　侯沧海道："你想多了。他们就是一口气没有顺过来，时间久了自然就顺了过来。”

说实话，侯沧海实在不能理解熊恒远夫妻为什么会用这种方式处理事情，按理说，事情已经发生了，用拒人于千里之外的方式来对待女儿和准女婿，除了伤害亲人以外，没有任何用处。熊恒远选择了如此处理方法，让侯沧海百思不得其解，最后只能归入个性使然。

大年三十，一辆从秦阳市城开来的客车进了城，身材结实、满脸阴郁的中年男子熊恒远下了车。

他看不起江州城的城市建设，看不惯江州市民的穿着，听不惯江州口音。他在询问江州客车站的时候，居然还被人乱指，绕了一个大圈子才来到江州客车站。客车站里人满为患，买票的队伍接近二十米长。

熊恒远坐上从秦阳前往江州的客车便没有好脾气，到了江州以后更觉得一股气没有地方发泄，积郁在胸口。他终于排队到了售票窗口，谁知里面售票员道：“没有到黑河的车票。”熊恒远提高声音道：“为什么没有？”售票员道：“没有就没有。”熊恒远生气地道：“我到黑河，凭什么没有。你欺负人。”售票员也生气了，大声道：“买不买，不买就让开，别挡着窗口。”熊恒远道：“你跟我说清楚，否则我就挡着窗口。”

两人隔着窗口吵了起来。

站在后面一人道：“到黑河都不用客车票，外面有公交车，便宜，又方便。”

在乘客指点下，熊恒远离客车站，问了两人，终于坐上前往黑河的公交车。他在心里大骂女儿：“二妹真是傻瓜，嫁到这个乡巴佬地方。”

公交车干净整洁，这让熊恒远感觉稍微好一些。可是踏上黑河场镇，他的脸色又阴了下来。黑河正在赶集，到处都是人，有大量农产品或堆积或零散地放在地上，整个场镇看起来又脏又乱又差。

熊恒远抽着烟，在场镇穿行。穿行过程中，他胸中火气奇异地消解了。他儿时生活在距离秦阳市城区有三十多公里的场镇上，场镇赶集时和这里差不多。他独自穿行在人群中，不由得想起了很久没有想起过的奶奶。自从进了工厂，他几乎没有回过儿时生活的场镇，也很少给奶奶扫墓。此时脏乱差的环境让他想起辞世超过半个世纪的奶奶。

他不是一个多愁善感的人，考虑生计远比胡思乱想更重要。今天来到黑河看一看小女儿生活的地方，奇异地让他联想到奶奶，这才有微微的惆怅。

他到一个旧茶馆泡了一杯劣茶，又到场口吃了一碗面条，然后坐公交车回江州。

从长途客车下来，回到秦阳熟悉的街道，阴郁又回到熊恒远脸上。

"你到哪里去了，一天不见人。"杨中芳见到丈夫就埋怨道。

熊恒远生硬地道："我又不是三岁小孩，我到哪里去，用不着跟你报告。"

杨中芳气得转身走进厨房，道："你这人犟得像条牛，我说让二妹回来，你硬是不准。二妹没有回来，你心头又不痛快，活该，自作自受。"

熊小琴道："爸，我再给二妹打电话，让她和侯沧海回来，侯沧海这人挺不错，为人沉稳又没有什么花花肠子。"

熊恒远断然道："不得行。"

熊小琴道："爸，你讲点道理，总得给个台阶下，一家人不可能就永远不来往了。"

熊恒远愤怒地回到自己房间，站在门口道："不得行就是不得行，没有道理讲。"

熊小琴拿倔强的父亲也没有办法，不停摇头。

初二，侯沧海分别给政法委蒋书记和杨书记拜了年。

初三，回世安厂，与周水平、吴建军等开裆裤朋友喝了一顿大酒。

初六，侯沧海、熊小梅、陈文军、黄英及陈华首次聚会，在铁梅山庄吃饭，唱歌。这次聚会是由陈华发起的。她的态度非常现实，既然不讲感情了，陈文军和黄英就变成有用的人，有用的人就要用合理方式对待，不能感情用事。

喝歌时，陈华先和侯沧海跳了一曲舞，再和陈文军跳舞。

陈文军握着陈华细嫩的右手，左手搭在曾经熟悉的后背，扑面而来的迷人气息让他内心痉挛，他在陈华耳边轻声道："对不起。"陈华道："事已至此，何必说这些。你的选择是理性的，至少帮助侯沧海离开了黑河。"

陈华越是冷静，陈文军心情越是复杂，在舞步交错时很想将眼前女子抱在怀里。这是一个永远无法实现的梦想，因为黄英就在旁边歌唱。歌曲尾声时，他压低声音道："你有什么事，我会全力帮助。"

这正是陈华想要的效果。

陈华与陈文军跳舞时很平静，但是她看着熊小梅依在侯沧海怀里时，居然泛起一股酸意。她知道这种情感非常不对，自己绝对没有任何理由吃熊小梅的醋。她如练气功那样气沉丹田，将所有感情沉入最柔软和最隐蔽的地方。

田英是天之娇女，长期处于舞台中央。她更关注自身，压根没有注意到周边人细微的感情涟漪。她看到一个未接来电，便到门外回电话。

"小兰啊，刚才在唱歌，没有听到。你一个人吗，我们几个朋友在唱歌，铁梅山庄，距离你们家很近，过来吧。"

"陈文军在吗，我一直没有见过真人。他在啊，那我马上过来。"张小兰刚刚参加了一个非常无聊的饭局。席中人都是生意人，好几个中年人都带有年轻貌美的小三，让她非常反感。她想起在春节期间还没有见过黄英，便打电话问一问。

十分钟不到，张小兰开车来到铁梅山庄。让她意外的是居然在这种私密场合里见到了在青树村遇到的侯沧海。

熊小梅和陈华合唱《后来》：

后来我总算学会了如何去爱

可惜你早已远去消失在人海

后来终于在眼泪中明白

有些人一旦错过就不在

……

陈文军带着黄英慢舞，两人亲密地依偎在一起，幸福美满。

为了不冷场，也出于礼貌，侯沧海邀请张小兰跳舞。张小兰在朦胧灯光中更似紫霞仙子，非常美。她问道："熊小梅唱得真好听，你们是大学同学吗？"

"嗯，我们是大学同学。她准备开服装店，就在服装城，名字叫小梅服装店，门面装修好以后，欢迎光临啊。"侯沧海嗅到了淡淡轻香，凭直觉，张小兰用的香水应该很高档。

张小兰道："好啊，等门面开业时，我送花篮。"

散场时，陈华坐上张小兰的车。黄英开车将侯沧海和熊小梅送到黑河镇政府家属院。

侯沧海和熊小梅站在家属院，目送小车离开。熊小梅叹息道："我好羡慕黄英和张小兰，她们才是真正的天之娇女。凭什么她们就可以过上无忧无虑的生活，我们拼命工作，还是一无所有。"

侯沧海道："我们必须在这个社会上拼命。只有这样，我们的儿女才可以和她们一样。"

春节在吃吃喝喝中结束。

过完大年，在熊小梅数次催促之下，装修工人终于来到现场。装修进展极不顺利，拖拖拉拉，经常只有一个工人在场，有时两三天都不见人影。

"才过了春节，人都是这样的，喝酒喝成了傻瓜，过两天就好了。"装修公司卞经理面对着怒气冲冲的熊小梅，用无所谓的态度道。

熊小梅忍住气，和颜悦色地道："拜托，卞经理。我就是一个指甲大的工程，三下五除二就弄好了，从春节前就开始，到现在是多少天了。"

"行，行，顾客是上帝，明天派人给你去弄。"

卞经理使用的"JQK"战术，先把客户"J"来，再把客户"Q"，最后一阵猛"K"，这个工程体量不大，客户又是外地女子，不把价格翻个倍，实在对不起"良心"。更何况，最近生意不错，接连拉到几个单子，各个工地都要开工，否则无法将客户稳定下来。

熊小梅面对神情颇为猥琐的卞经理，后悔当初贪图便宜，找了这么一家烂公司，她竭力让自己态度好起来，道："明天一定要来啊，我等着做生意，拖得太久，门面费就损失了。"

卞经理道："都是做生意的，我懂得起。"

熊小梅总觉得这个姓卞的经理就是敷衍自己的骗子，于是语气重了些，道："卞经理，我不开玩笑，你最好集中两三天把门面弄好。"

卞经理仍然皮笑肉不笑地道："我们还是得保证质量，光是快，质量不好，就要影响到我们公司的名声。"

熊小梅交涉一番，怀着"明天就可以大干快上"的侥幸心理回到了门面，看到乱七八糟的门面又忍不住心里窝火。她中午回到黑河，与侯沧海谈起了此事，义愤填膺。

侯沧海劝道："心急吃不了热豆腐，等到明天再说。明天有两种情况，一是还是没有工人来，二是有工人来。如果是前一种情况，我去找他。放心吧，这事是小事。你别忘了，我是在政法委工作。"

熊小梅道："政法委是个空架子，听起来好听，其实在社会上没人理。你别生气，我是说这个机关。李沫那边已经发货了，两天后就到。如今装修严重拖后腿了。我有一种感觉，那个卞经理在故意磨蹭。"

侯沧海道："他为什么要磨蹭？无利不起早，故意磨蹭肯定有所企图，是不是适当涨点价，让他动作快点。"

熊小梅反对道："凭什么涨价，如果当初不是因为他的价钱低，我们不会找他。涨价，还不如找其他公司。明天他如果不派人，我就找其他公司来做，反正只是付了订金。"

侯沧海道："暂时不要换公司，尽量让这个公司把事情做完，换了新公司说不定会遇到其他问题。"

在男友劝说之下，熊小梅在下午就没有回服装城，在黑河寝室睡了一个懒觉，起床后做了盐煎肉。

盐煎肉是川菜家常风味菜肴的代表作，与回锅肉共称为姐妹菜。盐煎肉和回锅肉炒制过程差不多，区别在于回锅肉顾名思义是先在锅里煮过又回到锅里炒，而盐煎肉则是生肉直接炒的。回锅肉味道浓郁但比较油腻，盐煎肉则相对淡爽一些。熊小梅做盐煎肉时喜欢放豆豉，豆豉被盐煎肉的油炒得特别有滋味，是非常棒的佐餐食品。

晚上，侯沧海回家。陈华与熊小梅坐在简易沙发上，茶几上放着几张纸。

侯沧海将手包放在桌上，好奇地问道："画什么啊？"

熊小梅道："陈华正式调到市委宣传部了，我们三人喝一杯，好好祝贺。"

陈华道："应该祝贺的是你们。侯沧海调区委政法委，你们买了这套房子，小梅当了老板，这些事情都得祝贺。刚才我和小梅在设计装修，等到你们把结婚证办了，这就是你们的新房，应该重新装修。"

熊小梅道："等到服装店做起来，赚了钱，再谈装修的事情。"

三人喝了大半瓶酒，陈华喝了至少二两酒，在熊小梅强烈挽留下，留宿于杨兵曾经住过的客房。

三人一直在客厅聊天，聊到夜里十一点，侯沧海和熊小梅走进卧室，反锁房门，上了床。熊小梅扭着身体，躲着男友那一双带火的手，道："别闹啊，满身酒气，陈华还在旁边。"侯沧海不依，继续伸出魔爪。

闹了一会，房灯熄灭。

在激情之时，侯沧海脑子里想起了另一个画面：与自己运动的是陈华。

第一次在激情时在脑海中换了女主角，这让侯沧海战斗力更加强悍，激情四射。结束之后，他因为脑中画面而深为内疚。

　　早上起床后，侯沧海与穿着熊小梅睡衣的陈华相遇。他再次惭愧自己脑中的龌龊想法。

　　昨天晚餐剩有盐煎肉。盐煎肉里面有大量过油江州豆豉。馒头配上过油江州豆豉，是绝对美味。三人坐在餐桌上一阵猛吃，早餐尾声，才谈起正事。

　　"如果今天还没有人来装修，你说我怎么办？"吃掉最后一块馒头，熊小梅提出了这个严峻问题。

　　侯沧海道："如果我不是机关干部，那就好办，简单粗暴找姓卞的麻烦。但是我在政法委工作，只能用另外方法。我找一个工商局的朋友，通过工商渠道，以消费者保护的名义，去压一压那个装修公司。"

　　熊小梅想着那位卞经理的无赖表情，道："消协压不住那个姓卞的。"

　　陈华道："我有一个老乡杨亮在当公安，他出面应该问题不大。但是，他目前在省公安厅培训，还要一个星期才回来。"

　　侯沧海见女友愁容满面，道："如果今天装修工人再不来，我出面找他。"

　　侯沧海和陈华去上班后，熊小梅坐着公交车来到江州服装城。在门面等到十点半钟，依然没有装修工人到场。熊小梅坐在狼藉一片的小店里，火气从胸中升起，无法熄灭。她用力拉下卷帘门，直奔装修公司。

　　"卞经理，怎么又没有来人？"熊小梅走进装修公司，忍住气，尽量平静地问道。

　　卞经理咬着烟，道："现在人工这么高，你给的价钱这么低，工程量又这么小，等到工程做完，我要亏本。"

　　熊小梅试图讲道理："当初谈装修工程的时候，我没有隐瞒工程量，你自己报的价格，现在做到一半，怎么能说不做就不做，这是违反合同的。"

　　卞经理道："那是去年的价钱，今年人工费用蹭蹭地往上长，不涨点价格，我怎么做得出来。合同嘛就是一张纸，可以更改的，这是江州生意场的规矩。你才从外地来，不太了解江州行情。"

　　熊小梅准备妥协，问道："你要涨多少？"

　　卞经理道："现在价格乘个二。"

　　熊小梅胸口不停起伏，终于勃然大怒了，用力拍了桌子，道："你太过分了，乘个二，做梦吧。我给你说，从今天起，你的人不用来工地了，我自己找人做。你不遵守合同，我也不用遵守合同。"

卞经理轻蔑地道："只要有人来接活，我无所谓。"

熊小梅在前期只是交了预付金，预付金和现在已经做的活相比并不吃亏。她最焦急的是时间，服装店租金不低，装修拖的时间越长，损失越重。她愤愤然走出装修公司，走到门口时，抬脚将一张椅子踢翻在地。

卞经理看着熊小梅挺直纤细的腰身，咽了咽口水，道："没有想到还是一个辣妹。想把我扔掉搞单飞，这是不可能滴。"

熊小梅走了一百多米，眼泪开始往下掉。她万万没有想到做个小生意会这么难，社会上有很多人张开血盆大口，想将一个从学校出来的年轻女子吞进口里，连骨头渣子都不剩下。

她拿出手机给男友拨打了过去，接通以后，声音低沉嘶哑地道："我和装修公司谈崩了，准备……"

区委政法委会议室，公、检、法、司的领导及政法委机关干部聚在一起开会。区委常委、政法委蒋强华正在讲话："政法系统的人绝对不能跟黑社会混在一起，这是原则问题，当前社会治安不好，老鼠和猫称兄道弟是一个重要原因……"

侯沧海坐在蒋书记对面，不敢接电话。

熊小梅原本想找侯沧海倾述自己受到的委屈，结果他没有接电话。事到临头，她将遗传自父亲的蛮劲发挥了出来，不再畏首畏尾。

"你会装修吗？"熊小梅走回服装城时，见到路边站在一个人，脚边放着抹灰工具，便问道。

此人是初到服装城招揽生意的装修游击队。服装城开业门面多，这些门面都需要装修，且工程量不大，正适合他的情况。他初到服装城，没有人缘，费尽口舌也没有揽到活。

正在路边休息，听到女子招呼，装修游击队员大喜，拍着胸膛道："你找对人了，我做装修，手艺好，价格便宜，绝对合适。"

熊小梅道："那就跟我走，先做，再付钱。"

装修游击队员提着包，快步跟在熊小梅身后，道："没得问题，如果觉得我手艺好，以后老板帮我多宣传。"

打开门面，看到做了一半的装修工程，装修游击队员用手摸着后脑，道："老板，有人做过的，我来接会不会惹麻烦。"

窝了一肚子的火的熊小梅道："你做不做，不做就走。"

装修游击队员道："既然老板让做，我当然要做。"

熊小梅道："你是半途接的活，自己算一算，要多少钱，我们两人先说断后不乱，不要中途涨价。"

装修游击队最初见到熊小梅秀秀气气的，盘算着如何小赚一笔，几句话下来便绝了弄手脚的想法，这个女人外表秀气，内心甚是硬气，不好惹。

"我叫吴兵，黑河镇的人。我们黑河镇距离江州和江阳都近，做装修这一行的人比较多。"吴兵一边算着需要多少钱才能把活接过来，一边自我介绍。

熊小梅此时最想安静，"嗯"了一声，没有接话。

临近中午的时候，进来红眉毛绿眼睛的两个人，其中一个黄毛对吴兵道："这是我们的活，你是哪里来的，没有你的事，赶紧走。"

吴兵用眼光询问熊小梅。

熊小梅勇敢地走到两人面前，道："你们是谁？有什么事？"

黄毛咬着一支烟，上上下下地打量熊小梅道："你这个外地人跑到江州还敢耍横，你这里的装修只能由卞哥来做，谁来做，我就打谁？"

熊小梅指着大门道："你给我出去，要不然我报警了。"

黄毛扬了扬手里的合同复印件，嬉皮笑脸地道："你给我瞧清楚，这是合同，你先违反合同，道理在我们这一边，报警有屁用。"

另一个年轻人道："别说这么多屁话。"他指着吴兵的鼻尖道，"给你五秒，马上在我面前消失，一、二、三、四。"

数到第四声时，吴兵提着包跑出了门面。过了五秒，他又跑了回来，递了一张纸条给熊小梅，道："这个电话在我家旁边，有事找我。"

黄毛扬起拳头朝吴兵打去，道："你他妈的还敢回来。"

吴兵弯腰躲过拳头，回头朝着熊小梅做了一个打电话的手势。

将吴兵赶走后，黄毛说了几句狠话，扬长而去。

熊小梅咬着牙在门口站了一会，毅然地拿起了电话，这一次不是打给侯沧海，而是找陈汉杰。

给陈汉杰讲了卞经理的事情以后，熊小梅道："陈哥，能不能让方哥出个面。"

陈汉杰满口答应道："我马上给包方打电话，包方在服装城这一带绝对罩得住。"

熊小梅回想起包方带人打群架的场景，有些不放心，叮嘱道："陈哥，我不是让方哥打架，是请他帮我说一说。"

"这些人欺负到兄弟媳妇头上来了，硬是认为我们黑河无人。"几分钟后，陈汉杰回了电话，"等会给包方兄弟伙指个路，其他事情别管了。"

打过电话后，熊小梅便脱掉厚厚的外套，挽起袖子，开始清理装修垃圾。半小时不到，一个黑瘦年轻人出现在门口，道："你是不是熊姐，我是老五，方哥让我来的。"

熊小梅将手里的装修垃圾放下，打开里屋水龙头冲了冲。冷水刺人骨头，让她直吸凉气，出来后，她面容严肃地道："五哥，走吧。"

老五面黑，笑起来露出一口白牙，道："你别叫我五哥，被别人听了要被骂，就叫我老五。你给我指一指卞经理在哪里，我和他交涉。"

"咣、咣、咣"，熊小梅将门面拉了下来，带着老五奔向卞经理的公司。

来到公司不远处，熊小梅道："就是这家装修公司，经理姓卞，是个骗子。"老五道："熊姐，我知道了。你就别去了，在这里等我。"

老五在装修公司门口转了一圈，观察里面情况，然后站在街边打了一通电话。很快，一辆长安车开了过来，车上跳下来三个人。四人聚拢后，走进装修公司。

熊小梅走进一家超市。隔着超市玻璃，她看着老五带人走进装修公司。

"姓卞的，滚出来。"老五进屋吼了一嗓子，抓起放在桌上的电话，摔在地上。又抓起水杯，砸向电脑。

卞经理正在里间与客人谈生意，听到吼声和哐当声，怒火冲冲地出来。他认出了老五，知道这是惹不起的社会人，赶紧拿出烟，依次散过去，赔笑道："各位哥，啥子事，兄弟有做得不对的事情，多多包涵。"

老五右手抡圆了扇在卞经理脸上，道："你这个宝器，方哥朋友都敢欺负。"

其他三个人叼着烟，围着卞经理就是一阵拳打脚踢。四人散开的时候，躺在地上的卞经理已经变成了国宝熊猫。老五蹲在地上，拍着卞经理的脸，道："听说你还是黑社会，黄毛是哪里来的大哥，跑到江州操社会，喊出来走两步。"

卞经理这才明白是服装城门面的事，哭丧着脸，道："各位哥，是我的错，是我不懂事。"

老五道："你耽误了别人好多时间，双倍赔偿损失，这是必须的。"

卞经理原本想欺负一个外乡人，没有想到外乡人与方哥这一伙人有牵连，早知道如此，他绝对不敢老鼠挂左轮——起了打猫心肠。他坐在地上，苦着脸道："双倍损失，我赔嘛。"

在里间谈生意的客户看到此情景，溜之大吉。

熊小梅原本只是想利用方哥的名声吓一吓卞经理，没有料到看起来单纯的老五居然是个狠角色。她捏着厚厚一叠钞票，道："老五，钱太多了。"

"这是赔你的损失。"老五潇洒地跳上了长安车，开了窗还朝熊小梅挥了挥手。

熊小梅此时觉得这个钱有点烫手，想了一会，便给陈汉杰打电话，约定晚上一起吃饭。随即又给侯沧海打电话。侯沧海刚开完会，在走道上接到女友电话，有点奇怪，道："为什么要在江州吃饭。"

熊小梅知道侯沧海在政府机关工作，不喜欢跟社会上的人纠缠在一起，含糊地道："今天陈哥帮了个忙，我请他吃饭。"

侯沧海问："帮了什么忙？"

熊小梅这才简约说了发生在服装城的事情。

"好嘛，我一会儿就到。"侯沧海想起蒋书记提出的警告，觉得心里堵得慌。

下午，离开办公室后，侯沧海来到距离服装城不远的火锅馆。在火锅馆前，他放缓了脚步，思考着如何与社会大哥包方既不过分亲密又不撕破脸皮。进屋后，他第一眼瞧见了下午没有上班的杨定和，招呼道："杨书记，你也来了。"

杨定和开玩笑道："我被汉杰半途打劫了。"

吃火锅的人并不多，只有杨定和、陈汉杰、包方、老五、侯沧海和熊小梅，更像是旅居江阳的黑河镇人士聚会，这让侯沧海稍感宽心。

喝了几杯酒后，包方道："听说市里定下了收费站位置，我们青树村的人以后开车和骑摩托车进城，都要收费。"

陈汉杰每天要开车回家，来回收费对他最不利，因而愤然拍桌子，道："谁要建得起收费站，老子陈字倒起写。"

实话说，侯沧海乐于看见詹军被闹得焦头烂额，不动声色地道："这事你们占理，反映情况时要有理有据。若是有违法行为，就是留把柄。"

包方倒了两杯酒，与侯沧海干杯。他又对老五道："听到侯大哥说的话没有，明天去买几本《刑法》和《刑事诉讼法》，认真学一学，免得到时犯了法，自己还不知道。老五别笑，我是认真的，学了法，做事有轻重，免得以后把自己弄进去。"

包方并非不读书的社会大哥，曾经在江州一中读过复读班。当年大学招生少，又因为一些阴差阳错的事情才没有考上大学。如果放在扩招的当下，以他的成绩考个二本没有任何问题，甚至进入一本也有可能。

老五讪讪地笑，端着酒杯与陈汉杰碰酒。

饭后，陈汉杰开车送熊小梅和侯沧海回到黑河镇。陈汉杰带了三分酒意，道："包方是耿直人，以后侯主任在江州遇到啥事，绝对摆得平。"

侯沧海拱了拱手，道："多谢，多谢。"说话时，他想起了即将布置下来的修收费站之事，有包方、陈汉杰等好汉人物在青树村，这个收费站绝对会闹将起来。

回到黑河家属院，上楼之时，熊小梅挽着侯沧海的胳膊，道："老公，我叫包方帮忙，你是不是不高兴？你肯定不高兴，我看得出来。"

侯沧海没有回答这个问题，道："我在反思自己。你开服装店不是一个人的事情，我基本没有管，让你一个人忙里忙外。如果我去找卞经理，他不一定敢乱来。以后，以后我要多参加服装店的事。"他原本想说"你以后不要擅自作主张"，又觉得这话太重，便改了口。

熊小梅兴奋地道："陈哥是耿直人，今天还帮我把货拉回来了，我打开一包瞧了瞧，衣服样式非常新，质量不错。老公，我们要赚大钱了。"

侯沧海很冷静地道："在城里开服装店的多了去，有的赚钱，有的赔钱。"

熊小梅扬起拳头，嗔道："乌鸦嘴，生意刚开张，总得说点好听的，这叫吉言。"

侯沧海假意扇自己的嘴巴，道："我们肯定能赚钱，赚钱以后我就辞职当家庭主男，做好服务工作，只可惜我不能生孩子，否则连孩子都一齐帮你生了。"

熊小梅兴致勃勃地道:"等到服装店赚了大钱,我理直气壮地回家拿户口本,再把房子装修好,我们结婚。"

闹铃响起,熊小梅在第一时间爬起来。简单洗漱以后,到场口买回包子馒头和稀饭。她迅速解决早餐,在床边摇醒男友,叮嘱道:"今天服装店开业,十点半钟是好时刻,你一定要来。"

侯沧海昨夜有点累,打着哈欠道:"杨书记现在特别随和,请假没有问题。除非遇到特殊情况。"

"不准有特殊情况,必须要来。"熊小梅亲了亲男友,裹紧围巾,出门到场口坐公交车。

侯沧海上班后就向杨定和副书记请了假,准备在九点半离开单位,参加开业仪式。

刚到九点,政法委召开紧急会。蒋强华书记脸色凝重地道:"青树收费站出事了,黑河青树村的村民与施工队发生了冲突。杨书记是维稳办副主任,是黑河老书记,在黑河说话算数。你和侯沧海赶紧到现场,协调公安和黑河镇,把事情处理下去。原则只有一个,不能发生大规模群体事件。"

侯沧海要去处理群体事件,无法到服装城参加开业仪式,这让熊小梅颇不开心。

服装城鞭炮声响起的同时,青树村公路上也响起了震天鞭炮声。足有三四百人的青树村村民聚在公路上,有男有女有老有少,将施工队伍包围在正准备收工的收费站。詹军等黑河镇工作人员、警察在一旁劝解。

杨定和和侯沧海出现,不少青树村村民与他们打招呼。

杨定和、詹军、侯沧海、艾明以及交通局的领导们暂时撤离了现场,聚在一起商议对策。承建单位是省交通厅队伍,负责人脸上被抓了好几道血口子,强烈要求警察进场。

杨定和是工作经验极为丰富的基层领导,否定这个提议,道:"这是人民内部矛盾,能不用警察就不用,还得做耐心细致的思想工作。今天我受区委委托处理此事,别急着进场,先由交通局和黑河镇讲一讲各自工作。有没有工作不到位的地方,程序有没有问题?如果我们工作扎实了,也不会出现这么大的风波。侯沧海,你记录。"

侯沧海打开笔记本，拿起笔。

3月，江州气温在十摄氏度左右，寒气仍重。詹军额头冒出汗珠，在心中大骂每逢大事就总有正当理由脚底抹油的镇长刘奋斗。区交通局一个副局长讲完在此设立收费站的依据后，所有目光都望向詹军。

詹军道："这事一直由刘镇长负责。"

杨定和毫不客气地打断道："詹书记是黑河党委书记，负全责，不能把责任推给其他人。关于设收费站之事，开过几次会议？谁去开的？有多少村民参加了会议？有没有工作预案？"

这几个问题将詹军问得张口结舌。詹军来自区委办，习惯于围着领导转，眼光只盯着上面，对具体工作不太上心，属于典型的"浮上水"干部。

杨定和勃然变色，道："詹书记，工作不扎实啊。你赶紧召集村社干部开会，做耐心细致的思想工作。包青天在哪里？怎么没有见到他？"

詹军道："包青天生病了，卧床不起。"

杨定和道："一把钥匙解一把锁，散会后我去找包青天。詹书记到现场做劝解工作。我强调一遍，没有区委同意，警察不能动手。"

侯沧海下笔如飞，记录下会议全过程。

散会后，所有参会人员都在会议纪要上签字。

詹军很不想签字，提笔前，仔细阅读由侯沧海所做的会议纪要。侯沧海这个乌龟王八蛋玩起了文字游戏，会议记录貌似公正，实质上对信息进行了巧妙剪裁，矛盾直指黑河镇。

侯沧海站在桌前，冷冷地看着詹军，等着其签字。

詹军正在犹豫时，杨定和非常客气地道："詹书记，你觉得那句话没对，或是事实不清，可以提出来。如果没有，那就赶紧签吧。青树村群众还聚在一起，拖不得。"

詹军反复斟酌，还真挑不出那句话不实，心有不甘，签下了自己的名字。

会议结束，面色阴沉的詹军带着派出所民警和黑河镇政府干部，去现场做思想工作。事到临头，矛盾自然激化，工作没有效果。

中午十二点，一个偶然事件导致现场失控。

施工单位见惯了这种场合，站在一边看热闹。一个工人随手扔了一个烟头，恰好扔在一个坐在公路边的老太太脸上。村民和工人们先对骂，然后互相拉扯起来。陈汉杰和一群青年站在一起，他指着詹军道："那是詹军，黑河的狗屁书记，就是他出卖我们青树村。"

这群青年人都跟着包方混社会，属于胆大包天的角色。还有几个与陈汉杰关系特别深，在人群中添油加醋说着詹军的坏话。冲突蔓延之时，詹军突然被七八个年轻村民围住，这些人拳脚交加，将詹军打倒在地。

看到詹军被打倒，侯沧海心中十分畅快。

等到艾明带着警察将詹军救出来时，詹军鼻青脸肿，脸上鲜血淋漓，狼狈异常。

事件发生后，区委政法委书记蒋强华和区委常委管志先后来到现场，与村民座谈。下午两点，事态暂时平息。

侯沧海回到区政法委，花了半个小时，写了一篇情况汇报，锋芒直指工作不力的黑河党委政府。四点，区政府召开紧急会议，杨定和将侯沧海这篇汇报带到会场，送给区委书记李永强、区长吴志武。

经过研究，区政府做出决定，暂停收费站建设。

晚上七点，区委政法委结束会议。心情愉快的侯沧海坐上出租车，直奔服装城。

　　天已经完全黑了下去，服装城行人稀少，大部分门面都已经关门或者正要关门。侯沧海没有急着进店，而是站在黑暗处观察承载着熊小梅梦想的小店。

　　小梅服装店灯光明亮，熊小梅端着玻璃杯，在店内转来转去，神情专注而平静。

　　侯沧海悄悄走到门口，问道："今天生意怎么样？"

　　熊小梅正沉浸在梦想中，被突然出现的声音吓了一跳，随即生气地道："你这人总在关键时刻掉链子，服装店开业这么大的事情，居然不参加。"

　　侯沧海道："如果不是遇上群体性事件，我绝对会请假，今天实在走不开。开业生意怎么样？"

　　熊小梅突然双手环住侯沧海脖子，在屋里转起圈，道："你猜今天卖了多少件衣服，营业额是多少？"

　　侯沧海努力撑住身体，道："我没有这方面的经验，猜不出来。"

　　熊小梅兴奋地道："今天营业额有一千二百块，我们要发财了。晚上吃大餐。"

　　熊小梅哼着歌收拾柜台，侯沧海用全新目光打量能让小家庭发财的服装店。

　　几大包服装摆在地上时，是一堆被打断骨头的蛇。服装被整理出来挂在架上，穿在模特身上，顿时有了灵气。侯沧海夸道："没有想到我家小梅是个做生意的料，第一次做生意就有模有样，看来我们所有人都犯了经验主义错误。"

熊小梅感叹道:"我早就可以辞职,白白受了这么久的罪。"

门面打烊后,两人牵着手,在服装城散步。听到詹军在青树村的狼狈样,心情原本极佳的熊小梅更加愉快,道:"开业大吉,请我吃大餐吧!"

"大餐没有吃头,我请你吃火锅,渝派新火锅,重口味。"

两人到新开张的渝派火锅吃得满身牛油味,心满意足地乘坐公交车回黑河。热闹的江州城渐渐离开视线,车外一片黑暗,似乎隐藏着无数怪物,车内安全又温暖,与外面的世界完全不同。

做生意开门红,压在两人身上的大石头被挪开了一条缝隙,让两个年轻人的身心得到完全解放。洗澡以后在小床上扑腾,弄得小床嘎吱直响,混合着呻吟之声,如交响乐一般动听。

平时早上都是侯沧海先起床,熊小梅总会睡到自然醒。如今有服装城生意在招唤,她不再贪睡,六点半起了床,顺便将男友弄醒,道:"我去买早餐,想吃什么?"

侯沧海睡眼蒙眬地道:"小笼包吧,带松针那种。"

熊小梅买回早餐时,侯沧海已经坐在餐桌前。他打着哈欠,道:"我还没有睡醒,昨夜做了拼命三郎,消耗体力啊。"

熊小梅塞了一个小笼包子在男友嘴里。小笼包子下面垫着松针,有一股特别的松针香味,侯沧海喜欢这个味道,更喜欢这种有生气的生活。

"开服装店最大的好处是可以穿好多新衣服。"熊小梅将几件新衣服堆在床上,兴致勃勃地仔细挑选。这一次李沫发来的货是代工品牌服装尾单,质量不错。她从里面挑了两件衣服自己穿,既打广告,又穿新衣。

熊小梅精神焕发地去服装店,这让侯沧海没来由地有些羡慕。来到政法委以后,他工作还很正常,只是突然间失去了向上的强烈动力。

走出家属楼,迎面遇到刚刚吃过早餐的杜灵蕴。杜灵蕴匆匆回到寝室,拿了一大袋茶叶,道:"侯主任,这是我家乡的银针,泡在在水里,每一根都会竖起来,味道很棒。"

"我是茶叶爱好者,当然知道大名鼎鼎的银针,谢谢小杜。"侯沧海将茶叶拿到鼻尖嗅一嗅。他原本只是装装样子,谁知鼻子刚凑到茶叶前,一股清新茶香通过呼吸通道进入身体,精神为之一振。

杜灵蕴道："我想参加市级部门的选调考试，听听侯主任意见。"

侯沧海断然道："必然考，早点脱离黑河，如今的黑河已经不是当年的黑河了，留在这里没有任何意义。"

杜灵蕴眼睛里闪出一丝光彩，道："谢谢侯主任，听你这样说，我下定决心了。"

上班以后，区政府通知开会，研究青树村收费站事宜。詹军鼻青脸肿地来到会场，神情沮丧。区长吴志武先是安慰两句，然后将那份青树村收费站座谈纪要拍在桌子上，毫不留情训斥詹军。詹军低着头，双脸充血，红肿处颜色更深，如滴血。

侯沧海列席会议，听到詹军被训，如吃了人参果一样舒服。

会议结束后，杨定和与侯沧海被抽调到青树村收费站工作组，杨定和是工作组常务副组长，侯沧海是工作组办公室工作人员。

一天之内，侯沧海参加了三个与青树村有关的会议。下午五点半，机关准时下班。

侯沧海和往常一样，来到服装城以后，没有立刻走进小梅服装店，坐在店外长条木椅上观察店内情况。店里有三个顾客，两人在挑选衣服，一人正在与熊小梅讲价。熊小梅当过老师，与人交流能力挺强，算得上能言善辩。过了一会儿，有两个顾客提着衣服走了出来，又有三个女性顾客走进店内。

在小梅服装店对面，一家大店正在装修，这家店安装了宽大的落地窗，装修现代。

熊小梅刚刚做成了一笔生意，送走客人后，哼着音乐来了几个华尔兹舞步。正在自我旋转，见到了坐在外面的男友，春风满面地走过来，道："你怎么坐在外面？"侯沧海指了指对面的店，道："我在观察你的潜在竞争对手，只要有钱赚，肯定会有模仿者。"熊小梅道："整个服装城只有我一家正宗韩流服装，还没有对手，所以你不用操心。你别管对面的店，服装城经常有门店开业，不足为怪。"

聊了几句，熊小梅回店。

侯沧海在服装城四处转悠。走到靠近小学校的地方有一个茶馆，里面聚着人在围观下棋。下棋者是两个年轻人，劲头十足，针锋相对，互不相让，把棋子在棋盘上砸得砰砰直响。在服装城听到敲棋盘的清脆声音，侯沧海如同听到仙乐一般。熊小梅在晚上八点以后才打烊，此时距离打烊时间还早。他站在棋边，抱手观战。

围观的人多，实际上真正参加战团的是三人，一位约四十多岁的中年人，还有两个年轻人。这和上次在秦阳下棋惊人地一致。两个年轻人杀得难解难分，中年人聚精会神观战，不时出言支招。

侯沧海目不转睛地盯着棋局，发现了不少败着，下意识地轻轻摇头。

观棋不语真君子，举手无悔大丈夫，他把嘴巴紧紧捂住，不说话。更何况这两人棋力不够，指出毛病，他们未必听得懂。

中年人注意到侯沧海的表情，等到此局结束，道："这个小伙子棋力不错啊，刚才看到你在摇头，来，杀一盘。"

侯沧海棋瘾上来，也不推辞。双方摆好棋子，也不客套，直接短兵相接。侯沧海原本以为中年人棋力高超，下到这个时候知道中年人棋力不如自己，倒是与原局长张强相差不多。他们对布局没有研究，更喜欢凭借中局格斗决定胜负。这种下法开局吃亏，没有胜理。

棋局很快一边倒，中年人脸色略有难堪，不过很快调整了过来，道："下得好啊，平时没有见你来下棋。我是市体委的，吴培国，他们都叫我老吴，你在哪里上班？"

侯沧海道："我在江阳区委工作。"

老吴道："以前张强书记爱好下棋，你和他下过没有？"

侯沧海道："经常下。"

"没有想到江阳区委还藏着一个高手，没听说过啊，山南要举行象棋比赛，江州先搞预赛，你可以报名。你平时可以到体委棋室来和专业高手切磋，这样进步才快。这里是业余选手聚集的地方，体委棋室才是专业棋手较量的地方，我在那边上不了场，纯粹组织者。"老吴这句话暗含机锋，提醒面前年轻人不要骄傲，本市真正高手还没有出来。

不知不觉中，时间到了晚上八点，服装城内渐渐冷清下来。侯沧海与吴培国互留电话后，回到小梅服装店。小梅在服装店打扫卫生，哼着歌。得知男友下棋去了，她没有埋怨。

收拾了门面，两人到外面又吃渝派新火锅，一身暖和地坐公交车回到黑河。

对于侯沧海来说，在区委政法委的日子波澜不惊，往日激情如被一场渐淅沥沥的春雨浇湿，不见了踪影。

唯独令他感到安慰的是服装店生意不错。

除了对服装店关心以外，侯沧海重新开始征战楚河汉界。以前在江州象棋界根本没有侯沧海这个人物，几次征伐之后，其强劲实力为他夺得了"江阳快刀手"的绰号。快刀手是侯沧海在网络上的棋名，两者结合在一起，就是他在江州棋坛的浑名。

棋场得意，官场失意，总是让侯沧海感到郁闷和不服气。他清楚地知道，辞职只是时间问题。

小梅服装店开业以来，生意好得出奇，这让熊小梅自信心大增。据她保守估算，每一个月纯利润至少有一万元，一万元略等于侯沧海一年工资，侯沧海一方面为赚到钱高兴，另一方面也感叹自己工资收入之微薄。

一次盘点之后，侯沧海看着一沓钞票，无意间道出在秦阳大酒店遇上杨中芳之事："离开秦州时，你妈专门叮嘱我不要轻易辞职，免得两人一起没有饭碗，这有可能导致家庭严重的经济危机。现在看来，我们财务就要自由了。"

熊小梅惊讶地道："她什么时候说的？"

侯沧海自知失言，掩饰着道："她一直都是这个观点。现在我们生意做起来了，我也可以考虑辞职了。就算我一时找不到合适的项目，服装店也能养活我。"

熊小梅得意地道："那是当然。"

两人的高兴劲儿没有持续太久，对面服装店在 4 月 1 日愚人节那一天开业，名字叫做"韩潮来袭"，规模比小梅服装店大得多，有四个营业员。为了营造韩流氛围，韩潮来袭服装店内色彩鲜艳抢眼，地上、天花板上到处陈列和悬挂着韩式装饰品。最让人感到压力的是其所卖服装与小梅服装店同质，服装档次非常接近，价格却便宜得多。

4 月 15 日，侯沧海下班后来到服装店，小梅服装店内有一个客人。

熊小梅没有打扰客人，免得将客人吓跑。开店以后，她买了好几本服装营销方面的书，恶补服装营销知识，并利用现有条件，将营销知识用于实践。书本知识与实践结合，她进步很快。

侯沧海观察熊小梅的脸色，道："生意怎么样？对面是一个强大对手。"

熊小梅气恼地道："我没有想到他们也卖韩装，开业就打五折，所有同款式都比我们便宜，这是不正当竞争。我准备把营业款全部给李沫打过去，让她发一些款式更新更潮的韩版服装。这批服装过来以后，绝对能打败对面的假韩流。"

侯沧海在单位经常听到同事们谈论生意，颇有指点江山的意味。此时他涉足真正市场，尽管只是一个小小服装店，立刻发现说空话容易，做实事真难。

谈话间，又有一位顾客进门。两人停止谈话，用眼角余光观察顾客。这位顾客在店里转了一圈，出门后，走到对面韩潮来袭。过了十来分钟，她提着一个口袋走了出来，显然发生了购物行为。

生意被对面抢走，熊小梅气愤地道："对面那家很流氓，他们为了吸引顾客，凡是与我们相近的款式都打折出售，抢了我们这边生意。"

侯沧海道："对面那家实力雄厚，应该是经过商的老狐狸，不好对付。"

"我想买一个小电视和DVD，平时播放一些韩片，放点音乐，制造气氛，应该能够吸引一些客人。舍不得孩子套不了狼，我们还是要加大投入，否则要陷入恶性循环。"熊小梅门面初开时，生意爆好，没有料到时间不长便遇到强劲对手，一时愁容满面。

侯沧海道："小电视不贵，买吧。"

到了晚上六点，侯沧海肚子饿得咕咕乱叫。里屋有灶具，为了不产生油烟，一直没有启用。侯沧海吃了些零食，仍然解决不了问题。他终于抗不住肚子造反，外出吃了一碗面，顺便给女友带回一碗。

熊小梅饿了，呼哧呼哧地大口吃面。

"对面请了四个营业员，老板很轻松，你还是要请营业员，否则时间长了，人肯定会受不了。"

熊小梅用筷子指了指墙角，道："如果对面没有开业，我已经招了营业员。现在情况发生变化，必须打紧开支。"

侯沧海摇头道："还是得请服务员，否则你寸步难离，时间久了绝对不行。"

"那就弄个广告，只招一个人。"熊小梅天天被拴在店里，想去山南服装批发市场看一看都没有时间，确实不方便。

侯沧海打印了招聘广告，贴在店外。弄好以后，他开始自我检查："老婆，我以前总觉得开服装店用不着我帮忙，所以没有全力投入。从现在开始，我要多花心思在服装店上，这是我们安身立命的小店。"

熊小梅道："这个小店没有太多的事，由我全权打理。你还是当官吧。陈文军如今顺风顺水，办事能力也强，你以后就走陈文军那条路。"

侯沧海道："陈文军的路，只能他走，不适合我。我奋斗了这么多年，突然发现没有应该做的事情。我就是拿一份工资的工薪阶层而已，说得更准确一些，我不过是一个打工者，没有理想，没有责任，再这样下去，我感觉要废掉了。"

天渐渐黑了，陆续又有散步的市民走进服装城，这是今天最后一波客人。熊小梅补了点妆，充满希望地看着门口。每当一个人经过时，她便不由自主伸长了脖子，顾客未进门，她就将脖子缩回去。在希望和失望交替中度过了一天经营时间的最后一个小时，卖掉了两套服装店内比较贵的服装，全天营业额达到一千四百五十二元。

打烊时，熊小梅道："老公是幸运星，你来了以后，今天的营业额创了近一段时间历史新高，但是比起才开业时还有很大差距。"

看着熊小梅因为多卖掉两套服装而欣喜万分的模样，侯沧海感慨地道："原本以为开个服装店很轻松，没有想到居然困难重重。"

汽车发动，在轻微颠簸中两人都不约而同地沉默下来。侯沧海道："这是不是你想要的生活？"熊小梅望着窗外黑夜中点点灯光，道："我不考虑这些抽象问题，所有心思都在服装店，必须要做好，我没有退路。"侯沧海道："服装店不过是人生中的一站，而且是不起眼的小站，不要太在意。"熊小梅将头靠在男友宽厚肩膀上，道："这是我做的第一件生意，一定不能失败。"

很多事情不以人的意志为转移。自从对面韩流来袭开业以后，小梅服装店便高开低走，生意一天不如一天。不论是新款式服装还是增加电视，仍然没有能够挽回颓势。对方只用了降价这个简单粗暴的招术，就将小梅服装店弄得狼狈不堪。

第三十一章　竞争对手来势汹汹

7月1日，侯沧海参加了庆祝活动后，回到服装城。

熊小梅闷闷不乐地道："这个月比上一个月销售量少了三分之一。"

侯沧海道："你进了一批新服装，怎么样？"

"这一批服装款式和对面接近。我们服装材料好做工细，进价肯定要贵一些。"熊小梅望着对面不时出没的顾客，道："这些人没有什么眼色，我们是正宗尾货，质量出色，他们的货是仿品，用料、做工差得多。"

侯沧海道："我建议突出质量优势，扩大这个优势，就能形成与对面的定位区别。"

服装店生意刚刚起步就遇到一个实力胜于自己的竞争对手，熊小梅愁眉苦脸地道："你没有做过生意，说的都是似是而非的理论。我们本钱小，经不起折腾，必须跟着降价，否则下个月销售量肯定要继续下降。"

侯沧海坚持自己的看法，道："不能打价格战，这是拿我们的短处和别人的长处拼，不理智。坚持质量取胜，说不定就能形成不同定位。"

熊小梅哼了一声："按你的办法，定位还没有形成，我这个店就得缺血而死。"

分居两地之时，距离产生了美，侯沧海对熊小梅比较要强的个性抱着一种包容甚至是欣赏的态度。经营这个服装小店时，他才意识到熊小梅主意很大，不太容易听得进意见。

销售情况不佳，熊小梅感受到了巨大的生存压力，坐在店里生闷气。侯沧海屡次找话题都没有得到回应。两人变成了闷嘴葫芦，来自韩国的流行歌曲围绕在他们身边旋转，又无趣地离开。

有人来应聘，这才打破了凝胶一般的气氛。来者是个腼腆的小姑娘，怯生生的。

熊小梅与应聘小姑娘交谈了一会，情绪慢慢调整过来，对侯沧海道："在这里没有什么事，你干脆回家煮饭，免得晚上我们又在外面吃，不卫生，又难吃，还贵得咬手。"

侯沧海坐公交车回黑河，到菜市场固定摊点买了菜。

晚上八点半，估摸着熊小梅就要回家，侯沧海打开燃气灶，将菜油倒进铁锅里。菜油在锅里冒起青烟时，电话响了起来。熊小梅有气无力地道："公交车在路上熄火，还在修。生意和昨天差不多，看着对面生意好，不时有人提着袋子出来，我就生气，唉，不说了。"

打了电话，侯沧海心情灰暗起来，站在窗台发呆。

厨房里发出哧哧声响，冒出阵阵烟雾。侯沧海这才想起油锅还在灶上，冲进厨房，将切好的冬瓜条倒了进去。冬瓜条有水，倒进锅里猛地发出"哧"的一声响，沸油四溅，侯沧海拿着锅铲的手臂火辣辣地疼痛。他顾不得手臂疼痛，一阵翻炒。

冬瓜条慢慢渗出水，锅里温度降了下来。冬瓜条里加上青辣椒、大蒜和虾米，发出阵阵清香。侯沧海这才用冷水冲洗手臂。手臂有一片被沸油烫出来的红点，足有二三十个。

他坐在客厅，抽了一支烟，翻看棋谱。

看了几页，他将棋谱放下。大好的青春时光浪费在生活琐事里，侯沧海失去了事业感和成就感。他想起翱翔世界的梦想，想起白日梦中驰骋战场的豪情，不禁黯然神伤。

想起苦守小店的女友，侯沧海及时调整心态。他到窗边看了看，路灯下能看到一条条被灯光照亮的雨丝。他拿伞到外面去接熊小梅，走出门洞时发现雨还不小，打到树叶上沙沙响。

到校门口接到被淋湿了头发的熊小梅。借着路灯光，熊小梅看着男友胳膊上被烫出的红包，心疼万分，道："为什么我们的日子过得这么苦？你是能做大事的人，结果在厨房忙碌。我天天守着小店，看别人赚钱。"

在吃饭时，熊小梅突然放下筷子，道："我打听过了，对面那家店很多货都是从南州批发市场进的，进价便宜，所以才能打折，我想去看一看，进一批便宜货。"

侯沧海再次提醒道："你要确定服装店的经营策略，是品牌制胜，还是价格主导？"

熊小梅打断道："书本上的理论没有用，我首先考虑的是把衣服卖掉，有销售量才有钱，有钱才能支付房租水电，才能支付服务员工资，你的那一套理论没有用。"

提议被完全无视，这让侯沧海心生不快，坚持道："定位很重要，如果方向错了，努力白费。这不是理论知识，这是我的真实看法。"

熊小梅将筷子放到桌上，不耐烦地道："算了，不说这事。理论和现实不同，我必须要把衣服卖出去，否则只能关门。"

坚持品质还是降价？这是两个菜鸟商人的难题，侯沧海越琢磨越觉得应该坚持品质，坚持品质一时困难，最终会有效果。

一个星期后，熊小梅等到新来服务员基本上能够独立工作，便前往山南服装城。

送走熊小梅，距离上班时间还早，侯沧海打开电脑，进入清风棋苑，开始找对手厮杀。今天他遇到一个新对手，名为无影宗。论棋力，侯沧海要强一些，可是无影宗防守极为顽强，一直没有明显破绽。两人摆开战局，厮杀到接近上班还没有结束战斗。

听到同事们的脚步声后，侯沧海打下几个字："要上班了，改日再战。这一局算和棋。"无影宗在对话框中打了一个笑脸，道："好哇，我喜欢和棋。"侯沧海道："下次我要用奇招。"无影宗道："不管用什么招术，都是万变不离其宗，我是无影宗，进攻一般，防卫一流。"侯沧海道："我是快刀手，专破防守。"无影宗道："别吹牛，改天再战。"

陆续有同事来到办公楼。侯沧海泡上杜灵蕴送的银针，细细品。茶是好茶，却无甚味道，不在于茶，而是心情。

杨定和带着综治办同志检查了两个单位的综合治理工作，上午一个，下午一个，各花一小时，工作节奏舒缓。

晚上，杨定和让老婆在家里弄了几个好菜，请独自在家的侯沧海喝酒。

杨定和一饮而尽，感叹道："当初我担任黑河一把手时，觉得自己办事能力很强，找人协调工作基本上无往不利。现在到了机关，坐上不冷不热的板凳，才知道办事能力强完全是错觉，所谓的协调能力都是依附在职务上，没有职务，除了少数几个老朋友，大部分人都躲得远远的。什么协调能力、组织能力，都是笑话。我在黑河这些年，为了黑河发展使出浑身解数，自恃劳苦功高，不管谁来当区委书记都会用我。现在发现我完全想错了，鲍大有之流根本不考虑黑河的长远发展，只考虑小团体利益。想起这些事情，灰心得很。"

　　侯沧海以前是黑河冉冉升起的新星。詹军到来之后，他经历了从高峰跌下来的人生体验，对杨定和所言感同身受，甚至更有切肤之痛。

　　酒意上头以后，两人说话更加随便了。

　　杨定和道："小侯啊，当初我们做错了一件事情，区委书记张强还在位置上时，我保守了，没有使出全力推你坐上领导岗位。当初稍稍多使一把力，应该能成。鲍大有不动声色地将老书记一系人马全部打进冷宫。你是我的办公室主任，这是受牵连的主要原因。"

　　"杨书记是老领导，我就说实话。如今我的上进心减弱得很多，真想辞职做生意。"侯沧海同样将形势看得十分清楚，鲍大有掌握组织大权，自己作为张强青睐的人，基本没有提拔机会。

　　杨定和道："并非只能辞职才能做生意，上班族做生意也有上班族的优势。小熊的生意怎么样了？"

　　侯沧海道："服装生意竞争激烈，不好做。"

　　杨定和想起昨天喝酒时听到的一件事情，道："我无意间听说了一桩生意，我有一个老朋友金正堂，他以前是师范学校校长，退休以后被江州电子科技学院聘请为后勤处长，昨天喝酒时，他无意中提到江州电子科技学院一食堂要在暑假对外承包。学校食堂一般都能赚钱，不知道你有没有兴趣？有兴趣我可以和金正堂联系。"

　　家里所有钱都陷在了服装店，根本没有钱来承包伙食团，侯沧海掩饰了困境，道："这得征求熊小梅意见，暂时定不下来。"

　　带着酒意的侯沧海回到家，给熊小梅打电话，谈了电科院一食堂外包之事。

　　熊小梅道："我在做服装店，没有精力做伙食团。"

侯沧海道："我迟早要出来做事，现在没有了工作激情，真想辞职出来做事。"

熊小梅道："我支持你创业，但是伙食团暂时不能做，没有时间和现金。而且，我的老公不应该做伙食团，应该做更重要的事情。"

做伙食团时机不成熟，侯沧海只能作罢。前途黯淡，生意不顺，这让侯沧海充满了焦灼之感，如有一碗硫酸泼到了心尖，慢慢腐蚀着一个男人曾有的梦想。

"南州服装批发市场怎么样？"

熊小梅声音中透着犹豫，道："款式多，价格便宜，就是质量不太好。明天早上我再去批发市场看一看。"

"你要走差异化道路，就算有暂时困难，也要坚持质量第一。"

"这不是暂时困难，是根本不能跨过的困难。好了，别遥控指挥了，纸上谈兵没用。"

侯沧海被呛得说不出话，闷了几秒钟，叮嘱道："不要节约钱，要住在远离批发市场的宾馆，安全第一。"

熊小梅是独立特行又性格坚定的人。她在南州服装批发市场住了三天，定购了两万元仿韩式服装，还采购的一批小商品作为"进店即送"的赠品。这一批便宜货进场后，小梅服装店开展了一系列促销活动，比如满二百元省二十元、满五百元打八折。

通过低价策略及促销活动，小梅服装店生意恢复了初开业时的兴旺局面。

生意好转起来，熊小梅笑脸明显增多，回家后往往有说有笑，还经常带些盐水鸭等美食犒劳侯沧海。

侯沧海日子过得没滋没味，或者说极为压抑。他变成了一只隐性破罐子，所谓隐性破罐子就是把自己隐身于单位之中，按部就班完成本职工作。这是对待现实最无奈的抵抗。人都年轻过，年轻时总有梦想。不能实现梦想是痛苦的，连实现梦想的机会都没有则更加痛苦。

综治办另外两人早就适应了当前工作，白天工作，晚上回家，喝点小酒，打打小牌，生活过得挺舒服。

时间滴滴答答行进到了7月，空调屋冷爽舒服，室外闷热如蒸笼。

为了与对面韩潮来袭竞争，熊小梅多次从南州服装批发市场进货。这些货价格低，款式新，质量不怎么样，退货的人不止一起了。昨天是星期五，晚上七点，两个中年妇女前来退货，和熊小梅吵了一架。由于与顾客吵了架，影响了周末心情，连惯常的"甜蜜周五"都没有了兴致。

侯沧海想起服装店质量不怎么样的服装，对熊小梅的经营策略很不以为然。熊小梅性格倔强，在经营上可谓一意孤行，听不进侯沧海意见。

中午，侯沧海与杨定和分手以后，急匆匆前往服装城。刚走进服装城大门口，他远远瞧见小熊服装店的广告箱有一个大洞，从洞的形状来看，是被人所踢。

服务员小芳见侯沧海进门面，如见到救星一般，道："侯老板，熊姐刚刚被人打了。"这个新招聘的小妹很有特点，她始终坚持着叫侯沧海为侯老板，叫熊小梅为熊姐。

侯沧海心一下就揪紧了，道："谁打的。"

小芳道："昨天来退衣服的两个女的，她们刚才又来了。衣服穿过好几天，现在才说质量不好。熊姐当然不能退，然后两个女的打熊姐一个人。"

里屋，熊小梅对着镜子一动不动。脸上的三条抓痕格外刺眼，在桌上还有一缕被扯掉的头发。熊小梅看到男友，坚强外壳顿时碎掉了，眼泪哗哗往下流。侯沧海知道女友爱美，安慰道："伤口很浅，不要吃酱油和辣椒完全能够恢复。那两个泼妇后来怎么样了？"

"我也不是好惹的，她们被我打跑了。小芳一点都没有胆量，在旁边傻站着，拉都不敢拉。"熊小梅捂着脸道，"她们敢再来，我就给包方打电话。"

侯沧海道："她们再来打人，还是要报警。"

熊小梅看着镜中的自己，恨恨地道："你没有看到那两个婆娘的凶相，当时我如果有刀，绝对会毫不犹豫地砍过去。"

侯沧海劝道："砍过去倒是痛快了，我们是坐商，惹烦事会接连不断。"

小芳慌慌张张地冲了进来，道："老板，那个婆娘又来了。"

一个肥胖婆娘带着两个人走到门口。一名光头汉子抬脚踢在门口摆着的模特身上。模特倒在地上，发出轰的一声响，光溜溜的脑袋从身体上脱落，在地上乱滚。肥婆娘抓起货架上的衣服往地上扔，还用脚踩。另一个瘦汉子不出声，也没有动作，站在服装店四处打量。

韩潮来袭的老板以及服务员听到喧闹声，跑到门口，看竞争对手出丑。

侯沧海原本想讲讲道理，尽量不动手。他见到这群人进门二话不说就搞破坏，长时间积压在胸口里的火气顿时如点着的炸药，猛然间爆发了，他抓起一根竹制叉衣棍，吼道："滚出去。"

这一声吼声音极大，在小屋回响，几个来人在刹那间被震住了。等看到来者是一个文质彬彬的年轻人，便一起围了上来，走到最前面的光头汉子长着一个大脑壳，牙齿黑麻黑麻的，散发着浓重体味。他轻蔑地笑道："你娃儿拿根棍子，未必敢往老子头上打，有种你就打。"他将光头伸到侯沧海面前，一脸毫不在意的轻视。

侯沧海最喜欢做的白日梦就是赵子龙血战长坂坡，以前一直没有机会将这个白日梦变成现实。今天这人光头汉子不知死活地把大脑壳凑过来，他举起手中叉根，朝后退了一步，准备保持距离抽打对方。

光头汉子见对方退步，理解为胆怯，嗤笑道："毛都没有长出来，还在江州耍。你说今天的事怎么解决？"

趁着光头汉子对阵侯沧海之时，那个瘦如耗子的猥琐男悄悄走到里屋，一把夺过熊小梅手中电话，然后得意地走到外屋，道："这个傻婆娘在打电话喊人。"说完，就将手机砸在地上，顺手将半截烟头随意弹出。

手机对于小家庭来说是贵重物品，砸手机的行为更是让侯沧海异常愤怒。他闷声不响地将手中叉棍劈头盖脸地朝着光头砸去。

光头汉子有一副凶狠长相，让人一看就知道是滚刀肉。就凭着这副滚刀肉的长相，他无数次不战而屈人之兵。此时竹制叉棍如暴风雨一般敲在没有头发的头顶，一阵阵钻心疼痛让光头双手捂着头转身就跑，冲出店外以后，用手摸头，只觉触手处全部是一条又一条"猪儿印"。他倒吸凉气，指着服装店吼道："你娃死定了，我要让你人间消失。"

猥琐瘦子是一条不叫的狗，摸出一把刀，朝着侯沧海腰间捅了过去。

熊小梅的手机被抢了以后，一直就跟着猥琐瘦子身边，见到男友危险，将害怕丢在爪哇国，上前猛推瘦子。瘦子为人阴狠，战斗力却是不佳，被熊小梅推翻在地。

侯沧海将注意力从光头汉子身上转了回来，见倒在地上的瘦子手里握着刀，上前猛踢其手腕。他踢过多年足球，脚上力量着实不小，脚上又穿着世安厂定制皮鞋，里面有钢片，更增威力。

瘦子惨叫一声，匕首飞得不知去向。他的手腕钻心般疼痛，完全用不上力。

侯沧海此时有了常山赵子龙大战长坂坡的爽快感，举起手中叉棍，劈头敲在瘦子头顶。瘦子抱着头，吼叫不停，极为狼狈。

胖女人带了两个社会人来找小梅服装店算账，没有料到这一对小夫妻居然敢于抵抗社会人。她思维缓慢，但是动作不慢，在愣神之时又将几件服装扯了下来。

服装店是熊小梅的心头肉，推掉瘦汉子后，便朝胖女人扑了过去。胖女人与熊小梅就如火星与地球相撞一般，迸发出激烈火花。在昨天战斗中，熊小梅一人被两个妇女围攻，脸被抓伤，头发被扯掉一缕。现在单对单，胸有怒火的熊小梅立刻占了上风，她以彼之道还彼之身，抓住胖女人的头发，一阵猛扯。

胖女子拼命挣扎，想要摆脱头发被扯住的困境。无奈对手极为狡猾，抓住头发不松手，还不停地围着自己转圈。激烈搏斗极为短暂，胖女人用尽了全身力气，坐在地上，如死狗一样。

胖汉站在屋外叫嚣道："你的店完了，老子要砸你的店，让你的店开不起。"他头上纵横交错着七八条清晰的大红包，在阳光上闪闪发亮，配上丑陋而凶狠的表情，十分可笑。

第三十二章　吃一堑，长一智

瘦子进门面时弹出的烟头落在丝巾上，丝巾遇火燃烧起来。

侯沧海、熊小梅都在与来人打斗，没有注意店内异常，发现烟起时，火势已盛。

侯沧海和熊小梅顾不得其他事情，第一时间冲进屋。熊小梅用盆接了水，朝着起火点浇去。侯沧海拼命将没有烧起来的服装扯到地上，与起火点分隔开。

外面有人喊："烧起来了，危险，快出来。"

保安提来服装城装配在外面的灭火器，朝着屋内狂喷。

所幸服装店刚起火就被发现，在大家共同努力之下，总算没有酿成大祸。余烟在店里袅绕，侯沧海和熊小梅脸上黑一块灰一块，衣衫被汗水打湿，如刚从肮脏的下水道爬出来一般。

这个服装店寄托着熊小梅辞职后所有的财富梦想，满屋的狼藉让她顾不得坚强，哇地哭了出来。侯沧海慢慢冷静下来，摸了摸口袋，发现手机还在，道："事情闹大了，性质变了。我给周水平打电话，让他出面。"虽然侯沧海在政法委工作，由于时间短，在公检法机关中还没有建立关系，遇此这事还得由周水平出面。

熊小梅痛惜被烧毁的衣服，说不出话。

打通了周水平电话，无人接听。

"让包大哥来。"熊小梅抹了眼泪，习惯性地想起社会大哥包方。

侯沧海冷静地道："现在这事不是打架扯皮，是纵火，严重犯罪了，必须报警。"

报警后，侯沧海来到门口询问在外面围观看热闹的胖保安，才得知店里烧起之时，惹事人见势不对，溜之大吉。

侯沧海问道："服装城有没有监控？"

胖保安肚子挺得厉害，提了提总是往下垮的裤子，道："有几个探头，但是没有用起来，是瞎子的眼睛、聋子的耳朵，全是摆设。"

侯沧海苦笑道："你还挺幽默，刚才打架时怎么不帮忙，我们交了物管费。"

胖保安用无所谓的态度道："我才拿几个工资，就是看看大门，拼命是警察的事情。刚才我还是勇敢的，拿了灭火器灭火。"

来了两个警察。一个约莫二十刚出头，从神情来看应该才从警校毕业，满脸严肃。另一位五十岁左右，又干又瘦，脸上没有任何表情。

老警察站在服装店门口，朝里面看了看，冷冰冰地道："谁报的警？"

侯沧海道："我报的警，有人放火，把我们的服装店烧了。"

老警察用怀疑眼光打量侯沧海，道："到底是怎么一回事，有人放火？放火不是小事，抓到要判刑的，你要讲清楚。"

侯沧海指着门面道："刚才有一女两男在店里闹事，我老婆脸上还有伤，就是他们放的火。大家都可以作证。"

老警察将站在门外的胖保安叫到身边，询问了一番。他随后硬邦邦地道："大白天的纵什么火。我都问清楚了，你们店里卖假货，别人来理论，你老婆脾气不小，动手打人。你们双方都动了手，这事算斗殴。以后不要卖假货了，几百块买来的衣服刚穿上就进线，谁不气愤。"

侯沧海火气涌了上来，道："他们用了匕首，还放了火，这是刑事犯罪。"

老警察道："你把店关了，跟我到派出所做笔录。你说得对，如果真有人放了火，那就是刑事犯罪，自然有法律管着。"

由于太多人围观，侯沧海没有提及区委政法委干部身份，怕丢了政法委面子。

听到关卷帘门哗哗的声音，熊小梅眼泪顺着脸颊不停往下流。

在韩潮来袭服装店门口，老板和老板娘站在门口，欢欢喜喜地看热闹。

老板娘道："出了这事，恐怕对面的店开不成了。熊小梅倒是勤快，就是没有经验。"

老板道："在服装城里只有她和我们卖韩国服装，我们趁着这事把他们打垮。我唯一担心他们误认为是我们捣鬼，结了冤家。"

老板娘得意地笑道："熊小梅没有经验，根本用不着下三路手段。我们在8月中旬进秋装，秋装进回来以后，夏装全部三折。到时熊小梅只能低价卖货，亏得一塌糊涂时，生意自然做不下去了。凭我的经验，她绝对撑不到秋装上市。以后服装城就我们一家卖韩货，生意肯定好爆。"

在小梅服装店前面，当事人被带走后，围观人群散开了。此事如一粒扔进水塘的石头，激起几圈涟漪，很快平静了。只是，沉进水塘的石头会经受长期水浸之苦。

侯沧海和熊小梅被带到派出所后，分别做笔录。为侯沧海做笔录的是那位老警察。老警察用老旧搪瓷杯泡了茶，又拿出一支烟慢慢抽，问道："姓名。"

被人欺上门，还要在派出所被老警察用审犯罪嫌疑人的口气审问，这让侯沧海倍感委屈，甚至还有一丝凄凉，道："侯沧海。"

"年龄？"

"二十六。"

"性别？"

"男。"

……

听闻对方在区委政法委工作，老警察有点怀疑，道："你是政法委的，不要乱说哟。"侯沧海苦笑道："我在综治办工作，蒋书记部下。"头发花白的老警察出去一会儿，回来态度温和许多，问了事情经过，然后送侯沧海出门。

侯沧海在派出所门口等了一会儿，熊小梅红着眼走出来。

两人沉默无语、满腹凄凉地走出派出所。打开了服装店卷帘门，里面仍然有大量热气和烟尘。一位服装城工作人员走了过来，道："你们商店的保险被我们拔掉了，等把现场清理出来，我们检查线路以后，才能重新通电。服装城不比其他地方，最怕火灾。"

对于服装城这样的决定，侯沧海能够理解。他将没有受损的服装堆在里屋小床上，将烧掉的服装扔到门面外。

熊小梅看着门口堆积着的被烧毁和受损伤的服装，表情麻木。不断有其他经营户过来询问情况，熊小梅冷着脸，不回答。

收拾房间时，周水平电话回了过来。他不知道发生了什么事，语调轻松地道："刚才陪老板开会，不敢接电话，侯子找我什么事，是要请我和吴建军吃饭？"侯沧海语气低沉地道："我老婆服装店被烧了，你赶紧过来。情况复杂，见面细谈。"

周水平太了解侯沧海，从其语气便知道出了事，开车将吴建军带上，直奔服装店。

看罢现场，周水平道："你们这几天暂时不要开业，好好休息。这事交给我处理，要督促公安破案。检察院的面子，公安局还是要给的。"

侯沧海脸色极为难看，道："政法委是个空架子，屁用没有。"

周水平安慰道："你好好混，早点在政法委弄个一官半职，以后调到公检法当领导，那时候说话一言九鼎，谁敢不听。"

吴建军望着一堆烂衣服，挽着衣袖道："妈的，欺负我们世安厂的人，一定要弄回来。"

"人都找不到，我们弄谁。时代变了，靠拳头解决不了这事。你们别管这事，我马上去找公安朋友协调。"论打架，周水平在三人中战斗力最弱，由于位于强有力岗位，他反而成为对付社会阴暗面最强力的人物。

服装店火灾给予侯沧海和熊小梅重击，两人躲在小窝里舔伤口。

傍晚时，电视机孤独地发出声响。熊小梅拿起镜子查看脸上伤口。今年流年不利，前后被打过三次脸，想起做生意以来遇到种种的难处，对镜自怜，暗自神伤。

侯沧海独自一人在厨房忙碌，菜刀翻飞，砍得菜板砰砰乱响。响声在房间内来回冲撞，代表了他的激愤心情。砍了一会菜板，他放下菜刀，回头用决然口气道："你店里有正货，还有仿货，给顾客感觉不好。再开业时必须调整。"

每次侯沧海提建议之时，熊小梅总是认为建议是纸上谈兵，不予考虑，这让没有做过生意的侯沧海无可奈何。这一次，熊小梅没有重提纸上谈兵，忧伤地道："每一件衣服都有成本，我总得把这些货处理掉，否则就要亏钱。我干脆降价，明说是仿货，爱买不买。低价把这批货处理了，然后继续从李沫那里拿高品尾货。"

生意不顺，工作无趣，上床以后，侯沧海睁着眼透过窗望着繁星，想起烦心事，久久不能入睡，意外失眠了。失眠的后果是晚起，早上八点，他才从床上爬起来。

服装店暂时不能开业，熊小梅失去了早起动力，躺在床上目送侯沧海上班。

黑河小面馆，信用社主任朱小兵慢条斯理地吃面。他见到侯沧海进屋，习惯性地微微点头，继续吃面。

将整碗面条一根根吃完，没有其他人进来。侯沧海居然稳坐钓鱼台，专注地吃面。朱小兵面条吃完，只能自己付钱。他拿出钱包，正要招呼服务员付钱时。侯沧海突然抬起头，大声道："朱主任，让你来付钱，怎么好意思，谢谢啊。"

朱小兵和侯沧海共聚于这个小面馆无数次了，每次都是侯沧海付面钱，这让侯沧海很是不爽。人不求人一般高，有意要开一开朱小兵的玩笑，调侃一番。

老板娘看着朱小兵，用眼神征询其意见。

朱小兵没有料到侯沧海会这样直白，愣了几秒钟，道："付钱，两人。"

朱小兵付完钱，与侯沧海打过招呼后离开小面馆。原本在小面馆吃面是一件享受的事情，今天由于被侯沧海将了军，只觉得满嘴都是稻草一般的粗糙感，极不舒服。回到信用社门口，他冷哼道："侯沧海要贷款，门都没有。"

这种类似于恶作剧的搞法实际上是自暴自弃，侯沧海心情渐渐灰暗起来。这不是真正想要的生活，他更喜欢忙忙碌碌有朝气有想法的生活。

回到单位，侯沧海给杨定和讲了服装店被烧之事。杨定和大怒，道："社会渣滓欺负到了我们政法委干部头上，走，找蒋书记。"

蒋强华听闻事件整个过程，立刻给江阳区公安局长打去电话。公安局长相当重视此事，承诺全力破案。

两天后，肇事者主动找到侯沧海和熊小梅。他们受到了警方的强大压力，一阵讨价还价以后，赔了三万元现金，脸青面黑地走掉。

周水平得知这个结果，道："还是官大一级压死人啊，我刚找到公安朋友，还没有用上劲。侯子，好好混官场，真正当了大官，有什么事情办不了！"

小梅服装店重新粉刷以后，在8月15日重新开张。这一次被烧掉的服装以及重新粉刷装修总共造成了一万四千多元的经济损失，另外加上停止营业带来的利润损失，损失接近两万元。如果单论货物损失，熊小梅实际上赚钱了。但是从经营角度来说，停业这一段时间直接影响了正常经营。

每年 8 月都是服装淡季，处于夏秋夹缝时期的 8 月，服装购买力下降，同行竞争激烈，有限购买力分配到每个销售终端就非常少了。不论是百货商场还是路边专卖店，夏季服装大部分打到四至八折，有的服装甚至打出了二折、三折。与此同时，部分秋装的一线品牌早早亮相。

小梅服装店重新开张之时就面临 8 月淡季，开业之后，生意惨淡，比初开业时差了很多。

对面的韩潮来袭打折力度持续加大。韩潮来袭服装店的老板做了十几年服装生意，经验丰富，打折之际，以内衣为主力的秋装和韩版秋装外套已经完全准备妥当。到了 20 号左右，韩潮来袭夏装疯狂打折，在门面前写出了"低至一折起"的极有煽动性的宣传语。同时，大量秋装出现在店内。

熊小梅没有经商经验，又因为纵火事件影响了经营节奏，重新开业后压根没有想到提前准备秋装。等到服装城纷纷出现秋装时，熊小梅如梦方醒。她手中的流动资金全部变成夏装库存，短时间无法回收，没有余钱进秋装，经营陷入困难。熊小梅考虑再三，多给了小芳一个月工资，将其解聘，又回到独自守店的局面。

"我要全面打折夏装，以成本价打折。再从李沫那里进秋装。以后我听你的，走品质路线。"这一次，熊小梅不再嘲讽侯沧海的纸上谈兵，接受了部分意见。

侯沧海望着新刷白的墙壁，道："成本价打折实际上亏损了。"

熊小梅道："我们店以女装为主，女装讲究样式，明年再卖，更没有人买。"

侯沧海道："那就转移阵地，打一个时尚差，明年将夏装转到黑河去卖。你别小瞧了黑河，黑河虽然是乡镇，购买力其实不弱。"

"到黑河去卖还要租门面，门面租来了总得有人打理，这些都要花钱，就在本店打折吧，能收多少钱算是多少钱。"熊小梅此时没有初开门面时的意气风发，学会了妥协。

侯沧海道："这次周水平很耿直，虽然不是他最终把事情办成，我们还是应该请他和杨书记吃顿饭。"

熊小梅尝够社会冷暖，对"多一个朋友多一条道"有了更加深刻的理解，很支持请客吃饭。

回到家以后，侯沧海翻出两瓶酒，定下黑河张氏老腊肉餐馆。周水平和杨定和没有打过交道，由于两人都在政法系统，有共同熟人，很快就谈到一块。

喝了一阵酒，杨定和道："服装店生意怎么样？"

侯沧海道："重新装修以后，还是不怎么样，比想象中困难。"

杨定和道："你记得江州电子科技学院一食堂的事情吗？如果有兴趣，我可以给你打招呼。"

侯沧海道："现在 8 月下旬了，一食堂还没有租出去？"

杨定和道："具体情况我不清楚，如果有兴趣，可以先到学校考察，我给那边打招呼。"

熊小梅突然很认真地问道："伙食团能赚钱吗？"

杨定和道："想必应该赚钱吧。你们可以考察。"

熊小梅道："还请杨书记帮忙，我想去看一看。"

侯沧海还认为熊小梅做服装店的心就如长江大坝一样坚不可摧。其实，这道大坝已经有不少孔洞，不经意的一根稻草就将大坝摧垮。

江州电子科技学院是一所民办学院，有两万多名学生。

一食堂关着门，侯沧海和熊小梅隔着玻璃朝里面张望。从外向内看，一食堂是标准的大学食堂模样，设施齐全，足够容纳好几百人同时用餐。

两人在校园内转了一大圈，回到一食堂门口。

侯沧海道："干不干？"

熊小梅道："干。与一食堂相比，服装店就是小打小闹。我们赌一把，如果成功了，就是我们掘到的第一桶金。开服装店一直不顺，我没有信心了。"

侯沧海紧握拳头，道："这一次我全力参与，不当甩手掌柜。"

正在办公室看文件的杨定和接到电话以后，立刻给电科院后勤处长金正堂打去电话。一食堂是电子科技学院设施最好、面积最大的食堂，不知什么原因，总是陷入亏损怪圈，先后有三个老板承包过一食堂，都没有赚到钱，弄得一食堂在江州饮食圈中臭名昭著，到了 8 月中旬，仍然没有人愿意承包这个面积超大的伙食团。

后勤处曾经直接经营过一食堂，层出不穷的事情弄得后勤处长金正堂焦头烂额。金正堂在师范学校退休后到电科院发挥余热，找点现钱，并不想太累。他一直力推将所有伙食团承包出去，理由很充分，学校管理层不能既当运动员又当裁判员。

眼见到了开学时间，一食堂依旧没有人承包，金正堂为此事伤透脑筋，已经做好了学校直接经营的准备。正在这时接到了老朋友杨定和的电话，真是想睡觉遇到了枕头。金正堂很老练地给自己留了退路，免得来人亏损以后，自己会受老朋友埋怨。

"你推荐的人怎么样？这个伙食团规模大，一般人玩不动。"

"侯沧海很能干，是我以前的办公室主任。现在跟着我在政法委工作。"

"是这样啊，你让他直接来找我，应该问题不大。"

"侯沧海和我关系很好，你要多照顾，少收点承包费。"

金正堂哈哈大笑道："你老兄发了话，我晓得怎么办。老兄要跟侯沧海说，如果真想做伙食团，这两天就来联系。我给他留两天，超过两天就要租给其他人。"

接到肯定答复以后，侯沧海和熊小梅来到服装城，贴出门面转让启事。门面转让启事贴出来之后，熊小梅花费了无数心血的小梅服装店就告一段落。她悲从心来，哭了一场。

门面转让还需要一定时间，不能马上拿到钱，开伙食团面临资金短缺的问题，侯沧海脑中又想起"人穷志短，马瘦毛长"的俗语，觉得说这个话的人肯定尝过手长衣袖短的尴尬滋味。他隐藏心中焦虑，对熊小梅道："车到山前必有路，有压力才有动力。钱的事情你别管，我来想办法。"

回到政法委以后，侯沧海预请了年休假，准备在筹备阶段全程参加。

次日早上，侯沧海换上西裤和短袖衬衣，熊小梅换上职业套裙，坐着出租车来到电科院。侯沧海取下墨镜，道："我去后勤找人，你在这里稍等。"熊小梅道："我去吧，以后还是主要由我和这些人打交道，我不能躲在后面。"

望着熊小梅的背影消失在香樟树林，侯沧海的目光如蜻蜓一般，飞越一排排香樟树，最后停在"江州电子科技学院"八个大字上面。这八个字位于学院最高建筑顶端，在阳光照射下闪闪发光。他暗道："电科院创始人胡东建是离职教师，能办起这种规模的学院，不管从哪个方面来说，都是了不起的人。他是我的榜样，他的今天就是我的明天。"

等了几分钟，熊小梅和一位三十多岁的女同志走了过来。熊小梅介绍道："这是后勤处蒋永正老师。"

侯沧海习惯性准备握手，手伸出去后才发现提着钥匙的蒋永正压根没有握手的意思，尴尬地将手收了回来，自我介绍道："蒋老师你好，我叫侯沧海，和熊小梅是一家人，我在……"

蒋永正胖得很匀称，连衣裙如一条面口袋套在身上。她手里提着一串钥匙，不等侯沧海做完自我介绍，打断道："金处长交代了，先带你们看一食堂，如果有意承包，下午谈合同。合同谈成了，明天要进场。"

侯沧海道："这么急？"

蒋永正道："离开学没有几天了，还得收拾厨房，你们有现成的厨房班子吗？"

侯沧海为了把这个伙食团拿到手，没有露怯，道："有。"

蒋永正见两人衣着打扮如白领一般，不太相信有厨房班子，拖长声音，道："有就好。"

8月的太阳毒辣如烈火，从学院大门口到第一食堂不过五六分钟时间，侯沧海全身毛孔都在冒水珠，汗水沿着额头流到颈部，又顺着流到腰部，将皮带和裤腰全部泡湿。

蒋永正弯着腰，笨拙地将钥匙伸进锁孔。侯沧海站在其身后，恰好可以看见她圆圆的屁股，这个屁股很饱满，被内裤勒成了四瓣。他没有享受到偷窥美女的乐趣，反而如吃了肥肉，胃里一阵腻味，赶紧将眼光移开。

"哗"的一声，卷帘门被拉开了，窗外所见与走进食堂有明显区别。

第一食堂大厅宽阔，摆了上百张淡蓝色桌子，每张桌子配有六张板凳，桌子和板凳全部连在一起。

如此设备远远超出黑河食堂水平，侯沧海问道："蒋老师，这里能够容纳多少人？"

蒋永正表情冷淡，道："好几百人吧，多数学生是用饭盒打饭，然后端回寝室吃。"

熊小梅在家里是最小的女儿，基本上不下厨房，此时看到宽阔饭厅，想象着数百人在一起吃饭的壮观场景，突然感觉很惶恐。

十几缕阳光从窗户射进来，悬浮在空中的灰尘颗粒被照得一清二楚。平时灰尘隐匿在半空中，在阳光照射下如妖怪一样现出了原形，做着不规则无方向的布朗运动。

蒋永正提着钥匙从大堂走向厨房，呱呱地介绍各种设施。

熊小梅脑子很懵，以前在大学读书时看到大厨房觉得没有什么了不起。

此时有可能成为伙食团掌管人，才发觉大厨房阴沉沉如怪兽一般。

走到后厨，她的眼光被地上黑沉沉的一大片颗粒吸引，黑色小颗粒覆盖了地面和宽大案板，她好奇地用脚尖踩了踩这黑色颗粒，等到弄明白是耗子屎，发出一声刺耳惨叫，转身跳到侯沧海身后，道："耗子屎。"

侯沧海看着密密麻麻的耗子屎，也反胃，故作轻松地道："食堂有耗子很正常。"

熊小梅从小就怕耗子，脸色惨白地躲在侯沧海的身后，尖叫道："地上全是耗子屎，这里肯定有一大群耗子。"

蒋永正斜着眼睛看了一眼熊小梅，拿起手上一长串钥匙抖了抖。钥匙发出哗哗响声，无数耗子从各个角落冲了出来，在厨房里东奔西窜，仿佛恐怖片中突然涌出来的蝎子，密密麻麻，无穷无尽。

蒋永正见惯了这些场面，抬脚，将靠近身边的大老鼠踢到半空中。大老鼠在空中扭曲着身体，发出吱吱叫声。

熊小梅发出一阵阵控制不住的尖叫。

蒋永正胖脸露出一丝嘲讽表情，道："办伙食团的人，怎么能怕耗子。以后习惯了伙食团，三天不见耗子，心里发慌。"

"我的天，耗子也太多了。"侯沧海原本不怕耗子，在耗子群体性活动中还是竖起了汗毛。

后勤处蒋永正初次到伙食团，被吓过好多次，此时早已习以为常，她根本无视群魔乱舞般的耗子，道："一食堂厨房宽大，好操作。厨房旁边还有几间房子，是库房和职工宿舍。锅炉房旁边有一个五十平米雅间，可以办桌席。这个条件比二食堂和三食堂都要好得多。隔壁有一幢学生宿舍，学生过来吃饭很方便。"

熊小梅原本对承包一食堂很有信心，瞅着仍然在屋里奔跑的耗子，信心动摇起来，拉着侯沧海的胳膊不松手。

蒋永正再次提醒道："下午签了合同，要赶紧把灶具修一修，添置些锅碗瓢盆，已经有同学报到了。"

侯沧海将眼光从耗子及耗子屎中收了回来，问："今年招生情况如何？"

"很不错，这一学期在校的学生至少有两万五千人。"

"能做到全封闭吗？"

"学院管理严，除了星期六和星期天，不准学生离校。"

听到蒋永正肯定的说法，侯沧海在心里盘算："电科院有两万多学生，学院里有三个食堂，一食堂是最大的食堂，每一餐至少有一万学生到食堂吃饭，每一个学生平均花五块钱，也就是五万块营业额。"

想到收入如此之高，他不禁激动起来，随即告诫自己："当初做服装店也是往好里想，没有想困难。这个地方肯定有陷阱，只是我没有看到。"

蒋永正一直在观察侯沧海和熊小梅的表情，见到侯沧海问得详细，神情认真，便道："如果你们觉得满意，就到后勤处签合同，目前有好几个人来打招呼，听说你们是关系户，肯定会优先考虑。但是现在社会关系这么复杂，说不定也有其他熟人打招呼，如果合同签晚了，就不好办。"

小梅服装店已经失败，熊小梅急于东山再起，尽管对掌管大伙食团心存疑虑，还是决定将第一食堂拿下来，悄悄拉了拉侯沧海胳膊。

侯沧海明白熊小梅的意思，道："我们下午签合同。"

蒋永正道："二食堂和三食堂都在校园，我可以带你们去看一看，然后中午回去商量，商量好了，下午赶紧过来签合同，如果你们不愿意承包，那我们就跟其他几家人谈。"

熊小梅道："我们去参观二食堂和三食堂。"

一食堂位于南区，距离学院大门很近，北区则是足球场。二食堂和三食堂分别位于东区和西区，这两个食堂也紧靠学生宿舍，但是规模都不大。从外观看，两个食堂都是老建筑，黑乎乎的。与一食堂相比，二食堂和三食堂就如七十年代末和八十年代初期的大食堂，而一食堂则是九十年代后期快餐店。

看罢总体情况，侯沧海和熊小梅信心大增。

分手时，蒋永正再次强调道："下午三点，金正堂等你们谈合同。"

离开江州电子科技学院，熊小梅道："我们能做好这个伙食团吗？"

侯沧海挺起胸膛，道："只要找对路子，发财不是一件难事。以前服装店位于服装城里，竞争激烈，而且营业额始终做不大。这次不一样，有可能走对一条路。"

走出学院大门，侯沧海给周水平打电话，约定中午吃饭。

周水平跟同事说了一声，开车接到吴建军，一路飞奔，左拐右突，直奔平常经常聚会的小馆子。这个馆子是极寻常的豆花馆子，却有一个响亮名字——白公馆，每次听到看到这个招牌，侯沧海等人都无比佩服豆花老板的想象力。

大家都是熟客，除了四碗豆花以外，各自叫了喜欢吃的菜。

周水平要了粉蒸肥肠，侯沧海点了青椒肉丝，吴建军则叫了青椒皮蛋，熊小梅要了黄花肉片汤。豆花雪白，竹蒸笼装着的粉蒸肥肠是金色，青椒丝翠绿，弧形皮蛋黄色，摆在桌上不仅闻着香，看着也舒服。

三个碰了酒，侯沧海道："上午去电科院一食堂看了现场，条件还可以。以后大家要聚餐，直接到食堂，免费。"

吴建军下岗以后，一直寻找各种生意。他从生意人角度提出了质疑，道："你别急着下手，我觉得不稳当。"

侯沧海道："理由，我要理由？"

吴建军比画着手指，道："第一，我熟悉电科院，电科院旁边有很多小餐馆，二三十家是有的，每天出来吃饭的学生为数不少；第二，你和熊小梅都没有做过厨师，手下没有班底，红案、白案、墩子，都需要招人，这么短的时间很难招到合适的人；第三，也就是最关键的一点，我最近到处找生意，凡是好一点的生意都有无数饿狼盯着，凭什么临开学才将食堂交给你们做？"

这三问题也无数次在侯沧海脑海盘旋。

"今天我们和后勤处蒋永正见了面，蒋永正说今后学院要实行全封闭管理，凡是学生都不准出去，只能在学校里吃，校外小馆子这一点可以不考虑。一食堂是校内最大食堂，旁边有一栋学生宿舍，在食堂旁边还在新修教学楼和一栋学生宿舍，这对我们生意大有好处。至于厨师，现在什么都缺，唯独不缺人，应该能够将队伍拉起来。"

凭着在黑河镇当办公室主任的经验，侯沧海总觉得做伙食团应该能够赚钱，否则承包人为什么总是给自己送酒送肉。正是有这个朴素认识，让他说服了自己。

吴建军摇头道："电科院有很多农村学生，生活费紧巴巴的，都吃素菜。有钱娃儿都要在外面吃馆子，伙食团生意不好做。"

侯沧海按照心理预期给两位朋友讲了前景。

周水平突然插话道："建军说得有理，这么多大嘴乌鸦，有这么赚钱的生意，哪里还轮得到你和熊小梅。"

侯沧海道："学院后勤处长金正堂是杨书记的朋友，杨书记出了面，我这才有机会承包食堂。"

周水平和吴建军见侯沧海坚持要承包伙食团，不再多劝，举杯庆祝。

下午两点半，侯沧海和熊小梅来到电科院谈合同。

侯沧海把平常开会的公文包拿在手里，原本想打领带，看到窗外明晃晃的太阳，放弃继续打领带的念头，却仍然穿上衬衣和西裤，还在头发上喷了些发胶，做了一个显得成熟的发型。

下了出租车，侯沧海提着公文包，挺着胸膛，大步向前。熊小梅看着江州电子科技学院几个大字，突然有些胆怯，道："你还是给杨书记打个电话，让他再跟金正堂说一声。"

侯沧海很自信地道："杨书记已经给金正堂打了电话，他是金正堂的老同事，这个面子无论如何都要给。"

来到江州电子科技学院后勤处办公室，蒋永正将侯沧海领到了处长室。处长室里有空调，凉爽无比。办公桌后面坐着一位圆脸黑胖子，听了介绍，站起身，黑胖子笑哈哈地与侯沧海握了手，道："你是侯沧海啊，听杨老弟好几次提起过你，能干的办公室主任，还是帅哥。"

"金处长好。"侯沧海又自嘲道，"帅哥不敢当，自我感觉是个蟋蟀。"

聊了两句，金正堂收敛了笑容，道："言归正传，定和打了电话，要我无论如何把一食堂留下来。最近几天不少人来问一食堂，都被我婉拒了。小蒋带你们看了现场，感觉如何？"

侯沧海道："感觉不错。"

金正堂哈哈笑道："现在还没有开课，校园学生少，等到开了课，校园每个角落都是学生，只要会经营，伙食团肯定赚钱。"

侯沧海想起吴建军所言，道："金处长，那我想问一个问题，前几个老板为什么亏损了。"

"前两个老板根本不是做事的料，小学都没有毕业，大字不识几个，你们两人不同，一看就是精明强干的人。好好经营，应该能做得好，我对你们有信心。"金正堂正愁找不到人接盘，侯沧海来了以后，悬着的心总算落地，自然不肯多说困难。

侯沧海问道："我们如果要承包一食堂，要办哪些手续。"

金正堂道："手续很简单，先交保证金四万块钱，等合同结束后退保证金。每个月承包费一万五，伙食团后面有锅炉和洗澡堂，承包费五千，承包费按月缴纳，9月份的承包费和保证金一起交。"

条件如此高，熊小梅脸色发白，眼冒金星，无助地望着侯沧海。她手里的钱交不起四万块的保证金，更别说请工人，买厨房用具，第一个月买油、米、盐、调料和煤炭等支出。

侯沧海道："金处长，保证金能不能少一些。我和杨书记在一起工作，绝对跑不了。"

金正堂一副为难表情，道"这是大老板定的规矩，一食堂、二食堂、三食堂，根据食堂大小分别交四万和三万块保证金，如果你交得少，对其他食堂不公平。"

侯沧海道："我们要维修一食堂，还要购买用具和油米盐，至少得好几万，加上保证金，林林总总算下来，费用很高。金处长，保证金一定要少一点。"

金正堂道："小熊，侯沧海要上班，以后是你来做伙食团？"

熊小梅有些底气不足，道："我来打理。"

金正堂打量了小梅几眼，咬了咬牙，道："减一万五，二万五保证金，这是最大限度的让步。"

侯沧海是死马当作活马医，又砍了一个价，道："保证金两万元。"

金正堂道："这个太低了，完全没有操作性，我在大老板面前说不清楚。"

侯沧海脑子里又想起吴建军的三点疑惑，再次坚持道："两万元差不多了。"

金正堂满脸为难的表情，拿着手机，道："我跟大老板请示。"

　　金正堂拿着手机在外面给老婆打了电话，胡乱聊了一会。回到办公室后，他严肃地道："刚才被大老板批评了一顿，我好说歹说，还把张强老书记抬出来，才同意两万元保证金，这是破天荒了，你们一定不能说出去。说出去以后，二食堂和三食堂来找我，我这个后勤处长当不成了。"

　　四万保证金都能被腰斩，侯沧海意识到应该还有讨价还价的余地，又道："每个月承包费两万元，太高了，算到头上每天都要从纯利润中交七百块钱。"

　　熊小梅也觉得承包费太高，又担心砍价太厉害，惹恼校方，极有可能拿不到一食堂承包权。侯沧海提出这个要求以后，她紧张地看着金正堂。

　　金正堂伸出指头，侃侃而谈："我们有两万多学生，先不说伙食团，每天洗澡堂都可以收不少钱。只要有一万学生到一食堂吃饭，毛利润是多少？纯利润是多少？每月两万元承包费，很便宜了。"

　　听到金正堂如此介绍，回想起吴建军所言，侯沧海心里更疑惑，暗道："如果真的像金正堂说的这样好，一食堂怎么接连换老板？"

　　这时进来一个四十来岁的中年人，提着手包，站在门口道："你是金处长吗？听说一食堂要承包，我想包。"

　　金正堂眼皮都没有抬，道："你是老刘介绍的？"

　　来人取出一包烟，点头哈腰地散烟，道："金处长，我把钱都带来了，马上签合同。"

　　侯沧海注意到，来人手指被香烟熏得格外黑，心道："这种烟鬼也想包伙食团，太不卫生了。"

金正堂对来人扬了扬手，道："我在和朋友谈事，你在隔壁房间等一会。"

来人道："金处长，我把保证金都带来了，今天就签。"

"明天上午，你再给我打电话，行不行？"等到中年人离开，金正堂愁眉苦脸地对侯沧海道，"这是我战友老刘介绍的。老刘是老关系，原本应该照顾。但是做伙食团还是要讲究素质，这人素质不行，我不想承包给他。"

侯沧海原本想狠狠杀一杀承包费，如此一来，有些话就不好说出口，他和小梅对视一眼，下了决心，道："金处长，我们签合同。"

金正堂一脸慎重地道："侯主任，你是老杨的朋友，也就是我的朋友，你一定要仔细考虑，做这种学生大食堂是大进大出，有可能赚大钱，也有可能亏钱，要慎重考虑。而且，做伙食团非常辛苦，你要有心理准备。"

侯沧海直言道："感谢金处长，既然有可能赚钱，我就要试一试。"

"有志气。"金正堂竖起了大拇指。他从抽屉里拿出褐黄色的牛皮纸袋，取出里面合同，道："你在政法委工作，肯定对合同这一套文书很熟悉，这个合同是格式合同，你主要看手写部分。"

花了半个小时，两人认真看完合同，侯沧海提出一个问题："每个月的承包费包不包括寒暑假？"

金正堂肯定地道："当然不包括寒暑假了，寒暑假没有学生，怎么会收你的承包费。"

侯沧海道："话虽然这样说，这一条要在合同上明确。"

金正堂不以为然地道："一、二、三食堂合同都一样，约定俗成。放心吧，做电科院的食堂不会亏了老弟。"

合同谈完，交钱，拿收据，一切 OK。

带着合同和收据，侯沧海和熊小梅离开了后勤处办公室。金正堂笑如弥勒，送至门口，与侯沧海握了手，道："明天上午，你们清点一食堂的餐具和用品，然后交钥匙给你们。"

站在校门口，侯沧海回望学院，"江州电子科技学院"八个大字在阳光下闪闪发光，格外耀眼。熊小梅走出学院之时还挺高兴，渐渐地，她脸现愁容，道："马上就要开学了，必须在最短时间内请工人，装修厨房，买餐具。这些事都要花钱，怎么办？我们手里压根没有这笔钱。服装店一时又不能变现，远水不解近渴。"

小梅服装店正在整体转租，也就是转租费和店内服装整体转让，报价五万块钱。熊小梅和侯沧海的心理价位是四万块钱，也就是能降低百分之二十五。转租启事贴出来以后，不断有人询问，就是价钱谈不拢。

想到经济现状，侯沧海觉得有一块大石头压在心中。他作为家中男人，不能被困难吓倒，更不能在女友面前露出不安，安慰道："你管业务，我管找钱，活人不会被尿憋死，总会想到办法。"

熊小梅道："你已经借了不少钱，我去找大姐。"

"当初我拉着你的手离开家门的时候，发誓一定要混出名堂，现在无论再困难也不能朝你家开口。"侯沧海自尊心强，觉得开口向熊家借钱是非常难堪的事，不管是找岳父母还是找大姐熊小琴。

熊小梅对侯家亲戚的家底很清楚，道："你爸妈借过，大舅不宽裕，还能到哪里借钱？"

侯沧海道："我出去一趟，晚上肯定能把钱带回来。"

望着男友远去背影，熊小梅开始临时抱佛脚，尽快熟悉厨房。她是家中幺女，不怎么进厨房，除了蒸腊肉等简单菜品外，对其他菜品都不熟悉，对于接管大食堂实在心存畏惧。她先到书店，再到菜市场。回家后，穿短袖，套围腰，冒着高温当起家庭厨师。

晚上七点，侯沧海还未回家。熊小梅打了两个电话，打通，未接。她心里烦躁，没有心情继续做晚饭。

十点半，侯沧海终于回到家，喷着酒气，将厚厚一沓钱放在桌上。

熊小梅惊讶地道："找谁借的钱？"

侯沧海道："小舅。"

小舅舅多年前为了家庭琐事与侯沧海外公吵架。侯沧海最疼外公，在青春期荷尔蒙支配下，很冲动地打了小舅舅。外公去世以后，小舅舅一家人远走他乡，这几年没有回过江州。

熊小梅知道男友自尊心甚强，一天来往三百公里找小舅舅借钱，内心肯定颇不好受。她上前抱住侯沧海，道："你受委屈了。"

侯沧海亲了亲女友脸颊，道："我家只有小舅舅条件最好，其他人都是有心无力。我找到小舅舅时，他高兴得很，晚上非要和我碰两杯。他小时候天天跟在我妈屁股后面，提起我妈，他眼泪都要出来了。"

借到钱，解决大问题，熊小梅悬着的心放松了，将《厨房大全》《厨房工具书》《川菜入门》三本书拿出来炫耀。

侯沧海道："没有做馒头、包子的书？以后要做早餐，早餐有白案，我们没有基本常识不行。"

"《厨房大全》和《厨房工具书》是我跑遍所有书店买到的，明天我再去淘一遍。"放下书，熊小梅到厨房转了一圈，拿出一块肉，高高举起，问道，"我考考你，这是什么肉。"

侯沧海故意道："没有吃过猪肉，还没有见过猪跑，这是猪肉。"

熊小梅道："你少来啊，谁不知道是猪肉，我问的是这是猪身上什么部位的肉，用来做什么？"见到老公摇头，她有些小得意，"这是三号肉，又叫大排、通脊。"

说到这里，熊小梅有些记不得了，翻书念道："前端从第五、第六肋骨间，后端从最后腰椎与荐椎间垂直切开，在脊椎下五到六厘米肋骨处平行切下的脊背部分。这块肉主要由通脊肉和其上部一层背膘构成。通脊肉是较嫩的优质瘦肉，可用于炒、爆、炸、熘，是烤通脊肉和叉烧肉的好原料，也是中式排骨、西式排骨、培根的原料。背膘较硬，不易被氧化，可用作灌肠的上等原料。"

"不错，值得夸奖，希望以后继续努力，成为一名猪大师。"

"你才是猪大师。"熊小梅拿着猪肉回到厨房，站在门口反击了一句。

熊小梅在厨房里研究猪排，侯沧海拿着《厨房工具书》进行研究。厨房工具自成系统，分为储藏、洗涤、调理、烹调用具、进餐用具等大类，大类又分为炒锅、炒勺、橱柜、台面等四百多小类。

如此多的器具让侯沧海傻眼了。他原本计划按葫芦画瓢，采购一些餐具，拿到书才发现餐具种类太多，急切间是狗咬乌龟找不到地方下口。

正在犯愁之时，厨房里传来了一声惊叫，小梅捧着血淋淋的手指发愣。

侯沧海赶紧上前，用清水洗掉手指上的杂物，小心地在伤口处贴上创可贴。熊小梅手指修长，曾被评为202寝室第一美手。弄出一条刀口，手指痛，她心更痛。

侯沧海道："你歇着吧，我来做晚饭，你在旁边指导，其实监督才是你最大的职责。"

半个小时以后，香喷喷青椒肉丝和青翠的凉拌空心菜新鲜出锅。两人将饭菜端到茶几上，打开电视。电视里正在播放青岛国际啤酒节，彩车、花车、马拉酒桶，身着各种别致服饰，手持新奇道具的艺术方队，汇成节日之城一道流动的风景线。

两人没有看电视，热烈地讨论伙食团到底需要什么餐具。侯沧海将《厨房工具书》摆在桌上，道："菜刀型号很多，从使用来说，有切片刀、斩切刀、砍骨刀，从菜刀的材料来分，有三合钢、七铬钢、三铬钢和特殊合金钢，像一食堂这种大型厨房，到底需要什么刀？买错了无用，多买浪费。"

家里的一把小菜刀都能让熊小梅手指受伤，想起厨房里硕大无比的锋利菜刀，她觉得背上冷汗直冒。

电科院开学是在9月1日，新生报到则稍晚一些。如果两万学生到校，一食堂无法正常营业，这将是一个大事故。两人经过反复讨论，决定先采购盆子、碗、筷子、盐、酱油、醋、糖、味精等用具，这些东西肯定要用，买了不会错，至于其他拿不准的工具，还得请教厨师。

熊小梅道："明天上午要和蒋永正一起清点一食堂，填写交接清单。"

想到即将开业的紧迫现实，侯沧海担心的是另一件事："没有厨师和服务员，没有人手，一切都是空谈。"

熊小梅问道："一食堂这么大，我们要请几个厨师？几个服务员？"

侯沧海没有从业经验，只能依据常识进行推测，道："我们从源头开始梳理。首先，我们需要一个采购员。我打听过了，商家可以将大宗物品送到伙食团。新鲜菜必须得当天买，伙食团用量这么大，必须到批发市场购买。"

熊小梅道："批发市场偏僻，凌晨四点多就开市了，我要管早餐，没有办法去，你又要上班，采购员必须请。"

侯沧海在纸上记了下来，道："采购员算是一个。"

熊小梅道："伙食团每天用量很大，进货这一关把不好，会增加成本，有没有办法杜绝采购员揣腰包。"

说到这里，两人同时摇头。菜价每天浮动，如果量大，采购员每天神不知鬼不觉地揣一部分钱进腰包，根本无法查证。在这种无法制约的条件下，采购员不揣腰包简直是天理不容。

侯沧海道："我当采购员。"

熊小梅摇头道："你白天上班，做不到每天凌晨四点起床。"

侯沧海道："既然我们两人不能当采购，那么只能尽量找可靠的采购员。虽然我们不能亲自采购，但是我们可以询价，通过询价来控制成本，当然采购员可能要悄悄揣一揣荷包，我们只能把这一部分计入成本。"

熊小梅无奈地道："只能这样办了。"

侯沧海又道："有了采购员，还得将菜运回来，车辆问题怎么解决？"

"买一辆最便宜的长安车得好几万，我们没有钱，只能租车。租一辆长安车，固定跑早上。这个司机算编外人员，每天只付车费，不付工资。"熊小梅曾在做服装生意时遇到过运输问题，有一定发言权。

侯沧海又在笔记本上写下了"租车"，道："关于厨房内部建设，我的设想是找一个负责管理厨房的厨师长，另外找一个服务员领班，采购员、厨师长、服务员领班并列，三者独立又互相牵制。"

在机关工作时，每次有重要活动，稿子上的工作措施第一条必然是"高度重视"，第二条是"健全机构"，第三条是"经费保障"，第四条是"具体措施"。稿子纵然千变万变，这四条是放诸四海皆准的措施。侯沧海写了无数总结，对这些套路太熟悉了。此时要办伙食团，他才领悟到这几条确实是经验之谈：思想不重视，没有积极性；没有健全机构，绝对是一盘散沙；没有钱，则是巧妇难为无米之炊；没有具体措施，无法落实。

凌晨，侯沧海捧着《厨房工具书》，在本子上写写画画。熊小梅坐在电扇旁，任湿发在风中飞舞，她的目光盯着一幅图，图上是猪的各部位分类图。

入睡以后，她做了一个梦，在梦中，猪身上的各部位都活了起来，首先是长得如猪八戒一样的红彤彤的猪头，猪头上还有"鸿运当头"四个大字，然后是肥壮的前肘和雪亮的前肘把。

当阳光从窗户射进来时，熊小梅睁开眼睛就将侯沧海推醒，道："侯子，考你一个问题，什么叫前肘把，能做什么菜？"

侯沧海睡得稀里糊涂，道："早饭要吃前肘把，什么是前肘把？"

熊小梅略带得意地道："前肘把顾名思义是猪的前小腿部分，皮多筋多，瘦肉少，适合炖、烧、酱，我想在伙食团就可以用作炖菜，既有营养又好吃，还便宜。"

"完了，你走火入魔了。"侯沧海坐在床边揉眼屎，说道，"上午，你先去电科院，找蒋永正。我去打印招工启事，尽快贴出去。我们必须在这几天把厨师招齐，否则时间来不及了。"

侯沧海坐公交车进了城，打印三十张广告，偷偷摸摸四处张贴。以前他最痛恨乱张贴者，觉得牛皮癣影响市容，此时为了尽快招到厨师，顾不得市容美观了。

张贴完毕后。他来到电科院，坐在一食堂门口等候。

九点半，熊小梅和丰腴的蒋永正并排着走过来。

随着嘎嘎一串响，一食堂卷帘门打开，宽阔又阴暗的世界展现在侯沧海和熊小梅眼前，蒋永正报数："桌子一百二十一张，每张桌子带六个椅子，七百二十六张椅子，电视柜四个，刷卡器五个，厨房里面还有很多东西，单子上都有。你们自己清点，如果没有错，在验收单上签字。"

桌子、椅子和电视柜的数字都很准确，无误。

在验收刷卡器时，蒋永正拿出一个张卡，依次在刷卡器上试验，刷卡器显示出卡上的金额，她介绍道："学生打饭买菜有两种方式，一种是直接用钱，另一种是刷卡，卡在后勤处购买。"

侯沧海对这种刷卡系统颇为怀疑，道："刷卡后是怎么结算，我这边能看到每天刷了多少钱吗？"

蒋永正道："你们看不到。每个月可以到后勤处查看数据，到时据实结算，或者抵扣每月承包费。"

"蒋老师，用了卡，我们计算不到每天营业额，无法核算成本，能不能不用刷卡器。"熊小梅做过服装店，每天要盘点营收，如果采用刷卡设备，自己难以知道当天收入。她还有更深的顾虑，刷卡器每月才能查一次，校方做手脚太容易了。

蒋永正明白两人心思，道："这是校园卡，可以在校园内消费，每个学生都有。如果你们不用这种卡，要流失很多学生，划不来。"

侯沧海道："也就是说，这种卡并非强制性使用，可以选择不用。"

蒋永正道："那是自然，不刷卡，受损失的是你们，和我们没有关系。"

说到这个份儿上，大家就没有再争议刷卡器的事情，继续点验物资。在厨房里，有四百多个旧盆子、三百多个旧盘子，还有案板、大铁锅等物品，统统写进了清单。

随后他们又来到旁边锅炉房，将锅炉房和澡堂的各项设备设施清点在案。

双方签字以后，蒋永正态度比第一次见面好了许多，胖脸上笑出两个酒窝，道："侯老板，从今天起，一食堂就是你们的了，随时可以营业，祝愿你们发大财。"

领导们经常说：在 21 世纪，人才是最关键的因素。

侯沧海对这句话熟悉到耳朵生出茧子，原本以为充分理解了这句话的含义，可是现实经历永远比书本更让人记忆深刻，当接手伙食团时，他才明白人才、团队这些字眼真不是开玩笑的。

启动资金有了，承包合同有了，伙食团依然无法营业，原因很简单，侯沧海和熊小梅以前没有从事过餐饮行业，是纯粹的行外人。他们在餐饮行业没有人脉，真要用人的时候才发现无人可用。

招聘启事贴出去以后，有几人来应聘厨师。这些应聘者要么是没有经验，要么是工资要求超出了侯沧海和熊小梅能够承受的最高线。

以前侯沧海觉得厨师遍地都是，不值钱，真到用时才觉得厨师们简直就是隐于江湖中的武林高手，千呼万唤不出来。眼见开学时间慢慢逼近，伙食团班子还没有着落。

金正堂背着手到厨房转了两回，转一回就摇一次头。

被逼得两眼冒火之时，侯沧海灵光闪现，想起母亲表侄郭加林是厨师，长期在广东打工，听说手艺还不错。他如抓到救命稻草一样，直奔世安厂。

周永利端着面碗坐到客厅小茶几旁，拿起电话跟表妹联系。

等到母亲打完电话，侯沧海又道："厂里食堂老师傅有谁会做白案，愿不愿意出来做？"

"几个白案师傅都在上班，估计没有人愿意出来。以前退休的白案师傅年龄太大了，干不动伙食团。"周永利原本想批评他们接伙食团很草率，想到木已成舟，就将批评话吞进肚里。

一食堂，先后有八人应聘服务员，熊小梅挑选了模样齐整的一男一女。女员工叫胡一红，刚满三十岁，是两个孩子的妈妈，想赚钱补贴家用。男的叫姜小军，不到十八岁，刚从农村出来，第一次到外面打工。

熊小梅带着一男一女两个服务员开始做清洁。暑假没有营业，伙食团大厅表面上看不出油渍。被水泡过以后，整个大厅到处是难看的油污。为了去掉油污，熊小梅倒了半包洗衣粉在桶里，结果弄得满地泡沫。

侯沧海从世安厂出来后，又前往江州面条厂，准备让大舅舅帮着找厨师。

面条厂家属院，周永强正戴着老花镜看报纸，见到外甥后，道："我接到你妈电话，你到底想找什么厨师？"

侯沧海道："伙食团马上开张了，现在急需厨师，红案和白案都需要，煮木桶饭的也需要。"

周永强当过多年厂领导，管理经验还是挺丰富的，道："你这小子怎么能事到临头才想着搭班子，心急吃不了热豆腐。面条厂有炊事员，技术好的早就被挖走了，留下的手艺都不行。生意不是那么好做的，面条厂以前多火爆，现在成了这个鬼样子。"

侯沧海道："承包合同签了，承包保证金交了，现在不能反悔，硬挺着都要做。"

周永强道："既然木已成舟，我也就不多说，免得泼你冷水。老家那边倒是有一个人选，不是周家的，是你舅娘的堂兄李大壮，以前做过食堂，会煮伙食团那种大桶饭，我猜你肯定找不到能煮大桶饭的。电科院是民办大学，按理说设备应该现代化一些，不应该用这种大桶。"

侯沧海比画着道："我也不知道他们为什么还在用这种大桶。我接手时就是那种装几百斤饭的大木桶。"

周永强道："煮这种饭要讲技术，不好找人，所以才把你舅娘的堂兄介绍给你，成不成你自己谈。"

侯沧海兴奋地道："踏破铁鞋无觅处，得来全不费功夫，我正愁无人会煮那种大桶饭。麻烦舅舅赶紧帮我联系他，问他能不能到一食堂来煮饭。待遇面议。"

一食堂煮饭工具是直径两米的大锅和木制大饭桶。侯沧海见到这个大饭桶时有一种强烈的无力感，大饭桶至少能装三百斤饭，煮熟以后要从一米高的灶台上弄下来，这是一个考验技术、体力和勇气的工作。

主厨和煮饭工都有可能解决，这让侯沧海很是兴奋，坐车回电科院时小声哼起歌。

一食堂大厅被水洗以后显得光亮如新，顺眼得多。熊小梅和两个新员工累得一身大汗水。熊小梅将拖把丢下，拿着矿泉水瓶子一阵猛灌。灌得太急，接连咳嗽好几声。她得知主厨和煮饭师傅都有了着落，如果不是两个新员工在场，准会跳到侯沧海身上。

侯沧海望着汗流浃背的胡一红和姜小军，道："餐厅洗干净以后，我们先弄员工宿舍，厨房卫生暂时放一放。"

员工宿舍位于厨房左侧，男员工宿舍有六张木质高低床，最大容量是十二个人。女员工宿舍有四张高低床，稍显宽敞。宿舍是平房，闷热难当，散发着刺鼻霉味。各种杂物扔得四处都是，布满灰尘。老鼠屎多得如天上繁星，无处不在，密密麻麻。

人的适应力惊人，熊小梅如此怕老鼠的人，进屋后见到四处奔忙的老鼠也觉得无所谓了。她对两个有点傻眼的新员工道："伙食团就这个条件，收拾出来会好得多。"

姜小军刚刚离开家，对社会还很陌生，急于找个落脚之地，道："没事，我们什么时候开始收拾。"

胡一红见住宿条件太差，有些迟疑。侯沧海观察到她的表情，道："我们集中力量，先把女生寝室收拾出来，等会再收拾男生寝室。"

胡一红瞅了瞅旁边不远处的锅炉房，道："锅炉能用吗，能不能接热水。"

"锅炉归我们管，但是现在还不能用，只能用冷水。"提起锅炉房，侯沧海刚刚落下了心又被吊了起来，开学在即，没有找到锅炉师傅，学生们喝不成开水，洗不成澡，这又是一个天大麻烦。

到哪里找锅炉师傅？这事又如一匹烈马在脑海中飞奔。

大家一起动手，到了中午一点，将女生寝室基本收拾出来。胡一红道："侯总，这些稻草全部是老鼠屎，不能用了。我家住得不远，家里有今年新稻草，到时找个车拉来，大家都可以用。"

劳动了半天，熊小梅肚子饿得咕咕叫，道："事情是做不完的，我们先休息，哪里有吃的？"

胡一红是当地人，对周边情况很熟悉，道："学校周围馆子多得很，到处都吃得到。"

侯沧海心里一紧，和熊小梅对视一眼后，问道："开学以后，学生能出去吃饭吗？我听管后勤的人说，上课期间，校门要关闭，不准学生到外面吃饭。"

胡一红道："大学平时不关校门，这些馆子主要做学生生意，家家生意都不错。"

果然如胡一红所言，校外有不少小馆子，里面聚着三三两两的学生。

吃完饭，胡一红回家弄稻草。

姜小军是个勤快又能吃苦的小伙子，中午最热的时候，他独自一人开始清理男员工宿舍，将一大堆垃圾抱在门外，然后点了一把火。干燥的稻草遇到明火以后，燃得极快，发出噼啪的声音，火焰足有两三米高。等到侯沧海从大厅跑出来制止时，火势已大，只有等着稻草烧完。

几分钟后，一个保安汗流夹背地跑了过来，见到还在冒烟的火堆，吼道："谁叫你们烧火？"

侯沧海本是区综治办的人，知道不能在校园内如此处理垃圾，装傻道："这是宿舍垃圾，不好处理。"

保安进餐厅端起装着水的桶，浇到仍在冒烟的火堆上，脸青面黑地道："还是当老板的人，怎么能乱放火，我要是被扣了钱，你们得出。"

侯沧海发了一支烟，道："没事，还没有开学。"

保安抽着烟，态度和缓了，道："这个伙食团不好做，好几个老板都亏了。"

侯沧海心里一紧，表面风轻云淡地道："是什么原因？"

保安道："要是我能知道原因，就由我来当老板了。以后我们过来打饭，手腕稳点，多弄点肉。"

侯沧海道："没有问题，欢迎你们到一食堂吃饭。"

在电科院一食堂忙到了下午三点，总算将大厅和员工宿舍完全收拾出来。看着面目一新的大厅和食堂，他心中涌出了脱离平庸生活的激情。

吃过晚饭后，侯沧海和熊小梅拖着疲惫的身体回到黑河，简单冲洗以后就躺在床上，继续商量伙食团的事。商量几句，侯沧海眼皮沉重，重得无法撑开。

正在半睡半醒之间，电话响起。侯沧海一把抓过电话，看了来电显示，道："建军，怎么样？"

吴建军道："我问了好几个朋友，终于帮你联系到一个师傅，与我妈有点亲戚关系。他每天早上可以跑一趟批发市场，每天油费和其他费用折合在一起二十五块钱。我和他砍了一会价，他说每天早上五点钟就要起床，价钱不能少，否则就不谈了。"

早上到批发市场买菜是伙食团躲不开的必要环节，侯沧海道："那就确定下来，每天二十五元，一个月结一次。"

在侯沧海打电话时，熊小梅一直在给眼色。男友挂断电话后，她道："二十五块钱一趟，有点贵。我打听过，小货车从批发市场到一食堂都是十五块，最多二十块。"

侯沧海道："这人是建军亲戚，他每天早上五点钟到伙食团来接人，然后再到批发市场，一来一回，价格自然贵些。"

两人都累了，不想起身，躺在床上休息。窗外群星闪烁，夜空深邃。

这时，电话又响起。

"郭加林愿意回来，好，好，太好了，什么时候回来？"等到了一个关键性好消息，侯沧海翻身坐起。

周永利道："但是，他要和老婆、徒弟一起回来，也就是你们要聘请他们三人。他老婆叫杜玉荣，一直在餐馆工作，工作经验丰富。还有一点，他要跟那边老板请辞，按规矩是要提前一个月，所以要等到9月初才能过来，否则拿不到工资。"

9月初才来，这让侯沧海一阵牙痛，道："妈，你把他的电话要来，我和他直接谈。"

熊小梅一直凑在电话边听母子俩对答，电话结束后，她就表态道："只要技术好，夫妻两人和徒弟陈东可以一起要。反正我们没有现成的厨师，与其找根本不了解底细的陌生人，还不如找亲戚朋友。"经过一次不成功的服装店生意，她算是接受过市场洗礼，与刚刚辞职时相比更趋近于现实。

统一认识以后，侯沧海直接与郭加林联系，答应报飞机票，商定了夫妻两人的工资。

郭架林这才答应在8月28日回江州。

主厨定下、煮饭师傅定下、服务员到位，虽然白案主厨和采购没有着落，一食堂伙食团仍然定于 8 月 29 日正式开伙。

眼见着时间逼近，仍然没有找到合适的白案厨师，侯沧海和熊小梅被逼到墙角，反而不怕了。他们决定如果在开伙时仍然找不到白案厨师，就到附近小食堂去收包子、馒头和花卷。就算贵一些，也必须保证准时开伙。准时开伙的原因既是学校要求，也是竞争需要。学校有三个食堂，存在着激烈竞争，不能按时开伙，必然会有很多的学生被二食堂和三食堂吸引去。

除了厨房以外，一食堂还有一个重要附属设施——锅炉和洗澡堂，在签合同时属于捆绑销售。按校方后勤说法：锅炉和洗澡堂是必定赚钱的项目，考虑到一食堂是全校最大食堂，承担的任务重，所以才把这个赚钱项目交给一食堂，属于福利性质。

侯沧海接手锅炉房以后，最大的问题还是人手问题，他和熊小梅从事的行业与锅炉房差了十万八千里，实在无法找到锅炉工。考虑再三，出于安全原因，高薪聘用了后勤处提供的锅炉工。

从接手伙食团开始，经过紧张筹备，一食堂的人马慢慢开始成型，目前只差一个白案主厨和一个采购员。

自从开业时间贴出来以后，米、面、油、肉等各行业供货商陆续找了过来。他们为了争取与一食堂长期合作，愿意采取赊货的方式提供原材料，一个月或半个月结一次账。

侯沧海原本以为购买原材料会积压大量资金，谁知主动有商家送货上门，主动赊货，大大减轻了资金压力。

他鲁莽地踏入一个全新行业，没有熟悉的可靠批发商，没有掌握判断商品质量的诀窍，只能采取谁来得早就要谁的货的简单粗暴做法。两三天时间内，仓库里堆满了米、面、油等材料。

8 月 29 日，伙食团正式营业。

对于从来没有在餐饮业工作过的侯沧海和熊小梅来说，考验刚刚开始。

——早上：狼狈地走在收包子的路途中

早上五点，老吴开着长安货车来到黑河门口，与睡眼蒙眬的侯沧海和熊小梅会合。小型长安货车副驾驶位置只能坐一个人，侯沧海找来几张报纸放在货厢里，原本想在坐在货厢里打打瞌睡。进去以后才发现货厢是一个振荡器，东倒西摇，根本无法坐安稳。到达批发市场之时，他感觉屁股被抖成了八瓣。

批发市场位于北郊，最初是在河岸边一片开阔地修建了一排用于交易的大棚，随着时间推移，大棚修成了正规门面，周边盖起了四五层楼房，成为江州最大的农产品批发市场。每天五点钟，绝大多数市民还在睡觉，批发市场已经热闹起来了。不断有车辆进出，车灯不断地刺破黑暗，照出一串长条形光亮带。

土豆、番茄、冬瓜、萝卜、大白菜、大蒜等产品来自于天南海北，是批发市场的主力品种，有的从车上卸下来都堆在地上，有的干脆就放在车上展示。

侯沧海站在一大堆土豆前，问："土豆怎么卖？"

土豆老板抽着烟，简洁地道："不零卖，两包起批。"

今天是伙食团第一天营业，侯沧海确实不知道伙食团一天到底需要多少土豆，随口估了一个数字，道："我来两包吧。"

土豆老板斜着眼问："买这么多土豆做什么，你又不是做生意的。"

侯沧海反问道："你怎么知道我不是做生意的，脸上又没有刻字。"

土豆老板道："气质不像，穿着打扮不像，反正不像。"

侯沧海道："多少钱一斤？"

土豆老板不想与这个傻瓜鬼扯，抽着烟，不回答。

驾驶员老吴跟在身后，道："我们是电科院一食堂的，好多钱？"

土豆老板这才认真打量侯沧海和身后漂亮女子，道："以前你们一食堂经常拿我的土豆，我这里的土豆有两种，贵一点的一块二，便宜一点的四角四，你们是大食堂，可以用便宜点的。"

侯沧海秉承着买菜必然要砍价的原则，道："少点。"

土豆老板一脸诚恳地道："我们没有乱喊，都是卖价。"

侯沧海和熊小梅以前到菜市都不喜欢讲价，商贩叫什么价就给什么价。对于一个家庭来说，所购菜品数量很小，无关大局。伙食团是大进大出的生意，价格很关键。侯沧海与土豆老板侃了一会，以每斤四角二买了两袋土豆。

在批发市场商家绝大部分是开收据，顶多加盖了营业部印章，基本没人开发票。侯沧海接连问了两家，皆知此，便不再索要发票了。

从菜市场出来，小货车装了大半车蔬菜。有菜压了车，总算比空车平稳一些。

回到食堂时，接近六点半，天边有了鱼肚白。熊小梅带着几个服务员在做开餐前准备工作，李大壮煮了一大锅稀饭，陈东弄了些凉菜。由于白案厨师还没有找到，没有做早餐和馒头。

偌大的一食堂空空荡荡，没有人气。这与预料中的情景相差颇大，侯沧海和熊小梅站在大厅面面相觑。

侯沧海道："没有馒头和包子，不像伙食团。第一天开业，不能给同学们留下坏印象，你留在食堂，我跟着货车去街上收馒头包子，成本高一些没有关系，先把局面打开。"

熊小梅在厨房和大堂没有见到郭加林和杜玉荣，便去询问陈东。

陈东是郭加林的徒弟，在开业前一天与郭加林和杜玉荣一起来到学校。他醒眼惺忪地道："老师和师母没有带衣服，回家取衣服了，以后生意忙起来根本没有时间回家。"

郭加林的家在江州市西平县，来回得大半天时间。侯沧海惊讶地道："郭加林和杜玉荣都走了，中午怎么办？"陈东道："中午应该没有什么生意，我一个人就行了，老师特意打了招呼，要我把中午搞定。"侯沧海压住火气，道："要走也可以，得跟我说一声。突然走了，这算什么事。"

陈东没有辩解，只是嘿嘿地笑。

熊小梅对此火冒三丈，随即想着今天是开业第一天，不宜生气，忍着没有发脾气。侯沧海还真怕脾气比较急的熊小梅控制不了情绪，安慰了几句，去城里早餐店收馒头和包子。

熊小梅知道侯沧海素来自尊心强，怕他拉不下面子到小馆子收购馒头包子，道："我去收吧，让男人去做这些事情怪不好意思的。"侯沧海苦笑道："有什么不好意思，为了生存，脸面不重要。况且我是去买，又不是讨。"

来到第一家早餐店，侯沧海将脸皮抹下，递过去一个盆子，道："老板，包子、馒头多少钱一个，全部要。"

老板看着大盆子，惊讶地问道："全部要？你们家有一个连？"

侯沧海道："人多，还都是大肚汉。"

老板有点不信，道："你们是学校食堂吧？"

侯沧海摇头不答。

走一路，收一路，六点五十分，距离电科院比较近的北街早餐店老板们都悠闲起来，因为包子、馒头大部分被买走。一些食客没有吃到包子馒头，得知原因后，朝着天空竖起了无数根中指。

这是一顿代价高昂的早餐，收购价高于售价，有十来个学生发现馒头包子大小不一样，还有包子破了皮露出肉馅，觉得自己权利受到了损害，便将吃了一半的馒头包子丢在桌上，以示抗议。

侯沧海以前对这种乱丢弃馒头和包子的行为并不以为意，如今经营伙食团，方知每一个包子和馒头都来之不易，对浪费行为很是愤慨。

——上午：唯一红案厨师摔伤手，只能老板客串

从早上四点半起床，忙到八点，终于把第一餐应付了过去。侯沧海从早上起床一直与人交谈，没有休息，嗓子突然间就哑了，说不出话来。他喝了一碗清稀饭，才稍稍缓了过来。

侯沧海放了碗，慢慢地说道："你，估计，中午有多少人？"

"估计有三四百人。"熊小梅提着一个纸盒子，里面全是零钱，暂时还没有清理出数量，她望着零钱，愁容满面地道，"我们对零钱需求量严重估计不足，现在缺一角、两角、五角的零钱，没有办法找零，上午还得赶紧到银行换一些。今天早上有一些同学没有带碗，是不是把以前的盘子提供给他们？"

侯沧海用清稀饭顺了顺喉咙，道："行，尽量提供方便，争取，更大的人流量。"他望着厨房方向，道，"中午有麻烦？只有陈东一个人。"

陈东从后厨往大厅走，道："侯老板，你的灶太难烧了，费煤又没有火力，得找个人重新砌一下。"话音未落，他踩到餐厅一处水渍，脚下一滑，扑腾摔倒在地。

"没事吧？"侯沧海放下饭碗，跑过去蹲在陈东面前。

陈东痛苦地躺在地上，左手握着右手手腕，直抽凉气，道："手痛得不行，动不了，可能出问题了。"

郭加林在老家未归，红案厨师只有陈东一人，如果陈东受伤严重，今天中午就要抓瞎。侯沧海急得都想朝外喷火，道："电科院有卫生室，金勇，你陪陈师傅去看一看。"

金勇是新招聘来的墩子，很有几分机灵劲儿。他听到老板安排后，就要陪陈东看病。侯沧海随即改变了主意，道："金勇别去了，该切的菜还得切，中午要用。"金勇停下脚步，摸着后脑，为难地道："哪些菜要切，我不晓得。"

从批发市场买了一堆菜，还有陆续送来的猪肉和宰杀好的鸡、鸭，但是没有厨师安排，新来的墩子确实没有办法操作。

侯沧海和熊小梅平时自诩甚高，此时面对一堆未加工食品，不知如何安排。

"今天没有排菜谱，只能将就弄。"陈东忍着痛留在厨房，看着堆在角落肉和菜，道，"白菜炒肉、魔芋红烧鸭子、青椒肉丝、回锅肉、红烧土豆、炒大白菜和空心菜、青菜汤，就这几样菜，应该差不多了。"

金勇为难地道："我一个人，切不了这么多。"

侯沧海当机立断地道："胡一红、姜小军，你们两人帮着金勇切菜。"

他看了一眼站在旁边无所事事的新招来的两个女服务员，道："你们全部都过来帮着金勇理菜。"

以前，侯沧海知道厨师重要，但是这不过是理性认识。此时站在厨房里，才知道没有厨师就根本没法做伙食团。为了拉近与厨师的关系，他亲自陪着陈东来到医务室。

陈东离开后，整个厨房处于群龙无首的状态。熊小梅大声道："大家休息半个小时，然后到厨房理菜。李师傅煮饭的时候，金勇帮忙。"以前做服装店时，人事关系相对单纯，鲁莽地踏入伙食团，她才明白这是走入了另一个江湖，必须要把声音放大，吼起来，才能将来自五湖四海的员工指挥起来。

从医务室出来时，侯沧海满脸沮丧。陈东手腕严重挫伤，肿得像个馒头，几天时间都无法用力。

回到厨房，看到案板上堆积起来的土豆、白菜，侯沧海只能死马当成活马医，心一横，道："陈东别走，站在旁边指挥，今天我炒菜。"

陈东道："侯总炒过菜吗？"

侯沧海道："平时炒过小锅，没有用过大锅。"

陈东看了看站在自己身边的人，或老或少，全无厨房经验，无奈地道："小锅大锅差不多，道理相通。今天中午学生应该不多，只有让侯总亲自上灶了。"

金勇原本想上灶，犹豫片刻，放弃了这个想法，过来给侯沧海打下手。

肉片和肉丝切了两大盆，泡在水池中。用盆装的八种调料放在顺手的地方。铁锅是农村中常见的大锅。这让侯沧海感觉进入了大人国世界，所有东西都成倍放大。

在陈东指挥下，墩子金勇将切好的肉片沥了水，倒入小半瓶料酒和大半碗清水芡粉，码盐，使劲揉，然后用盆子装好。

十一点二十分，金勇站在灶孔前，用铁钩将灶火捅燃，炉火发出轰轰响声，大铁锅很快热了起来。

在陈东指挥下，侯沧海用小水瓢似的勺子舀菜油浇入锅里。一大勺子油浇进大锅里，变成薄薄一层，几乎看不见，又加了两勺子油，这才有点炒菜的油样子。

用大勺子将红油豆瓣甩进锅里，热油遇到豆瓣，一股奇异的香味就冒了出来。葱、姜、蒜随即又被丢进锅里，与热油豆瓣混合，在锅里噼啪响着，散发出更加浓郁的香味。

侯沧海双手握着铁铲在铁锅里搅拌翻炒，等作料炒香以后，将码好的一盆肉片倒进锅里。

等到肉片颜色变化后，金勇在陈东指挥下将一大盆白菜倒进锅里。大锅菜与小锅菜最大的不同在于热量传递困难，需要脆、嫩的菜品很少出现在大锅里。

肉片白菜炒熟以后，满身热汗的侯沧海伸手在锅里抓了一块，味道还算不错，能吃。

一盆盆菜就在客串厨师手中被创造出来，为了让味道变好，侯沧海不吝惜对油和各种调料的使用。陈东看得直咋舌，道："以后不能这样炒菜，成本太高。"侯沧海用手臂擦了擦额头如热泉一般的汗水，道："今天不管成本，能够应付过去就行。"

学生们陆续来到窗口，少部分刷卡，大部分都用现金。当初与学校签订合同时，合同附有一个菜品参考价。今天是第一天开伙，无法核算成本，就采用了学校参考价。

很快，各个窗口都出现了找零困难的情况。上午熊小梅抽时间到银行换了些角币，以为足够交零，谁知使用不久就发现零钞告急。侯沧海专门安排金勇在各个窗口跑来跑去，及时调换零钞。

——下午：小广告、杂乱库房、烧老鼠、木桶饭以及澡堂

中午一点左右，七大盆热菜全部见底，这让侯沧海很有成就感。

午餐基本结束后，侯沧海看到洗碗槽里出现大量剩饭剩菜，紧张起来，担心由于自己手艺不佳，让同学们对一食堂留下坏印象。

熊小梅站在洗碗槽边，指挥几个女服务员洗碗。她见侯沧海面色严肃地打量装满剩饭的大胶桶，道："不少学生才从家里回来，肚子里面油水足，剩饭很正常。等到在学校住一个月，保证个个都像饿鬼投胎。"

这是一个合理解释，让侯沧海受伤的心灵暂时得到些安慰。

午餐后，侯沧海趁着短暂的休息时间，到银行兑换了零钱，顺便张贴招聘白案厨师的告事。

贴启事时，侯沧海眼观六路耳听八方，见到穿制服的人就赶紧将手里的招聘启事放进皮包里。他曾经无数次设想："如果我被城管抓到，一定不能暴露身份。政法委干部在街上贴小广告，会笑掉无数人的大牙。"

一食堂缺乏白案厨师的现状容不得拖延，就算有被捉住出大丑的危险，侯沧海还是坚持将一百张招聘启事贴满了大街小巷。贴完告示，出了一身臭汗。他一点时间不敢耽误，又回到电科院一食堂。

经过上午的实践，下午整个厨房有序得多，没有乱成一团。

厨师和员工们休息到三点钟准时来到一食堂，陈东作为厨房总指挥，让所有员工参加理菜。

熊小梅没有理菜，主要任务是清理中午的收入。她将大钞收起来，零钞备到五个盒子里。由于盒子没有锁，只能放到暂时空闲的小餐厅里。她离开小餐厅不久，又觉得不放心，将零钱提进库房。库房黑，有老鼠。她打开库房后，将箱子往库房门口重重一放，赶紧将房门关掉，逃离老鼠横行之地。

侯沧海从外面回来以后，直接来到小餐厅。

两人坐在一起，喝热茶，总结开业半天的得失。侯沧海嗓子依然嘶哑，道："中午有多少钱？"

"我数了一下，中午只有五百七十二块，比预想的要差一些。"熊小梅坚守在一食堂，从早上到现在一直没有时间休息。她在厨房里处理了许多杂事，指挥员工们洗碗、打扫大堂的卫生，还要收菜和验货。这些事都很琐碎，没有成就感，但是必须有人负责。

侯沧海安慰道："还没有开学，我们第一顿午餐就有这么多收入，不错。学校外围餐馆不少，二食堂、三食堂虎视眈眈，所以必须要确保质量。质量抓上去了，我们才能在竞争中获胜。"

熊小梅喝了一口浓茶，道："我们签合同的时候，金正堂承诺学校实行封闭式管理，学生都不能离开校园，现在看来，学校根本不会封闭，这会流失很多学生。"

侯沧海道："我想明白了，电科院作为民办大学，根本不可能关闭校门，金正堂所说的封闭式管理压根不成立。但是，留在学校的学生还是多数，只要我们的饭菜价廉物美，不愁没有生意。"

熊小梅道："郭加林什么时候回来？你虽然把今天撑了过去，但是毕竟不是专业厨师，全靠调料把味道逼出来，成本太高。我们给郭加林和杜玉荣开的工资不低，什么条件都答应了，关键时候他们应该不会拖后腿。"

两人在小厅商量一会儿，一起来到厨房。

厨房里很是热闹，厨师和服务员都拥到灶前，笑得不可开交。

熊小梅凑近看了一眼，便惨叫着跳到侯沧海身后，道："姜小军，你太恶心了。"侯沧海挤过人群，也有些傻眼。

年龄最小的姜小军将一只肥硕老鼠绑在一根树枝上，用火钳夹了烧红的煤炭压在老鼠身上，老鼠皮毛被烤焦，发出吱吱的声音，伴着老鼠临死前尖锐的惨叫声，十分刺耳。

员工们都很兴奋地看着这一幕，包括文静秀气的女员工们都看得津津有味。

一食堂老鼠成灾，不仅在厨房里猖獗，在寝室里也纵横驰骋，员工们对老鼠极度痛恨，捉住以后都心狠手辣地对其实施极刑。侯沧海在中午吃饭时听他们谈起过用各种方法处置这些老鼠，一笑置之，亲眼看到姜小军极为投入地处死老鼠，还是觉得残忍和恶心。他发话道："别在这里耽误时间，姜小军，赶紧处理了，给个痛快的。"

姜小军听到老板发了话，将老鼠和树枝一起放进灶火里，关紧灶门。从灶里传来几声尖利的叫声，便没有了声息。姜小军犹不过瘾，道："下次逮着耗子，我们用开水来烫，慢慢烫，把皮烫脱才好耍。"

熊小梅捂着耳朵，道："姜小军，不准说了。"

好戏结束，员工们便散了，回到各自岗位，围着菜台子理菜。

看到厨房里热火朝天的干活场景，侯沧海挽着袖子也要加入。陈东在旁边道："侯总，你别动手了，就是要锻炼他们。"

侯沧海道："五点钟锅炉房要开张，等会吴苏俪和杨小玲去收洗澡钱，吴苏俪收男生，杨小玲收女生。"

胡一红道："侯总，我在做大厅清洁时，看见很多提着行李的同学回来了，晚饭的菜量应该多一些。"

侯沧海摸不准应该增加多少，道："中午七盆，晚上弄八盆，试验一下。"

从厨房出来，侯沧海和熊小梅又一起来到锅炉房，与只有一只眼睛的锅炉师傅杨尾巴聊了一会。杨尾巴话很少，对以前经营状况一概不讲。

洗澡费用是学校规定的，每人五角。按照金正堂的说法，锅炉房百分之一百赚钱，是作为福利送给一食堂的。侯沧海和熊小梅没有经营经验，无法估算锅炉房成本，也不清楚洗澡人数，对每人五角到底是多还是少心中无数。

看了锅炉房，熊小梅又拉着侯沧海查看库房。

库房就是寝室旁边，是一个幽深的正方形房间，只在靠近天花板的地方有个小窗，用铁条封住。铁条能封住强盗，封不住老鼠。熊小梅在中午进库房放钱箱就被差点吓出了心脏病。

打开库房后，侯沧海在门口敲门又大声吼，屋里老鼠奔跑时发出节奏明快的嚓嚓声。侯沧海望着黑沉沉的房间道："老婆，我们弄一条蛇进去，蛇吃老鼠，蛇到鼠除。"熊小梅强忍着对老鼠的恐惧和厌恶，道："你这是馊主意，蛇和老鼠我都怕。"

打开灯，屋内亮了起来。库房面积约有四十平方米，堆积了各种材料，有米、面、油，还有个小角落堆放着厨师没有到时提前购买的一些物品，被陈东判定用不上，丢在库房里。

熊小梅拿了一个本子，逐一登记库房里的物品。

库房里乱七八糟的东西很多，查起来颇费时间，熊小梅登记了三分之一，就到了锅炉房开放时间。熊小梅只得暂时中断登记，到后厨将两个负责收钱的女生叫了出来，让她们等到男女澡堂大门前。

五点，学生们陆续来到澡堂。半个小时不到，吴苏丽和杨小玲两边的零钱都紧张起来，熊小梅赶紧又去库房打开箱子，取了零钱，交给两位收钱女服务员。

五点半，熊小梅离开澡堂大门，准备迎接晚餐大战。

侯沧海穿上一件白色短臂厨师服，胸前挂毛巾，手提宽大铁铲。若是被同事看见，一定不会相信往日舞文弄墨的侯主任会变成一位手持铁铲的厨师大汉。

总结了上午的经验，侯沧海和陈东重新进行分工，由侯沧海提铁铲翻炒，陈东则用未受伤的手持大勺子往大锅里放调料，以控制味道和生熟。调整了工作方式后，菜品从颜色、味道和香味都明显得到改善。

墩子金勇守在两人身后。当一盆菜出锅装盆后，他就端着大盆到前台。

李大壮守在大木桶前面，眼光不离放在旁边的闹钟。从木桶上灶到米饭成熟，时间是固定的，他并不需要爬到高灶台上去观察，只要控制炉火，到时就可以蒸出一大桶香喷喷的米饭。

控制炉火及时间需要技巧和经验，李大壮绝对不会传授给其他人，由其亲自掌握。教会了徒弟饿死了老师，这在他们在这一行表现得特别明显。

闹钟响起，李大壮跑到厨房，大叫："抬饭桶了。"

侯沧海、金勇、姜小军、李大壮四个男人来到大灶前，由李大壮将粗绳子紧紧套在木桶上，绳子上端插入用整根楠竹做成的抬杠。金勇和李大壮走上四步石梯子，站在灶台上，利用抬杠将大桶从灶上抬起。站在灶边的侯沧海和姜小军抓住套在木桶上的粗绳子，四人一起用力，将木桶移动到灶台旁边的推车上。

木桶连桶带饭有三百多斤重，操作过程颇为危险，稍有不慎便会桶翻人伤。中午看到木桶起灶的过程，熊小梅被吓得心惊胆战，晚餐时干脆躲在前台不出来。

木桶抬下来，推到窗口。

熊小梅从库房里将钱箱拿出来，依次发给窗口服务人员。她又从后厨端出前任老板遗留下来的饭盘，免费提供给未带餐具的学生。学生吃完饭以后，将饭盘放在桌上，由服务员收拾。这样做将增加人力成本，但是能吸引不愿意洗碗的学生，这是熊小梅和侯沧海商量的竞争策略之一。

热菜、木桶饭端出来不久，学生如开了闸门的洪水一样突然涌了出来，远比中午要多。他们也不排队，蜂拥而至，无数只手伸进窗口，报出一串串菜品组合。

侯沧海炒完菜后，也加入前窗卖饭的队伍。他是第一次在前窗工作，最初几分钟，脑袋发昏，手忙脚乱，算账超慢。经过半个小时折磨，他才渐渐适应了这份看似简单的窗口工作。

学生慢慢减少，侯沧海终于可以喘口气，这才发现全身衣服都湿透，如水洗过一般。以前母亲周永利经常说"条条蛇都咬人，乌梢蛇不咬人都吓人"，他很小就把这句话听得烂熟，在这一刻突然发现窗口卖饭也是技术活，并不是想象中那么简单。

累是累点，低头看着钱箱里堆满的大小钞票，幸福感油然而生。在厨房里做事，凭的是体力和技术，付出就有收获，不用揣测领导心思，这让侯沧海感到另一种轻松。

——晚上：哇，一千七百五十二块，苦累后终于有了收获

晚饭后，侯沧海和熊小梅在小厅清点全天收入。收来的钱堆了一桌子，有大量的一块、五块，也有许多一角、两角，还有十来张红色大钞。

当天总收入：一千七百五十二块（不包括刷卡收入和澡堂收入）。

虽然成本还未核算出来，当天的毛收入仍然让两人异常兴奋。侯沧海神情严肃地道："现在学生没有到齐，以后肯定还要多。就算每天只有两千元毛收入，一月就有六万，除掉工资和成本，两三万利润跑不掉。"

这比最初预想要少，但仍然很多。熊小梅有了开服装店的经验，谨慎一些，不敢乐观。侯沧海信心十足地道："我们现在人手不齐，主厨还没有到，等到兵强马壮之时，收入绝对比现在多。"

厚厚的钞票让仕途梦想更加灰暗。

侯沧海走到小厅门外，望着满天繁星，大吼一声："老子赚钱了。"

（第一部完）

奋斗者